图书在版编目（CIP）数据

无声的回响 / 叶蘅著. -- 西安：太白文艺出版社，
2025. 1. -- ISBN 978-7-5513-2844-9

Ⅰ. Ⅰ247.5

中国国家版本馆CIP数据核字第2024XR2860号

无声的回响

WUSHENG DE HUIXIANG

作　者	叶　蘅
图书策划	戴笑诺　常楷械
责任编辑	蔡晶晶　慕鹏帅
封面设计	林　森
版式设计	建明文化
出版发行	太白文艺出版社
经　销	新华书店
印　刷	西安市建明工贸有限责任公司
开　本	880mm×1230mm 1/32
字　数	320 千字
印　张	12.875
版　次	2025 年 1 月第 1 版
印　次	2025 年 1 月第 1 次印刷
书　号	ISBN 978-7-5513-2844-9
定　价	58.00 元

联系电话：029-81206800
出版社地址：西安市曲江新区登高路 1388 号（邮编：710061）
营销中心电话：029-87277748 029-87217872

Echoes
in the Sile

楔子

（一）

雪地宛如一幅巨大的白色画布，在西平市的街道铺平展开。

往年西平初雪落在地面上，不消片刻也就化了，但今年不同，淡淡薄薄的在地上积了一层。夏秋时节活跃的蝼蛄与蜡蝉，还未做好过冬准备，就被骤降气温冻结，成为被雪掩盖住的僵硬标本。

文体桥东西两侧种植的松树，不高，但松针层层叠在一起，西侧密林紧挨着铁道，东侧密林临近湖边。一辆黑色越野车从文体桥上驶过，在雪地留下两道清晰的车辙，新雪落下，很快缝补缺处，如铅笔勾勒的线条又被橡皮迅速擦去，不见痕迹停留。

越野车从桥北口驶出后，减速停到路东侧的空地上，汽车熄火，之前因发动机运转而剧烈抖动的车身，瞬间安静下来。

穿滑雪服的男人从主驾驶座位走下，他开车门和关车门的动作很轻，脚上马丁靴的鞋带绑得很紧。

男人抬头四处张望，观察到这里不属于道路监控的拍摄范围，他走到越野车尾灯处，将汽车后备厢打开，双手吃力地从里面搬下一只军绿色六轮行李箱。

空地南侧有野钓客步行蹚出的一条小路，男人明显熟悉路线，他拉拽行李箱顺土坡斜行往下，朝北行进，经过松树林后，便来到了九菇湖。

几百年前这里还是平原，后来丘陵地带的泉水分别汇流至此，形成一个又一个小湖，在之后数百年的新渠开挖和黄河冲击下，逐渐变成现在的陕东大泽九菇湖。

九菇湖水还未结冰，湖面一片平静。

男人蹲下身，在湖边将六轮行李箱缓缓打开。

半个钟头后，陈嘉文驾驶银色面包车驶来，之前停在桥北口空地上的越野车早已驶离。

陈嘉文脸尖尖的，身子麻秆般瘦，骨骼很小，穿着一件不够合体的宽大半拉链毛线上衣，是以前的旧衣服。棕色灯芯绒长裤也很宽大，靠腰带勒紧，以保证它不会在行走时突然滑下来。

陈嘉文与之前男人走相同的小路前往九菇湖边。

小路的泥土地因湿潮变得还算松软，但随着降温，应该很快会冻硬吧？

这么想着，陈嘉文已经抵达湖边。

雪不停地下着，大片大片的雪花愈加密集，眼前的湖水也快要结冰了吧？

陈嘉文看着雪花落到湖面上顷刻消融，他掏出手机看向屏幕上显示的时间——

二十三点零五分。

他等的人迟到了。

又或是约他见面的那个人根本就不会来。

陈嘉文将手机揣回口袋，顺原路返回。

今夜过后，这片沉寂已久的湖泊，将会再次喧嚣起来。

楔子

（二）

大雪过后，太阳照常升起，湖面上白晃晃一片。

昨晚湖边还是薄薄的积雪，过了一夜，现在已能没过脚踝。

今年雪下早了，气温骤降不足以让湖水变更形态，薄冰之下，仍为液体。

放飞的风筝遮住了光，线一点一点被放长，放风筝的中年男人旁边站着孩子们。啪的一声抽鞭声，将孩子们的视线吸引过去，几个孩子开始无实物模仿着甩鞭人的动作。不远处冬泳的老人们跃跃欲试，他们身材健硕，正做着热身运动。

而湖边站着十岁大的男孩小五，他身穿黄米色羽绒服，头戴雷锋帽，正担心地瞧着要下水的老人。

老人招呼小五过去，小五拨浪鼓一样摇着头。

小五不敢离湖边太近，有要凑上前去给冬泳者加油鼓气的小伙伴，也被他急匆匆给拦下来。

"水鬼会把不听话的孩子拽进冰湖，让他们永远回不了家。"小五奶奶说这句话时，没戴假牙，她发音含糊不清，一张干瘪的嘴让这句话变得十分可信。

小五学着奶奶抿嘴的样子，将同样的话讲给一起玩耍的小伙伴。孩子们胆小，不敢冒险再去湖边试探，便只在远处堆雪人，或在积雪上赛跑。雪地上留下一双又一双不大的鞋印。

孩子们几圈跑下来，整个雪地上满是足迹，如蚂蚁成群结队般密密麻麻。

"一、二、三，木头人！"

小五背对几名年岁相当的孩子数数，当他转过身时，所有孩子不能说话不准动。被发现移动了的人，要跑去追数数的小五。你来我往玩了一会儿，有的孩子觉得无趣，便再加些花样，把只是不平衡造成的身体摇晃也算作移动了。

最后木头人游戏规则完全乱掉，变成在雪地上乱跑着抓人的你追我逐。

啪嗒一声，有孩子整个人趴进雪里……雪地松软，一点不用担心会疼，爬起来继续跑，一张张皮肤稚嫩的脸都被冻得通红。

这么跑上一阵，才有孩子觉察到不对。

小五是这几个孩子里跑得最快的，嗓门也大，此刻却安静地站在雪地上。同在一起玩耍的男孩阿宝，他脸最圆，跑起来最慢，这时完全趴在雪地上，背朝天，一动不动。

孩子们慌了神，脚在雪地里迈不动道，阿宝裤子湿了一片，连带融化掉一块面积不大的雪地区域。

"他好像尿裤子了……"

一个穿银灰色羽绒服的女孩突然开口。

小五这才回神过来，跑过去，与其他几个孩子费了好大力气才把阿宝从雪地里拉起来。

"阿宝，没事儿吧？"

阿宝不答话，他圆嘟嘟的脸蛋冻得发紫，手不自主地指向刚才趴的位置。

小五凑上前去，蹲下身瞧，突然呆住。

这是什么？

雪地上融化的位置露出一只已经变得僵硬的手，大拇指似乎是被阿宝压断的，孤零零地扎在雪里，只剩四根纤长的附着冻霜的手指举在空中。

孩子们惊恐的喊叫声，很快引起冬泳老人的注意。他们纷纷裹着浴巾小跑过来，瞧清尸体后，第一时间蒙上了孩子们的眼睛。

"把孩子们先带走，别让人往这边来，报警！"说话的是一名肌肉紧实的老人，他声音中气十足，从九菇湖边传来回声，如同山谷中的悠长回响。

雪仍下着，落在身着黑色绸缎质地睡衣的女尸身上，如白光照拂冬日长夜的黑胶唱片，她却听不见雪落的声音。

这一日，时间注定绵长。

目　录

第一章
金色湖畔

1

马雪松将车停在路边，走人行道由西向东穿过马路。

他四十岁上下，头发剃得很短，穿一件棉服外套，戴着同是黑色的耳罩与皮质手套。他脚跟落地时动作很轻，步伐不急，但每步都迈得很大。

金色河畔洗浴中心位于南景路东与桥城大街交叉口的西南侧，马雪松走向那里要经过东街一排门市房，职业习惯使然，他本能观察起四周环境。

南景路东西两排楼，东街高楼林立，多是新建的住宅小区，门头和售楼处修得气派，让人忘记这里曾是城中村。地产商在路边沿街建有商铺，起初开业的有美容会所、洗车厂与大型超市，可惜顾客不多，主要原因在于隔一条马路的西街是返迁房与建材城，空气混浊。肉眼瞧去，如胶片照上不规则的颗粒，货车在夜里出入扬尘，噪声又大，让人难以忍受。

东街洗车厂最快关门，因为车刚洗好就会覆上一层土，让人心情不悦。洗车厂关门后宏宇装饰公司入驻，随即大型超市又被西街百姓市场抢走客流，入不敷出只好停业止损，空置半年，才转租给金色河畔洗浴中心。

西街建材城多为平房，售卖细木工板、各种规格的镀锌板、冷轧板、卷板等装饰材料。院西南角建有一栋三层的家具城，内部被划分成数十家面积逼仄的小型商铺，经营品牌廉价的地板瓷砖、卫生洁具、壁纸、灯饰等，灯具款式大多乏陈，因商铺不大，缺乏展示空间，便以销售不占空间的筒灯和工业风射灯为主。

宏宇装饰公司的老板周继平头脑灵活，他将东街相邻的几间门市重新装修，广告公司与专做灯具生意的品牌店随即入驻。

品牌店主要经营水晶吊灯，主打法国宫廷风，连灯杆都是纯铜雕复古纹路，又有国际设计师联名，一张外国人的脸放在宣传海报上格外醒目，海报左下角用中英文双语标注着各种国际奖项。

这里灯具售价不菲，但仍客流不断。

马雪松不知奖项虚实，海报上穿着高领毛衣的外国人不像设计师，反倒像是模特，肢体语言刻意，如同服装店里常见的那种人形衣架。

西街依旧扬尘，东街商铺却日渐繁荣。

马雪松的手机在口袋里振动，他拿起接通。

"哥，这里的技师脚按得不错。"

电话另一头的陈海涛正躺在洗浴中心休息区的按摩椅上，他穿休闲服，及膝短裤没能遮盖住他小腿上的几道长疤，上衣扣子解开，露出胸口大面积的文身。室内同室外完全两个温度。

"漂亮吗？"马雪松半开玩笑道。

"漂亮，还白，就跟小轿车开了俩远光灯似的……"

马雪松打断陈海涛的话，插嘴道：

"把人盯紧了，别乱瞅。"

"我你还不放心吗？"

"别说，还真有点儿不放心。"马雪松笑了两声，"行了，我快到了。"

"查岗？"

"挂了。"

马雪松将手机挂断，重新塞进裤兜，将双手插回外套口袋。逆着风走，嘴里呼出的白色哈气被风全部吹还到他脸上，五官都快要被冻上了。

二〇一一年十月二十二日，霜降节气前两天，一股强冷空气侵袭陕东省北部，西平市这座位于关中平原西部的小城突然降温十几摄氏度，几乎每一名生活在这里的居民都收到了暴雪天气的预警短信。

往年这个时候西平的人们大多身着秋装。

萩未至凌冬晚凋时，红枫叶脉如掌纹仍挂树上，下雪更是要等到十一月中或下旬。

可今年例外。

不等人做好准备，这座陕东小城便不声不响地冷了起来。

冬天来得可真快啊。

这么想着，马雪松加快脚步，朝不远处的河畔洗浴中心走去。

金色河畔洗浴中心门头气派，三米高的拱形门，上面请木工雕一只开屏的雄孔雀，尾羽处的大眼斑用彩色灯泡替代，到了夜里，一只只亮着，于是这河畔洗浴中心便有了另一个名字——

孔雀池。

孔雀开屏，花开富贵，是个好彩头。

洗浴中心门口大部分时间没有空停车位，只能等待某辆汽车离开，等候者才能快速驶入。

有浴客正因抢占车位发生口角，之后升级为肢体冲突，围了不少人。幸亏洗浴中心的保安个个体形短壮、面露狰狞，加上老板何武的江湖声望，事情很快平息。

在西平这样的小城市里做生意，人情与人脉要拎得清。

金色河畔洗浴中心的老板何武深谙其中道理，他在西平市常常酒宴宾客、仗义疏财，是个黑白两道人都给几分薄面的厉害人物，也是马雪松的老对手。

这家伙，就像池塘里的泥鳅，难抓得很。

洗浴中心旋转门如不停转动的风扇，马雪松找寻空隙进入，跟随自动门绕半圈进入大堂。在前台领取男宾蓝色手牌后，换好拖鞋步入浴室。

男宾澡堂，挂墙电视里的新闻正播报着邻市的一起金店抢劫案——

金店位于镇上，规模不大，两名蒙面男子用菜刀胁迫店员交出黄金首饰与现金，附近商铺店家彼此熟悉，他们听到动静后持扳手、拖布、铁锹陆续赶来。劫匪驾驶摩托车仓促逃离，其中一名坐在后座，因车向前蹿时的作用力，后座的劫匪怀里抱着赃物摔坐在地，被一拥而上的镇民当场制服，另一名嫌犯仍然在逃，被警方悬赏通缉。

新闻穿插着劫匪从摩托车上摔下的监控画面，动作滑稽，惹得在池子里泡澡的浴客们哄笑不止。

"自乱阵脚，毛毛躁躁的，做不了大事。"

说话的老者，是正给马雪松搓背的杨小叶。

杨小叶瘦瘪的身子穿着棉质格纹大裤衩与老旧的白色汗衫，一条泛黄的白色毛巾挂在脖子上，他手臂上有几道陈年伤疤，显眼的是肩颈处的几处弹痕。

"瞧您这身伤，看来经历过不少事。"马雪松搭话道，澡堂的白色蒸汽柔化着他眼神里的锐利。

杨小叶的眼睛眯着，笑道：

"到了我这个岁数，谁身上还没点儿故事。"

"在您看来，什么叫大事？"

"搓澡挣钱，本本分分过日子，算不算大事？死有啥难的，一下子的事，人活着，怎么活着，这才叫人生大事，没钱了不想着找工作，天天做着发横财的白日梦，一帮毛头孩子，你说能有啥出息。"

说完话，杨小叶的澡巾在马雪松背上加重了力度。

搓澡结束，从杨小叶那儿接过开柜门的手牌，马雪松走回淋浴区冲洗身上的泥垢。

洗浴中心有长期挥散不去的潮湿气味，跟沐浴液和洗发水的味道混合后，闻上去十分腻人。

他用浴巾将身上附着的水滴擦去，双眼偷瞥起周围的浴客。

有顾客觉得新闻无聊寡淡，早叫工作人员换到体育频道，看起正播放的英超联赛精彩进球集锦。

马雪松刚才躺过的简易床，搓澡老者已经铺上了新的塑料床单，刚趴上面的浴客体形壮硕，如鼓起腹部的河豚被按在菜板上。杨小叶用搓澡巾将对方后背搓红，几下过后，搓出污泥，搓出的泥变成蚯蚓般长度，又被倒在身上的水浇去了。

在这里，浴客体形胖瘦长短一览无余。

马雪松没瞥到有用信息，他从洗浴区裹好浴巾走出，来到更衣室，伸手拿了套消毒后的休闲服，短裤短衫穿好，按指示牌步行上楼转角来到公共休闲区，一眼就被陈海涛瞥见。

陈海涛招手，他早已给马雪松留好了位置。马雪松顺势躺下，眼睛瞥向走廊尽头的员工通道，又扭头瞥了眼刚才上楼的楼梯口。

这里既能瞻前又能顾后，不得不说，陈海涛选的位置不错。

"以前偷东西盯梢的本事，这次算是用对地方了。"马雪松压低声音说道。

"哥，别埋汰我了，早洗心革面了。"

陈海涛虽然油嘴滑舌，但他答应马雪松的事从不疏忽。以前他入室盗窃被马雪松抓过，入狱服刑时母亲病逝，马雪松为其母办理后事，陈海涛铭记在心，出狱后走正路，现在做批发生意。日子过得不能说好，但可以糊口，自给自足。

陈海涛用手肘碰了碰马雪松的胳膊，轻声问道：

"用不用给你叫个技师捏捏脚？你工作太辛苦，今天放松放松，我刚才找的姑娘就不错。"

"告诉你啊，嫖娼也犯法。"

"玩笑不能这么开啊！"陈海涛颇有些打抱不平的气势，"老爷们儿的脚多味儿啊，人家小姑娘也不容易。"

"胆子变大了，敢跟我顶嘴了。"

马雪松伸手去拍陈海涛的头，却被陈海涛给挡了下来，他下意识地瞥向两旁，身子凑近马雪松一些，轻声说道：

"我刚才不光是捏脚，跟那个小姑娘打听了，这家洗浴中心有特殊服务，但只接待熟客。人家小姑娘模样身材不错，经理做过她的工作，她没同意，就挣这捏脚的辛苦钱。哥，你不能戴着有色眼镜看人，对吧？"

"没瞧不起人家姑娘，是不想看你再犯错误。你妈临走前，你人在里面出不来，她嘱咐过我好几回，让我替她看着你。"马雪松语重心长道，"脚踏实地挣钱才是人生大事。"

"这句话说得有水平！"陈海涛竖了个大拇指。

"继续盯吧，我走了。"

马雪松起身要走，陈海涛不去看他，讲话时故意把头侧过去道：

"那边有矿泉水和自助饮料，不要钱的，走的时候拿两瓶，这大晚上的，附近找不到地方买。"

马雪松笑了笑，他拍了两下陈海涛的肩头，在自助区拿了两瓶矿泉水后便向楼下走去。

回到之前的更衣区，马雪松去换自己的便服，收拾妥当后，只剩耳罩和那副皮手套还没戴好。

马雪松并不着急离开，他边用棉签清理耳廓，边注意着周围环境。确认无人注意，他扔掉手里的棉签，用另一个蓝色手牌刷开了那扇不属于他的柜门。

2

标有安全出口灯牌的后门从里向外推开，洗浴中心的工作人员手里拎着垃圾袋从里走出，这条小巷没有路灯，照明完全依靠天色。

专门区域的塑料垃圾桶早已塞满，工作人员只好将垃圾堆放在旁边地上。天气寒冷，他衣着单薄，搓着手很快折返回去。

等到工作人员离开，在暗处穿着军大衣的拾荒者一瘸一拐走来，他用木质长夹翻找垃圾桶里有价值的物品，把几个塑料水瓶夹进了拎着的麻袋里。

距离垃圾桶不远，一辆红色铃木摩托车靠墙停放，正对着后门闪着红灯的监控探头。

拾荒者将麻袋放到摩托车旁，借由障碍物遮挡，他从怀里取出螺丝刀，用力扎漏了铃木摩托的后轮车胎。

轮胎瘪了下去，拾荒者起身，他不慌不忙地从口袋里翻出烟盒，掏出一根香烟点燃，全然不担心会被人发现。拾荒者将烟叼在嘴里，火光时亮时暗，他扛起麻袋一瘸一拐向前走去。

经过巷口转弯后，拾荒者将麻袋放到墙边，拍了拍手，很快跛着脚走远。

收到气象台的预警短信时，马雪松刚从洗浴中心正门走出来。

天气预报说今夜会有大雪，他抬头瞧了眼黑着脸的老天爷，不清楚这雪会在什么时候下起来。

这一周西平市的天总是阴沉着半张脸，白天全是乌云，偶有闷雷声，却不见一滴雨水落下，太阳与闷雷声相同，时而露出一点边角，又俏皮般地缩了回去。

乌云如管教在家做作业的孩子的家长，太阳是没做完功课要溜出去玩的孩子，刚露头，便被家长抓回去。

马雪松这样想着，不禁笑了起来，他原道返回。

东街店面早已关门，马雪松走人行横道穿过一直闪烁黄灯的交通路口。老式轿车熄火靠路边角落停靠，副驾驶的车门把手一拉就开，主驾驶位置坐着刚才的拾荒者，他身上的味道瞬时涌过来，呛得马雪松下意识地屏住鼻息。

他怕自己举动怪异被人注意，强忍着坐进车里。

马雪松将副驾驶的车窗摇下来透气，稍作喘息，这才开口埋怨道：

"身上味儿够冲的，还没开始抓人，先被你给熏过去了。"

"你香！"老曾啐道。

老曾本名曾铁钢，典型的西北汉子，脾气直，说话冲，让人想起老西平的龙窝酒。他摘掉毛线帽，头发没剩多少，有些稀疏枯燥，但那双眼睛在这黑夜里却格外亮，像夜猫子。

俗话说得好，夜猫子进宅，无事不来。

老曾跟马雪松一样，都是刑警。

他们所在的桥城分局刑警大队之前收到线报，说这家金色河畔洗浴中心除了正常经营，还做帮人走私销赃的违法生意。举报人的身份只有马雪松知道，调查任务自然落到了他这个刑警大队大队长的头上。

就在马雪松带队员暗访摸排时，邻市一家金店发生抢劫案，当地工作组警员沿着嫌疑人的逃跑路线进行调查，发现嫌疑人昨夜驾驶一辆红色铃木摩托车抵达西平市。

本来是想让桥城分局协助调查的，没想到两个案子撞到一起了。

监视洗浴中心的桥城分局刑警蒋为民，亲眼看见金店抢劫案的嫌疑人走后门员工通道进入洗浴中心，这也间接佐证了举报人的证词。

马雪松此时蹲守的，正是邻市金店抢劫案逃走的那名盗抢嫌疑人。

洗浴中心后门停着的铃木摩托之前被老曾放过气，刑警大队没进洗浴中心抓人是想放长线钓大鱼，顺藤摸瓜，把销赃团伙也给揪出来。马雪松早就摸清了周围的情况，离洗浴中心不远有一家达超洗车行，老板吴达超长得贼眉鼠眼，辖区派出所帮刑警大队核实过，吴达超身上背着盗窃和故意伤人的案底，一年前才刑满释放。

蛇鼠一窝，全凑到这一条街上了。

"后门有情况吗？"马雪松问。

"就是有个扔垃圾的，没啥异常。"

说完话，老曾看向马雪松的脸，突然伸手去摸他的下巴，被马雪松用力拍开。

"干啥？"

"脸刮得跟个小姑娘似的，没有一点胡碴儿。"老曾笑了笑，"我在外头翻垃圾，你泡池子搓背蒸桑拿，没再吃个馍按个脚啊？"

"谁叫你之前抓过这里的保安队长？"马雪松把鼻子探到车窗

外，温度骤降，很快冻红鼻子，他重新缩回车里，将头往椅背上靠。

"什么事来着？"

"二东之前在一家物业公司上班，跟别人里应外合，偷了好几家，这放出来也就半年。"老曾直了直腰，"办那起案子的时候，你不是也在吗？"

"记不清了。"

"要我说能请二东当保安队长，这澡堂里的水肯定不干净，你小心点，洗出病来可治不了。"

马雪松没接茬，他把注意力全部放在对面的金色河畔洗浴中心。

这安静而狭小的空间最让老曾受不了，他把军大衣裹紧了，又开始碎碎念道：

"你这军大衣穿着是真暖和，以前我年轻的时候哪有什么羽绒服啊，天冷就得穿这个，现在不好买了，任务结束后你别要回去了，给我留着。"

"我知道哪有卖的，等案子办完给你买身新的。"

"费那事干吗啊？平时这件也没见你穿。"

"语欣送的。"

老曾一怔，他停顿了几秒才接话道：

"啥时候的事？"

"两年前，抓杨红雨的时候。"

"杨红雨。"老曾挠了挠头，"那孙子，不干人事……我当时干什么去了？"

"腰伤，请了三个月假。"

马雪松声音不大，但每句话都结结实实地砸在了老曾心上。如果当时他没请假，那丫头也就不会……想到这里，老曾掸了掸军大衣上蹭到的污垢，早知道是邓丫头送的，出任务就算冻死，他也不会穿这身衣服来拾荒。

"你之前咋没跟我说呢？都给蹭脏了……"

"脏了就洗。"

"那不给洗褪色了吗？"老曾一点儿没开玩笑。

"那咋整？"马雪松被老曾气笑了，"要不像画一样，咱给裱起来挂上？"

老曾不接话茬，他盯着军大衣的左袖口，幽幽说道：

"刚才抽烟的时候没留神，给这袖口上烫了个洞……你说这烟我咋就戒不了呢？"

"没完了是吧？"马雪松终于不耐烦道，"我发现你这腰伤最近开始往嘴上蹿了，破洞了补！"

两个人不再说话，马雪松拿起单目望远镜继续观察对面的目标。

老曾想跟马雪松再说些什么，可话被卡在嗓子眼，一个字也吐不出口，只能闭嘴不再吭声。他从怀里取出那把螺丝刀，无聊地用抹布不停擦拭。

车里的沉默并没有持续太久，老曾手机突然响起短信声。

天气预报的预警短信比马雪松迟来一步，老曾看着手机，嘴上唠叨起三年前的一起案子：

"当时也是个坏天气，地滑啊，一跑就栽了个大跟头，那家伙也摔了，抢的珠宝首饰掉了一地，好几个这么大的金镯子轱辘跑了，他贼心不死，爬起来去够，被我一把拽住了裤子，我们就在冰面上打滚，那小子瞅着干巴，但有劲啊，地梆梆硬的，还有好几个大冰疙瘩，这贼是抓住了，可我这腰也彻底废了，天天贴膏药，天一冷这腰就疼。"

老曾这话不是讲给马雪松的，他自说自话不敢停，是怕停下来自己就要靠在椅背睡过去了。

岁数大了，这夜越来越熬不起。

老曾试图发动汽车，用空调暖风同从车门窗缝里钻进来的冷空气对抗，却被马雪松拦住。

"再忍忍，别打草惊蛇。"

"咱就是怕这个，才把车停在对面马路上，找了这么个犄角旮旯，盯梢都得拿望远镜瞅，那帮小孩子能瞧见啥？醒不了。"

"小孩子是发现不了啥，可何武是个老油条，还是小心点儿好。"

老曾无奈，摸出一根烟，把车窗摇下来，不抽一口老犯困，可开了车窗就冻得人直发抖，嗑了两口，老曾实在受不了往骨缝里钻的风，匆匆将烟掐灭后，又快速摇上了车窗。

"狗日的，嫌疑人在里面挺温暖，咱在外头都被冻成冰棍了。老天爷是真不给咱面子，偏挑今天降温。"老曾用呼出的热气暖着手，"以前我家窑洞的大炕暖和啊，我妈每年秋收就开始准备煾炕的东西，炕筒炕门都在屋外头，炕里靠着墙的地方最暖和……唉，知道吗？我儿子那套城安里的新房，装的是电热地暖，想开就开，想关就关，那到冬天可暖和了。"

"老曾，"马雪松得想办法让他的嘴停下来，"咱俩别一起熬着了，换着盯，你先来副驾驶睡会儿。"

马雪松没给老曾还嘴的机会，观察了一下周围的情况，他拉开车门准备去主驾驶。

这脚刚从车里迈出来，就有冰凉的东西掉落在马雪松头顶，抬眼望去，雪花正大片大片落下来。

不精准的气象台，在下雪这件事上却意外可靠。

只是不知道这雪会下多久，又会在这座城市的水泥路上积多厚。

3

天光了，在西平，天光就是天亮。夜里昏黄路灯下如玉米粒般颜色的雪花突然洁白起来。

这样的天气，能听见鹊鸣声。

西平市老一辈的人天冷后不愿用冰箱，习惯把包好的饺子放在窗台上，常有喜鹊叼走冻饺。老人们不恼，反而开心起来，邻里邻居间奔走相告。

鹊叼饺，证明它在附近筑巢，是喜兆。

喜鹊叼饺喂巢中雏鸟，人受不了生肉荤腥，可雏鸟不在乎，娘喂啥吃啥，只管肚饱。

霜降过后，就该到冬至了。

冬至前夕饭酒食肉，正适合来上一碗热羊汤，可马雪松没这个福分。他整宿在车里，闷在刺鼻的难闻味道中，致使嗅觉麻木。老曾带的面包又冷又硬，吃进嘴里咬不动，马雪松整整饿了一宿。

摊煎饼果子的早餐车没到天亮就推来了西街路口，建材城大车早晨七点后在市内限行，从五点多便开始陆续有司机驾车驶往外环路，豆浆油条是五块钱的标准套餐，马雪松是今天的头一位客人。

他买好早餐，迫不及待地用粗吸管捅破塑封好的封膜。一口豆浆喝下去，有些烫嘴，但这身子甫提多暖和了。

回到车里老曾还没醒，说是换着睡，可这一晚上马雪松都没叫醒他。

马雪松刚进刑警队的时候，老曾跟马雪松的师父宋永军做搭档，后来宋永军调去陕东省公安厅，从正处级变成了副厅级，临走前特意嘱咐徒弟，让多照顾着点儿曾铁钢。

原因有两个：

一是老曾以前执行任务时太拼，旧伤不少；另一个原因，老曾是个单身父亲，妻子走得早，要工作，还得照顾当时还小的儿子，整个人如同一辆昼夜不熄火的客运汽车，一路颠簸，要一直开到退休或是车上的儿子到站。

现在老曾儿子大学毕业了，在私企找了份办公室的工作。这辆老客车终于可以休息了，但老曾的身体早已吃不消了。

胃病、腰伤、风湿没有一样不在折磨着他。

知道老曾受过的苦，看他现在睡得这么香，马雪松怎么忍心打扰。要不是老曾被自己的呼噜硬生生憋醒，马雪松恨不得等抓捕任务结束后再去叫醒他。

"怎么没叫我起来啊？"老曾打了个哈欠。

"我不困。"

马雪松没说谎，三年前杨红雨的案子结案后，他觉睡得越来越少，常被梦中的故人往事纠缠不清。他活到现在，只有上高中前不做噩梦，之后就长期与梦魇为伴，黑夜里的睡眠反而会消耗他白日里的精力。他每天只靠不定时的小瞌睡来补充体力。

嗡、嗡、嗡——手机振动。

曾铁钢把秋衣往棉裤里塞了塞，瞥见马雪松放在扶手箱上的手机屏幕亮了起来。孟雯的名字在马雪松手机里的备注叫"小冰棍"。

按马雪松的话说，孟雯那张脸不爱笑，总是冷冰冰的。

与今天西平市的天气倒是合拍。

"你徒弟。"老曾诡笑着，"接吗？"

"不接。"

"万一有急事呢？"老曾继续撺掇道。

"有急事咋啦？我现在能过去？"马雪松说话没好气，"要不你接？"

"又想拿我堵枪口，当我冤大头啊？等任务结束了，还是你自己给她回吧。"不停振动的手机，对于车里二人而言，仿佛接通就会爆炸。振动声终于停止，老曾长出一口气，随即说道：

"我上趟厕所，帮我把着点风。"

老曾从车上走下，去路边有灌木丛遮掩的墙角解手，马雪松没兴趣瞧他，在金色河畔洗浴中心外守了一夜，也不知道陈海涛那小子是不是睡着了，到现在一点儿动静也没有。

老曾开门时突然灌进来的凉风，让马雪松不禁打了个寒战。

"你这个徒弟啊，每次抓捕行动都不带她，换谁心里能舒服？"老曾用力将吸管插入豆浆盖上的塑料薄膜，快速吸了几口，"我听说，这丫头跟咱们朱局有点儿关系，她爸孟广生以前是市刑警支队的，我有点儿印象，本来要当副支队长了，突然辞职不干了。"

马雪松不打算接话，兜里的烟没了，他拍了拍曾铁钢，曾铁钢也摆了摆手。

"早抽没了。"曾铁钢知道马雪松在回避话题，"你没家没室的，咋的，怕带个女徒弟，走太近影响不好？"

"我跟老朱之前就提过，不带女徒弟。"马雪松没觉得自己的做法有错，"在警校学了一肚子的理论知识，实际抓捕时用不上。想不通了，现在的小女孩在办公室里坐不住，怎么都这么爱往现场跑？"

手机再次振动，嗡嗡声扰乱着马雪松的注意力，本以为还是孟雯，正要挂断，却发现小屏幕上显示着陈海涛的名字。

"哥，你要找的人露头了。"陈海涛那边把声音压得极低，生怕被别人听见。

"知道了。"电话挂断，还没等马雪松放下，孟雯再次打来。

马雪松顾不上回应，索性关机。他将汽车发动，老式汽车因气温骤降，加速踩下油门时突然剧烈抖动，顿了两下后才恢复如常。

会不会是积碳的问题？

也可能是发动机。

毕竟这辆车，马雪松已经开了十二年。

金店抢劫案逃走的嫌疑人叫张勇，这是他同伙被捕后主动交代的，包括两个人抢劫的原因、相识的过程、菜刀的由来，事无巨细，全部坦白交代了。

抢劫用的菜刀是从集市上买的，两个人是老乡，钱是赌博输掉的，其中有不少是高利贷。

邻市刑警队的同事盯着嫌疑人张勇从后门出来，他们没有立刻抓捕，而是悄然尾随其后。张勇骑上摩托，很快察觉到车胎出了问题，他将车推向不远处的达超洗车行。

另一边，洗车行老板吴达超从办公室拿了一把钥匙，将一辆还没开始清洗的私家车向金色河畔洗浴中心的后门开去。

吴达超跟张勇正好打了个照面。

但很明显，双方并不认识彼此。

"怪不得查不出运赃物的车呢，合计是把来洗车的客户当帮凶了。"

"要是那些客户也知情呢？"马雪松不喜欢先入为主，"回头仔细查一下车主信息。"

"查着了也没用，怎么证明他们知情？"

老曾说得没错，罪犯不会把证据摆在桌面上让你像挑商品那样选。

吴达超选择开洗车行应该也是这个原因，工作环境有利于他们对赃物进行转移，又能在事后撇清关系。

马雪松更倾向于认为运送赃物的汽车是被人提前准备好的，但也无法证明。

"哥，有人往员工通道走了，穿黑色羽绒服，背藏青色包。"声音从马雪松的蓝牙耳机里传出，不得不说，陈海涛这次盯梢的工作干得不错。

"等到赃物交接的时候再动手。"

马雪松用步话机通知早已埋伏好的同事，他跟老曾早就候在巷口处，现在也动身向洗浴中心后门走去。

步伐不能太快，眼神也不能盯得太直，作为老刑警，这点经验还是有的。但年轻人不一样，容易慌神。刑警大队从辖区派出所借调了几名治安民警协助抓捕，其中一个明显缺乏经验，不小心跟通过倒车镜往后瞧的吴达超对上了眼。

做贼心虚，年轻警员也心虚，一对视就出了问题。

吴达超察觉到异样，没等背包同伙坐上副驾驶，便一脚踩下油门疾驰而去。

这车要是真蹿到马路上，到时横冲直撞一番，别说嘉奖了，马雪松的处分怕是躲不掉了。

幸好马雪松早有准备，刑警大队的两辆老式越野车从两侧斜开过来，正好堵住吴达超的黑色奥迪车的去路。

吴达超见这架势不敢再踩油门，他把方向盘向左一打，汽车侧身急停下来。背包的共犯二东当然不愿束手就擒，可他已经在刑警大队安排好的包围网里了。两名便衣刑警堵住了员工通道的门，六名治安民警从远处包抄过来，二东无路可逃，只好跪地求饶。

马雪松快走两步，打开二东背包的拉链，里面用浴巾包着的正是邻市金店被抢的那批珠宝。

这次的行动只算成功了一半，刑警队原本是想等吴达超带同伙驾车离开后，由小分队跟着他们去熔金的销赃地点抓捕，现在这条路走不通了，但马雪松有信心从吴达超口中把这些信息撬出来。

不知道他们的同伙会不会提前听到风声，从而拉长案件调查的战线。

"你没事吧？"马雪松走回老曾摔倒的位置。

老曾摆了摆手，刚才跑了几步，他的腰疼得快要断了，现在走起路来真成了跛子。

马雪松向下属简单交代了一下，便先扶着老曾坐回了车里。

"要不去医院拍个片子吧？"马雪松问。

"先回队里吧，老毛病，休息休息就好了。"老曾就着车里的矿泉水吞了一片止疼药，等待疼痛缓解。

刑警队的蒋为民这时小跑过来，先是关心师父老曾的伤势，随即看向马雪松道：

"马队，刚才朱局来电话，说文体桥那边出了命案，小孟先去了，朱局让你任务结束后就抓紧赶过去。"

"这是把我当骡子用啊。"马雪松小声嘟囔着，"洗浴中心的老板何武呢？"

"没见他出来。"

"进去找，找到了带他回分局配合调查。"交代完任务，马雪松这才想起打开手机，除了未接来电的短信通知，还有一条孟雯发来的信息：

八点十四分，西平市桥城区桥岭镇，九菇湖边，发现女尸，开机回电。

马雪松叹了口气，他给孟雯拨过去，语气里透着掩不住的疲惫。

"怎么回事？"

"女尸，年龄二十多岁。技术队的人已经来了，你那边完事了吗？"

"完事了，我现在过……"没等马雪松把话说完，那边就把电话挂断了。马雪松当了十几年的刑警，遇上孟雯这样的新人却没有一点儿办法。

"给你挂了？"老曾的痛意瞬时不见，"你这个徒弟，肯定是生你气了。"

"你咋这么八卦呢？腰不疼了？"

马雪松将手机揣回兜里。他伸手招呼民警过来，将车钥匙交到对方手里。

"老曾，你先回局里，我去趟小孟那儿。"

马雪松一会儿要见到的除了案发现场，还有他那个不爱笑的徒弟孟雯，免不了又要被挤对两句。

挤对就挤对吧，除了丢点面子，不少肉也不掉皮的。

不知道是不是一宿没睡的缘故，马雪松感觉吹到身上的风比昨夜的更冷了。

他刚要动身，本来清晨停了的雪又开始落下来。

雪花不像昨夜那么密，轻缓缓地，彼此间保持着陌生距离，像极了街道上擦身而过的人群，时而侧身，时而被风吹散乱了方阵，各自前往不同的目的地，它们礼貌而疏离。

马雪松在心里咒骂着——

这该死的鬼天气。

4

二〇一一年，霜降节气前一天。

一具全身冻僵的女尸被一群玩雪的孩子们发现，昨夜暴雪一直下到早上，没等公园管理员安排人员清扫，这里就成了命案现场，被警方快速封控起来。警车进不去现场，只能步行从雪浅的地方走入。

孟雯很快察觉到文体桥北的那条小径，从小径走到封锁线的位置，要走十分钟。

警队规定，女警只能留短发，刘海儿要求不超过眉毛，头发不能染烫，为了避免发丝被风吹得乱跑，孟雯戴了顶深棕色的毛线帽。为了活动方便，她穿了件短款黑色翻毛棉袄，配一条黑色运动裤与同样颜色的跑步鞋，完全不见年轻女孩的朝气。

尤其是在这片雪地里，孟雯的一身黑色衣服格外醒目。

马雪松没接电话，孟雯再拨过去，这次终于有声了，女声彬彬有礼，虽然生硬，但比自己师父有人情味得多。

那个女声告知她道——

您所拨打的用户已关机。

孟雯不想这样干杵在没过脚踝的雪地里，她向封锁区域走去。

辖区派出所民警已经布置好了警戒线，她出示警官证件后从民警手里接过鞋套，穿戴妥当后步入禁区。

孟雯能够察觉到自己的出现引起了围观群众的小声议论，她交代民警疏散人群，但这并非易事，警戒线外被劝走的人，很快又全部跑到了文体桥上。

技术队来到现场勘查的法医郭建旗资历老，头发花白了一半，跟这雪地倒是相称，一副黑色金属框架的眼镜架在鼻梁上，舌头习惯性地在勘查过程中舔着左后侧的下牙床。

他常年口腔溃疡，那里经常肿胀。

孟雯不敢打扰，直到技术队在中心区域勘验结束，郭建旗站起身来冲她招手，她这才敢凑近尸体。孟雯试图直面被害人的遗容，却始终不敢去瞧那双圆睁着的眼睛。

死者眼里本该存在的神灵脱离心跳停止的身躯，瞳孔里只剩斑块状浑浊与半透明的角膜，郭建旗瞧出孟雯的异样，他帮死者合上了双眼。

"西平市的老话讲，鱼死不闭眼是因为它们没有眼睑，人死不闭眼，是因为她们心里有冤……以前经手过命案吗？"郭建旗的声音很柔和。

"没有。"

"心理素质不错，多少人这第一次连看都不敢看。"

"死亡时间能观察出来吗？"

"你也知道昨天晚上大降温，等解剖后再说吧，别误导你们调查。"

郭建旗不想先入为主，孟雯随他视线瞧去，睡衣下的女尸不见了内衣，身体完全赤裸，能瞧见死者身上有大量的瘀青和烟烫疤痕。

"新伤老伤一锅烩，死者年龄不大，不知道活着的时候遭了多少罪。"郭建旗有个女儿，岁数同死者差不多，难免心生同情。

"找到能证明死者身份的物品了吗？"孟雯转头询问技术队警员。

"暂时没有。"

"死亡原因呢？"孟雯再次看向郭建旗。

"根据死者脖颈处的勒痕，有可能是机械性窒息，但也可能不是。瞧见了吗？后脑勺的位置有伤，是打击伤还是磕伤需要再检查，这个案子很麻烦。"郭建旗讲述着勘查后肉眼可见的结论，"自相矛盾的地方太多。"

"自相矛盾？"孟雯的眉头拧了起来。

郭建旗将孟雯领到一处人相对来说不多的空地，以免影响到技术队勘查。孟雯见郭建旗摘去手套，下意识去摸裤兜，但又很快作罢，结合郭建旗的一口黄牙，判断他应该是个老烟枪。

跟自己的师父马雪松一样。

"大冬天就穿了身睡衣，而且没有内衣，这正常吗？"郭建旗突然问道。

"证明这里可能不是第一案发现场。"孟雯说。

"在这种情况下，我们会下意识认定被害人在临死前遭受过侵犯，可是根据我的观察，死者生前并未与人发生过强制性的性行为。"

"也可能是凶手准备对她实施侵犯时，死者反抗，导致对方将她杀害……"

"那应该会有反抗过的迹象。"郭建旗打断孟雯的话，"死者的手指甲很长，可我们没从里面提取到任何的皮肤纤维……最重要的还不是这个。"

还有什么奇怪的吗？孟雯思考着。

"为什么不把尸体丢进湖里？"郭建旗说。

"嗯？"孟雯一时间没能反应过来。

郭建旗继续解释道：

"尸体被遗弃的时间虽然不能肯定，但根据死者身上雪层的厚度，应该是在凌晨。虽然气温骤降，但湖面上的冰层还很薄。要是不想让尸体被发现，肯定会扔进湖里，天越来越冷，冰层只会越结越厚，尸体被人发现的可能性也就变得越来越小。"

"也许是凶手太过慌乱了，本来是这么打算的，结果没注意到冰层的厚度……"

孟雯说到这里便不再讲下去了。

"你是不是也觉得自相矛盾？"

郭建旗知道孟雯已经开始了解情况，年轻刑警查案经验不如老猎犬，所以不能立刻嗅到异样，反应会慢上半拍。

"凶手选择将尸体遗弃到九菇湖，正是因为他对这里的情况非常了解。现在这里是禁渔期，附近小区即将拆迁，早就不住人了，所以晚上没有人，但到了早上，无论是来冬泳的老人，还是到湖边玩的孩子，很快就能发现死者，如果凶手只是凑巧选择了这里，你觉得合理吗？"

郭建旗言之有理，孟雯无法反驳。

如果按照这样的推论，那就是有人将尸体从第一现场转移到了九菇湖，又刻意将尸体留在湖边等到第二天被人发现。

这个做法太奇怪了，孟雯一时间摸不着头脑。

"你师父呢，还没来？"郭建旗与马雪松熟络，提起来并不生疏，"等小马来了，你跟他说一下情况，我们先把证物和死者带回刑科所。"

"好。"

孟雯目送技术队将死者搬上担架，用一块白布蒙上。

等技术队离开后，勘查警员继续扩大搜索范围，试图找到蛛丝马迹。

这糟糕的下雪天，就算是进行尸检，法医也很难得出一个精准的结果吧？

现在只能部署辖区派出所的民警先进行摸排，接下来该怎么办，孟雯也是一头雾水。

附近道路的监控肯定要查上一遍，还有目击者的证词，最好是能回想起一些现场被破坏前的细节。

可现在最困惑孟雯的不是这起凶杀案，而是马雪松无法打通的电话。

如果不是手机没电了，那只能是他自己关机了。

关机原因只有一个，他在执行任务。

这次的任务，孟雯又一次被蒙在鼓里，连知情权都没有。

文体桥上站着围观群众，辖区派出所民警正在疏散，陈嘉文穿棉服双手插兜，正盯着九菇湖边一袭黑衣的孟雯。

孟雯并未察觉自己被人注视，她拿出手机，编辑短信发送给马雪松——

八点十四分，西平市桥城区桥岭镇，九菇湖边，发现女尸，开机回电。

5

从南景路的抓捕现场到九菇湖约三十分钟车程，本想小歇片刻的马雪松直到文体桥还没有醒。

等车抵达目的地，开车民警见马雪松睡得沉，因不了解这名老刑警的脾气，只敢轻唤，不敢大声。

孟雯从远处快步走来，及至近前，她用力拉开副驾驶车门，故意在马雪松耳边高声喊道：

"马雪松！"

她嗓门大，直呼名讳，这在旁人看来多少有些冒失。马雪松没被孟雯的声音惊吓到，他睁开双眼，反而长出了一口气。

如果你曾梦到过自己躺在地下，被人活埋却无法出声，又有蚊虫慢慢附着到你脸上，突然清醒回到现实，或许可以理解马雪松现在的感受。

刚才睡梦中的景象远比眼前气鼓鼓的徒弟更可怕。

"知道你嗓门大。"马雪松伸了个懒腰，"刚进警队时叫师父，然后是老马，现在长本事了，敢喊我大名了。"

"我听说了，你们这两天在金色河畔有行动。队里有抓捕任务，为什么这次又不告诉我？"孟雯没好气地说。

"你也帮不上啥忙。"

马雪松拿起座位旁的矿泉水大口喝光，打了个响嗝后才继续说道：

"这回我们是协助邻市的兄弟单位执行抓捕任务，蹲点、熬夜、抓人，女孩子哪干得了这个。你是不知道昨晚有多冷，还有老曾身上那个味儿，差点儿没把我给熏晕了。再说了，熬夜对女孩子的皮肤也不好，师父这是心疼你。"

"骗人。"

马雪松看着在耍孩子气的孟雯，就像瞧见了邓语欣，他刚才开着玩笑，可自己却笑不出声。

他迷迷糊糊从车上迈下，并不急着走。只见他蹲下身，先用双手捧起一团雪，在脸上揉搓着，随即又轻拍了两下，再起身时脸红得像刚喝过酒。

之前那双困倦的双眼突然凌厉起来，如同薄冰边角，随时能够割裂皮肤似的。

"走吧，去现场看看。"

孟雯看着马雪松离开的背影，他走路时双手插兜，后背略显佝偻，像是在嗅着什么。

她突然想起郭建旗对师父的形容——

老猎犬。

马雪松脚步走得快，故意与身后的孟雯拉开距离，以避免被她继续责备。

孟雯这名意气风发的年轻刑警，被师父压着不能参与抓捕行动，为此马雪松确实对她心怀歉疚，却又碍于面子死不承认。

现场的雪地上都是脚印，看来没有穿鞋套的必要了，但是基于规定，马雪松还是把鞋套穿好才敢往前继续行进。

"怎么搞成这样了？"

马雪松看着现场，语气有些埋怨。

"尸体是几个在这儿玩的孩子发现的，孩子们都吓坏了，正好附近有来九菇湖冬泳的老人，给报警中心打了电话。等辖区派出所的同事到了，现场足足站了几十号人，有过路群众也有那些孩子的家长。"

"他们的指纹都采集过了吗？"马雪松眉头紧皱着。

孟雯点头，心里却有些不大舒服。

这是当刑警的基本素养，公安大学都教过，虽然师父问这句话也没什么错，可是因为马雪松平日里对她的种种行径，让孟雯多少觉得师父对女性警员有性别歧视。

"被害人的身份查到了吗？"

"现场没能找到可以证实死者身份的物品，刚才技术队勘查尸体时，死者没穿内衣，身上只有一件黑色睡裙。"

听着孟雯的讲述，马雪松那双眼睛观察起周围的环境。

案发地点在西平市文体桥下，归属桥城分局管辖，之所以起名叫桥城区，是因为辖区内有三座八十年代初建好的石拱桥，文体桥是其中的一座。

"郭老认为案发时间应该是在昨晚。"孟雯说。

马雪松不喜欢先入为主，郭建旗的嘴以前惜字如金，尸检报告没出来前，休想从他嘴里撬出一个字。

或许是上了岁数，这老郭不光是牙，就连嘴也变得松动了。

"等尸检报告出来再说吧。"马雪松看着文体桥上挤满的人群，开口问道：

"桥上呢？"

"桥上怎么了？"孟雯疑惑不解。

"桥上群众的信息登记过了吗？"

"他们又没来过现场。"

"你怎么知道？"

孟雯被马雪松问住，马雪松招呼附近的一名民警过来，将桥上群众的调查工作分配下去后，这才将视线瞥向不远处的松树林。

松树林不在尸体所在区域的中心，却是路边小径前往湖边的必经之路。

她跟在马雪松身后来到松树林，松树就算是冬天也挂着叶子，在天然屏障的保护下，树下方的地面有的区域还是露出泥褐色，没化掉的雪都不安分地待在叶子上。

孟雯之前已经让技术队对这里做过勘查了。

就在马雪松聚精会神观察时，孟雯的手机突然响了，是郭建旗的电话。

因为马雪松迟来的缘故，技术队已经先将被害人的尸体带回市局检验了，但按照刑科所平日的工作效率，报告最快也要到晚上才能出来。

"你师父还没到吗？"电话那边响起郭建旗的声音。

"到了，在我旁边呢。"

"把电话给他。"

孟雯将手机递给马雪松，马雪松原本还在好奇郭建旗为什么没拨他的号码，结果在身上摸了一遍，这才发现手机没在身上。

也许是掉落在了来现场的警车里。

郭建旗怕孟雯有所遗漏，特意来电重新将案发现场的情况向马雪松讲述，自然也提供了更多与被害人有关的信息。

"好，我知道了。"马雪松将电话还给孟雯，"郭老回话了，被害人下体没有被性侵过的痕迹，但是有些特殊情况。"

"特殊情况？"

"器质性损伤……回头让郭老给你解释吧。"

"死亡原因呢？"孟雯问道。

"延髓损伤导致的呼吸停止。"

"不是机械性窒息吗？"孟雯愣了一下。

"机械性窒息？"

孟雯补充道：

"除了后脑勺的打击伤，被害人的脖颈处还有勒痕。"

"嗯，不是。"

身上的伤疤、断掉的手指、脖颈处的勒痕……刚才郭建旗在电话里都已说明，马雪松边消化信息，边同孟雯一起从树林里走出来。

马雪松望向九菇湖的方向，这里不在中心区域，抽烟应该不打紧吧？

这么想着，他翻向外套口袋，可除了打火机外一无所获。这才想起昨天夜里早就将烟抽完了。

"你怎么看？"马雪松手上摆弄着打火机的滑轮。

"现场没发现打斗的痕迹，除了脑后部的伤口，被害人的身上也没有新伤。"孟雯接着说，"我认为九菇湖不是第一案发现场。"

"证据呢？"马雪松看向孟雯，"咱们查案不做无证推理。"

"明明是你先问的我有什么看法。"孟雯赌气道。

"我问的是建设性意见，不是你个人的主观猜测。"马雪松笑了笑，"现场被老天爷的大雪搞成了这个鬼样子，我们连被害人的身份都不知道，接下来的日子不好过了……"

"喂！"

孟雯突然大喊了一声，马雪松睡眠不足，本来就有些神经衰弱，被她这么一吓，只感觉心脏突然紧缩了两下，伏贴的汗毛如猫受惊吓时一般瞬间挺立。

"你想吓死我啊！"马雪松叫嚷起来，但他很快听到自己的回声。

没等马雪松反应过来，孟雯又喊了一声。

"喂！"

所有在场的警员都停下了他们手上的动作，马雪松这回听得更加清楚，回声足足延续了好几秒钟。

"你刚才不是问我有没有证据吗？"孟雯盯着马雪松的眼睛，"这里的环境是一个天然声场，如果被害人大声呼救的话，声音会被放大。你来以前，我让辖区派出所的民警在附近走访过。昨天晚上，没人听到过女孩呼救的声音，所以这里有可能不是第一案发现场。"

"在鉴定报告出来前，一切都是未知数。"

马雪松抬头看向文体桥，轻声说道：

"去桥上转一圈吧。"

6

尸体被发现的地方在桥城区与梁山县的交界处，湖的北面归梁山县管辖，湖的南面归桥城区管辖。

以前市局开会的时候有人开过一个玩笑，如果在湖里发现了尸体，那就不好界定了。这句玩笑话被桥城分局的局长朱伟萍听到，她当了真，起草文件向市局递交说明，将九菇湖也划入了桥城分局的管辖区。

九菇湖边除了积雪还有那片松树林，基本上没有其他建筑。

最近有传闻说梁山县那边要拆迁，建设开发区，所以湖北面的桥岭镇各家各户都在想办法增加自己拆迁时的权益，一到周末，天色刚刚见晴，便听到鞭炮声响，又有一户人家在迎亲，只为了户口本上能多一个人头，分房的时候可以多占一份利。

但他们平日里都不住在桥岭镇，那里过于破败了。

马雪松从辖区民警口中了解这里的情况，他并不抱有希望。孟雯不说话，紧跟着师父又步行到了文体桥，从这个位置可以一窥湖边全貌。

"疏散一下围观群众。"马雪松给民警下达指令，很快桥上的人便被请走，继续这一天的各自忙碌。

文体桥的扶手前两年经过市政加固，马雪松用双手撑在上面，他看着雪地上如同迷宫一般的鞋印，思绪也像鞋印般乱作一团。

他刚才在现场附近绕行，是想确认四周有无监控设备，但这个地点显然是嫌疑人精心挑选的，附近没有治安监控，文体桥上倒是有道路监控，可是无法拍到桥底。

孟雯的推论如果成立，尸体是被人从别处搬来的，那桥上的道路监控或许会拍到涉案车辆经过，但马雪松没有问。

这么简单的事情，自认为聪明的徒弟肯定做了。

之前他询问孟雯围观群众的指纹是否采集，明显看出徒弟觉得被他冒犯了。加上之前抓捕任务他对孟雯隐瞒，心想这回还是不要惹这个徒弟恼火好。

"我刚才检查过，湖面的冰结得不是很厚。"孟雯主动开口。

"这跟案情有关吗？"

"湖水昨天没冻冰，郭老也有过同样的疑问，为什么犯人不把尸体抛进湖里。"孟雯观察着马雪松的表情，可从那张老猎犬般的脸上，很难读出情绪的变化与起伏，"尸体就这么放着，好像故意在说，这里有人遇害了。"

"郭老是法医，解剖尸体才是他的专业，你上警校时的侦查学是跟法医学的吗？"马雪松有些责备的语气，他说话时嘴里不停哈出热气，"现在连死者的身份都还没证实呢，你就开始研究犯罪者的杀人心理了？"

"我只是觉得郭老说的也不是没有道理。"

"就是因为他说的有道理，才会对调查造成误导。"马雪松叹了口气，"或许你的猜测最终会被证明是对的，但调查上的顺序不能本末倒置，这是思维方式的问题。"

"我不明白。"孟雯不愿服软，"我只是说出自己的观点。"

孟雯犟嘴时的样子让马雪松再次想起邓语欣。

她们有着截然不同的相貌，有时却又很像，仿佛同一个灵魂住进了两个反差极大的身体里。

"你的观点太多了，又爱顶嘴，亏朱局之前一直夸你是个好苗子。"马雪松语气严厉，试图掩盖自己刚才的一时分神，"回分局吧。"

马雪松不管不顾，径直向远处走去。

孟雯讨厌马雪松对她的态度，她之前向朱局反映过，但并未受到重视。虽对师父有所质疑，但她不得不承认，马雪松的话确实有道理。

刑警查案，不是将无证推理东拼西凑，组成一个听上去有道理的故事，那是小说家才会做的事情。

现场情况勘查结束，送马雪松来的民警一直没有离开。马雪松坐到副驾驶座上，摸到之前遗落的手机，电话仍然保持静音状态，屏幕显示有数十通未接来电，但马雪松没有回拨。

这个早晨，他已经过得够糟糕了。

孟雯坐在后座，民警开车载着他们向桥城分局驶去。

马雪松双眼紧闭，头斜倚在车窗上，很快发出轻微鼾声。

虽然车里开着暖风，但空调老化，制热功能似乎并未起到该有的作用。马雪松双手仍然插在外套兜里，整个脖子缩入领口，孟雯感觉不到他身上有经历过一个生命逝去后的沉重。

毕竟死了一个人，而且被害人还那么年轻。

孟雯没见过这么凉的尸体，她做不到像马雪松那样若无其事。从她抵达现场后，心便一直沉着，如被冻在湖面下的鱼无法张开鱼鳃，有些难以喘息。

案发现场此时不见了之前的喧嚣，拉好的警戒线和值守的派出所民警驱赶着围观的群众，人们很快散去。

围观的大人散去后，这才露出小五低矮的身影，带家人来到这里后，他一直不曾离开。

小五站在警戒线外，直勾勾瞧着脚印更乱的雪地。

为什么那个女人会被藏在雪下一动不动？

为什么那张脸看起来竟会如此熟悉？

你好，谢谢，再见。

钻进小五脑海的画面。
他瞳孔瞬间放大，突然想起对方的语言——
手语。

7

骆和平开着的现代圣达菲是去年在梁山贸易城买的二手车，他正驾车驶往大学路。

不久前，他在西平大学对面的美食街兑下一家六十多平方米的小店。店面不大，但门口可以摆下六七张桌子，紧挨着一棵不知生长了多少年的洋槐树。

店里装修是现成的，骆和平不想再投入成本重新装修。他雇人给墙面刷漆，按加盟店的要求又加入装饰性软装并更改门头，再有月余就准备开张营业了。

从饭店到女儿学设计软件的地方，只需要五分钟车程。

饭店对面的大学校园门口拉着的红色横幅，上面写着欢迎二〇〇七级新生入学。九月末的西平市，树叶已显露出颓败的势头。

骆和平忙碌完饭店里的事情，便驾车顺主路往东，经一条窄小巷口后右转来到长江道。

他找寻位置停车，左手边是一幢四层的白色写字楼，说是白色，其实不太准确，因为墙漆早已剥落得不成样子，露出一块块灰色的水泥墙面，像一张满是疮疤的脸。

这里以前是西平市报社的办公楼，现在报社搬迁到文化局所在的大院，留下这栋空荡荡的建筑，交由公司管理，对外出租给一些小公司和成人培训机构。

骆雪所在的设计工作室在建筑物的三楼，面积不大，又被各种广告海报和活动物料塞得满满的。

最里面的靠窗区域被隔成了两间面积完全相同的房间，一间摆放着两张办公桌和四台电脑，另一间是工作室负责人谢小琴的办公室。

办公室有一面墙，上面张贴着各种证书和活动照片，其中一张是在桥城区特殊教育学校门口拍摄的。

照片里的谢小琴站在正中间，骆雪也在相片里，同其他学生一样穿着校服，站在上数第三排的位置，照片里的她留着黑色短发，显得十分清爽。

可现在的骆雪却顶着一头挑染过的紫色头发，脸上妆容很难让人将她与照片里的女孩联系在一起。

谢小琴用手语与骆雪沟通着，试图告诉她如何用软件新建图层，可骆雪的注意力一直放在手里那部诺基亚手机的彩屏上。

骆和平在门口站了一会儿，没有立刻开口说话，谢小琴的手语因窗外的逆光而模糊，从这个角度只能瞧见女儿低头的背影。

女儿的紫色头发跟这里的氛围格格不入，显得异常突兀。

谢小琴抬眼瞧见骆和平，向他露出了礼貌的微笑，骆和平也用微笑回应着。

骆雪的头自始至终都没抬起来。

"她最近不大听话，我那边的店在装修，准备开业，忙得不可开交，谢老师，给您添麻烦了。"

骆和平的嗓音沙哑，之前因长期抽烟导致的喉炎，就算在他戒烟后，仍时常感到喉咙干涩。

谢小琴了解他的不适，体贴地从饮水机里接了杯热水递到他手里。

工作室入口处有张偶尔用来洽谈事务的圆桌，谢小琴在他对面坐下。

"虽然我可以给小雪提供工作，但如果她自己不努力，我也没办法录用她。"谢小琴看了眼在办公间正玩电脑游戏的骆雪，"而且你们家的经济情况，在特殊学校的这些孩子里算是不错的。你刚兑下的那家饭店，有没有可能让小雪去那帮忙？"

"我肯定是愿意的，可她不一定会听我的。"骆和平略显无奈。

"你们父女俩，这么下去也不是个办法。"

谢小琴四十岁出头，话语中没有那种故作成熟的装腔伤势，反而和风细雨，正如她近十年间在做的事情。她帮助成立桥城区特殊教育学校，给残障人士提供就业岗位，这些事情几乎花光了她的全部积蓄。

"谢老师，我没想给您添麻烦，我知道这里现在也不容易。"骆和平将纸杯里的水倒进自己的保温杯，视线瞥向正在电脑前忙碌着的几名年轻人。

"项目越来越少，还要养这几个特殊教育学校毕业的孩子，听刘校长说，你把房子卖了？"

"我还有以前的老房子住。"谢小琴的脆弱显露在低下来的声音里。

骆和平向来不相信人的善意，但谢小琴却让他的想法有所改观，"有必要做到这个程度吗？"

"会好起来的，市报社在帮忙报道了，一些公司也报名参加了下个月的残招会，或许能给学校的孩子们找份新工作。"

"那些公司只是想借这个名义给自己做宣传吧？"

骆和平也是生意人，买卖虽然不大，但他不相信商人会做无利可图的事情。

谢小琴的表情有微妙的变化，很快让骆和平意识到不妥，急忙解释道：

"谢老师，我没说你，你跟他们不一样。"

"我也想靠报社做些宣传，好给工作室多拉些项目。"谢小琴难掩疲态，"有时我会想，这些年做的事情，究竟是不是对的。"

自从那件事发生后，谢小琴常常处于一种模棱两可的状态。特殊教育学校的一名学生临近毕业，想开超市自力更生，这本来是件好事。谢小琴拿出自己积蓄的一部分给男孩租了间小区底商的门市房。

但超市还没开业，那名叫陈嘉文的学生就失联了。

等谢小琴找到他时，陈嘉文正在网吧打游戏。他毫无歉意，用手语告知谢小琴进货的钱被他拿去买了游戏装备。

这笔钱对陈嘉文而言就像是大风刮来的，直接贴在脸上，即使挥霍掉也并不觉得有所亏欠。

每当想到此处，谢小琴便难过得想哭，却只能强忍住不在别人面前表露。

"你已经做得很好了，有时候别太勉强自己，如果累了，就先休息一下吧。"

骆和平不想鼓励她继续做下去，他帮谢小琴做过不少事，如果说没有产生过其他企图，连他自己都不会信。之所以没有更进一步，是他本能地认为自己与谢小琴并不般配。

谢小琴的成长环境优越，这造就了她理想主义的性格。从一流大学毕业后，对物质条件没有太高要求，不管不顾，一头扎进公益事业，只因为上大学时，她参加过学生会组织的一次公益活动。

她有慈悲心，认定理想主义的花，最终会盛开在浪漫主义的地里。

可理想要靠物质作为基础才能实现。

这个道理是谢小琴在她父亲去世后才意识到的。

从前谢父为女儿的理想支付账单，以至于死后能留给谢小琴的只有一套叠拼房和几笔保险理赔金。

如果她就此打住，生活虽不能像从前一样富裕，却也能衣食无忧。

但谢小琴在这条路上走了太久，她已经停不下来了。

现代车沿桥东路行驶，经西平市的单面楼，骆和平父女回梁山县的家要走市南的立交桥。

桥上坡见不到下坡路，东侧是西平市煤气总公司，西侧是老桥城公园，旁边的市政家属院今年刚开始兴建，听说建筑方案是请中国香港团队设计的，一栋栋没有封顶的高层建筑，虽然裸露着水泥色的外墙，却能通过轮廓看出它建成后的样子。

骆和平以后也想住在这样的楼房里。他现在的家在梁山县桥岭镇，是以前父母留下来的老房子，离梁山海鲜农贸市场不远。

他以后要在西平大学对面经营饭店，就算有私家车，单程也要花上二十分钟，还是在路面交通畅通的前提下。

回桥岭镇的路上，过文体桥后要先走一条经过玉米地的土路。当然也可以绕行城东路，但那样的话要多开几公里，大路红绿灯多，常常堵在某个十字路口，难以前行半步。

这条土路虽然颠簸，但从来不会堵车。

此时天气阴郁。

骆雪把音乐播放器的声音调到最大，那些乱糟糟的声音透过耳机传出，让骆和平的心情更加焦躁不安。

她明明什么都听不到，却故意戴着耳机，骆和平越来越搞不懂女儿。

汽车经过坑洼处，速度放缓下来，他这才听清从女儿耳机里传出来的声音。

邓丽君的歌，王晓娟的声音。

骆和平的脸色，如同窗外正在加重颜色的云层。他突然用力踩下刹车，幸好骆雪系着安全带，但胸口仍被勒得生疼。

骆雪终于肯抬眼同父亲对视，那双眼睛写满了怨言，这让骆和平再也无法抑制住自己的情绪，他先是用手拽掉女儿戴着的耳机，随即用极大的声音训斥着根本听不到声音的女儿。

"你到底想干什么？"

骆雪知道，这是父亲对她的冒犯。

她能感受到的只有父亲的怒意，却根本不知道那张一开一合的嘴里正冒出多么难听的话语，这种感觉令骆雪窒息。

她将安全带快速解开，不顾汽车停靠位置的偏僻，径直走下车去。

骆和平作为父亲的权威遭到亵渎，骆雪一连串的抵抗激怒了他，让他成为暴徒，他从车上走下，快步追上正要离开的骆雪。

他将女儿的右手腕死死攥住，免不了遭到女儿反抗。最后骆雪甚至瘫坐在地，用力抵御着父亲的拉扯。

那双瘦弱的胳膊力量终究薄弱，又或是骆和平的手抓得实在太紧。

骆雪能感到身体与地面接触的部分正被石子硌得生疼，她张开嘴试图发出能与这痛感和无助对应的声响，可仿佛被人按下了静音的按钮。

没有人能听见她的呼救。

就像那头赫兹异于同类的鲸鱼。

一旁田野里，正响起微弱的蛙鸣声，似是阴沉沉将要下雨的天气里正与风合鸣奏响的安魂曲——

> 主！请赐给他们永远的安息
>
> 并以永远的光辉照耀他们
>
> 尘寰将在烈火中熔化
>
> 死亡和万象都要惊慌失措
>
> 展开记录功过的簿册
>
> 罪无巨细
>
> 无一或遗
>
> 你是可怕威严的君王
>
> 仁慈的源泉
>
> 请你救我
>
> 恩赐宽恕我的罪愆
>
> 勿使我堕入永火

8

从九菇湖现场离开，马雪松原本打算去找郭建旗，毕竟还没亲眼看过被害人的尸体，却被朱伟萍的电话先催回了桥城分局。

桥城分局建在红旗路上，红旗路在西平市当地又被叫作"拐道路"，当时路建在铁道两边，车便随着铁道的走向跑，后来红旗路改名"长征道"，老一辈记不住新名字，还管这路叫拐道路。

拐道路就是七马路，在铁路上工作的员工和家属都懂，跟部队规矩相同，"一"读"幺"，"二"读"两"，"七"读"拐"。

铁道跟老西平火车站虽然已经弃用，但这条拐道路连同老火车站这座殖民时期留下来的建筑物，去年却被评为了省非物质文化遗产。

拆是拆不掉，索性由几家国企联合民营企业出资改造成了铁路文化产业园，起初面向社会招纳科技型企业，后来陆续入驻了几家文化公司，园区里慢慢又开了饭店跟咖啡馆，烟火气逐渐旺了起来。

分局办公楼以前是老西平火车站的招待所，独门独院，紧挨着一条废弃了的铁道。院子里有一小块花圃，这里是朱伟萍最爱待的地方。

她不止一次想过在院里建个大棚，平日里种些瓜果，角落位置再摆把躺椅，在花气中睡个午觉，想想就觉得惬意。

但朱伟萍的想法一直没能践行，主要是担心影响不好。

虽然不算违规，可这里毕竟是公安局，所以她只在花圃前放了张户外长椅，供警员闲时抽烟小坐。

"这次命案现场，你到得可有点晚了。"

朱伟萍刚松完土，她在旁边水龙头处清洗双手。

马雪松刚才在车上小睡片刻，心脏不像之前跳得那么厉害了，堵塞脑神经的困意消失不见，但胃部的疼痛感一直不曾消失，他只能用手掌轻揉。他从未想过，身高只有一米六出头的朱伟萍会成为自己的直属领导，他们十二年前因为一起大案结识，当时的朱伟萍还在禁毒大队做副队长。

"走私盗抢的案子要抓人，市局那边扫黄打非队里面也要配合，更别提那些打架斗殴、聚众赌博的，大小案子几十起，大队里统共就这十几号人，领导，你也在一线待过，也体谅体谅我。"马雪松抱怨起来。

"老曾的腰，以后没办法跑了吧？"朱伟萍不接马雪松的话。

"身子是抬不动轿了，昨天蹲点的时候，嘴也没停过。看这情况，可能连吹唢呐的气都不够用了。"

马雪松的话多少有些添油加醋的成分，朱伟萍笑道：

"那马队长觉得我该怎么办？"

"老曾这一身的毛病是怎么落下的？还不是为了咱们刑警大队，为了桥城分局，这些年分局集体荣誉的军功章，他是付出过辛劳的。"马雪松的情绪开始变得激动起来，"他在刑警队待了几十年，任劳任怨，比现在的年轻人都拼，就昨天我俩在车里盯人，他身上那膏药味重的啊，我都没法待。"

"差不多行了，我不是傻子，听明白啦。"

朱伟萍看不得马雪松在她面前演戏，急忙打断道：

"审讯结束后，找人送老曾去公安医院做个检查，转岗的事我这边帮他申请。"

"真的？"

"争取调到市局去，找个文职工作。"朱伟萍呼出一大口气说道，"没两年就该退了，市局离他住的家属楼近点，上下班也能少些折腾。"

"这事办得靠谱。"马雪松高兴起来。

"你呀，先操心操心自己吧，做胃镜了吗？"

朱伟萍瞥见马雪松揉着胃，她从包里拿出胃药递过去，几乎每名刑警都把胃药当作创可贴般随身带着。

"上个月分局体检的时候做过了，就是炎症。"马雪松习惯性地从怀里掏出塔山烟，那是回分局前路过烟酒店时买的，还没来得及拆封，却被朱伟萍从手里一把抢走。

"有炎症就少抽点烟，忘了你师父咋走的？"

马雪松的师父宋永军进了陕东省公安厅，原本还能往上升，可这身体没扛住，为了破案抽烟熬夜，最终招来了肺癌。胸腔积水，宋永军身上长满了暗红色的水泡，化疗遭了一年的罪，还是没能挺过来。

"人各有命。"

马雪松笑了笑，他想将烟抢回，朱伟萍却把烟盒直接扔入身旁的垃圾桶。

"人手的问题我来想办法，多给队里调几个好苗子，九菇湖的命案，抓紧办。"

"催我没用，你得先催技术队给我报告，别每次到夜里了再让我们去拿，兄弟们好几天都没睡过安稳觉了。"马雪松闲不住，用手拨弄着花坛里绿植的叶子。

"郭老那边的尸检报告我来催。"

"虽然队里困难多，但我们有个好领导。"马雪松笑了笑，他接过朱伟萍递过来的保温杯，吃下两粒治胃炎的药，等待药效发挥作用。

"技术人员也不容易，相互理解吧。别空着肚子了，上门口吃碗面条，再喝点热汤，我请客。"

朱伟萍关怀的语气，听在马雪松耳朵里却成了另一种压力。

吃面。

从别人嘴里说出来，只是再寻常不过的一顿饭。

可从朱伟萍口中冒出来，那就不是什么好兆头了。

9

邻市来的刑警刚刚审讯完金店抢劫案的犯罪嫌疑人张勇，几乎没费什么力气就得胜而归。

老曾这边正相反，对洗车行老板吴达超的审讯进展并不顺利。

虽然调查到吴达超当时驾驶的车辆车主是其多年好友，但吴达超口风很紧，无法判定车主对走私一事是否知情。

洗浴中心负责背货的保安队长二东原名李东，和老曾是"老朋友"，此刻也是油盐不进，称销赃与洗浴中心老板何武没有关系。

最关键的是蒋为民进金色河畔洗浴中心搜人，里里外外找了好几遍，愣是没找到何武。

可根据陈海涛的消息，何武昨天明明就在金色河畔洗浴中心，他亲眼确认过。

"警察同志，我这双眼睛绝对没看错，肯定是本人。"

陈海涛语气坚定，但确实没能找到何武，只能当他看错了。蒋为民让协警将洗浴中心的出入口封起来，用铁链拴好，挂上了几把大铜锁。

老曾一筹莫展，他从审讯室里走出，双手一直放在后腰处，整个脊椎弯曲的弧度如同一座拱桥。

之前抓捕时的跑动让腰疼变本加厉，要换以前，队里跑得最快的就是他。老曾偶尔会在记忆里摸找出他年轻时的样子，他一身警服同妻子联谊共舞时的挺拔身姿，转业后破获大案的英雄往事。

那时多威风啊，现在却成了老骥伏枥。

虽志在千里，可腿却跑不动了。

妻子过世多年，老曾腰伤久病，难忍疼痛，歌舞厅和广场也多年不曾去过。

刚回队里的马雪松看到满面愁容的老曾正热着中药袋子，知道他审讯撞到了铁板，肯定又是下面的人替东家背了锅。

"这中药还没喝呢，怎么就把你苦成这样了？"马雪松打趣道。

"命苦，洗车行的吴达超，背货的二东，两个人嘴都粘了胶，一点儿风也不漏。"

老曾用牙把中药袋咬开个小口，把中药当水一样咕嘟几口喝了下去，几天睡不了一个好觉，喝中药跟喝咖啡也没什么差别了。

"这俩货都是几进宫的主了，哪有这么容易撬。"

"你那边怎么样了？"老曾抹了把嘴，"我听说是奸杀案？"

"听谁说的？"马雪松下意识地看向周围办公的队员，"技术队的报告还没出来，老郭那边尸检的结果，死者没有被侵犯过的迹象。"

"你这牙缝里沾的是什么啊？香菜？"

老曾凑近去瞧马雪松的牙，马雪松侧过身子避开。

"朱局刚请我在分局门口吃了碗面。"

"线面？"老曾问话时有些幸灾乐祸。

这桥城分局的老刑警都清楚规矩，朱局以前在刑警大队的时候，给犯人买热汤面，要的是宽面，叫"坦白从宽"。

后来朱伟萍当了局长，遇上大案就请负责的警员吃饭，宽面变成了线面，"坦白从宽"就成了"限期破案"。

孟雯在旁边竖起耳朵听着，她刚进刑警队不久，没遇上过大案子，这个规矩也是头一次听说。

"老朱让我把案件资料今天晚上整理好，她明天好跟陈局汇报。"

"交给小孟弄，人家这会在档案室可没偷懒，勤奋着呢。你先抽点儿空，咱俩打个配合，帮我把金色河畔洗浴中心的事给弄了。"老曾有了帮手，眉头一下舒展开，"我就不信了，从这俩滚刀肉口里撬不出东西来。"

"劫匪邻市抢劫，在西平市销赃，洗浴中心是中转站，二东跟吴达超负责送货，本来跟下去，等到熔金的时候再抓人，犯罪事实、人证物证就都清晰了，他们谁也赖不掉，现在的问题是，没掌握他们熔金的地点。"马雪松并不急躁，"这事只能让他们自己吐口，后面才好往下查。"

"有办法吗？"

"真当我进洗浴中心是去泡澡的？"马雪松撇了撇嘴。

"你不是还搓背了吗？"

"我那叫接头。"

老曾这才想起来，提供洗浴中心销赃线索的举报人，是一名搓澡工。

马雪松并不打算只让老曾在台下看戏，他将一个优盘拿了出来。

"东西给你，这次你当赵子龙，杀个七进七出。"

老曾慢悠悠地把优盘接过来，他已清楚马雪松的用意。

看来除了案子，自己这位搭档刚才跟朱局还聊了些别的。

"剑光如霜马如飞，单骑冲出长坂围……"

老曾哼上了戏，还想摆个亮相的身段，却又闪到了胯。

"你消停点儿吧！"

马雪松无奈道，他拿起桌上的资料径直朝孟雯那边走去。

老曾看着马雪松离开的背影，看到马雪松后背挺直，手臂挥动有力。

马雪松刚进刑警队的时候，一直跟在老曾身后，现在慢慢超过去了。十几年了，老曾亲眼瞧见马雪松身上多了不少伤，脸上也多出了许多道褶子。

从小兔崽子成了现在的马队，老曾心里多少有些感慨。

这"长坂坡"，怕是老曾在刑警大队唱的最后一台戏了。

吴达超前科不少，都记录在案，坐在审讯室长桌后面的老曾正在翻看。

"我有的是时间和精力跟你们耗，你不说，这件事我们最后也能查出来，替人销赃，有卖家就有买家，二东包里背的可都是金饰，金子你们得找地方熔吧？从洗浴中心接上人，带着赃物要去哪儿？"

和老曾一起参加审讯的是一名年轻刑警，他的问话多带猜测性质，对于吴达超这种老油条，这些话不起作用。

可吴达超并不知道，这是老曾有意为之。

打配合，就得找个经验浅的，先把嫌疑人的警惕心给降下来。

按照桥城分局的老话讲，让犯罪嫌疑人先嚣张一下，再把他们打回原形。

"我就是个开洗车行的，二东让我捎他出趟门，去哪儿我还没问呢，就被你们给按了，我也不知道他包里装的是赃物啊。"

"那你跑什么啊？"

"我以前犯过错误，现在见到警察就害怕，警察同志，人民警察为人民，咱可不能冤枉好人。您说呢？"

吴达超说话时，不瞧小年轻，一直盯着曾铁钢，似乎有意提防，怕老曾开口便露出尖牙，向他狠咬一口。

"二东那边跟你说的话正相反。"老曾声音不大，他刻意压低了声调，"二东说东西是有人拿到洗浴中心，让转交给你，他自己没打开看过。"

"嘴长在他身上，出了事肯定往我身上泼脏水啊。"吴达超做出

046

一副恼怒的样子。

老曾清楚，被抓以后要怎么说，他们早在做这件事前就商量好了。

"你呀，也不用着急，我们绝不会冤枉好人，但也不会放过一个坏人。"老曾示意身旁的刑警播放视频。

"来，先看点东西。"

吴达超原本不屑，可瞧见视频内容后，脸色突然沉了下来。

那是被人用偷拍设备录下的影像，记录着洗浴中心按摩房里的一举一动，这是何武的专用包厢，外面的客人进不来，这么看来，是有内部人向警方透露了情报。

视频中正播放的，是吴达超跟洗浴中心老板何武的谈话，对话内容涉及分赃细节与作案方式，没等视频播完，老曾就按下了暂停键。

"是继续往自己身上扛，还是咱们从现在开始说点实话，你自己选。"

坦白从宽，抗拒从严，这个道理谁都懂。

在没有证据前，吴达超的牙关死闭着。现在有了证据，他那张嘴不用人撕，自己就咧开了，将前因后果说得一清二楚。

就算他不交代也没什么用，办案重证据，轻口供。

讯问结束，吴达超按下手印后被民警铐走，他仍想不明白究竟是哪里出了差错，竟让人在眼皮底下装了监控。

"警情通报有线索了吗？"

马雪松在孟雯的工位旁，看着技术队送来分局的现场照片。

"还没有，都和被害人的情况不太相符。"

曾铁钢笑呵呵地从讯问室里走出来，无须多言，结果全写在他脸上。

"你是没看到，刚才把二东那小子吓的，视频里没拍着他，可他这嘴漏得比谁都快，生怕吴达超那边先立功。"老曾有所疑问，"不过，你那个视频从哪儿弄来的？"

"不是跟你说了吗？有热心群众。"

"那个搓澡工？"

"嗯。"马雪松此时并不轻松，"只不过可惜了，吴达超吐口了也没用，洗浴中心没找到何武。"

"跑了？"老曾心头一紧。

"谁知道呢。"

两人说话间，已经走到了刑警队休息室门外，马雪松将屋门推开，只见杨小叶正端坐在沙发上。

杨小叶穿着麦尔登呢质地的军大衣，坐姿挺拔，还保留着以前当兵时的习惯，双手放在膝盖上，这架势把老曾跟马雪松吓了一跳，不免肃然起敬。

"现在不用打仗了，没想到还能帮国家做点儿实事。"

杨小叶脸红着，有些不好意思。

"老人家，要不是您，我们想拿到证据那得费老劲了。"马雪松半开着玩笑，"您搓澡时的手劲可不轻，我这背现在还疼着呢。"

"现在年轻人的皮都太薄，多敲打敲打就厚了。"

"之后还要麻烦您做份笔录，会有别的同事负责跟进，都是些生瓜蛋子，您帮着多敲打敲打。"老曾笑道。

"你们这的条件，也挺苦啊，这么一瞅，还是澡堂子里暖和。"杨小叶下意识观察起刑警队的环境。

前几天室内的温度还不像今天这么冷，老楼电路不能过载，所以上到领导办公室下到门卫值班室都没有安装空调。大功率的电暖器也用不了，冷的时候就得让后勤拿个暖风机过来，角落处有个地方空着，马雪松常想在那儿摆个长条沙发，临时休息时用得上。

"这屋里头咋也比在外头待着强，您不知道，昨天夜里把我给冻的，这天降温了，您也得多注意着点儿身子。"

"我没事，冬天还下龙四湖里游泳呢。"

龙四湖？

马雪松虽然在西平长大，但并不知道龙四湖是九菇湖以前的名字。

"现在年轻人不这么叫了。"杨小叶娓娓道来，"九菇湖以前的名字叫龙四湖。"

对于现在的马雪松来说，"九菇湖"这三个字是敏感词，会触动他的脑细胞快速运转。

"老人家，能再跟您聊聊九菇湖的事情吗？"

按杨小叶的话讲，九菇湖最初的名字叫龙四姑娘湖，相传这里是北海龙王小女儿的修炼地，汇聚天地灵气，所以湖底物产才会如此丰富。

以前这里最常见的是几十斤的青棍鱼。渔民靠湖吃饭，打捞前会准备三牲、瓜果、香烛献祭，他们念念有词，祈愿心诚换来威德灵应，能蒙龙四神女庇佑取得硕果。

二十世纪六十年代，有人曾在这里捞到过一条重达百斤的鱼王，岸边渔村后来合村并镇时使用谐音字，起名禹王镇。再后来，禹王镇又变成今天的梁山县。西平市最大的海鲜农贸市场，就在县南口。

九菇湖的名字是一九八八年的时候，市政府修缮文体桥时新改的。

当时陕东省厅一名中文系毕业的领导来西平视察，望着龙四姑娘湖感慨了一句：

"形似九菇，苍山日暮。"

旁边西平市水利局的干事记在心上，递交了更名文件，于是龙四湖就成了九菇湖。

西平市颁布禁渔令前，九菇湖随处可见小渔船，湖边并排坐着野钓客，就算是入冬以后，这里也热闹非凡。

湖面结厚冰，大人跟孩子都会拎上冰鞋来这里滑上几圈。

冰面如兵卒所持坚实盾牌，上面多出无数细长划痕。

有时人聚多了，便瞧见岸边的棉鞋、雪地靴、登山鞋并排摆放，如观众般，看着冰湖上的人群或滑行跳舞或谨小慎微，偶有初学者扑通一声坐倒在冰面上，像乌龟般翻壳倒去，双手胡乱挥动却也于事无补，必须借助他人的帮助才能重新站起来。

这里有着不少人的童年记忆，但现在不比从前了。

九菇湖的禁渔期起初只有三个月，后来期限延长，变成只有七月到九月才能打捞，渔网相连的渔船不见了，九菇湖岸边也竖起了"禁止野钓"的木牌，人气一下凉薄不少。

除去禁渔令，九菇湖管理部门为保证人身安全，同时颁布新规，不再允许市民到湖面上滑冰，还派专人在白天巡视。

于是这里至冬季，再不见在湖面上滑冰的人，倒是成了冬泳者晨起锻炼的游乐场。

时至今日，梁山县的老人还是习惯将这里称为龙四湖。

"这个龙四姑娘是北海龙王的小女儿，出生的时候，头上少了一只角，所以听不到声音，也说不了话，虽然身为龙女，却因少了这一只角，不能化作龙形，龙宫里的人都欺负她不会讲话，北海龙王心疼自己的女儿，他流下眼泪，成了梁山脚下的一片湖，龙四姑娘离开北海后，就住在这湖水之下。"

马雪松听杨小叶聊着这几年同儿菇湖有关的见闻，信息果然庞杂。

他不知道哪句话会在之后的调查工作中起到作用，便用录音笔将谈话录下，打算让那个不听话的徒弟找时间仔细整理。

孟雯所在的工位离休息室不远，可师父与老者在屋里说了什么，她半个字也听不到。

　　"交通监控查到什么了吗？"孟雯打电话向交警大队询问进度。

　　"有几辆昨夜经过文体桥的车辆，我们还在核查。"

　　"有消息随时通知我。"

　　电话挂断，孟雯身子向后靠去，仿佛仍身处九菇湖正在下雪的湖边现场，依稀窥见女孩尸体被凶手从文体桥一路背至湖边放下。

　　马雪松跟老曾送杨小叶出门，他们往侧门口的方向走。

　　人刚出去，孟雯的手机便响起急躁不安的铃声，她接通电话，对方是梁山派出所的治安民警邱志红。

　　"小孟，湖边女尸案有新线索了。"

第二章
被害人的身份

1

马雪松让蒋为民把杨小叶送回家，硬是把老曾也塞上了车。

他仔细嘱咐，要蒋为民盯着老曾到公安医院做检查，身体上下里外都不能给漏了。等车开走，马雪松站在院里一摸兜，这才想起之前那包烟被朱伟萍给扔了。

这个分局长，管的事太多。

不知道朱伟萍是关心马雪松的身体，还是怕他生病倒下，大队工作会乱成一团。

马雪松不把自己当回事，觉得刑警大队少了他照样能够正常运转。

只是还需要些时间。

自从当了刑警，马雪松的生活就和案子捆绑在一起，粘连的好似冬季严寒手指与铁笼接触后的那种不可分离，若是硬生生分开，只会露出血肉，但却又找不到更为温和的方式。

在那个监控探头匮乏的年代，西平城大案不多，小案不断。队里人手不足，全靠马雪松这几个人盯着，马不停蹄，奔波忙碌。

不知道什么时候才是个头。

或许等到马雪松光荣退休，又或是在未来的某一起案子里英勇殉职。

马雪松叹了口气，他双手插兜走到分局门卫室，跟值班警员老张讨了根手卷烟，刚要把火点上抽一口，就听见孟雯从不远处喊他大名。

"马雪松！"

这声喊直接让他被烟呛得咳了好几声。

马雪松用嘶哑声音嚷道："没大没小的！之前在现场没把我吓死，现在想呛死我啊！"

没等马雪松说完，手里的烟便被孟雯抢走，在雪地上掐灭后，直接丢入身旁的垃圾桶。

"朱局说了，以后让我管着点儿你。"孟雯有朱局的指令，说起话来理直气壮，倒是马雪松变得好奇起来。

"听老曾说你跟朱局打过我的小报告？"

"我那叫跟上级领导反映问题。"

"你和老朱不会真像局里传的那样，有亲戚关系吧？"

"说正事。"孟雯言归正传，"派出所刚才来电话，发现尸体的孩子里有个叫小五的，十岁，在热电厂子弟小学读三年级，他的家长说孩子好像认识被害人。"

"小学生？"马雪松在甄别孩子证言的准确性，"他在哪儿？"

"在家，孩子父母陪着呢。"

"所里问到什么了？"马雪松继续问道。

"根据那个孩子说的，被害人好像不会讲话。"

"不会讲话？"

"小五记得死者教过他手语，但是在哪儿教的、什么时候教的，不太记得了。"

"可信度高吗？"马雪松沉思了一会儿才低声问道，"十岁的孩子，有时给出的证词并不准确，反而会对调查产生误导。"

"派出所那边考虑到了，所以也问过家长，教手语这件事孩子的母亲也有印象，应该是去年，当时是热电厂子弟小学组织的课外活动。"

"学校那边核实过了吗？"

如果信息能被证实，对确认被害人身份将会是个大进展。

"问了，以防万一，我让学校那边整理了一下近三年课外活动的资料。"孟雯做事细致，很多事根本不需要马雪松吩咐她就已经开始查了，但这个徒弟也有缺点，做事太细，反而让她看不到全局。

"吃饭了吗？"马雪松肚子里有一碗线面打底，但也是这碗"限期破案"在给他施加压力。

"啊？"

孟雯突然被马雪松关心，一时没反应过来。

"老曾住院了，队里别的弟兄也都熬了好几天，这么连轴转下去别说查案，命都要没了，让他们先休息一下，这件案子你先跟着我查。"

"师父，这可是起命案啊，你怎么一点儿不着急啊？"

"着急有用吗？我自己的命都丢过好几回了，自乱阵脚，毛毛躁躁，能干得成啥大事！"

马雪松学起之前杨小叶在洗浴中心说话的语气。他从门卫室的储物柜里拿了面包跟牛奶，门卫室是刑警队的"小金库"，为了应对突发状况，一些保质期长的食品跟矿泉水统一堆放在墙角处的木柜里。

"路上吃吧，我开车，你睡一会儿，不然晚上挺不住。"

"晚上？"

"查上案，这下班可就没点儿了，不想遭罪的话，就回档案室里继续待着。"马雪松突然想起了什么，"还有，之前你在现场说过的理由不成立了。"

孟雯瞧着马雪松向院子里的那辆大众牌汽车走去，她回想起两个人在湖边现场的对话——

回声。

如果被害人是一名有听力言语障碍的残疾人，那么案发时没人会听到呼救声，或许不是被害人已经遇害，而是她呼喊过，可从她的喉咙里却发不出声音。

无声，又怎么会有回响？

2

马雪松原本打算让孟雯在路上小睡，可孟雯的脑袋被案件塞满，难以入眠。

"想让脑袋办案的时候动起来，得先让它睡足了，强挺着只会力不从心。"马雪松说。

"睡不着，一闭上眼睛，就能瞧见被害人的脸。"孟雯答。

马雪松没再说话，孟雯现在的感受他再理解不过了，自己又何尝不是被梦魇侵扰，导致睡眠从来都是断断续续的。他偷瞥着徒弟疲惫的样子，不免担心起来，年轻人有时过于用力了。

有些案子需要短跑运动员，冲快点儿也没什么，但根据马雪松多年查案的经验，这起湖边女尸案，是一场马拉松比赛，要张弛有度，否则没等抵达终点，人就会先倒下来。

这就是新手与老手的差别。

孟雯冲得太快，马雪松想让她慢下来，不能过于相信直觉。

突然响起的手机铃声，打破了车里安静的氛围，马雪松驾驶汽车无法接听电话，只好叫孟雯打开免提。

电话那边响起了郭建旗略带埋怨的声音："你们朱局这报告催得够狠的。"

"尸检报告出来了？"马雪松打开汽车双闪，在路边暂时停下。

"根据骨龄判断，死者年龄在二十三到二十五岁之间，昨天降温，死亡时间我没办法给得太过精准，在十二到十八小时之间。"

"范围有些大，不像你老郭的水平啊。"

"我啥水平？啥水平遇到这种情况都没用。"

"骨骼肌的超声反应呢？"

马雪松脱口而出的名词，让孟雯不禁侧目。

"第三期。"郭建旗在电话那边答道。

"电刺激的结果？"

"肌纤维已经没有抽搐反应了，被害人的胃里也没有残留物。"

"气管黏膜上皮细胞的纤毛运动呢？"

"观察不到……能做的我都做了，死亡时间我只能给你这个范围。"

"还有其他发现吗？"

"尸检发现死者的手腕和脚腕都被人用透明胶带捆绑过，脚底没泥，也没有划伤，所以初步判断，九菇湖不是第一案发现场。"

郭建旗说话的语气像是在讲解一道数学题。

"被害人脖颈处的勒痕，查出是什么工具造成的吗？"

这个问题之前一直困扰着马雪松。

"知道项圈是什么吗？"

就算郭建旗是名老法医，陈述这个结果的时候，也不自觉带上了愤怒的语气。

"对方把给狗戴的东西，戴到了被害人的脖子上。"

马雪松皱起了眉头。

挂断电话后，他并未立即启动车辆，而在思考刚才接收到的信息——

被害人手腕跟脚腕曾经被人用透明胶带捆绑过，是为了限制她的行动能力吗？

为什么狗项圈会戴在被害人的脖子上？

这听上去更像是某种情趣游戏。

如果是这样，那么跟被害人存在亲密关系的异性作案嫌疑就很大了。

关键还是要快点儿找出被害人的身份。

"根据尸检报告查证的情况，无论被害人遇害的地点是哪儿，都不可能是九菇湖。"孟雯显然也在分析尸检报告的信息。

"为什么这么说？"马雪松问。

"湖边碎石子很多，被害人被发现时是赤着脚的，可脚底却没有泥跟划伤。"

"如果鞋是在被害人死后脱下来的呢？"

孟雯思忖着，虽然可能性微乎其微，但马雪松的想法并非毫无可能。

"总之，先找出被害人的身份吧。"

说完这句话，马雪松重新发动汽车，朝目的地——欧派花园驶去。

3

欧派花园的名字听上去奢华，实际上却是城中村拆迁盖起来的返迁房。城东路物流公司跟仓库多，平时大货车都从小区门前过，欧派花园的居民反映最多的问题就是噪声大，另一个问题就是小区里住的老人喜欢私搭乱建，很多绿化用地被改成了蔬菜大棚。

停车问题就更不用提了，辖区派出所的治安民警几乎天天往这儿跑，后来市政部门研讨方案，在小区对面规划出空地作为停车场，问题才得以解决。

小区的物业公司还算正规，治安不错，虽然邻里间的小事不断，但也没出过什么大案。

马雪松没来过这里，听门卫的建议，他把车停到了小区外的停车场，接下来的路，两人得靠步行了。

辖区派出所的治安民警邱志红一直守在单元楼门口。

不同于刑警的便衣装扮，他一身警服，有路过的居民偶尔侧目，他们窃窃私语，揣摩着小区里是不是又出了民事纠纷。

"孩子刚睡着，家长的意思是，咱们能不能在楼下先等会儿。"邱志红十分歉意，"经历了这样的事情，为人父母，也想照顾下孩子的情绪。"

"先在附近转转吧，不知道要睡到什么时候。"

马雪松挠了挠头，平时询问大人不会出现这种情况。

他发现自己实在是不喜欢小孩子，所以这么多年也没有过结婚生子的想法。

他以前也有过爱慕对象，但因自己的工作原因导致与对方错过。马雪松父母已经过世，少了家人的催促，他索性连恋爱都懒得谈了。前段时间他去看过中医，熬夜、抽烟、喝茶、尿频……他作为男人的某个重要部位似乎已经开始丧失功能，医生给出的建议是戒烟，规律作息。

规律作息个屁。

就算他想睡觉，总有人给他面前放上一碗线面，不吃的话肚子饿，吃了心脑血管一起堵。

好不容易睡着了，也会被邓语欣那张始终在笑的脸给缠住。

他和孟雯来到小区对面的一家超市，马雪松买了几瓶水，用袋子装好，又从结账的柜台上抓了一把棒棒糖。等待店主找零时，马雪松偷偷瞥向孟雯，她的手正不安地重复着握紧跟松开的动作。

这是焦虑情绪外化的表现。

眼前这个徒弟做什么事都太着急了，如果换作邓语欣，她绝不会这样，反而还会劝马雪松要慢下来，那孩子心软得根本不像是个刑警。

可孟雯不是邓语欣。

不会是，更不能是。

"别忘了，那孩子才十岁，你现在的眼神像是要去审犯人，不像是要询问孩子。"马雪松从袋子里拿出一瓶水递给孟雯，"走吧，去楼下等。"

说完话，马雪松径直向小五家楼下走去。

孟雯心里的异样感再次光顾，她认为师父身上，有一片她还未了解到的秘密花园。

根植着如罂粟般的秘密。

等到马雪松和孟雯返回，原本守在小五家单元门口的民警邱志红正夹在人群中间，他早就习惯了，一边耐心安抚，一边叫物业保安帮忙疏散围观群众。

"怎么回事？"

马雪松一出现，居民们本能地往后退了两步，给他让出一条通道。

马雪松环视一圈，刑警眼神里鲜少见到温度，他刚才公事公办的语气，不少人直接走开，加上物业经理在一旁出力，围观人群很快散去。

　　一张近两米长的双人沙发，正好堵住了单元门。方奶奶七十多岁，住在小五家这个单元的一楼东室，此刻正盘腿坐在沙发上闭目养神，学着气功里打坐的姿势，对周围变化置之不理，泰然自若。

　　"怎么在这儿练上气功了？"马雪松满脸疑惑。

　　"方奶奶刚才找物业，说是要把家里的沙发给抬走，物业公司的小刘也是个热心肠，看方奶奶岁数大了，就找保安搭了把手，这出门时没注意，把皮面划了个大口。"物业经理解释道。

　　"她要多少？"

　　"五百。"物业的小刘插话道，"我们也是好心，这沙发要是真皮的，划坏了赔钱我认，但警官您自己看看，明明是革的，这不是欺负老实人吗？"

　　"小伙子，你也看到了，要买沙发那主刚才瞧见这划痕直接不收了，之前人家给我报的就是五百，他不要了，那你就得买走。"

　　"人家要收的是纯皮沙发，他不买是因为你的沙发不值这个价。"保安在一旁搭腔道。

　　马雪松没心思在这儿帮着处理民事纠纷，他开口问邱志红："孩子醒了吗？"

　　"醒了，可是这老太太把单元门这么一堵，里面的人出不来，咱们外面的人也进不去。"邱志红急得直挠头。

　　看来这件事不管是不行了。

　　马雪松走到方奶奶面前，先是用手按了按沙发的坐垫，没有塌陷，划开的口子不大，缝个补丁也不算难弄。他坐到沙发上，身子向后一靠，软硬适中。

　　"这沙发坐得挺舒服的，为什么不要了？"马雪松微笑着问。

"房子卖了，人家不要这些旧家具，扔了又怪可惜的。"方奶奶对马雪松的印象不错。

"阿姨，您啊，也别为难这俩小伙子了，您看这样成吗？三百块钱，我把这沙发给收了。"

"三百？"这价格比方奶奶预想的要低，"当初买的时候，八百多呢。"

"我找车搬走也得给人运费啊。"马雪松掏出钱包，从里面抽出四张一百元的纸币，"这样，我再给您添一百，这么冷的天，咱就别在外头冻着了，身体要紧。"

孟雯站在旁边瞧着眼前发生的一切，之前脑海中马雪松固有的形象开始瓦解、模糊，似乎有什么东西正悄然发生变化。

事情解决了，方奶奶被邱志红扶回屋里，孟雯看着沙发却犯起了愁。

"买了放哪儿？"

"放队里，办公区墙角那儿不是空着一块地方吗？休息室就一张单人床，现在多了张沙发，累了还能躺着直直腰。"马雪松扭头看向物业公司的年轻职员，"帮我找辆车，把沙发拉到桥城分局，我到时安排人接货，运费到付行吗？"

解决完小插曲，邱志红也从单元楼里走出来了。

"咱们上去吧。"

在电梯间按下向上的按钮，小五家住在九楼中间户，这里是两梯三户的格局，公共区域被住户占用，堆放着孩子的自行车和简易鞋柜。

邱志红有些皱眉，安全通道完全被杂乱物品挡住了，还是要提醒一下物业，让他们多多注意。他瞥向露着一丝缝隙的房门，马雪松和孟雯已经在屋内开始了询问。

"具体在哪儿见过，还有印象吗？"孟雯直接开口。

"应该是在小区。"小五努力回想着，"也可能是学校。"

如果是近期发生的事情，孩子的印象不会这么模棱两可，孟雯需要更多的细节。

"什么时候见过，记得吗？"

孟雯语气生硬，她对答案太过迫切，小五有些被吓到，不断摩挲着双手。

马雪松从口袋里掏出两根棒棒糖，孟雯记得那是他刚才在小卖部里买的，他虽然不喜欢孩子，却熟知对付的办法。

小五试探性地观察父母的态度。

"这是警察叔叔奖励给勇敢的小朋友的。"马雪松温柔地说道，"一个是橙子味的，一个是苹果味的，不能都给你，只能选一个。"

见父母点头，小五将橙子味的棒棒糖接过来，紧张情绪放松了一些。

"去年吧，当时她来教我们手语，在楼下的小公园……又好像是在学校教室。"小五又想起那具冰冷的尸体，"像是那个老师。"

"但不能完全肯定，对吗？"

马雪松试图用轻松的语气来消除小五的紧张。小五点了点头。

也就是说这个孩子并不知道死者的姓名与职业。

临出门前，马雪松蹲下身，让自己与小五保持平视的状态。

"你以后想做什么？"马雪松轻轻问道。

"想做医生。"小五回答。

马雪松摸了摸小五的头，他站起身，眼神示意小五父亲跟自己出来，对方很快反应过来，跟家人说要下楼买东西，于是跟马雪松和孟雯一起进了下行的电梯。

"孩子的心理创伤你们要引起重视，毕竟他经历了这样的事情，以后很容易对人产生不信任感，也会对社会形成恶的认知。"

马雪松从钱包里找出一张名片，用双手给小五父亲递过去。

"如果需要的话，可以让孩子去看一下心理医生，我会跟那边打声招呼，不会收取费用。"

小五父亲连声道谢，忙将名片收好。

现在无法确认死者身份，任何一条线索都值得马雪松继续深挖下去。

只是不知道会不会查错方向。

邱志红提前问过物业公司，他们对死者没什么印象，因为一个孩子的证言，走访摸排整个小区，无论是时间还是精力，消耗无疑是巨大的。

孟雯给小区居委会打过电话，居委会证实了小五的话，在欧派花园居住的高龄老人多，社区居委会会定期举办公益活动，一些社会志愿者常来帮老人理发，偶尔西平市歌舞团的演员也会过来表演歌舞节目。

"之前有过几次公益活动，是特殊教育学校的老师到小区来教手语。"孟雯拿着打印出来的活动资料，"当时参加活动的，有不少是小孩子。"

"也就是说，那个孩子是在小区里见过死者？"邱志红搭话道。

"除了小区，有可能他在学校也见过，所以印象才会这么深。"

马雪松从口袋里拿出了那根苹果味的棒棒糖叼在嘴里，权当是烟的替代品。

"特殊教育学校，西平市不多吧？"马雪松问道。

"就一所，西平市特殊教育学校，以前桥城区还有个民办的，后来合并了，现在新校址搬到了西平大学附近。"

邱志红说话间，已经将特殊教育学校的名片递了过去。

马雪松看向名片，上面有着很讲究的设计和字体。

被害人的身份或许就在这里——

西平市特殊教育学校，桥城区小昌街北段28号。

4

每次太阳沉下去后的夜晚，依靠电源发光的照明装置便耀眼起来。

骆雪对吵闹的地方有着不同于他人的诉求，她不喜欢那些年轻人聚集的迪厅，总会有人借酒劲如发情期的野狗般对女孩穷追不舍。

社会文明发展至今，可男人始终脱离不了动物性。

更有甚者，将其称为动物凶猛，用近乎威胁的方式巩固着男性的强权。

西平市桥城区有一家歌舞厅，二十世纪九十年代开业，之前属于国营，前身是老桥城电影院。后来电影经营不善，转让给个人后仍沿用之前的名字，叫老桥城歌舞厅。

时至今日，歌舞厅数次易手，现在的老板之前靠房地产生意发家，最早在海浪花市场做小商品批发生意，常回想起过去的苦日子。他兑下歌舞厅后便摘掉了老桥城的招牌，改名为海浪花歌舞厅。

老板家底雄厚，不靠歌舞厅盈利，三百多平方米的交谊舞厅门票只要五块钱，而且对女士不收费。

靠北墙角还有免费的柠檬水用来补充跳舞消耗掉的能量，铺地用的是木地板，几年前刚换过，现在却已经有了陈旧磨痕，东侧那面墙贴着几面竖立的镜子，彼此紧挨着，只露出一道黑色边界线。

歌舞厅的经营时间不太早也不太晚，每天从下午三点钟开到晚上九点半。

骆雪愿意来这里还有另一个原因。

歌舞厅老板跳交际舞时才会来，大部分时间这里的工作都交给他人管理，在这里负责打扫清理的服务生程小雨跟骆雪一起在特殊教育学校读书，两人同班同宿舍，上下铺，关系亲近。

不过程小雨比她幸运，只有嗓子发不出声音，耳朵反而比常人要灵，谢小琴还教过程小雨弹钢琴。

虽然程小雨只学会了几首，却足以让骆雪羡慕。

"要不然你也来这上班吧，这里的老板人挺好的。"

灯光照着程小雨比画手语的十指，她指甲上贴了甲片，几颗小钻石显得有些晃眼。

"我爸不会同意的，他总说舞厅不是什么正经地方。"

"来这里的都是老爷爷和老奶奶，跳华尔兹，哪里不正经了？"

"我妈的事。"

骆雪比画完这句话，便把双手插进了外套口袋。

程小雨一时间不知该说什么，便在骆雪身旁安静地坐着。

骆雪母亲的样貌程小雨虽然记得不太清楚，但显而易见，自己好友的面貌随母亲，皮肤很白净，眼睛也大大的。

那时程小雨跟骆雪刚认识不久，两个人坐在一张靠角落的长椅上，边喝汽水，边看着骆雪的母亲唱歌，看一个又一个的客人在舞池里跳舞。

抬腿、滑步、踮脚、移步……

骆雪听不到声音，但她的眼睛却比任何人都要亮。

母亲王晓娟喜欢唱邓丽君的歌。骆雪想听母亲唱歌时的声音，这在她成长的某个阶段几乎成为一种病症，她将每天的生活录下来，就是从那时起养成的习惯。

骆雪父母离异是几年前的事。

王晓娟从印刷厂调到国营歌舞厅，白班换成夜班，在骆雪的记忆中，父亲因为这件事曾有过短暂的离家出走，几周还是几个月，骆雪记不清楚了，那段时间她放学就到歌舞厅做功课。

骆雪听不到声音，这里嘈杂的音乐声打扰不到她，恼人的是震动的地板，还不停变换着振动的频率，导致作业本上的字迹歪歪斜斜，难看得厉害。

王晓娟在歌舞厅同那个穿西服的男人相识，也可能他们原本就认识。

骆雪记得那个叔叔还教过她跳舞，男人的眉毛很粗，个子高，当时骆雪的脑袋还够不到他的肩头，虽然听不到音乐，但骆雪的艺术细胞似乎是根植在身体里的，节拍踩得很准。

那时的日子，比现在过得好多了。

母亲跟那个叔叔一起从家离开时，骆雪记得母亲没有回头。王晓娟好像故意要把过去留在身后，直直地走向新生活。

之后骆雪再听到关于母亲的消息，是在两年前的一个下午。

那时骆雪的头发还没染烫，留着黑色长发，父亲骆和平告诉她，王晓娟去世了。

母亲从高楼天台上跳下来，是自杀，整张脸摔得血肉模糊。

骆雪没能见到母亲的遗容，据说是因为面貌无法修复，改嫁的男人急匆匆将尸体火化了，可骨灰却没有领走。

骆和平领着骆雪来到殡仪馆，他买了最贵的骨灰盒，双手抱着，他们乘坐谢小琴的汽车一路奔西走。

不知道骆和平是否办理过相关的手续，王晓娟的骨灰全部被倒进了文体桥下的九菇湖。

骆雪从海浪花歌舞厅里走出的时候，夜里西平市的街上正起浓雾。

她突然想去文体桥看看撒下母亲骨灰的湖水。

这个时间已经没有公交车了，打车的话从这里过去可能会花光她剩下不多的积蓄。

走过去的话，有可能会走到天亮。

但就算如此，也比回家要好吧！

白天被骆和平拉拽过的手腕这时仍泛着青色，之前在舞厅里因为灯光关系并不明显。可现在骆雪站立的位置在路灯正下方，瘀青如手腕上的割伤，刺眼而醒目。

往西走。

文体桥在桥城区的最西头。

往西走。

骆雪不知道她在夜雾里已经走了多久。

往西走。

脚好疼。

她甚至不知道自己会不会迷路。

骆雪从舞厅走到棋盘楼用了差不多两个小时，好在路面平整，两边街道又有路灯照明，除了腿酸与脚痛，倒也不觉得害怕。

可这路越走越黑，过了凌晨，街道上除了骆雪已经见不到旁人了。

她突然有些打退堂鼓，想打车回家，可这里打不到出租车，只好鼓起勇气继续往前走。

手机电量不足早已关机，能够辨别方向的只有路牌，可路牌上的字骆雪虽然认识，却不清楚这边的路。

公交车站牌的路线更清晰一些，沿着二十九路车日常行驶的路线再走四站地就是文体桥了。

骆雪正要继续，突然感觉有车灯照向她，一辆黑色现代车在路边停着，她瞧见父亲骆和平从车上走下。

父亲一定十分恼怒吧。

看着那急匆匆向骆雪靠近的脚步，骆雪生怕下一秒就会有巴掌打在她的脸上。

可什么事情都没有发生，骆和平在骆雪面前站定，他将手套摘掉：

"我找了你一晚上，回家吧，已经很晚了。"

这是骆和平下车后用手语说的第一句话。

白昼时的暴徒在夜晚雾色里突然变得可怜起来，那双眼睛里露出的担忧毫无遮掩，默读着一名父亲的角色。

"脚疼。"

骆雪用手语回应着，骆和平蹲下身子去瞧女儿穿的那双胶皮鞋，他将背转过来，蹲下身。

骆雪不见白天的逆反，用双手勾住了父亲的脖子。

走到停车的位置不过十几米。

但她希望父亲的步伐能够小一点儿。

让这条路走得长一点儿。

再长一点儿。

5

只要一到午后，马雪松的哈欠便停不下地打，更何况他昨夜一宿没睡，又被这起命案纠缠了大半个白天。

孟雯想让他休息一下，便把车后排让给马雪松坐。

从欧派花园小区出发，去西平市特殊教育学校要走市南的立交桥，老桥城公园旁的新楼原本应该去年交房，可现在部分楼体的水泥墙面仍然裸露在外，楼层本该覆盖的窗户，这时全部空着，从外瞧去，就算是白天，里面也是一片黯然。

这里的地理位置优越，又是市委家属楼，不光是本地居民，还有很多外地炒房者争相购买，原本不该颓败至此。

但事无绝对。

三年前，开发商在建设过程中因名下投资的其他项目出了问题，资金链断裂，向银行贷的款未能获批，导致开发商卷款私逃。

市政府在处理后续问题时，才发现开发商为快速回笼资金，还有过一房多卖的情况。这件事往深里查，市局还抓了一名在市建委负责工程建设招标工作的副主任，罪名是贪污受贿。

更何况楼房烂尾后，这里还出过一起命案。

一起案件，带走的却是两条人命。

多好的一块地方，现在可惜了。

如果这里能够按照原有计划顺利建成，那件案子会不会是另一个结果？

马雪松想起了邓语欣，那个刚从警校毕业意气风发的女孩子，像是所有的光都生长在她的笑容里，所有的雪花都将融化于她眼睛里的暖意。

如果她还活着，可能已经结婚生子了吧？

马雪松梦到自己来到了她的婚礼现场，邓语欣穿着婚纱站在台上，她在冲马雪松笑。

一切原本美好，突然间，邓语欣变成了死者的面貌，正用手语同马雪松说话。

马雪松不懂手语，但在梦里，他似乎听到了死者说话的声音——

"救救我。"

婚礼现场突然变成了文体桥下的湖岸。

雪落下来，遮挡住只穿睡裙的被害人，马雪松孤零零地在冰面上站着。

这让他想起自己以前生活过的沙地，还有那匹叫作"绿洲"的白马。

陷在巨大落寞与无力中的他，如同手脚被无形绳索束缚，也像哑去般不能发声，却瞧见原本站在远处的被害人突然近在咫尺，她正用那双没有灵魂栖居的眼睛盯着自己——

"救救我。"

被害人伸出双手，用力捏住了马雪松的脖子。

就在这时，孟雯一脚踩下急刹车，她险些同前方车辆发生碰撞。

马雪松没系安全带，半个身子摔到车座上，以某种诡异的姿势扭曲着。

"你想摔死我啊？"从后排车座下方爬起来的马雪松揉了揉头，"叫人起床，不用这么粗暴吧？"

"谁让你不系安全带。"孟雯嘟囔着，"而且我也不是故意的，前面那辆车追尾了。"

"之前在九菇湖也是，你是不是对我这个师父有意见？"

"没有。"

孟雯说话的时候有些心虚，毕竟之前那次，她确实是故意的。马雪松感到口干，咳了两声，孟雯忙将矿泉水递了过去，希望这个话题就此打住。

"开到哪里了？"马雪松问。

"刚下立交桥，你这觉睡了十分钟不到，要不再眯会儿？"

"然后再被你摔一次？"马雪松揉了揉脖颈，"我来开吧。"

再这么睡下去，他不知道还会梦见什么。

马雪松有时也会好奇，人的梦境为何能够千奇百怪，春夏秋冬瞬息替换，完全无视客观规律。

有一次马雪松还梦到了师父宋永军。宋永军穿着一身九五式的警察制服在峡谷游戏厅打电动。

那时的马雪松，应该与现在的孟雯同岁。

岁月不饶人，一晃而过。

现在，他也成了别人的师父。

6

马雪松同孟雯驾车要去的地方是小昌街，附近有两所大学，所以也被称为大学路。

这里十年前还是西平市的小昌汽配城，来这里几乎能找到大部分高档汽车的配件，且物美价廉，后来桥城区重新规划，把小昌街让给了大学生，汽配城统一迁移到了文体桥附近，与梁山县接壤，紧邻辽河高速口。

那幢原本属于市报社的白色写字楼，曾短暂交给承包公司代为管理，后来被市政府收回，成了西平市特殊教育学校的办公场地。教学楼跟学生住宿的地方距离不远，校长刘立成大部分时间在教学楼处理招生与学生未来就业的联络工作。

校长办公室不大，被分成里外两个套间，有一面墙上挂着不少锦旗跟活动照片，大部分跟力声基金会有关。

"这个女孩你认识吗？"

马雪松拿出死者的照片。

因为是在法医室拍下的，刘立成看到后一时没能缓过神来，但他很快就认出了女孩的身份。

"程小雨。"刘立成瞪大眼睛，"她死了？"

"程小雨？"孟雯觉得这个名字听上去十分耳熟，像在哪里听说过。

刘立成站起身来，径直向那面荣誉墙走去，马雪松跟孟雯也跟了过去。在刘立成的引导下，他们很快瞧见一张活动照，死者就站在正中间的位置。

孟雯也想起来了，以前在西平电视台的新闻节目里，这个女孩曾经做过手语翻译，在新闻画面左下角的小方框里一直出现。

"力声基金会的下属机构，跟我们学校合作有公益项目，主要是普及手语教育，程小雨是这个项目的负责人。"刘立成仍然难掩惊讶，马雪松注意到他的手有些抖，应该是心慌的表现。

"你跟被害人是什么关系？"马雪松直接问道。

"合作上的关系先不说，小雨也是从我们学校毕业的学生。"刘立成就连声音也变得颤抖起来，"怎么会发生这样的事，谁干的？"

"你刚才说，她也是这里毕业的学生？"马雪松将话题转移回来。

"对，她是〇四级的，四年前毕的业。"

"这么年轻就当上项目负责人了？"马雪松疑惑起来。

"德利集团知道吧？"刘立成问。

"本地的食品集团，没记错的话，应该是上市公司。"孟雯插话道。

"力声基金会的发起人是王德利，传闻他以前喜欢在海浪花歌舞厅跳舞，小雨在那儿上过班。"刘立成担心马雪松误会，急忙补充道，"在那儿跳舞的都是老年人，不是年轻人爱去的那种乱七八糟的地方。"

如果只是认识，就能委以重任，那么德利集团不会做到现在的规模。

人言可信与否，要有证据支持。

孟雯那边已经在笔记本上写下德利集团跟力声基金会的名称。

"毕业生的档案资料，学校应该有吧？"马雪松问。

"我带你们过去。"

刘立成从腰间解下钥匙，他带着马雪松和孟雯向旁边房间走去，钥匙拧动，很快将门打开。

这里窗帘紧闭，应该是考虑到光照会对纸质档案造成损坏，要靠屋内灯光才能看清。

孟雯来到这里，立刻想到刑警大队的档案室。

她到刑警大队后，马雪松将没破的冷案全部丢给孟雯。从去年开始，刑警队的案子都采用电子归档，以前的卷宗这两年也都录入电脑了，还没归档的大多是五年前的旧案。

孟雯每天要完成的工作就是将纸质卷宗录入电脑。刑警队的档案室里没窗户，邻近房门的位置有一张旧木书桌，应该是废弃不用后被搬来这里的，有些区域像是卖二手家具的建材城。

特殊教育学校的档案室虽然面积不大，但比刑警队要规整得多。

刘立成翻出程小雨在学校留存的档案，因为她毕业时间不长，所以很快找到了。翻开资料，马雪松最先注意到程小雨的一寸照片。

那张脸不算富态，有些婴儿肥，活生生的。

对马雪松来说，确认被害人的身份，案件的调查才刚刚开始。

特殊教育学校，海浪花舞厅。

被害人，程小雨。

7

程小雨家位于西平市的郭莫山上，这里不属于桥城分局管辖。

郭莫山地荒人少，山腰处只此一栋二层洋楼。大众汽车缓缓驶停，大门口已经设置好了警戒线，由辖区民警派人值守，刑科所的警员还在屋内勘查，马雪松和孟雯暂时待在车里。

马雪松将一张合照向前递给孟雯，孟雯接过，看照片的神情像是在检查试卷答题卡。

那是程小雨在特殊教育学校的毕业合影。

"看出什么了吗？"

孟雯摇了摇头。

"程小雨挨着的那名女孩叫什么？"

孟雯放下合照，翻看起副驾驶放着的影印资料。

"骆雪。"

孟雯将资料给马雪松递过去，马雪松盯着骆雪的一寸相片看。

"通知队里，重点查一下骆雪的社会关系。"

"我能知道原因吗？"

"什么事都来问我，你不会自己想吗？"

马雪松开始给孟雯出题，孟雯努力思考着，突然想到答案。

"合影时挨着的人，应该是平时关系最好的……"

敲窗声打断孟雯的话，民警站在轿车外，马雪松将车窗摇下来。

"刑科所的同事勘查完了，可以进去了。"

"知道了。"

马雪松和孟雯从车上走下，孟雯正要抬起警戒线进入现场，却发现马雪松并未挪动脚步，他仍在车旁站着，一双眼睛狐疑地左顾右盼。

孟雯心急到忘记了师父的习惯。

"有什么问题吗？"孟雯问。

"很多。"马雪松围着房子看了一圈，终于说道：

"她为什么会住在这样的地方？位置很偏，附近几乎没有人家，交通也不方便。"

"这套房子在她名下，所以不是租的房。"

"那我换个问题，她为什么要在这里买房？"马雪松似乎对房产投资十分了解，"这里房子不保值的，以后想要出手转卖会很难，这里不是学区，不靠近医院，附近也没有公共建筑，就连路灯也没有……白天看上去还好，晚上会很瘆人吧？换作是你，会买这样的房子吗？"

孟雯想了想，先是摇头，嘴上却嘟囔道：

"或许是因为这里便宜吧！"

"先进家里看看吧。"

远山云雾萦绕，就算是便宜，这里也过于偏僻了。

马雪松进入程小雨家，孟雯紧随其后。这里的装修仍然维持着二十世纪九十年代的样子，可见程小雨并未对这里进行重新装修，冰箱是进口的，双开门，和上了岁数的厨台灶具处于同一空间，多少有些出挑。

马雪松打开冰箱柜门，里面堆放着昂贵的进口饮料跟瓶装酸奶，却丝毫不见蔬菜与冻硬的肉食，根据辖区民警调查到的煤气使用信息，这里应该不常开火。

洗澡用的热水，全靠安装在屋顶的太阳能热水器，设备是新装的。

空调跟电视也是崭新的，不光崭新，而且昂贵。

但奇怪的是家里没有电脑，也没有开通网络，孟雯打电话咨询了电信公司，网络是在去年年中的时候停掉的。

无论是客厅还是厨房，都装有防盗窗，一楼通往外面小院的门被玻璃胶完全封死，要进入小院或是从小院进入楼里，这是唯一的通道。

由此看来，凶手从室外进入的可能性不大，但也不排除凶手是通过一楼防盗窗爬上二楼的。

马雪松跟孟雯沿老旧木制楼梯上行，他将视线落在楼梯扶手上。及至二楼，一间主卧跟一间客卧全部带有阳台。

刚才的猜测无法成立了，因为二楼无论主卧还是次卧，也都装有防盗窗，而厕所用来通风的窗户开合范围很小，就算是年龄不大的孩子想钻入，也绝非易事。

"防盗窗不一样。"这是马雪松发现的差异，"一楼客厅跟厨房的防盗窗安装时间更早，看上面的锈迹就能确认，但是二楼明显是近两年新安装的，材质也不同。"

"房子是程小雨两年前买的，所以一楼跟二楼防盗窗的材质不同，也能理解。"

也许吧。

马雪松瞧向左手边的那面墙，这里的护墙板是新装的，区别于家里的其他墙面，仔细看能瞧见一扇隐形门。他将隐形门轻轻推开，立刻露出一间影音室。靠墙摆放的光碟影片，只有正版电影，但马雪松总觉得有些东西之前原本也在架子上，却被抽走了。

"这个房间郭老检查过了吗？"

"嗯。"孟雯急忙解释道，"郭老原本还好奇，为什么程小雨会有影音室，查过资料后才确认，被害人只有言语障碍，她的听力没问题。"

"据我了解，大部分听力障碍者因为听不到声音，所以无法学习说话。"

"之前学校档案里写了，程小雨不能说话是后天原因。"

"后天原因？具体是什么？"马雪松问。

"档案里没写，要再调查一下。"孟雯回答。

从影音室里走出，他们重新回到一楼，想进入院子只能先从大门走出，再打开屋外的铁门步入。

被玻璃胶完全封死的门，这也是马雪松难以理解的疑点。

院子里杂草丛生，看得出来，这里已经很久没有清理过了。

"每个房间都安了防盗窗，而且没有人为破坏的迹象，如果这里是第一案发现场，那么凶手进入的方式，只能是通过正门。"

这是孟雯得到的结论，但马雪松的关注点并不在这里，他开口问道：

"你之前说程小雨为什么要买这里？"

"便宜。"

"可屋里用的家具和电器，一点也不便宜，光是影音室的那套音响，就要十几万。"

"十几万？"孟雯有些目瞪口呆。

"这里不像是一个人的家，倒像是个关人的笼子。"

笼子？

孟雯审视这里的环境。防盗窗、被人为封死的院门，再加上院子里生满的杂草，孟雯突然感觉自己也如囚鸟般，正被困在笼子里。

第三章
疑点重重

1

路上马雪松开车，孟雯的电话一刻不停地往外打着。

郭莫山上的二层洋楼确认过产权，是可交易的商品房。之前原房主黄文东与父母自住，后来搬离，在出售前，洋楼曾经改作度假民宿，却被住户称为鬼楼，鲜有人来。

孟雯根据联系方式拨通了黄文东的电话，让他来趟桥城分局配合问询。

等马雪松跟孟雯返回大队，之前买下的二手沙发已经送来。

"一码归一码，运费多少？"马雪松把钱包掏了出来。

"八十。"蒋为民笑嘻嘻说道。

"这运费都快赶上沙发钱了。"马雪松掏出钱包，零钱不足，只有六十，他直接抽出一张百元大钞递给蒋为民。

"多了二十，我找给你。"

"帮我去分局对面的小卖部里买包烟。"马雪松刻意压低声音，给人一种做贼心虚的错觉，"对了，骆雪的资料查到了吗？"

蒋为民将准备好的牛皮纸袋递给马雪松。

"只有一些基本信息，详细的还要再查。"蒋为民的表情产生变化，"这个骆雪一年前失踪了，现在下落不明。"

下落不明？

"报案人是谁？"

"骆雪的父亲，骆和平。"

骆和平？

"关于骆雪失踪案的资料，已经让梁山县派出所找了，九菇湖的案子，还需要我做什么吗？"蒋为民问道。

"交通队那边勤问着点，还有把程小雨的社会关系查一下。"马雪松指向旁边桌上摞着的资料，"那些都是孟雯找来的，顺着特殊教育学校这条线索查就行。"

"这回打算让小孟参加了？"蒋为民问。

"人手不足，多一个人就多一份力，况且她进刑警队都一个多月了，总在档案室里待着也不是个事。"马雪松摇了摇头，"万事开头难，慢慢来吧。"

"说实话，小孟脑瓜子转得快，做事又仔细，比咱们这些糙老爷们可强多了，就跟以前语欣在的时候一样……"蒋为民意识到自己话说多了，急忙止住。

"去买烟吧。"

是啊，以前语欣在的时候，日子确实轻松得多。

那丫头整理案件资料是个好手，常能在杂乱无章的信息里找出线索。有时刑警大队调查遇到瓶颈，也多亏她细心，才能发现新线索。语欣耐心的劲头，现在的孟雯可比不过。

但话又说回来，单从外表看，孟雯比邓语欣更像刑警。

孟雯眼睛里有锐气，不管面对什么样的犯罪嫌疑人，这种锐气都是一把能让嫌疑人开口的刀。相比之下，邓语欣过于柔和。

但她们内里又有着许多共性，对破案这件事，都显得过于执着。

老曾以前开玩笑时说过,什么样的师父教出什么样的徒弟。马雪松刚进刑警队的时候,跟孟雯也差不多,脑袋里装的,只有如何破案。

或许是因为孟雯身上与邓语欣有着太多共性,马雪松才一直不想让孟雯介入过多,生怕她为了破案,连自己的命都不要了。

蒋为民很快回来了,但在马雪松眼里时间过得好慢,他生怕孟雯突然回来,把自己抓个正着。以防万一,马雪松特意躲去男厕所,他原本打算抽两根解解乏,可这刚抽了半根,便胸闷气短起来,只好将烟掐断。

从厕所走出,马雪松靠在新买来的二手沙发上,看着对面的资料墙,那是蒋为民刚刚贴在白板上的。

骆雪,女,22岁(失踪时年龄)。

1988年2月29日出生,住址西平市桥城区溪水佳园3-2-401。

2000—2004年,就读于西平市西港特殊教育学校(初中部)。

2006—2009年,就读于西平市桥城区特殊教育学校,平面设计专业。

2010年10月21日,梁山派出所立案,骆雪失踪。报案人骆和平。

马雪松揉着眼眶,走到沙发上坐下,将与案件有关的资料暂时放到一旁。

他需要短暂休憩,但那些线索像是被猫捣乱的毛线球,一团乱麻。

如果邓语欣还在就好了,老曾也行。

但现在的刑警大队，只剩下马雪松孤身一人。

沙发座面革质，靠背是棉麻质地，阳光照射着布面上蓝红相间的格纹，马雪松又想起邓语欣那年冬季戴过一条类似的围巾。

那张金灿灿的脸应该在自己身边发着光，可现实中站在自己眼前的却是沉着一张脸的孟雯。

"你回来了？"马雪松有些心虚。

"你抽烟了？"

孟雯试探性地问道，只见马雪松将双手插入外套口袋，脑袋像钟表一样摆着，撒谎道：

"谁抽烟了？烟都被你们给扔了。"

孟雯没心思在这件事上追究，她说道：

"黄文东到了，在询问室。"

2

黄文东是程小雨在半山那套房子的前任业主，人看上去五十多岁的样子，还算精神，能看出他有些紧张。他诚诚恳恳配合警方的讯问工作。

"那套房子是我小时候住的，后来我跟父母在市区买了新房子，老房子就一直空着。那地方位置偏，原本以为不好卖，没想到被人一眼就给相中了。"

"是这个女孩子吗？"孟雯拿出程小雨的一寸照片。

"对，就是她，长得挺好看的，可惜不会讲话。"

"你会手语吗？"马雪松问。

"不会。"黄文东笑呵呵说着，"是出了什么状况吗？"

看来黄文东对程小雨遇害一事还不知晓，但也不能排除他作案的嫌疑。

"你昨天晚上在哪里？"孟雯问。

"昨天晚上？"黄文东一时之间有些愣神，"在家。"

"有谁能够证明吗？"

"在家还需要谁证明啊。"黄文东打起了哈哈，"我离异，单身，自己有独立住房……"

"虽然只是询问，但要确认你的证词是否属实，我们有很多种方法。"马雪松已经知道黄文东在撒谎，"只要能证明你昨天晚上的位置，像赌博啊，嫖娼啊，这些我们都可以不追究，黄文东，我告诉你，你现在牵扯到的是一起命案。"

"命案？怎么会……"黄文东被吓到，身子不自觉向前倾了一下。

"命案。"马雪松加重了语气。

"城东区小华足疗，我昨天晚上在那儿。"黄文东急忙交代。

"待了一晚上？"

"对，足疗店里有个叫橙橙的，她能证明。"

"证明什么？"

"证明我昨天晚上在那儿捏脚。"

捏脚捏了一晚上，这样的谎话换谁都不会信，但只要能够佐证黄文东没有作案时间，就算排除了一名嫌疑人，扫黄也不在刑警大队的职责范围里。

"程小雨去你家看房子，是一个人去的吗？有没有中介或者是朋友？"

马雪松刻意给"朋友"两个字加上了重音。

"有一个，男的。"

"你觉得他们两个人是什么关系？"马雪松放慢语速，试图帮助黄文东回想，"比如他们两个人是怎么交流的，是用手语还是别的什么方式？还有两个人在一起的状态，尤其是眼神。"

"他们用手语交流，但是那个男人听力跟说话都没问题，状态的话……像情侣。"

"男人的名字知道吗？"

"他没提过，我也没问，说起话来斯斯文文的。"黄文东努力将两年前的记忆翻出来，"短发，当时是短发，我记得他脖子上还有道疤，挺长的，但左边还是右边，就记不太清了。"

黄文东之后提供的信息零碎，但可以确定一点，房子出售前二楼并没有安装防盗窗，当时房子里也没有家具家电。影音室原先是个小卧室，原本就没有窗户，黄文东和父母一起居住时当储物间使用。

马雪松提到一楼去往院子的门被封死时，黄文东有些诧异。据他回忆，当时程小雨跟那个男人都很喜欢一楼的院子。

房子出售后，黄文东与这对年轻男女就再也没有交集了。

等把黄文东送走后，马雪松先是交代蒋为民查一下小华足疗，让他转告辖区派出所，足疗店可能存在卖淫嫖娼的违法行为，同时，马雪松还需要足疗店的一名失足少女帮忙证明黄文东不在案发场。

"他的嫌疑可以排除了吧？"

孟雯不认为案件与黄文东有关。

"不在场没被证实前，不能大意。"马雪松不想出什么纰漏，"如果他说的内容属实，程小雨为什么要封上门？"

"你是说院子通往客厅的那扇？"

"也是客厅通往院子的那扇。"

马雪松有些咬文嚼字，但孟雯没有不悦，词语前后顺序的变化，

084

代表了两种完全不同的含义。

院子通往客厅，是不让人进来，客厅通往院子，却是不让人出去。

孟雯再一次想起马雪松之前在程小雨家讲过的话：

"这里不像是一个人的家，倒像是个关人的笼子。"

郭建旗的电话再次打来，马雪松没有立刻接通。

去法医室前，他打算先去买点儿老白茶，最好再捎上一瓶老西平的窝子酒。

晾了郭建旗这么久，人应该正在气头上吧。

3

"之前催得那么紧，队长催完局长催，结果报告出来了，半天也没见到你们队里的人，到底是急还是不急？"郭建旗嘴上抱怨着，注意力却放在马雪松拿来的白茶上，看芽叶的样子，绝不是能随便买到的口粮货。

"我们查到死者身份，得先去跑一圈吧？不能你们技术队去了，我们刑警队就偷懒吧？"马雪松叹了口气，"说说情况吧。"

郭建旗将白茶收回袋子里，从旁边拿起一份环境勘查报告递给马雪松，技术队在九菇湖可以说是一无所获，一是昨夜大雪下了整整一晚，二是抵达现场时，现场已经被破坏得不成样子。旁边的松树林倒是提取了不少足迹，但数量太多，很多都重叠到一起了。

"刑科所还在比对，要是顺着这条线查，我敢保证，能累死你。"

也就是说，现场一无所获。

"不过死者身上的信息很多。"郭建旗读懂马雪松刚才的皱眉，"你看。"

郭建旗将尸检时拍下的照片拿给马雪松看，疑点都被相机捕捉并且放大。

"这些都是旧伤，比较明显的是烟疤跟手腕部的割痕，不能排除是被害人自己搞的，但背上的这些鞭伤，肯定是他人造成的。"

"理由呢？"马雪松模仿着抽打后背的动作，"如果像这样，也可能是被害人自己造成的。"

"那应该会有手茧吧？"郭建旗料到马雪松会挑刺，多年合作，两个人早已互相了解，"鞭痕是新伤盖旧伤，按你说的，如果是被害人自己造成的，她就得握紧施暴工具，手心这个位置应该会有茧痕，但你看被害人的手，不但没有茧，而且还非常细嫩。"

"别的发现呢？"马雪松问。

"剩下的就是我之前电话里跟你讲过的，器质性损伤，还有脖颈处的这一圈勒痕，是项圈勒的。但死因是寰枢关节骨折出现的延髓损伤，抑制了心血管中枢及呼吸中枢，伤者先表现为呼吸停止，后出现心血管功能紊乱，心跳停止，最后心力衰竭死亡。"

"什么意思？"

孟雯听不懂带有专业术语的解释。

"摔死的。"马雪松撇了撇嘴，"你们当法医的，说话就是喜欢绕来绕去。"

"你做刑警的，不懂我们法医这行的严谨性，这证明我们检查得仔细啊，虽然能够确认是摔伤致死，但这人是怎么摔的，在哪儿摔的，那就得你们查了。"

"器质性损伤是什么意思？"发问的还是孟雯。

郭建旗看了眼马雪松，期待他能帮忙给出解释，但马雪松却不接这茬。

"你说啊，我是刑警，不懂你们的专业术语和严谨性。"马雪松说。

"举个例子吧，如果你师父穿了一件女孩子的衣服，因为尺码不合适，就会把这件衣服撑变形，甚至有可能会撑坏撑破……程小雨就像是被撑坏的衣服，她的情况属于前壁Ⅱ度膨出。"

孟雯没能立刻明白，思考了几秒，突然意识到膨出指的是什么。马雪松瞧出徒弟的尴尬，急忙将话题转移到另一件事上，他开口问道：

"被害人家的勘查报告什么时候能出来？"

"又催我是吧？"

"不敢催您，但您总得让我心里有个数吧？"

"早上才做的勘查，又不是几十平米的小房子，人家这还有个后院呢。"郭建旗搪塞道，"我尽快。"

"明天中午？"

"肯定出不来！至少也得给我两天时间。"

"明天晚上。"

"你当在菜市场买菜呢？还跟我讨价还价的，这种被人为清理过的现场，你让我明天晚上就出结果？"

马雪松的眉头紧皱起来："人为清理过？"

"楼梯的台阶跟扶手上，技术队没能提取到一枚指纹和鞋印，你不了解女生，这头发丝说掉就掉，根本不受控制，但是奇了怪，家里一根头发丝都没找到，如果不是有人清理过现场，你觉得可能吗？"

"这么重要的事情为什么一开始不说？"马雪松有些恼火。

"被害人肯定是他杀的，现场被人为清理过，有什么问题吗？"

郭建旗的话倒也不错，但程小雨家被人刻意清理过，证明在那个房子里曾经存在过大量的信息。

尤其是影音室空了的架子，马雪松可以肯定，清理者一定拿走了什么东西。

孟雯手机响起铃声，她接通后没说几句就挂断了。

"交警大队有线索了。"

从刑科所到交警大队，路程并不算远。

马雪松跟交警大队负责查阅监控的民警相熟，听那名民警同他说话时的语气就能判断出来。

"这辆黑色越野车，二十一点十五分经过文体桥，二十二点十八分又自北向南驶离，还有这辆面包车。"民警将监控录像的进度条快进，"面包车是二十二点四十五分经过的，驶离时间是二十三点二十五分。"

"过了文体桥北口，下一个十字路口没有拍到这两辆车？"马雪松问。

民警点了点头，不再过多解释，他清楚马雪松已经有了答案。

"怎么回事？"孟雯仍有不解。

"从文体桥北口往前开，一定会经过这个十字路口，但监控画面里没有拍到它们。"马雪松指着监控画面解释道，"也就是说，这两辆车过了文体桥，都没再继续往前开了。"

"步行从桥头走到尸体被发现的位置，需要十分钟，如果往返的话，就是二十分钟。"孟雯歪了歪脑袋，她在计算时间，"对方如果是在负重的情况下，速度会慢一些，四十分钟，足够他走个来回。"

"这两辆车的车主查到了吗？"

"黑色越野车用的是假牌照，嫌疑最大，在调取它的行驶轨迹了，面包车的信息查到了。"

民警将一份资料在马雪松面前打开，那是车主办理驾驶证时在系统里留下的资料与证件照片。

"是这个人。"

车主姓名——

骆和平。

"是那名失踪女孩的父亲。"孟雯脱口而出。

4

骆和平从菜市场走出，看见他那辆临时靠街停放的越野车上，有人在前挡风玻璃的雨刷器处塞了卡片，是那种印着比基尼美女的色情广告。他将卡片取下，随手扔在一旁的水泥地上。

风来，将卡片吹起，很快顺着路边排水沟的横条缝隙掉进去了。

对骆和平来说，这只是普通的一天。

他从市场开车回家，最烦堵车，骆和平知道一条小路，能绕过主干道，直接开到自己住的小区后门。

后门正对着的那条街，晚上有夜市，商贩趁夜色未至抵达这里，按照各自划分好的领地布置货车，他们将煤气罐跟稍后要油炸烧烤的食材准备妥当。商贩们抽烟时有固定地点，围在一起的人多了，从远处看去，好像烟囱一样，不断往上冒烟，很快被风搅乱吹散。

人们照常过着自己的日子，好像只有骆和平的生活变得不同。

骆和平偶尔会产生这样的想法。他不再多想，快步朝家走去。

刚走到单元楼门口，骆和平察觉到有两双眼睛一直在盯着自己，他不喜欢这种被人偷窥的感觉，却也不打算同对方发生正面冲突，他无视陌生人对自己的注视，径直步入单元楼，却被身后的声音突然叫住。

"骆和平？"说话的是那个高个子男人。

他认识我？

所以才会盯着自己看个不停？

骆和平这样想着，但他不记得见过对方，只好用略带歉意的语气问道：

"我们认识吗？"

"我们是桥城分局刑警大队的。"马雪松将警官证件亮出，"方便跟您聊几句吗？"

这种询问完全是多此一举，难道骆和平可以说不方便吗？

但现在困扰他的是对方的身份。

刑警？

如果他们来找自己问话跟骆雪有关，那么是不是意味着女儿出事了？

且严重到会引来刑警问话的那种。

"上楼吧。"骆和平按捺住内心的不安，轻轻说道。

马雪松和孟雯跟在骆和平身后进屋。职业习惯使然，马雪松扫视着房间里的陈设，这套房子应该是二手房，没有任何装饰品，从泛黄的墙壁、磨损严重的木地板，还有老旧的木门可以看出，住户的生活品质不高。

孟雯察觉到骆和平的异样目光，主动打开话题，为马雪松的观察营造一个还算礼貌的氛围。

"在这里住多久了？"孟雯之前跟居委会提前确认过信息，

"两年？"

"一年。"骆和平答。

房间里有很重的烟味，茶几上没有那种常见的家用玻璃烟灰缸，而是有装水的啤酒罐塞满了烟头，一股油腻呛人的味道钻进孟雯的鼻子。骆和平走到客厅将窗户打开，冷风瞬间吹进来，似乎比在室外的时候更冷。

他随手将茶几上的垃圾扔掉，又去厨房拿抹布将几面擦拭干净。

"我们在餐桌这边聊吧。"

骆和平将抹布送回厨房后说道。

厨房柜体用红砖砌成，外立面贴有白色瓷砖，柜门崭新，地砖应该也是新换的，与客厅里的老旧形成反差。

"自己砌的吗？"

"以前跑船，上岸后打零工，干过一阵子瓦工。"骆和平将房间里的垃圾迅速归拢进垃圾袋里，"以前的橱柜太旧了，商场里的品牌橱柜价格又太高，反正也不复杂，就自己弄了。"

"不介意吧？"马雪松从厨房转出来，试探性地想再看看别的房间，骆和平笑了一下权当默许，继续手忙脚乱地收起阳台晾晒的袜子与内裤。

"饭店你去年出兑了，急用钱？"马雪松回到餐桌，在椅子上坐下。

"女儿都找不到了，哪还有心思做买卖，饭店出兑的钱，多少能撑些日子。"

"怎么没卖这套房？面积和楼层都不错。"马雪松注意到骆和平的戒备，他怕自己语气太过生硬，立刻解释道：

"别介意啊，就是想把情况了解得清楚点。"

"万一回来了呢？"骆和平声音不大，要不是马雪松的耳朵还管用，怕是会听不清楚，"这套房子是她结婚要用的。"

"我知道你去派出所报过案，自己又一个人找了这么久，很辛苦吧？"在开始询问案情前，马雪松不希望骆和平对他们的到访太过提防。

"有啥辛苦的，就是没方向，连人活着还是死了都不知道。"

"是我们搜寻的力度不够，有些地方疏漏了。"

"你们跟我有啥不一样的，就比我多穿一身制服，西平市这么大，要找一个人哪这么容易？况且你们案子那么多，真能顾得上我这一件？也不能光指望你们。"

关系稍微缓解，是时候开始问询了。

片刻后，马雪松已经给骆和平看过监控画面拍下的截图。

"这辆车确实是我的，不过不是我在开。"

骆和平很快辨认出照片里的车辆。

"那是谁在开？"孟雯问。

骆和平没有立刻答话，他从电视柜上拿了一个相框过来，里面有骆和平跟女儿骆雪的合影。骆和平将相框背面的纸板打开，取出相框里的照片，马雪松注意到上面的折痕，等到折痕完全展开，露出刚才不在照片里的一名青年男人。

"陈嘉文，我女儿的男朋友。"骆和平有些不情愿。

"可以跟我们简单说一下他的情况吗？"

"他和我女儿是在特殊教育学校认识的，虽然在一个学校，但不同班，比小雪高一级。"骆和平生硬地说着，"陈嘉文后来因为打架进了监狱，不久前才出来。你也知道，像他这样的情况，工作不好找，我就把面包车借给他，让他偶尔帮着送送货。"

"我们查到，您的女儿是在去年九月份失踪的，对吗？"马雪松将那张照片拿起来看着，"能说一下当时的情况吗？"

"就是突然联系不上了。"骆和平不由自主地瞧向没说话的孟雯，"她失踪前，我因为陈嘉文的事跟她吵过架，现在想起来，挺后悔的。"

"为什么吵架？"

"站在父亲的角度，你想让骆雪和他断绝关系吧？"孟雯说。

"陈嘉文以前就总跟一些社会上的人打交道，本来他们两个在一起我就不同意，但陈嘉文跟我保证过，会照顾好小雪。"

"您知道陈嘉文现在的住址吗？"马雪松问。

骆和平点了点头。

"住在桥岭镇我的老房子里。"

桥岭镇的南面，就是程小雨尸体被发现的九菇湖。

5

马雪松向分局长朱伟萍请示，批捕令很快就派发下来了，辖区派出所民警与桥城刑警大队警员协作，已经在桥岭镇进行了部署。

一辆贴有玻璃窗膜完全瞧不见里面的厢型车，马雪松正在车里安排接下来的抓捕任务。

"屋里没亮灯，面包车也不在，这附近的住户该搬的都搬得差不多了，没人知道老房子这两天住没住过人，继续等着？"蒋为民对现在的情况进行说明。

"你要是凶手，犯案后会回家住吗？"马雪松一针见血。

"直接破门？"

"让辖区派出所的民警把附近的几个出入口看好。"马雪松说话间将手枪拿出上膛，"对表，五分钟后开始行动。"

孟雯在一旁坐着，刚才部署的抓捕行动并没有将自己计算在内。

"我要做什么？"她忍不住开口问道。

"你去平房后窗的位置守着，嫌疑人也许会破窗而出，警惕心强一点儿，注意安全。"

看来这次的行动，马雪松并没有将孟雯排除在外。

这是孟雯抵达后窗前的想法，等她跟一名辖区民警来到指定位置时，才明白为什么这次行动她不用配枪。

骆和平在桥岭镇的老房子装了防盗窗，嫌犯如果真在屋里，根本无法破窗而出，刑警大队在之前调查时，一定是掌握了这个情况，所以马雪松才会做出这样的安排。

自己的师父不光是条老猎犬，还是个大忽悠。

到了行动时间，蒋为民冲在最前面，他宽硕的身子完全挡住了身后的马雪松，就像一块硬实无比的钢板。马雪松用手拉了一下他的胳膊，蒋为民让开半个身子，由马雪松负责将门用力踹开。

一队人紧跟在马雪松身后进入屋内，几个手电筒扫视着漆黑的房间，不遗漏任何一个角落。

客厅没人，马雪松示意蒋为民带几个人分头搜索，一组检查厨房跟卫生间，马雪松则带人闯入老房唯一的卧室。

都没人。

马雪松示意蒋为民把房间的灯打开。房间收拾得非常整洁，却又有些过于整洁了。

就像程小雨在郭莫山的家。

马雪松试图寻找蛛丝马迹，他凝神，蹲下身，用手电筒照着木地板，能清楚地看到老屋客厅处地板上的螺旋式磨痕。

"这是什么？"蒋为民凑上前来。

"像是椅子腿在地上反复摩擦形成的。"马雪松嘟囔着，"正常情况下，不会形成这样的痕迹。"

他在屋里搜寻着，目光很快锁定了餐桌旁一把带靠背的木椅子。马雪松走近，察看木椅的四个椅脚，都有磨损的痕迹。

马雪松顺椅背向上摸索，察觉到两侧的缺损，像是用绳子捆绑摩擦造成的。

"通知郭老，让他带人过来。"

6

抓捕任务以失败告终，持枪警员要回分局还枪，原本打算跟着一起回警队的孟雯，却被马雪松好言好语地劝回了家。

"案件调查要循序渐进，一上来就马力全开，后面会撑不下来。"

说辞看似合理，但孟雯总觉得自己的师父没讲实话。

似乎是刻意让孟雯与命案调查保持一定距离。

她现在不像是桥城分局刑警大队的一员，倒像是来串门的客人。

这种感受，只会让孟雯对马雪松有更多埋怨。

西平市公安局家属楼，楼梯房的外墙面油漆斑驳，孟雯和父亲孟广生就在其中一个单元的四楼，现在厨房亮灯的那户住着。

"今天回来得有点晚啊。"孟广生是老烟嗓，做过基底动脉狭窄的支架手术后，迫不得已才将烟戒掉，身体已经大不如前了。

"跟你师父学得怎么样？"

"进了刑警队后，他一直把我扔在档案室，还不如我在派出所做治安民警的时候呢……爸，你觉得马队是个什么样的人？"

"什么意思？"

"就是，他会不会对女警员有什么偏见？"

"你朱阿姨就是女刑警出身，我以前还在警队的时候，跟你师父接触过几次，他脑袋聪明，但是除了查案，对别的事情都没兴趣。"孟广生用牙签在牙缝间挑着，"你要是在刑警队待得不舒服，不如申请去市局找个文职做。"

"你就别安排我了，我今天回家就是来拿点洗漱的东西，这几天可能得住在队里头。"

"不在档案室里待着了？"孟广生皱起了眉头，"我听说，九菇湖今天出了命案。"

"爸。"

规矩孟广生都懂，他是案件的无关人士。

"你去收拾吧，我一会儿开车送你过去。"

从家属楼往桥城分局开，路上经过大排档，孟广生将车停下，稍做停留。这个时间，马雪松应该还没吃晚饭，就算已经吃过，也该到再饿的时候了。

刑警大队办公区，马雪松递给蒋为民一个地瓜，两个人边吃地瓜边将手里的资料一张张地贴到资料墙上。

"这个陈嘉文有故意伤人的案底，两年前入狱，两个月前刑满释放。"蒋为民咬着面包，用玻璃杯泡了两杯速溶咖啡喝，"他跟程小雨还有骆雪都是特殊教育学校的学生。"

"程小雨的情况核实过了吗？"

"你是说她跟德利集团董事长的关系？"蒋为民将资料翻开，"王德利以前确实有去歌舞厅跳舞的爱好。"

"以前？"马雪松捕捉到蒋为民的重音。

"近几年他的身体情况不大好，就算是身体好的时候，王德利也没去过海浪花歌舞厅，离家太远。"蒋为民继续解释道，"根据基金会的说法，程小雨之所以能够在短时间内成为教学项目的负责人，主要是她形象好。"

"形象好？只是这样吗？"

"对外说是负责人，实际上就是吉祥物。"

马雪松终于明白，程小雨的负责人只是个头衔，她并不参与基金会的项目管理。

蒋为民翻出骆和平父女的合照，继续说明道：

"骆和平的女儿骆雪跟程小雨在特殊教育学校是同班同学。我问过刘校长，两个人的关系很近。"

"这张照片上的人，都调查过了吗？"马雪松指了指程小雨参加活动时的那张合照。

"谢小琴是西平市特殊教育学校的发起人，她有一家设计公司，这些年一直从事慈善活动。这个短头发的叫刘雯静，有海外留学经历。"

"学什么的？"

"好像是美术……"蒋为民将刘雯静的档案翻出来核实，"创意美术专业。"

"继续。"

"刘雯静现在是特殊教育学校的特聘老师，也是默作美术馆的馆长。"蒋为民补充说道，"剩下的人都是学校的教师或是志愿者，她们案发时都有不在场证明，这些人里除了谢小琴，别人跟程小雨都不太熟，听她们说程小雨这个人不太喜欢交际，每次活动都是她的助理负责对接，我听说程小雨连手机都没有。"

"她的助理，就是那个失联的司机？"马雪松好奇问道。

"吴庆军。奇怪的是，虽然程小雨每次参加活动他都在，可在程小雨的所有照片里都没见过这个人。"

"力声基金会那边没有他的资料吗？"

"基金会人事部门的负责人讲，聘用吴庆军是程小雨提的，而且吴庆军的社保工资也不在他们人事部门。"蒋为民撇了撇嘴，"听那个负责人的语气，好像是在暗示我，这两个人有暧昧关系。"

"有吗？"马雪松只相信事实证据。

从人嘴里说出的话，太容易妄自揣测了。

蒋为民摇了摇头。

"活动现场的所有照片都翻过了？"马雪松突然开口。

"基金会公司的照片都翻过了，但个人有没有在现场拍下的照片，这件事还在走访。"

"让兄弟们辛苦一下，加加速。"

"我现在就去催。"

蒋为民离开后，办公室只剩下马雪松一个，他试着整理那些堆在资料墙上的线索：

骆雪失踪、程小雨遇害、陈嘉文失踪不见。

还有莫名失联的吴庆军，他是侦破这起命案最关键的一环。马雪松在吴庆军的名字旁边画了一个巨大的问号。

就在他陷入沉思时，听到有人干咳，循声看去，只见孟广生跟孟雯已经来到办公区。

"好久不见。"孟广生主动打招呼道：

"吃消夜吗？"

孟雯留在办公区继续整理关于案件的资料，旁边休息室的门关着，孟广生跟马雪松坐在里面，似乎有不能被孟雯听到的交谈内容。

"还好久不见，上周刚去水库钓过鱼。"马雪松狼吞虎咽将面汤喝光。

"你记差了，是大上周的事了。"

大上周？

马雪松在脑海里梳理记忆，这才想起因为金色河畔洗浴中心的事，上周整个大队都没闲着，哪有工夫去水库钓鱼？

"你不在家待着，带你闺女往刑警队跑什么？"马雪松擦了擦嘴，开口问道。

"我还想问你呢，之前不是答应过我，不让她出任务吗？"

"你说的是危险任务，抓捕哪次我也没让你闺女去，为这事，她跟老朱没少打我的小报告，还说我歧视女性，老孟啊，这个锅我可背不起。"

"少废话，当我第一天认识你啊？"

孟广生跟马雪松显然不是只打过照面的交情："觉得大材小用，于心不忍了吧？"

"说实话，你闺女想进刑警队，总这么关着也不是个事，虽然我们现在查的是命案，但没什么危险，真有抓捕行动，我把她支开就行了。"

"这起案子现在在西平市都传疯了，说什么的都有，我也在刑警队待过，不怕案子凶，就怕案子怪。"孟广生心直口快，"老马，我没求过你什么事，就是别让她和……"

孟广生注意到马雪松情绪上的变化，不再往下讲了。

"我向你保证，不会出现第二个邓语欣。"马雪松抬眼说道。

7

马雪松送孟广生离开，师父与父亲是否熟识，孟雯不清楚，也从来不做深究。

她父母早年离异，所以孟雯打小跟着母亲。孟雯刚上初中时，母亲病逝，她在灵堂重新见到父亲，他穿棉服跟黑色正装裤，忙里忙外地负责料理母亲的后事。

她忘记跟着父亲去办过多少手续，到公安医院开死亡证明，还要到母亲曾经工作的单位填写一张又一张的表格。

母亲几乎没有留下什么遗产，之前栖居的房子是跟大舅借的闲置房。父亲的经济情况应该也不算好，一居室的房间里堆满杂物与垃圾，烟味已经渗入墙里。

父亲将里屋卧室收拾出来给孟雯住，他去睡沙发。

虽然当时年纪不大，但孟雯很快发现父亲上班时的着装变化。他头发剃得很整洁，一身正装西服里搭配起了白衬衫。他回家时间变得准时起来，上高中后孟雯学业压力渐重，父亲突然提议要在同小区置换一套大点儿的住宅。

搬家时收拾物品，像是在整理孟雯十二岁前对父亲完全缺失的记忆，她瞧见了那张父亲穿警服的老照片。

孟广生对女儿报考公安大学的决定略感惊讶，很好奇是什么原因，孟雯却给不出解答。

那时的孟雯并未抱有以后要惩恶扬善的想法。

如果非要找个报考理由，或许是想弄懂父母当年离异的原因。这也是孟雯对骆雪失踪一案格外上心的原因。自从那天询问过骆和平后，那张憔悴的面孔一直在脑海中挥之不去。

为什么骆雪要离家出走？

被这样的父亲保护着，应该不会想要逃离吧？

又或者说，孟雯并不了解骆和平从前的样子，也许骆和平之前父亲做得并不称职。

送走孟广生，从外步入的马雪松瞧见孟雯正在发呆。

"琢磨什么呢？"

"没什么。"孟雯将话题岔开道，"有什么发现吗？"

"骆雪的母亲叫王晓娟，五年前与骆和平离异，那边放的是王晓娟的资料。"马雪松指了指资料墙上王晓娟的照片，详细说明着对方的情况。

二十世纪八十年代末，西平市多了好几家舞厅，国营和民营都有，王晓娟当时在市印刷厂工作，后来国营歌舞厅来基层单位招人，王晓娟报了名，根据派出所从印刷厂了解到的信息，王晓娟有一副好嗓子。

"可惜，骆雪听不到。"孟雯心事重重，"虽然程小雨被害是刚发生的命案，但这件事如果跟陈嘉文有关，犯罪动机我觉得应该从一年前骆雪失踪的原因开始查。"

"你在档案室见过很多未结的案子吧？"

"嗯。"

"都是冷案。"马雪松打了个嗝，"冷案不容易侦获的原因，就是当时能找到的线索太少，又间隔了太长时间，更何况骆雪失踪的案子一点抓手都没有，从这个角度去查，就像在迷宫里绕圈，咱们的调查重点，还是得回到现在这起命案上。"

"如果凶手真的是陈嘉文，是不是证明他手里有骆雪失踪案的线索？"

"破案不能靠猜，现在的任务是找到他。"

马雪松将陈嘉文的资料递给孟雯，孟雯翻开资料，最先看到陈嘉文的脸，应该是在特殊教育学校入学时拍的，看上去不过十八九岁的样子。

"陈嘉文的爷爷陈诚是北方人，八十年代初到西平市做工人，在厂里有个外号叫神医。"马雪松边说着边翻找到一根牙签，剔起了牙。

"会看病？"

"赤脚大夫，病急乱投医，把自己的孙子治得都不会说话了，陈嘉文上了特殊教育学校后，老人就坠崖去世了，卷宗上写的是意外身亡。"马雪松苦笑了一下，"辖区派出所的民警对这件事记忆很深刻，说是陈嘉文一手操办的老人后事。如果陈嘉文认为骆雪失踪同程小雨有关，他有杀人动机，但无法解释程小雨的尸体为什么会被摆在九菇湖边，还有这些。"

马雪松指着尸检报告上程小雨的那些伤。

"这些伤是怎么来的？"

孟雯下意识地反应，这些伤痕必然是那名叫吴庆军的失联人士造成的，但按照马雪松查案的逻辑，她无法证明，这件事就只能存疑。

"程小雨家的勘查报告还没出来？"马雪松问。

"室内跟室外都采集到了不少指纹，郭老怕忙中出错，让咱们再等两天。"孟雯说完话打了个哈欠。

"去休息室睡吧，明天的工作量不会比今天少。"

"那你睡哪儿？"孟雯问。

"不是刚买了张新沙发吗？"说完话，马雪松自己先笑起来。

马雪松将孟雯劝到休息室去睡觉，他跑去厕所又偷偷抽了一支烟。刷牙洗漱结束，他抱着卷宗坐到格纹沙发上，双眼盯着照片里程小雨脖颈处的瘀青，陷入了沉思。

谁会做出这样的事情，给有言语障碍的女孩戴上一个狗项圈？

马雪松的视线，又落回吴庆军的名字上。

8

休息室里，孟雯好不容易睡着，突然听到外面有人在拧动屋门。

她坐起身，看到反锁的门把手正剧烈摇晃，像是屋外有人在尝试粗暴地将它打开。孟雯坐起身，死盯着摇晃的门把手，很快，门外重新安静下来。

孟雯将鞋子穿好，她轻声慢步地向屋门处走去。当她将门打开，映入眼前的却是一片浩瀚沙海。

但此刻孟雯意识不到这是梦境，那些细小的沙子，还有风凛冽地掠过脸庞的触感，都过于真实了。

孟雯瞧见不远处站着的程小雨，她鲜活地穿着那件黑色睡裙站在沙地里，朝孟雯招手。孟雯迈步朝程小雨走去，脚在沙漠里越陷越深，先是没过脚踝，之后是小腿，但孟雯没有任何知觉。

她只是觉得距离明明看上去很近，自己却走了好远。

爬上前方高大的沙丘后，孟雯终于有机会站到程小雨面前，但还没等孟雯开口询问，程小雨便将手指指向了远方的麦田。孟雯的注意力被引开，等回过神来，程小雨却已经不见了。

这是什么地方？

为什么在无人的沙地会有一片麦田？

比起呆站在沙丘上，前往麦田似乎成了孟雯唯一的选择。

可是要怎么过去呢？那里看上去好远，只靠步行的话，不知要走多久。

正当孟雯准备从沙丘上往下走时，突然被细沙困住，流沙正快速地将她整个身子淹没，她甚至来不及反应，便被彻底吞噬了。

于一片漆黑之中，孟雯再次睁开双眼，沙子好像还在喉咙里，但用力咳嗽后，却什么都没能咳出。

孟雯正身处漆黑地，她站起身，顺着唯一的道路往前走，很快瞧见斑马、兔子、猫狗、麋鹿啃草。

它们沿固定路线绕圈，形成一层又一层的怪圈，怪圈中心，有赤裸上身、披头散发的野人正席地而坐，他在研究钻木取火。

孟雯及近，野人扭头，是马雪松蓄满胡须的一张脸。

他看着孟雯站立的方向咧开嘴笑，满口的黄牙，丑极了。

没等孟雯反应过来，野人突然从地上爬起来，用双手双脚撑住地，以一种动物的姿态猛然向孟雯扑去。

孟雯惊醒，旁边站着满嘴牙膏沫的马雪松，正用含糊不清的言语叫孟雯起床。

"该起床了，怎么昨天睡觉没关窗？不冷吗？"

休息室有长年累积渗入每一寸墙皮的烟味，还有一股难闻的汗臭味，比起闻着刺鼻味道入睡，还是将被子裹紧些好。

马雪松的胡须已经刮过了，这么看来，要比梦里见到的野人顺眼得多。

等到孟雯洗漱完毕回到办公区，蒋为民已经买了早餐回来。

蒋为民走访过和程小雨有关的社会关系，最大的收获是今早从谢小琴那儿得知了程小雨的身世背景跟言语障碍的原因。

程晓波的照片被蒋为民贴到资料墙上。

"程晓波，程小雨的生父，因为怀疑妻子出轨，当着只有十岁大女儿的面，亲手杀害了程小雨的母亲。"蒋为民解释道。

"看来程小雨当时受了不小的惊吓。"马雪松说。

"因为没人抚养程小雨，所以她一直住在福利院，当时福利院的院长担心程小雨生父的情况会给孩子的未来发展惹来麻烦，就没有将其真实信息进行登记，院长以被拐儿童的名义，伪造了程小雨现在的身份信息。"蒋为民继续说明，"老院长已经过世了，所以我之前没在福利院问到实情。"

"也就是说，程小雨的言语障碍，是精神创伤引起的心理性疾病？"马雪松最终确认信息。

"可以这么理解。"

马雪松不再说话，他走到程小雨在力声基金会活动现场拍摄的合照前。

"你觉得她快乐吗？"马雪松突然问道。

"嗯？"孟雯不明白他的意思。

"程小雨参加活动时拍的照片，虽然嘴是笑着的，但你不觉得很僵硬吗？她的眼神，好像并不喜欢这样的生活。"马雪松解释道。

"确实……"

照片里的程小雨愁眉不展，眼神闪躲，像是一头受伤的鹿，但这样的她，不会引人注意吗？更何况，如果程小雨想挣脱，应该也不会陷入无人求助的困局吧？

"程小雨为什么不向别人求助呢？"孟雯脱口而出。

"应该有她不能求助的原因吧。"

只是这个原因究竟是什么，马雪松还没想到。

明明置身于极其危险的境地，什么样的理由会让她甘心留下？

"吴庆军的照片找到了吗？"马雪松说话时扭头看向蒋为民。

"我刚收集到不少活动现场的照片。"

"用不用把照片发给市局，看看能不能查到他的身份……"

"不用了。"马雪松直勾勾盯着电脑屏幕上吴庆军的照片，"我认识他。"

"马队！"

有警员气喘吁吁地从外面跑进屋内。

"怎么了？"马雪松问。

"陈嘉文。"

"有消息了？"马雪松激动起来，"在哪儿？"

"分局门口。"

9

一门之隔，将桥城分局跟外面的世界隔绝开，门外站着的陈嘉文戴耳罩，将双手插在兜里。从嘴里哈出的热气让门卫室的玻璃起雾，可以成为无聊者在冬季里的绝佳画板。

要画点儿什么呢？

陈嘉文不知道，在特殊教育学校念书时，骆雪才是美术课的优等生，而陈嘉文那时经常翘课。

这么想着，他在窗户上画了一个沮丧的表情。

陈嘉文听到脚步声，扭头看去，见马雪松正同孟雯朝自己所在方向快步走来。

他笑着看向马雪松，眼中却装满苦悲。

像是窗上的沮丧表情倒映在陈嘉文的脸上。

半小时后，讯问室屋门被大手推开，马雪松和一名会手语的男民警从外步入。

"我查过你的资料，你跟程小雨一样，言语障碍是后天的，但能听到我说话，对吧？"马雪松问。

陈嘉文没有回答。

"这是从市局请来的警员，他会帮我翻译你的手语。"

"我可以说话。"陈嘉文突然开口。

马雪松一怔，他与陈嘉文对视着。

陈嘉文的嗓音虽然沙哑，但他确实能够讲话。

第四章
去向不明

1

陈嘉文走出监狱大门的时候，对眼前的一切感到虚幻而陌生。虽然只是一门之隔，但瞧眼前景物不再被铁丝网的横加拦阻，就像手机碎裂的屏幕突然换新。

他没指望有人会来接自己出狱，却也期望有人能够站在监狱门外等他。

"我们回家吧。"

骆雪就站在陈嘉文眼前，突然开口讲话。

那是除陈嘉文外所有人都瞧不见的她，也是陈嘉文渴求却又不切实际的幻想。

从树干上发出的蝉鸣声聒噪，这是二〇一一年的夏日。

陈嘉文入狱服刑后，骆雪每个月都会来看他，但这种探视有一天戛然而止。陈嘉文没有探寻原因，他清楚骆和平对自己的态度，或许小雪也动摇了，有可能已经遇到了新的恋人。

他不愿再想下去，这件事本来就是自己有错在先，小雪选择更好的生活，也无可厚非吧？

这种自怨自艾直到一个月前突然发生转变，陈嘉文收到一封信，是谢小琴邮到监狱的：

　　　原本想等你出狱后再告知，但总觉得应该让你提前做
好心理准备。

　　这是信件最开始的一句话。
　　之后的内容让陈嘉文几乎疯掉，谢小琴在信里写到骆雪半年前失踪的事实以及骆和平的近况。
　　去向不明的骆雪，不断折磨着困于狱中的陈嘉文。
　　他一直表现良好，却在这件事发生后，多次同狱友产生争执，幸亏狱警在了解情况后及时进行疏导。
　　"只有快点儿出去，你才能去找她，不是吗？"
　　狱警的话确实起了作用，剩下的牢狱时光，一旦陈嘉文的情绪难以控制，便会在房间里做俯卧撑，又或是将囚房彻底清洗干净，他用消耗体力的方式，阻止脑海中的胡思乱想。
　　现在陈嘉文出狱了。
　　迷途的雀鸟要去寻找归家的方向，他步行朝西平市大学城走去。
　　吵闹的大学城外，骆和平之前的饭店已经转让，陈嘉文向新老板要了骆和平的联系方式。陈嘉文走到小卖部，准备拨打公用电话，他突然意识到什么，犹豫间又将电话放下，转身准备离开，却又停下了脚步。
　　"你到底打不打？"小卖部老板上下打量着陈嘉文，语气里充满了警觉。
　　陈嘉文没答话，他掏出两块钱给小卖部老板递了过去，这才再次拿起电话，按照手抄下来的联系方式拨通了骆和平的号码。
　　"我是陈嘉文。"

虽然让人意外，但骆和平很快接受了这个事实，他询问陈嘉文现在的位置，开车去接他，载着陈嘉文返回自己在桥岭镇的老房子。

这一路上，两个人都没有说话。

桥岭镇的老房子一直没住人，这里位置偏僻，租不上价格，骆和平又担心租户有不良嗜好，到时给自己惹来不必要的麻烦，所以就一直空着。

这里的老式灶台已经打不着火了，只能用电磁炉煮上一锅沸水，将从超市买来的肉跟菜丢进锅里吃涮肉。

骆和平将煮好的豆腐捞出，放到陈嘉文面前的碗里，陈嘉文仍然不发一言，骆和平只好率先开口道：

"什么时候的事？"

"嗯？"

"能说话的事。"

陈嘉文起初沉默，但这个话题无法绕开，只能如实回答。

按照主治医生的说法，陈嘉文之前失语是因为肺部感染，导致喉返神经受损，但声带没有问题。在学校的时候，谢小琴一直帮他找医生，也会让他定期服药。

但骆和平不想听他解释这些病理学上的名词。

"我只想知道，你是什么时候好的？"

"两年多了。"

"出事前？"

"嗯，起初只能说一些简单的字，后来……"

"小雪知道吗？"骆和平打断道。

陈嘉文摇了摇头，骆和平的情绪也开始变得复杂起来。

隐藏无法说话的事实，陈嘉文很明显是在考虑骆雪的感受，女儿的听力障碍和言语障碍是先天性的，没有治愈的可能。

骆和平了解女儿的性格，知道她不喜欢给别人添麻烦，如果骆雪知道陈嘉文已经完全恢复，或许会担心成为对方的包袱。

陈嘉文也了解，他是故意隐瞒。

"小雪她真的没有联系过你吗？"这是陈嘉文最关心的问题。

骆和平摇了摇头，他至今不愿相信女儿只是单纯地离家出走，虽然四处打听，但一点儿消息都没有。

这样的日子就连骆和平自己都不清楚过了多久，几个月的时间比几十年还要难熬。

他拿出车钥匙放在圆桌上，又从包里拿出一沓现金放在旁边。

"这里不常住人，灰很大，你自己收拾一下吧。"骆和平缓缓说道，"这是面包车的钥匙，你谢老师在古城路上开了家无声餐厅，早晚都需要配货，我会给她打电话，以后配货的事情你来做吧。"

"那你怎么办？"

"我还有些存款，接下来的日子，我会继续找小雪。"

"我跟你一起找吧……"

"我的女儿，我自己找，不用外人管。"

"你最后一次见到小雪是什么时候……"

没等陈嘉文把话讲完，骆和平突然暴怒，他用力将陈嘉文的身子推到墙上。

"别再问了！"

骆和平将女儿失踪后积攒的怨气，全部发泄在陈嘉文身上。

"要不是因为你！她也不会离家出走！都是你！"

暴怒过后，看着陈嘉文面露愧疚的样子，骆和平把手松开，向外走去。他轻轻开门，却用力摔上，房间里飞起无数扬尘。

圆桌上火锅沸腾着，水汽朦胧。

2

蒋为民从食堂打了盒饭回来，两荤一素，马雪松帮陈嘉文将筷子摆好，孟雯接了一杯温水端过来，正好把之前审讯的同事替下。

马雪松并不着急询问，他让陈嘉文先吃东西，但陈嘉文好像没什么胃口。

"是怕我们食堂的菜做得不好吃吗？"马雪松问。

陈嘉文摇头，能够瞧得出，他平时话不多。

马雪松不大容易通过陈嘉文的表情来判断其证言真伪，那张脸的伪装性太强，不是故意做出来的隐瞒，而是没有任何多余小动作的波澜不惊。

紧张是面对警方询问时生理上的正常反应，但从心理角度进行评判，陈嘉文像是做好了接受最坏后果的打算。

"你同骆和平的关系怎么样？"

马雪松尽量不让语气变得生硬，以免引起陈嘉文的抗拒。

"他一直不想让小雪跟我在一起，后来又出了打架的事。"陈嘉文叹了口气，"可能觉得我是烂泥扶不上墙吧。"

"但他在你出狱后，给了你落脚的地方。"

"多一个找小雪的帮手，对他来说没什么不好。"陈嘉文想得很清楚，"除此之外，对他来说，我没有任何价值。"

"什么时候找？"马雪松问。

"嗯？"

"你刚才说，骆和平给了你住的地方，是想让你帮他找小雪。"马雪松重复了一遍，"所以，你什么时候找？"

"送货时间通常都在早上跟晚上，白天空闲时，我会去找

112

小雪。"

"怎么找？"

"从她以前的朋友那儿问。"

"哪些人？"

马雪松每次问话都逼得很紧，陈嘉文下意识地回答，直到这个问题抛出，才突然卡住。

"这些人里，包括程小雨吗？"马雪松并不打算放弃，他盯着陈嘉文看，意识到对方在有意回避问题，调整姿势后继续问道，"昨天晚上你在哪儿？"

"我去了九菇湖，但我是被别人叫过去的。"

"谁？"

"不清楚。"陈嘉文轻声道，"短信，我手机里有短信。"

很快，孟雯便将陈嘉文的手机从讯问室外拿了进来，没有锁屏密码，壁纸是骆雪跟陈嘉文的合照，再抬头看陈嘉文现在的样子，变化太大了。

马雪松将短信打开：

"我知道骆雪在哪儿。"

"你是谁？"

"九菇湖底。"

"什么意思？你是谁？"

"晚上十点钟，来程小雨家找我。"

"地点变了，九菇湖，我等你。"

"我听说在九菇湖边发现了一具女尸，就想这件事会不会和这些短信有关，所以来了这里，看看能不能帮上忙。"

陈嘉文不擅长说谎，那种笨拙与编造的蹩脚，让马雪松跟孟雯都意识到了问题。

113

但意识到问题只是一种感觉，无法作为证据。

"先查查发短信的号码是谁的。"

孟雯起身，她将手机递给门口等待的民警，将工作交代下去，讯问室的门再次关闭，孟雯重新坐了回来。

"我们去过桥岭镇，但是你没在家，而且你的电话也关机了。"马雪松故意将语速放得很慢，这样能给对方一种压迫感，"这两天你在哪里？"

"这件事重要吗？"陈嘉文的回答有些出人意料，"我就在西平市。"

"晚上睡在哪里？"马雪松追问道。

"车里。"

"为什么不回家住？"

"太累了，本来打算休息一会儿，没想到睡着了。"陈嘉文回答得很快，"短信的事情，你们一点儿都不好奇吗？"

"你呢？"马雪松反问道，"好奇吗？"

"这个人也许就是杀害程小雨的真凶。"陈嘉文言之凿凿。

真凶吗？

陈嘉文有意在误导刑警队的调查，但在没弄清对方动机前，马雪松也只能看着他继续撒谎。

"把那天晚上的事情，再给我们详细讲一遍吧！"

根据陈嘉文所说，案发当天，他晚上送完货回到桥岭镇正要休息，突然收到一条短信，起初他认为短信是程小雨发来的，但后来又觉得不像。

"为什么会这么认为？"孟雯问。

"如果是小雨发的，她应该说晚上十点钟来我家找我，这样才合

114

理。"陈嘉文的回答有凭有据。

"收到短信后，给对方打过电话吗？"马雪松不喜欢孟雯刚才的打断，"打通了吗？"

"打通了，但很快就被对方挂断了。"

"继续说到程小雨家之后的事吧。"马雪松继续引导陈嘉文完成讲述。

"我按照约定好的时间到了，但小雨家的灯都关着，我试着去敲门，也没人来开。"

陈嘉文将过程描述得十分清楚，但在马雪松看来，过于清楚的证词就像是提前准备好的课文背诵。

"院墙上面有那些尖尖的东西，应该是怕有人翻越，我把面包车停在院墙旁边，踩着车顶翻过院墙，这对于我来说不算太难，但院子跟客厅是完全隔开的，我原本以为只是反锁，后来才发现，那扇门被玻璃胶给封死了。"

"到了九菇湖以后，为什么把车特意停到桥北的小道口？"马雪松的语速快了起来，"你以前去过那里吧？"

"嗯。"

案发当天，陈嘉文将车停好以后，顺着北口土坡斜行往下，按照他的说法，并非为了避开监控，而是这条小径便捷，不然面包车要往前绕湖半周，才能到大路的入口。

这件事孟雯核实过，确实要多开十分钟车程。

所以那些野钓客才会蹚出这条小路啊，这是一条捷径，但不熟悉这里情况的人肯定不会知道。

"你到九菇湖是几点？"马雪松问。

"晚上十一点左右，我到了就给对方打电话，但那边无法接通。"

"是没有接通，还是已经关机了？"马雪松继续追问。

陈嘉文想了想："关机了。"

"然后呢，你做了什么？"

"我又等了一会儿，没见到人，就开车离开了。"

"当时地面开始积雪了吗？"

"不厚，开车会打滑，所以不敢开太快。"

"你到九菇湖后，在附近找过吗？"

马雪松观察着对方的反应，陈嘉文下意识的动作有些反常，他先是露出疑惑的神情，随即很快意识到问题的重点。

"没找过，毕竟他的电话关机了，当时又那么晚，谁知道是不是有人在和我开玩笑。"陈嘉文补充道，"在九菇湖，我也没瞧见程小雨，如果你指的是这件事。"

"我们继续之前没聊完的话题。"马雪松话锋一转，"短信上没有写程小雨家的住址，你是怎么知道的？"

"我之前去过她家，但我根本没机会跟她说话。"

"有人不让你和程小雨交谈。"马雪松看向一旁的孟雯，但孟雯并没有领会他的意思，马雪松只好自己上手，从繁杂资料里，找出了吴庆军在活动现场的照片。

"是他吧？"

"对。"陈嘉文的情绪激动起来，"胡宇强，他现在是小雨的司机。"

马雪松清楚胡宇强就是吴庆军，是因为他们曾经打过交道，但从陈嘉文嘴里说出胡宇强的名字，就有些让他意外了。

"据我们了解，程小雨的司机叫吴庆军。"马雪松凝神道，"你之前认识他？"

"以前打过交道。"

"什么交道？"

"马警官，我会告诉你我和胡宇强认识的经过，但有件事我希望你能知道。"陈嘉文抬起眼来，"我觉得，程小雨的死可能跟周继平有关。"

周继平？

马雪松这条老猎犬终于弄清楚陈嘉文主动投案的缘由。

一种可能，是他真的问心无愧想要配合调查，但马雪松更倾向于第二种——

陈嘉文的投案，是别有所图。

3

二〇〇八年的西平市，刚刚迎来房价高涨的起点，但鲜有人注意到这一变化，他们照常过着属于自己的生活，蹬上自行车，穿一身最时髦的交际舞服，从家经道北小路骑行到海浪花歌舞厅，酣畅淋漓地跳上一下午。

那是程小雨一天中最忙碌的时候。

等营业时间一过，海浪花歌舞厅突然安静下来。但程小雨的工作还未结束，她还要将地板拖上一遍，这件事在她和周继平相识后轻松了不少。

除了拖地，他们有时也会打开天花板的彩球，霓虹灯照着他们年轻而热烈的身子。他们在舞池里跳舞，轻轻扭动腰肢。

骆雪跟陈嘉文有时也会来，他们喜欢坐在角落里，找寻光线最暗的地方，牵手、亲吻，像观众一样看着舞池里的另一对情侣。

等散场后，他们会在附近的大排档吃夜宵，每次都是周继平请客，陈嘉文觉得不大好意思，周继平却不以为然。

骆雪好奇两个人相识的原因，周继平并不打算隐瞒。

"有朋友说歌舞厅里会跳那种舞蹈，就是外国姑娘穿着短裙子，向上踢腿的那种，想见识见识，结果发现全是爷爷奶奶们在那儿跳舞。"周继平笑了笑，"没看到跳大腿舞的姑娘，但我看到小雨了，我们俩是一见钟情。"

陈嘉文将周继平的话用手语转述给骆雪听。

一见钟情，似乎不大适用于周继平这样的人。

在骆雪看来，周继平跟小雨并不生活在同一个世界，他太过随意了，但小雨不在乎。程小雨渴望被人需要，就算只是身体上的需要，她也愿意尽量迎合。小雨希望被外面的世界接受，但骆雪不同，她尽量同那个世界保持距离。

整张桌子上，一共四个人，只有周继平一直滔滔不绝，小雨只是安静听着，周继平看不懂手语，所以就算陈嘉文想和他聊天，也无法交流。

慢慢地，周继平的话也开始变少了。

在周围嘈杂的环境中，唯有他们在安静地吃饭。

有些格格不入。

四人聚餐结束，骆雪跟陈嘉文沿城市街道步行回家，陈嘉文能看出小雪的闷闷不乐。

"不开心？"

"我是不是扫你们的兴了？"

"你怎么会这么想？"

"因为我听不见，所以周继平后来都不怎么讲话了。"

骆雪的心思一直很重。

"还有旁边那些人的表情，他们看我们的样子很怪。"

陈嘉文不知该如何安慰骆雪，他想将骆雪抱入怀中。可这么做的话，他们就无法沟通，他只好用手语说着。

"不要去管别人，过咱们自己的生活就好。"

骆雪将陈嘉文的手紧握住，在街道暖黄色的灯光下，两个人的影子被拉得好长。

他们走到特殊教育学校门口，骆雪突然拽住陈嘉文，用手语提议：

"今晚不要回学校了。"

夜晚随处可见那种小旅馆，这里甚至不用登记身份证件，陈嘉文用两百块的房费跟押金换来一张房卡。他有些胆战心惊，狭小楼梯只能容一个人向上步行，陈嘉文走在骆雪的后面。

骆雪一步也没回头，直到抵达房间门口，才与陈嘉文对视。

房卡刷开了那扇泛旧的门，屋不大，靠墙摆放着一张双人床。说是双人床，实际上只比单人床宽一点儿。他们之前不曾有过与异性亲密接触的经验，但到了这个年纪，两个人都清楚这件事要如何进行。

骆雪主动脱去自己的上衣，几秒钟的沉默后，一切顺其自然发生。

陈嘉文动作很轻，他极力控制着身体不莽撞行事，但那种撕裂的疼痛感依旧在骆雪身体里蔓延。

谁也没有发出声音，房间里只有双人床吱吱呀呀的响声。

几天后，陈嘉文来到谢小琴的设计公司，陈嘉文在特殊教育学校会帮谢小琴处理一些琐碎事务，类似于学生会会长，但学校里并不存在这样的职务。

陈嘉文在学校比骆雪高一级，所以马上面临毕业，他不懂设计软件，并不是没有认真学习，而是天生迟钝，只擅长做一些体力工作。陈嘉文不是没想过去工地干活儿，或者是到物流公司打工，但当时的陈嘉文不能讲话，虽然去应聘了，却都被对方回绝。

如果开一家小超市的话，只要能吃苦，应该很快就能回本吧？

这是陈嘉文一厢情愿的想法，但他没有本金。

"拿好，别弄丢了。"谢小琴没有推诿，她早就将五万元现金取出，装进一个帆布材质的腰包里。"地方找好了吗？"

"在小区里，是一楼的民居，做过调研了，小区入住人群多，而且要比门市房的租金低。"

陈嘉文用手语比画着。

"我会尽快还你。"

"你想自己做点儿事情，这是好事，钱不用着急还。"

陈嘉文除了道谢，想不到要再说什么，他鞠了一躬后离开。原本打算带着钱直接去付租金，却没想到被胡宇强带人堵在楼下。

"算算旧账吧。"

瞎了一只眼的胡宇强说完话，径直朝陈嘉文走来。

4

"怎么回事儿？"马雪松问道。

"胡宇强以前也是特殊教育学校的学生。"陈嘉文在讯问室里答道。

"你们之前有矛盾？"

"有一次，我发现他在医务室偷药，就把这件事上报给了谢老师。"

"偷药？"孟雯好奇道。

"咳嗽水和感冒药，不知道他要拿去做什么。"陈嘉文如实相告，"学校知道这件事后，就把他开除了。"

"后来呢？"

陈嘉文回忆起当时的情况，"他们人很多，我根本躲不开，谢老师借给我的钱也被他们抢走了。"

"报警了吗？"

"没有。"

"为什么不报警？"

"你们会以什么理由抓他们？"陈嘉文直接说道。

"寻衅滋事，还有抢劫，五万块不是个小数。"孟雯脱口而出。

"能判多久？"陈嘉文早就知道答案，"先不说报警以后能不能把人抓到，就算抓到了，等把他们放出来，我只会被揍得更惨。"

"那你是怎么解决的？"马雪松问。

"我想把那笔钱要回来，我知道周继平在社会上有些关系，就让小雪跟程小雨把情况讲了，周继平提议，让我去他家先住一阵子，他会帮我想办法。"陈嘉文回忆着，"那天是冬至，我跟周继平从外面超市买了速冻饺子，步行回了他在铁路里家属楼的家。"

随着陈嘉文的讲述，时间又一次倒退回了那年冬季。

5

冬至至长，是一年白昼最短的一天。

太阳落下去的时候，陈嘉文跟周继平拎着买回来的东西，走在西平市铁道三街的马路上。

一九七六年的时候，铁道三街叫威利大街。西平市在二十世纪九十年代初，陆续完成对涉外街道名称的修改，铁道三街便是威利大街修改后的新地名，那里的路面是由水磨面包石砌成的。

不起尘、不积水。

周继平的家，就在铁道三街上的一个老小区里，五栋老式红砖建成的六层民宅是当年分给铁道职工的家属楼，到如今已建成二十多年。

小区院墙隔着的一座三层洋楼建筑建于民国时期，据传是某个汉奸头子的安全屋，周继平听父亲讲过，之前洋房有一扇雕有特殊图案的大铁门，五十年代的时候被人当成钢制品拆走，扔进了西平钢厂的火炉里。

为了防止他人随意进入，现在洋楼的房门倒是换上了一块蓝漆钢板。

挨着这栋年过半百的老建筑，倒也显得周继平家漆面剥落的外墙没那么破旧，整个铁道三街的建筑物异常统一地衰败着。

小区刚建成的时候，周继平四岁，几乎每户家里都有一个土暖炕，都烧锅炉。周继平还记得父亲一到冬天便开始烧炕的情景，当时他睡觉都穿着毛线衣。

周继平很少带人回自己的家，父母离异多年，各自组建了家庭，他成了没人要的孩子。成年后银行卡里每月定期打入两份生活费，周继平成年后，父亲就将这间老房子过户给了周继平。

算是弥补歉疚的一种补偿。

五十多平米的房子有厨房、卧室、厕所、客厅，每一个区域都有些逼仄狭小，以前周继平就睡在客厅里，现在也是。父母以前的卧室家具全部被他扔掉了，靠墙摆了两排书柜，里面放置着他在二手市场淘回来的书。

有《水浒传》连环画，也有《红楼梦》，这对于周继平在外心狠手辣的形象没有帮助，谁能想到一个因为打架斗殴而在上高中时被开除的小流氓能读懂红楼？

"这件事不要告诉别人。"周继平做了一个噤声的手势。

他打开煤气灶，煮水下了一些饺子，硬面饼很快被沸水煮软。鸡蛋破壳，放入炒锅中，被煎金黄。

周继平同陈嘉文在餐桌吃饺子，陈嘉文吃得很急。周继平又从冰箱里拿出两瓶冰凉的啤酒，将其中一瓶递给陈嘉文。

"以前我爸活着的时候离不开酒，后来身子骨弱了，酒跟药汤混在一起喝，生怕自己死得不够快。"周继平将瓶盖启开，"我睡卧室，这几天你先睡沙发吧，抢你钱的家伙我已经找人打听了。"

"谢谢。"

陈嘉文不知道周继平能不能看懂手语，没想到对方也用手语答道：

"不客气。"

陈嘉文一时愣住。

"我虽然没上过大学，但学东西还是挺快的。跟小雨在一起，总不能让她光听我说话吧？"周继平笑了笑，说完他打开电视机，转身回到厨房做菜。

电视台在播放一个热播的古装剧，里面的演员对陈嘉文来说十分陌生，因为骆雪听障的原因，他们在一起时从未去过电影院，约会也是去逛小吃街，或是找一家麻辣烫，多放麻多放辣。

门外传来窸窸窣窣的交谈声，老房子隔音不好，外面的人似乎在商量闯入的办法。陈嘉文心中一紧，周继平则被抽油烟机的噪声干扰，对危险毫无察觉。门锁正被人从外撬动，陈嘉文急忙跑到门口准备反锁，但他迟了一步。

随着房门被一双大手推开，陈嘉文与门外站着的几名短发青年对视着。

对方应该不是小偷，他们发现家里有人后并不慌乱，反而露出窃喜的表情。

仿佛在说：

原来你在这里啊！

周继平意识到危险，是在陈嘉文挥动折叠凳发出打斗声后。下意识地，他从厨房拿着一把菜刀当作护身工具，快步走到门厅处。门口已经被人堵住，没有逃离的空隙，周继平将陈嘉文的身子往后拉了一下，让围堵者进屋，给逃脱制造一些可能。

"溜门撬锁，你们这属于私闯民居吧？"周继平将菜刀举在身前。

"听说，你在打听我弟弟的事儿？"一名高个子男人率先走入屋里，身形像是学校常见的体育生，看年纪，与周继平差不多。

"你弟是谁啊？"周继平轻描淡写问道。

"胡宇强。"

"认识，他抢了我朋友的钱。"

"我知道。"高个子男人挑衅地说，"钱我们花了，还要吗？"

"不要了。"周继平懂得审时度势，现在这种情况，硬碰硬他跟陈嘉文只会吃亏，但陈嘉文并不这么想，他恶狠狠地盯着高个男人看。

"看什么？"高个子男人将皮带从腰上解了下来，"我问你，看什么？"

陈嘉文的态度让高个子男人不悦。

既然形势已经如此了，再说软话也没什么意义。

"嘉文。"周继平小声嘟囔着，"跑。"

周继平话音刚一落地，陈嘉文就将手里的折叠凳用力向高个男人掷去，周继平以最快的速度冲了过去，用菜刀架住高个男人的脖子。依仗着刀刃的锋芒，至少打开了从家去往楼道的出口，但很快高个男人就反应过来，周继平并没有挥刀砍人的勇气，高个男人打掉周继平的刀，其他人一窝蜂地扑了上去。

逼仄老旧的楼房台阶，周继平跟陈嘉文快步跑下，楼下有高个子男人的同伙围上来。

周继平同陈嘉文在楼道里同他们打斗，一个流氓被周继平击中，从楼梯上滚下。就在两人准备继续下楼时，身后突然伸来一只大手拽住了周继平的衣领，周继平直接被拽倒在地，他脖子上挨了一刀，对方正要再补上一脚，被陈嘉文一下撞翻。

陈嘉文拉起周继平继续往楼下跑去，楼道漆黑，只能听到打斗声。

堵住单元门的流氓见陈嘉文跟周继平跑下来，挥着棒球棒就往周继平的头上砸，陈嘉文将周继平护住，结结实实挨了这一棍子，周继平反应过来，一脚将对方踹倒在地，从单元楼里逃出的周继平与陈嘉文浑身是血，身后追兵不断。

两人只能继续向小区外面跑，希望能够躲过追击。

就算身后人不想放弃，可单元楼里早有人听到打斗声拨打了报警电话。

警车闪烁着警灯驶入小区，一群人只好作鸟兽散各自逃离。

6

陈嘉文的伤虽然不重，但创口必须缝针才能愈合，这种情况如果贸然前往医院，会惹来不必要的麻烦。

周继平将陈嘉文带到一个社区诊所，医生消毒后帮他进行缝合，很快用纱布缠好，让陈嘉文卧床休息。

论血脉，这里的医生周葆久算是周继平的二叔。

"又惹什么乱子了？"周葆久带着责备的口吻问道。

"从来都是麻烦找我。"周继平笑了两声，很快关心道，"我朋友没事吧？"

"豁开的口子我给缝上了，但你最好带他去大医院拍个片，看看有没有脑出血，我这是小诊所，只能做些简单处理。"周葆久看向周继平的脖子，"你脖子上的伤口估计得留疤，以后打架注意着点，要是伤到颈动脉，别说是我，就算华佗再世也救不了你。"

"谢谢周叔。"

"钱还够不够用？"

周葆久没等对方回答，从抽屉里拿出五百块钱，直接塞进周继平手里。周葆久看了眼陈嘉文，摇了摇头向外走去。

"疼不疼？"周继平回到陈嘉文床边坐下，"以后，咱俩做兄弟，要不是你帮我挡那一下子，现在躺这儿的就是我。"

陈嘉文想用手语比画什么，但他双手无力，周继平却已经看穿了他的心思。

"你的钱肯定得要回来。"周继平攥了攥拳，"这件事不能就这么算了，有人能帮到咱们。"

陈嘉文把消炎药输完，周继平帮他拔了针。两个人从社区诊所打车前往宏宇旅店。路上陈嘉文的头一直晕晕的，他虽然不能说话，却也能从司机的表情中看出目的地的异样。

"我要是以后能有个大房子，一定学电视里那样，弄个安全屋，再有人来家里找麻烦，咱俩就往里面一躲。"

"他们要是在家赖着不走怎么办？"

"那就装台冰箱，再放个冷柜，专门放吃的用的，你知道有种炉子叫卡式炉，不用煤气……"周继平沉浸在自己要建造密室的设想中，丝毫没有察觉陈嘉文在问的是另一件事。

"我说的是现在，现在怎么办？"

"现在啊。"周继平思考起来，他在盘算自己手里的筹码，"你身上装钱了吗？"

陈嘉文把外套口袋翻遍了，才从内兜找出几枚硬币，这些钱无法支付出租车费，周继平叹了口气。

"早知道刚才就不把周叔的钱偷偷给他塞回去了。"

二人身无分文，现在情况窘迫，只能用别的方法：

"跑！"

亮红灯的十字路口，出租车刚一停下，周继平就打开车门蹿了出去，陈嘉文下意识地去拉一侧车门，却死活拽不开，被出租车司机一把揪住衣角，拉扯得陈嘉文未愈合的伤口生疼。

周继平从巷口找到毛巾跟被弃置的玻璃瓶，他用毛巾塞住瓶口，将原本揣在兜里打算用来消毒的酒精，全部浇在上面，再用打火机将毛巾点燃，扔进出租车的主驾驶座上。

出租车司机慌了神，忙将攥着陈嘉文的手松开，陈嘉文趁机逃脱。

不顾出租车司机的咒骂与追赶，周继平跟陈嘉文在夜晚西平市的大街上，又一次跑了起来。

道西街在二十世纪九十年代末是原西平市的海浪花市场，改革开放初期，自由市场的开放小商贩如雨后春笋般打开了一道城门。

由于缺少专门营业的场地，商贩多在路边售卖，随处可见菜叶子、坎坷不平的土路、挤满商贩的街道，原先人烟稀少，现在满眼只剩杂乱无章，又充斥着笼中鸟儿的鸣叫。

二十世纪八十年代初期，西平市政府成立集贸市场建设规划处，随即规划建设完成海浪花市场，建筑面积一万多平方米，市场建成后又盖起住宅小区，都是高层建筑，又有过街天桥用于市民通行。

在当年，这叫"退路进厅"。

同时兴起招待所和小宾馆，供郊区商贩或外地进货者栖居，海浪花市场一楼划出东区专门销售酒店用品，廉价牙刷、被罩床单、小米壳枕头、洗漱用品等一应俱全。

宏宇旅店就开在附近。

周继平领着陈嘉文来到宏宇旅店楼下。

西平市鲜有人不知道杨红雨的名字，二十世纪九十年代，西平市的产业结构逐渐转型，吸引来不少外资在这里投资建厂，劳动力大量涌入，杨红雨的宏宇足疗店的生意变得越来越好，但宏宇足疗挣的不是按脚的辛苦钱，而是靠花招百出的特殊服务。

有了本金，杨红雨收购了这家小宾馆，场地更大了，取名宏宇旅店，仍然从事老营生。旅社外表看上去旧，但通过一楼安保人员的检查后，走到二楼，便进入了新世界的大门。

旅店二楼灯红酒绿，陈嘉文跟在周继平身后，瞧见不少穿短裙背心的女子在旅社房间里进出，其中一名嘴角有痣的短发姑娘明显与周继平相熟，主动打招呼道：

"周周来了？"

"生意怎么样？"

"凑合过呗。"短发女子上下打量起了陈嘉文，"新收的小弟啊？模样不错。"

"他刚受了伤，可受不了你折腾。"

"瞧你说的，折腾的又不是你。"短发女子捂嘴笑道，"再说了，我现在管事儿，不干活儿。"

短发女子的手在陈嘉文身上摸了一下，吓得陈嘉文一激灵，慌忙后撤一步。

"瞧把你紧张的，雏儿啊？"短发女子笑了起来。

"真没准。"周继平在一旁打趣道，"红雨哥呢？"

"在他办公室呢。"说完话，短发女子看向陈嘉文笑了笑，侧身进了旁边休息用的房间。

陈嘉文跟着周继平继续往里走，很快来到一扇紧闭的房门前。

周继平将门敲开，露出来的是何武那张脸。他侧身给周继平和陈嘉文让出进去的路，杨红雨正在屋里用点钞机点着钞票，一捆捆绑好。

这是陈嘉文第一次见到杨红雨。

7

猝不及防出现的名字，让马雪松下意识地攥拳。

孟雯注意到师父情绪上的起伏，但审讯室显然不是她该好奇的地方，她在等自己的师父开口。

过了几秒钟，马雪松终于问道：

"你提到的杨红雨，是之前坠楼身亡的那个吗？"

"嗯。"

"事情后来是怎么解决的？"

"红雨哥后来查到，堵我们的人叫郑宇亮，就带我跟周继平去找他，当时胡宇强也在，当年在西平市，没人敢得罪红雨哥。"陈嘉文意识到在警局说这样的话并不合适，"但我的钱已经被他们花光了，没能要回来。"

"按照规定，现在还不能完全排除你作案的嫌疑，希望你可以理解。"

"我现在脑袋很乱，也不知道漏没漏掉什么信息，如果我想起来了，一定及时告诉你。"

"谢谢你的配合。"

"马警官。"陈嘉文声音微弱地问，"短信里提到的，会是真的吗？"

"我们会对九菇湖进行打捞。"马雪松应承时，注意到陈嘉文微妙的表情变化，"还有，为了确认你说的属实，我们需要走访一下时间证人，麻烦你把周继平之前的住址写下来，还有你看过病的那家诊所，我们也会进行走访。"

孟雯将纸笔放在陈嘉文面前，陈嘉文拿笔书写的同时，偶尔会停笔回忆。

不知为何，马雪松总感觉他有所隐瞒。

在去陈嘉文以前看病诊所的路上，马雪松回想起陈嘉文说话时的样子，那双如湖水被冻上般的眼睛，薄冰之下，究竟隐藏着什么？

又为何不愿破冰而出，将真相全部告知自己？

探照灯将一名患者的口腔照亮，像是照亮一条隧道。

周葆久正给患者更换烤瓷牙，马雪松和孟雯在前厅等候。

马雪松观察这里的装潢，有油漆味，证明装修不久，墙壁上挂着周葆久跟力声基金会负责人徐武明的合影，还有周葆久帮特殊教育学校学生检查牙齿的纸媒报道。

周葆久从里面屋子走出，边摘下口罩边抱歉说道："不好意思啊，让你们久等了，有什么事情吗？"

"刚才看你墙上挂的照片，这家诊所和力声基金会有合作？"马雪松问。

"有，是公益活动。基金会那边出成本费，我们去特殊教育学校做牙齿检查。"

"以前这里就是口腔医院吗？"

"以前是社区诊所，后来亲戚家的孩子帮忙，重新装修了一下，就办起口腔医院了。"

"周继平？"

"对。"周葆久的语气警觉起来。

"你跟周继平是什么关系？"

"我跟继平他爸是堂兄弟，从小看着他长大的。"

"要是一般关系，他也不可能帮你这么大的忙，我看这里装下来，得花不少钱吧？"马雪松拿出陈嘉文的照片，"认识吗？"

周葆久眯着眼，摆了摆手："眼熟，想不起来了。"

"那这个人呢？"马雪松又将程小雨的照片拿给周葆久看，"她叫程小雨。"

"认识，继平的前女友，也在力声基金会工作。"

马雪松又问了一些问题，包括案发当天周葆久的行动轨迹。如果再追问下去，或许会引起对方的怀疑，马雪松很快结束了询问。

"警官，我能问问，是出什么事了吗？"

人都有好奇心，马雪松也一直在等周葆久问出这个问题。

"再跟您确认一下，真的不认识这个人吗？"

马雪松指了指照片上的陈嘉文，周葆久摇了摇头。

"这个人涉嫌一起刑事案件，我们在走访他的社会关系，如果您想起什么，随时给我打电话。"

将警民联系卡交给对方后，马雪松和孟雯就从口腔医院离开了。

能够确定的是，周葆久确实与周继平关系匪浅。

至少佐证了陈嘉文的话并非都是虚言。

8

九菇湖的打捞工作已经开始了，朱伟萍没打算向马雪松邀功，她请马雪松和孟雯在门口饭馆吃了碗线面，调查上的事情一句没聊，只说了一些曾铁钢住院体检的情况，很快便放他们师徒二人回队里工作了。

"朱局这是什么意思？"孟雯有些摸不着头脑。

"面都吃了，还什么意思，限期破案。"

蒋为民把周继平的情况摸了一遍，周继平在西平市有一家宏宇装饰公司，之前马雪松带队破获的那起销赃案，关系到的金色河畔洗浴中心，也是周继平的公司负责装修的。

在逃的犯罪嫌疑人何武当年跟杨红雨关系很近，可是因为杨红雨意外身亡，导致警方没能掌握何武的犯罪事实，才让他在外逍遥自在了这么久。

孟雯的看法是周继平可能与杨红雨有关。

"宏宇装饰公司，光听名字也能猜到吧。"孟雯说。

"工商那边的资料核实过了吗？"马雪松问。

"宏宇装饰公司是何武注册的，后来他把股份全部转让给了周继平。"

"何武还没找到吗？"

"就跟人间蒸发了一样，洗浴中心从里到外翻了个遍，没找到人。"

"手机号查过了吗？"马雪松问。

"手机号？"蒋为民一头雾水。

"给陈嘉文发信息的手机号。"

"是不记名电话。"蒋为民马上说道，"通话单已经去打了。"

"胡宇强的卷宗。"马雪松问。

蒋为民把胡宇强的档案递给马雪松。马雪松不用翻看，他是当年那起案件的亲历者，但孟雯并不了解详情，很快档案就传到孟雯手上。

"胡宇强曾经因为组织卖淫罪入狱服刑两年，放出来一年多了，出狱后一直用吴庆军这个名字，应该是不想让人注意到他有前科。"

"师父，你看。"孟雯指着胡宇强之前的判决书，"宏宇旅店……他当时在帮这个叫杨红雨的人做事。"

"给老郭打电话，催一下程小雨家的勘查报告。"马雪松说话时看向孟雯。

"我打？"

"怕挨说啊？"马雪松笑了笑，很快又严肃起来，"陈嘉文说，他出狱后一直没有和程小雨讲话的机会，为什么？"

"胡宇强一直在看着她。"

"为什么要看着她？"

这件事孟雯也有些不得其解，之前尸检报告说程小雨的身上有被人抽打过的痕迹，还有烟疤，再加上脖颈处的瘀青，她起初认为这是某种手段，用来让被管理者服从。

但孟雯想不通胡宇强这么做的原因。

中间缺失的信息太多了。

按照陈嘉文的说法，胡宇强被杨红雨派人教训了，为什么又会跑到杨红雨手下工作？

胡宇强又是如何跟程小雨结识的，甚至担任了对方助理这么重要的职务？

这件事就算马雪松想要逃避，现在也没有退路了。

"把杨红雨当年的卷宗再翻出来，看看是不是有漏掉的线索。"马雪松揉着已经疼了一天的眼眶，"给市局的报告，你们两个辛苦点儿，我先去睡会儿。"

马雪松强撑着站起身，往休息室方向走，孟雯虽然担忧，却又无济于事。

先查案吧。

孟雯侧目看向蒋为民，原本打算邀他一起前往档案室，却发现蒋为民又一次拿出了纽扣。

用红绳穿起来的纽扣，从孟雯刚来桥城分局那天起，蒋为民就一直随身带着。

孟雯对桥城分局的档案室轻车熟路，她很快便从档案里找出了二〇〇九年杨红雨案的卷宗，她打开准备简单翻看，以确认文件无误，不成想有一张照片掉了出来。

她弯腰从地上捡起照片，是一名女警身着警服的证件照。

"孟雯。"

有人在她身后轻唤，孟雯发现朱伟萍正站在自己身后，但对方是何时来的，她并不清楚。

"朱局。"孟雯回应道，"师父让我过来拿杨红雨案的卷宗。"

"她的事情，听说过吗？"

朱伟萍看着那张证件照。

"邓语欣，是个爱笑的丫头。"朱伟萍想起往事，露出伤感情绪，"当时跟她一起出任务的还有你师父，马雪松。"

孟雯不禁一愣，这条信息她并不知晓。

"两年前，老曾当时因为腰伤没能参与抓捕行动，你师父和语欣根据举报人提供的线索，带了刑警跟辖区派出所的警员去抓杨红雨，那里地形情况复杂，杨红雨藏匿的地点很隐蔽……邓语欣那丫头也是，一根筋，想都没想就把杨红雨给撞倒了，她胳膊那么瘦，打不过，没等你师父反应过来，两个人就从高楼上掉了下去。"

朱伟萍叹了口气，她需要平复情绪。

"你之前和我反映过好几次，说老马不带你出任务，不是他对你有偏见，而是你师父自己还没能迈过这个坎儿。多给他些时间，也帮我照顾着他点儿。"

正在刑警大队沙发上熟睡的马雪松，被噩梦纠缠，对孟雯与朱伟萍的谈话一无所知。

孟雯拿着档案回来，她将窗帘拉开，外面已是黑夜，但马雪松仍熟睡未醒。

孟雯叹了口气，她轻轻拍了拍马雪松的身子。

"几点了？"马雪松睡眼惺忪。

"凌晨三点。"

"凌晨三点？你没睡觉啊？年轻真好，能熬。"马雪松伸了个懒腰，很快意识到孟雯的表情有些奇怪，"怎么了？"

"刚才打捞队回信了，在九菇湖找到了尸体。"孟雯的声音突然沉重起来，"不过不是一具，是两具。"

"两具？"

第五章
无名女尸

1

一直处变不惊的朱伟萍也烦躁起来，她满脸沮丧，嘴里不断念叨着。

"怎么捞出来两具？"

反而是马雪松心态平和，在旁边不停宽慰，但朱伟萍的心情依旧不见好转。

除非能够查到这两名湖中女尸的真实身份，不然之后的调查工作难以展开。

法医郭建旗经验丰富，通过胯骨分析出其中一名死者是有过生产经历的女性，但除此以外，桥城分局刑警大队再没有其他线索。

"一点记号都没有吗？"

马雪松之前同郭建旗确认过，按他过往的查案经验判断，大部分冷案未能侦破，都是因为被害人的身份难以查明。

"现在怎么办？"朱伟萍终于冷静下来，"之后的工作你打算怎么安排？总不能让大家跟着你一起大海捞针吧？"

市局上午刚刚成立了专案组，马雪松被朱伟萍叫去开会前对此事一无所知，只以为是对案情和调查进展做一个简单的汇报。

可等马雪松推开会议室门后，立刻认识到市局对案件的重视程度。

在座的都是各区县刑警队的一把手或二把手，就连西平市局刑警支队的副支队长李颜也来了。市局级的领导到了两位，一位是宣传部的部长，发言主要谈论了这起案件对西平市城市形象造成的恶劣影响，督促公安部门尽快破案。另一位市局级领导是市公安局陈局长，他的发言更务实一些，他让朱伟萍直接向大家介绍一下案件的情况。

朱伟萍从程小雨的尸体在湖边被人发现，一直讲述到其身份被刑警大队查实，由马雪松补充说明证据链和犯罪嫌疑人陈嘉文主动配合警方调查一事。

李颜对陈嘉文的口供有所异议。

"口说无凭，又间隔了这么长时间，谁知道他是不是在编故事？"李颜态度强硬。

"李颜，先不要着急，听朱局跟雪松说完。"市局的陈局长突然开口，这无疑是在帮桥城分局撑场子，"继续吧。"

投影屏幕上很快出现刑科所拍下的照片，上面有程小雨的尸身淤青跟烟疤烫痕。

"被害人程小雨的情况，大家都清楚了，犯罪嫌疑人吴庆军，原名胡宇强，现在仍然在逃，我们的调查有两个当务之急：第一，是要找到胡宇强的下落；第二，是要确认今日凌晨打捞上来的死者身份。"朱伟萍沉稳地说，"下面，我会对打捞上来的两具女尸进行说明，请大家做好心理准备。"

朱伟萍按下遥控器按钮，很快出现两具几乎难见血肉的女性尸体。

参会警员们议论纷纷，但他们都是训练有素的刑警，很快安静了下来。

"今天早上从九菇湖打捞上来的两具女尸，因为在湖水中被长时间浸泡，加上湖下鱼类啃食对被害人尸体造成了破坏，只剩骨骼和一些残留的皮肤组织，这给鉴别两名死者的身份造成了一定难度。"

朱伟萍停顿几秒，这才继续说道：

"我们现在只知道两名死者是女性，不清楚身份，不知道死亡原因，掌握的信息几乎为零。根据程小雨案犯罪嫌疑人陈嘉文的证词，不排除其中一个被害者，就是一年前失踪的骆雪。"

朱伟萍没再讲下去，她看向陈局长，陈局长又看向马雪松，毕竟马雪松才是直接办案人。

"雪松，你有什么要补充说明的吗？"

就算马雪松原本不打算开口，现在的情况，也不得不发言了。

他清了清嗓子，开口说道：

"九菇湖的两具尸体，抛尸时用的是渔网袋，都知道是做什么用的吧？这间接证明了，打捞上来的两名死者不是自杀，而是他杀。但三名被害人之间是否存在联系，还需要进一步调查。"

"三个重点，特殊教育学校、力声基金会，最后一个是失联的犯罪嫌疑人胡宇强。"陈局当场下达指令道：

"两个关键任务：一，继续搜寻胡宇强；二，查明所有被害人的真实身份。大家都是专案组从各分局单位借调的，相互可以慢慢了解，但案件调查不能延误，有任何线索及时向专案组组长马雪松汇报。"

陈局这番话讲完，所有人都瞧向马雪松，其中市局刑警支队的李颜表情最耐人寻味。

领导离开后，众人针对案情又展开了一轮讨论，马雪松没有说话。专案组开始忙碌，李颜全程没看马雪松的眼色。虽然名义上是副组长，但副支队长的职务和平时为人处世的老练，让所有人都心甘情愿地听从李颜调遣。

马雪松这个组长到最后又落了个光杆司令，还是桥城分局刑警大队这几个人，成了专案组里一个完全独立调查的小分队。他对此早有准备，会议结束后马雪松特意跑了一趟局长办公室，晓之以理、动之以情地反映了专案组之后可能出现的问题。

"刚才会议室里坐的都是什么人物啊？有几个还是我上公安大学时的师哥，这群人我可使唤不动。"

"这不是让你当组长了吗？"陈局没好气地说。

"那不是还有个副组长嘛！"马雪松的调门高了起来。

"这件事我是经过深思熟虑的。"陈局的安排并非毫无道理，"李颜到市局当副支队长前，可是从桥城分局升上去的，没记错的话，他以前还给你做过副手吧？"

确实如陈局所言，三年前，马雪松被提拔成了大队长，当时的李颜还是队里的副队长。

可今非昔比了。

自从李颜被调去支队后，一连破获了两起大案，虽然桥城分局也参与了抓捕，但功劳最大的还是李颜，他身上中了三枪，幸亏三颗子弹都避开了要害。当时李颜作为省、市树立的模范警员，光公安部的表彰就获得两次。

一次是口头上的夸奖。

另一次是实实在在的奖赏——全国二级英雄模范荣誉称号。

"别说西平市，整个陕东省二级英模也没几个。"马雪松摆了摆手，"李颜这个副组长，我使唤不动。"

"马雪松，你别忘了，你也是二级英模。"

"十几年前的事了，案子说出来现在的年轻人都不记得。"

马雪松也不绕圈子，直接说道：

"安排您已经做了，肯定是不能推翻的，那就这样，我和李颜分头调查湖下面捞上来的两名被害人，他带大部队找胡宇强，我还带着我的人继续查程小雨的案子，信息同步，这样也不存在谁领导谁，您是做领导的，也得考虑一下人家李颜的情绪吧？您说呢？"

陈局还能说什么，论个人能力，马雪松肯定比李颜强，但他太不合群，在人际关系上从不钻营，看谁都是一副吊儿郎当的样子。

既然木已成舟，也只能这么定了。

"还有个忙，陈局您得帮帮我。"马雪松坏笑起来，"现在这个案子关系到一个关键证人，但他人不在西平市。"

"传唤过了？"

"不能传唤。"

马雪松索性坐了下来，他给陈局分析道：

"是这样，这个案子不是抓到了一个叫陈嘉文的犯罪嫌疑人吗？他怀疑骆雪失踪跟程小雨的死，都跟这个关键证人有关，但程小雨案发时这个人在外地，有不在场证明，咱们警方调查，讲的是疑罪从无，不能只凭这几句话就把人给传唤到局里问话吧？而且也容易引起对方的警惕，我想先从侧面了解了解他，但是得请市局帮忙先把人给请回来。"

"怎么请？"

"我调查对方公司资料的时候，发现他们正在竞标一个市局特警大队宿舍跟快反室地面装修项目。"马雪松立刻解释道，"绝对不会让您犯错误，就是以这个做借口，去他公司考察一下。"

"那人就能自己跑回来了？"陈局嗤之以鼻。

"要不然得您亲自出面呢，他这个人行事我有些耳闻，您对于他而言，就是一棵大树，他肯定会死死抱住。"

"你这是给我挖坑啊。"陈局困惑不解，"不想打草惊蛇，为什么？"

"这个人不容易对付。"

"人都没见到呢，你有些太小瞧自己了吧？"陈局知晓马雪松的心结，"我发现这两年你办案子，可比以前小心多了。"

"失误过一次，不想再有第二回了。"

"你这个忙我帮了，把名字告诉我，剩下的事情我来办。"

"宏宇装饰公司，周继平。"

2

马雪松回到刑警大队办公区的时候，孟雯正在查阅刑科所出具的环境勘查报告跟证物照片。

"程小雨家的勘查报告？"马雪松凑了上来。

"九菇湖的。"孟雯把手里的文件递过来，"睡衣上有标签，是大牌子，西平市本地没有专卖店，如果是在外省市购入的，对于咱们来说调查难度不小，如果是仿品，那就更不好查了。技术队在松树林里找到了很多脚印……程小雨的体重在九十斤左右，如果嫌疑人是背着她经过这里的，脚印会比其他人深，郭老认为嫌疑比较大的是这一组。"

"四十三码。"

"但身高郭老那边不好判断。"孟雯无奈地叹了口气，"他怕会误导咱们调查。"

"因为扛着尸体的话，没办法通过步伐间距来判断身高。"

这个道理马雪松还是懂的，原本他就没对九菇湖的现场勘查抱什么希望。

"程小雨家的勘查结果什么时候能出来？"

孟雯摇了摇头，现在刑科所的工作量太大了，谁也无法保证时间。

"去趟郭老那儿吧，顺便了解一下另外两名被害人的情况。"

郭建旗眉头紧锁，他盯着尸检报告反复检查，生怕忙中出错。马雪松和孟雯也不敢打断，他们在旁边静候。

直到郭建旗检查结束，他将手里的报告递给马雪松。

"两具女尸，虽然具体死亡时间难以推定，但一号尸体肯定比二号死亡的时间要长。"郭建旗指了指照片上的信息，"我之前通过一号尸体的胯骨情况，分析出死者可能是有过生产经历的女性，根据骨龄判断，死亡时应该在二十一岁到二十三岁之间，二号跟一号的年龄相仿。"

"能查出死因吗？"马雪松心情不佳。

"一号费劲，身上多处关节损伤，不排除在抛尸过程中遭受过某种挤压，而且你也看到了，除了骨头，几乎没剩多少肉。"

郭建旗摇了摇头，表示对逝者死前遭遇的怜悯，随即说道：

"但二号不同，瞧见了吗？头骨跟脊椎这里，有断裂痕迹，死因有可能同程小雨一样。"

"寰枢关节骨折出现的延髓损伤？"孟雯接话道。

"有可能是摔死的，比如从楼梯上滚落。"郭建旗反倒说起了非专业术语。

马雪松回忆起程小雨在郭莫山家的楼梯。

"程小雨家的环境勘查报告，什么时候能出结果？"马雪松看出郭建旗的力不从心，"我知道，任务量不小。"

"我快马加鞭，不吃不睡，也把报告给你们弄出来。"郭建旗多少有些怨气。

"老郭。"马雪松语气诚恳起来，"谢谢。"

"跟我玩套路，打感情牌，是不是？"郭建旗笑了笑，但他不是小孩子，又认识马雪松这么久，知道他的道谢并非虚情假意。

"DNA检测结果出来了吗？"孟雯突然问道。

"你跟李颜两个人是怎么回事？"郭建旗没有理会孟雯，他盯着马雪松看，"各查各的？"

"说结果吧，这两具女尸里，有没有与骆和平DNA吻合的被害人？"

"没有。"郭建旗肯定道，这两具无名女尸都不是失踪的骆雪。"

这是马雪松最不愿意听到的结果。

从刑科所的办公楼里出来，马雪松跟孟雯往停车场的方向走。

"如果这两个被害人都不是骆雪，那陈嘉文收到的短信是怎么回事？"

"我也是一头雾水，你问我，我问谁去？"

马雪松思索着，他在脑中快速复盘整起案子，很快得出另一个可能性的结论。

"去骆和平家。"

说完，马雪松拉开了主驾驶的车门。

3

文体桥上已不见积雪，九菇湖湖面之前因为打捞凿开一个巨大无比的冰窟窿。骆和平站在桥上，看着桥下已被民警封锁管制的九菇湖。

骆和平仿佛瞧见女儿小时候。

那时的骆雪也就十岁吧，骆和平自己用纸壳箱跟木工板做的雪橇，将小板凳牢牢粘在木板上，女儿坐在上面，自己用一根麻绳拉着她在冰面上跑。

女儿的脸上洋溢着笑，但骆和平从她张开的嘴里，听不见一点儿声音。

骆和平想从文体桥上离开，却又不知道要去哪里。

正在这时，孟警官打电话来，给他指明一个暂时的去处。

等骆和平驾车回来，马雪松和孟雯早已在单元楼门口等候。

"刚回来？"马雪松问。

"嗯，去了趟文体桥，听说你们在九菇湖打捞上来两具尸体……找我是小雪有线索了吗？"

"刑科所比对了两名死者跟你的DNA，都不吻合。"

"是吗……"骆和平的反应似乎并不意外。

"你是不是还有没告诉我们的信息？"孟雯察觉到骆和平的异样。

"去家里说吧。"

骆和平端着两杯柠檬水从厨房出来，他不知道该如何开口。

"骆雪不是我的亲生女儿。"

这个答案，马雪松并不意外，孟雯想要询问，却被马雪松拦了下来，他知道，骆和平还需要一点儿时间。

墙上挂表上的秒针转了整整一圈，骆和平终于讲道：

"小雪出生的时候，虽然是我在医院文件上签的字，但她不是我的亲生女儿……我跟王晓娟是同乡，有婚约，后来我为了挣钱去南方跑船，那次货物没固定好，移了位，船体左倾，水全灌进了船舱……我拿着赔偿金回了老家，才知道王晓娟去了西平城里，等我再见到她的时候，她已经怀孕了。"

"那你知道骆雪的生父是谁吗？"

"最开始不知道，我没问过，她也从来没有提……后来，那个人自己找上门来。王晓娟和他又勾搭到了一起，但这件事我不怪她，毕竟和我在一起生活，有些事情我根本无法满足她的需求。"

"什么意思？"

孟雯直接问道，但马雪松已经猜到了一些。

"我和王晓娟从来没有过……正常的夫妻生活……当年我跟货船一起沉了下去，好不容易从船里游出来，在水里泡了两天……被泡坏了。"骆和平用双手捂住了脸，"离婚后小雪跟我生活，养了十几年，我一直把小雪当成是亲生女儿照顾。"

"之前为什么没有主动告知我们？"孟雯起疑道。

"我觉得跟案子关系不大，就没有说。"

骆和平更多是在顾虑面子吧？马雪松心想。毕竟说出隐情，就代表自己性无能也要被揭示出来，多少有些难以启齿。

"之后再听到关于王晓娟的消息，是三年前的一个下午，我接到那个男人的电话。"骆和平幽幽地说，"王晓娟死了，自己从高楼天台上跳下来的，我跟小雪都没能见到她的遗容，我们到殡仪馆的时候，只看到了骨灰盒。"

那个男人真是不尽责啊。

既然取得了关键信息，两人没有继续停留的理由，跟骆和平要了小雪生父的名片，他们直接开车前往郑铭工作的单位。

146

"现在进去吗？"孟雯问。

"打电话叫他出来吧，这么直接走进去让他配合调查，对方会有负面情绪。"马雪松慢悠悠地说道。

郑铭工作的单位是西平当地的一家大型广告公司，他在公司里算是一个小领导，主要负责公关跟销售的工作。来之前马雪松就让蒋为民调查过，郑铭现在是已婚的状态。

等郑铭从公司出来，他没有选择附近的咖啡厅，那里人来人往，有被同事发现的可能，最后马雪松与孟雯跟着他的车到了一家茶馆，郑铭跟店老板很熟，说是带朋友来这里谈生意，对方安排了二楼的包间给他们使用。

马雪松首先说出他们此行的目的，希望郑铭能够配合公安机关调查，提供他的毛发样本。

"为什么要我提供毛发样本？你们到底在查什么？"郑铭有些抵触。

"有起案子，可能跟一年前失踪的骆雪有关，需要您配合一下。"孟雯说着，她紧盯着郑铭看，"准确来说，是跟您的女儿有关。"

"血缘关系上是，但我跟那个孩子平时没什么联系。"

马雪松看出孟雯的不悦，急忙把话接了过来："了解几个情况，王晓娟去世后，你跟骆雪见过面吗？"

"没有，绝对没有！"

"两年前你再婚了，但我们从你在民政局登记的信息里得知，你上一次婚姻在三年前才结束，而且对方不是王晓娟。"马雪松的话让郑铭紧张起来，"王晓娟跟你，那段时间是什么关系？"

"普通朋友。"

"普通到会给你生孩子的那种？"孟雯插话道，她语气犀利，郑铭咽了口唾沫，他在思考如何回避这个问题。

"郑先生，我想我有必要提醒你，如果因为你隐瞒事实不报，对我们的调查造成干扰，是要负法律责任的。"马雪松再次开口道。

"她刚跟我在一起的时候，也就是怀小雪前，我那时已婚，没办法给她名分，其实我劝过她把孩子打掉，没想到她会生下来。"郑铭终于放弃了抵抗。

"那后来呢？为什么又回去找她了？"

"那个时候嘛，正好跟我前妻闹离婚，朋友请我去歌舞厅玩，偶遇了……毕竟之前有过感情，加上她老公的身体情况，就又在一起了……我真的是打算跟她结婚的，但是前妻要分家产，我也是希望我们以后的生活能有个保障，也是为了她好……谁知道她这么想不开。"

"可最后你还是离婚了，据我们调查，房产你也给了前妻。"

"晓娟的死让我明白，钱这种东西，生不带来，死不带去，与其计较这些得失，还不如把时间放在享受生活上。"郑铭长出一口气，希望尽快结束这场谈话，"直接把头发拔下来就可以了吧？"

马雪松点了下头，郑铭毫不犹豫拔下几根头发，放入孟雯提前准备好的证物袋里。

"还有别的事儿吗？"

"有需要的话，我们会再联系你。"

郑铭起身，很快从包间离开，孟雯气得说不出话，脸涨得通红。

她冷静了一会儿，终于开口了。

"女儿有可能不在了，作为父亲，竟然这么冷漠。"

马雪松没有答话，在他看来，骆雪对郑铭而言，就像是被拔掉的头发，虽然长在郑铭头上，但拔掉了也没什么。

"走吧，再回趟老郭那儿。"

郭建旗将马雪松带来的证物收好。市局两年前配置了专业设备，DNA鉴定不用再送省厅检查，结果很快就能出来。与此同时，骆和平桥岭镇老房子的勘查报告也已出炉。

"这个位置，有椅子来回挪动形成的划痕，正常情况很难形成这样的痕迹，除非是有人坐在椅子上，来回挪动，看到了吗？"郭建旗亲自示范，"就像这个样子。"

"椅背上的磨痕呢？"马雪松指着报告里的照片。

"直径十四毫米的粗麻绳。"

按照郭建旗的说法，陈嘉文之前的住所很可能绑过人，对于现在的调查，这是个很大的收获。更何况技术队做过鲁米诺反应测试后，在地面磨痕附近发现了血迹。

"能测出来吗？"马雪松急切问道。

郭建旗摇了摇头："对方用消毒液跟清洗剂拖过地，样本污染严重。"

马雪松的心情就像穿针时好不容易将线穿过针孔，又被突然抽出。

"接下来打算怎么办？"孟雯问。

"至少证明那个老房子里之前发生过什么。"

马雪松皱眉说道：

"可是被绑的是谁呢？"

"陈嘉文肯定不会告诉咱们。"孟雯早就觉得陈嘉文心里有鬼，"能说他早就说了。"

"但他主动来警局配合调查，一定有原因。"

马雪松话音刚落，朱伟萍的电话就打了过来。

4

马雪松和李颜各点了一碗羊肉汤，但谁都没有动勺子。

陈局那边让朱伟萍劝马雪松不要特立独行，虽然市局默认了他跟李颜分头调查的方式，但两组人还是要多交流沟通，以免遗漏掉关键线索。

在朱伟萍的安排下，马雪松跟李颜约在这家饭店见面。

"有两年了吧？没在一起吃过饭。"马雪松率先开口。

"各有各的忙。"

"是吗？我还以为你躲着我呢！"

"专案组成立后，组长天天不露面，让我这个副组长管。"李颜来了脾气，"谁躲着谁啊？"

"以前你在桥城分局当副队长的时候，咱们不也是这么分工的吗？你有你的调查思路，我有我的查案方法，先各走各道，看看最后能不能汇到一条路上。"

"朱局在会上说了，两个任务。"

"一个是查出打捞上来的两名被害人身份，其中一具正在进行确认。"马雪松用勺搅拌着羊肉汤，"第二个，找到胡宇强的下落，你那边进展得怎么样了？"

"你想没想过？如果胡宇强已经死了呢？"

这个想法马雪松其实也有过，只是没有证据支撑，加上郭建旗之前在桥岭镇平房里发现的血迹，被绑的是胡宇强也不是没有可能。

"如果他死了，那么最大的嫌疑人就是陈嘉文，是想说这件事吧？"

李颜没有答话。

两个人沉默起来，马雪松看着李颜面前的羊汤，岔开话题道。

"你不吃的话，这碗我可就打包了，我徒弟还饿着呢。"

"希望你这个徒弟，运气比上一个好。"

李颜毫不回避地盯着马雪松，他很快起身走到收银台处买单。

看来邓语欣的事不光对马雪松是一道坎儿，也是李颜绕不出的迷宫。

马雪松带着打包好的羊肉汤回到刑警大队时，孟雯早已吃过面包，现在注意力完全集中在程小雨遇害一案的时间线上。

"根据这两天查到的线索，可以把时间线分为两个部分，一个是骆雪失踪前，那时胡宇强还没出狱，程小雨的助理由力声基金会指派的工作人员担任，谢小琴的证词可以证明程小雨当时人身自由并未受限，她在郭莫山的院子和房间的通道也没被封死，这些都是胡宇强出狱以后发生的事情。"孟雯的语速很快，"程小雨被害是在十月二十二日，郭老那边的尸检报告给出的时间太笼统了，在下午四点到晚上十点之间，整整间隔了六个小时。"

"刚才李颜问了我个问题。"

"什么问题？"

"他说如果胡宇强已经死了呢？"

"你之前不是也考虑过吗？"孟雯用双手将腰撑住，"还说不管他是死是活，总要有一条动线。"

"可是之前，咱们没在陈嘉文住的老房子里找到那些磨痕。"马雪松说道，"从案发，到确认陈嘉文住的地方，我们花了一天时间。这一天，在那个房子里发生过什么，咱们毫不知情。"

"胡宇强将程小雨杀害，准备到九菇湖抛尸，被陈嘉文发现……"孟雯将自己脑海中的设想和盘托出，"不对啊，如果是这样，陈嘉文当时就该报警。可他不但没报警，还把程小雨的尸体留在了九菇湖，把胡宇强带走给绑了起来，这说不通。"

"这起案子说不通的地方太多，还是别瞎猜了，跟着线索走吧。"

手机铃声响起，是郭建旗打来的。

二号被害人的DNA同郑铭提供的样本吻合，可以确认二人存在血缘关系。

也就是说，骆雪的身份终于得到确认。

满墙资料张贴得乱七八糟，孟雯将骆雪的照片同二号被害人放在一起。

"要不要从骆雪失踪的时间开始查？"孟雯问。

"好好看看当时的卷宗，路面监控、住所、特殊教育学校……派出所该查的地方都查了。"马雪松头疼得厉害，"程小雨的证词也在里面，上面是怎么写的？"

"她说不知道人去哪里了，这个证词里面没有线索。"

"咱们现在面对的是三起凶杀案。她们遇害的间隔期很长，既然程小雨同骆雪有关，那么一号死者是否也与另外两名被害人存在关联？"

"从这个角度查，希望不大吧？"

孟雯提出反对意见，她拿出厚厚一沓资料，翻动道：

"专案组这两天一直在做程小雨与骆雪的社会关系调查，就连之前参加程小雨活动的人也查了个遍，所有跟程小雨还有骆雪有关的女性，符合一号死者年龄区间的，无一失联。"

马雪松盯着满墙资料，一时间找不到突破口。

"不琢磨了，越琢磨脑子越乱。"马雪松叹了口气，"跟我去个地方吧。"

"去哪儿？"

"骆和平家……得把结果告诉他。"

5

骆和平接到孟雯的电话时，他已经猜到警方有了女儿的消息，虽然孟雯没在电话里直接说，但这么晚还要登门拜访，怎么想都只有这一种可能。他早已做好心理准备，所以在被马雪松告知结果后，并不感到意外。

只是这个结果他无论如何都难以立刻释怀。

他拿起空了的玻璃杯，送到嘴边才发现没有水。骆和平不说话，起身走到厨房，倒水的手控制不住地抖，他努力调整着自己的情绪。

孟雯试图继续询问，却被马雪松拦了下来。

他在给骆和平自我消化的时间，片刻后，骆和平重新回到餐桌边坐好。

骆和平将双手紧攥在一起，很快便又松弛下来，声音沙哑道：

"我记得小雪刚出生的时候，睡得特别沉特别香，她眼睛闭着，身子那么小，顶着一个大脑袋，医生说她以后肯定特别聪明，可谁能想到……"

骆和平眼圈红着，却努力让嘴角保持笑容。

"别人都觉得自己家的孩子哭起来烦，那是他们不知道，有一个能哭会闹的孩子，是一件多么幸运的事……我们那个时候带小雪看过

153

很多医生，一次次做检查，一次次抽血，孩子那么小，手都扎肿了，但谁都没办法……最开始我也着急，后来慢慢也就接受了。就是日子要比别人苦一点儿，累一点儿嘛，只要孩子不吃苦不受累，我没关系的，很多事咬咬牙就过去了，苦尽甘来嘛……"他努力镇定，极力压抑着自己的情绪。

"我的情况你们也知道了……我清楚自己不会有孩子，所以就算小雪不是我亲生的，我也没有把她当成是个累赘……小雪的出生，对我来说，是一份礼物，是来弥补我不能为人父母的遗憾……但到了后来，她一天天长大，她看着我笑，用那双小小的手比画，在叫我爸爸，自从有了她，我的生活就变了，变得很开心、很快乐，我突然发现，这份礼物已经成为我人生的全部……马警官，孟警官，谢谢你们今天专程跑来，告诉我这个结果……谢谢，谢谢。"

骆和平说话的时候并未看向在场的任何一个人，他的头一直低着，半张脸埋入阴影中。

马雪松只窥见他话到最后眼中浸润的泪光，之后的询问都由孟雯进行，多是一些例行讯问，没有任何线索。

马雪松从自己心里排除掉了骆和平的嫌疑，但这种做法无疑是冒险的。

没有证据，无法证明骆和平有罪，但也不能代表他无辜。

两人离开骆和平的居所，返回桥城分局的路上，面对自己徒弟的数次询问，马雪松始终不发一言，注意力完全放在骆雪及其父母的资料上。

孟雯得不到回应，只好打开车里的收音机，电台主持人闲聊了几句，开始放歌。

邓丽君的声音，歌词随旋律唱出，马雪松感觉太阳穴如鼓点正随思绪跳动。

收音机里的歌声慢慢放大，大脑如舟停泊，暂作缓冲。

九菇湖，那是骆雪撒下母亲骨灰的地方，如果案件真是他杀，为什么要把骆雪沉到这里？

难道只是巧合吗？

程小雨被害，尸体在湖边被人发现又是因为什么？

鼓点越敲越密，却没有能够中断奏鸣的休止符。

6

拧动钥匙开门，孟雯回到家时，客厅里的电视机还开着，孟广生在沙发上打着瞌睡。听到门响，孟广生睁开眼，瞧见女儿回来了，他露出一丝困意未消的笑容。

"我还以为你不回来了呢！吃饭了吗？"

孟广生将身上盖着的毛毯叠好放到身旁。

"回家洗个澡，换身衣服还得回局里。"

"当初我在刑警队的时候，也是几天几宿不着家，要不然你妈也不会跟我离。"孟广生意识到自己说错话了，急忙改口，"你去洗澡吧，我上厨房给你煮点儿小米粥。"

孟广生起身往厨房走去。

孟雯印象中的父亲应该永远比自己高一头，后背向来挺拔，可今天不同，父亲此刻的背影不知为何，让孟雯想起了骆和平。

等孟雯洗完澡换上干净衣服出来，小米粥已经煮好。

父亲似乎早有准备，还有几道小菜和两个酱肉馅包子。

155

"爸，你以前碰到过特别难查的案子吗？"

孟雯的头上还戴着干发帽。

"以前的案子，哪件都难查，腿跑断了也不一定能有个结果。"孟广生回想起以前的日子，"你们现在好多了，有监控，有电脑，还有技术支持。我们那个年代，什么都没有。"

"可我以前还总怪你不回家……"

"今天这是怎么了？受委屈了？"

"没有，就是遇到了瓶颈，有点儿过不去了。"

"马雪松也没辙了？"

"我现在有点儿理解他的想法了。"孟雯认真说道，"他这个人不喜欢猜，认为调查必须有一个先后顺序，就算你提前猜到了结果，但调查的步骤还是得按部就班来，因为只有证据链完整，时间线清晰，才能帮你得出最后那个结果。"

"否则就是疑罪从无，就算你知道谁是凶手，也无法将他抓捕归案。"

"嗯。"

"看来他教会你不少，上道了。"

孟雯笑了笑，但她很快感觉到父亲眼神里的落寞。

"爸，你怎么了？"

"心疼你啊……怕是以后的日子，要吃不少苦了。"

吃苦吗？

也许吧。

有些人仿佛从出生那日起，就不会享福，他们将苦难当成礼物，当成敌人，也当成朋友。

孟雯如是。

马雪松如是。

不知道自己的师父现在一个人在刑警队里做什么。或许已经躺在新买的二手沙发上睡着了，又或是仍在盯着那面白板看，再次排布案件发生的时间线，试图从中找出新的抓手。

"爸，我要回去了。"

"这么晚了，我开车送你。"

"爸，我是警察，而且是刑警，不是小孩子了。"孟雯笑着说。

孟广生一愣，他一直拒绝承认这个事实，认为女儿还像以前那样需要自己保护照顾，可女儿现在长大了。

以遛弯做借口送女儿下楼，瞧她开车驶离，孟广生突然感到一阵低落。

还有另一种感觉，他觉得自己老了。

7

红灯变绿，马雪松将汽车启动，再有两个路口就到西平体校了。副驾驶的孟雯头发凌乱，似乎也不打算整理了，直接戴上跑步用的发带。

她今天一早被师父粗暴叫醒，马雪松说要去西平体校晨跑。

简直是个疯子。

二十世纪九十年代末期，西平体校附近两侧有平房，之前有做烧烤摊跟小卖部生意的，后来体校学生渐多，又在附近修建体育中心跟运动公园，平房顺应时代潮流改为运动服装商店，卖一些假冒大牌鞋跟绣标球衣。

打击制假贩假行动之后，有过一阵子的萧条，又有新店开张，仍是之前的老板，但开始代理正规品牌。先从"鸿星尔克""回力""飞跃"这些国内品牌起步，逐渐形成规模，开始进驻"阿迪达斯""耐克""彪马"等国际大牌。

几年前平房拆迁，在原址上建起住宅楼与品牌折扣百货店。老板顺风顺水，但上天好像是在给游戏机设置程序一般，总是喜欢在人顺风顺水的时候泼冷水。

好好一个活人，横尸在了小旅馆的床上，全身赤裸，眉心正中有一个血淋淋的窟窿。

那时的马雪松在执行卧底任务，顺着这起命案，最后揪出一整个贩卖枪支弹药的犯罪团伙。

故地重游，马雪松此刻坐在操场角落的长椅上，难免回想起往事。

他庆幸自己当年侥幸逃生，视线又转向正在晨跑的周继平。

周继平不出差的时候，每天早上都会来这里跑步，运动时长随心情起伏变化。在马雪松眼里，对于已婚男人而言，这种晨跑有着修行与释压的作用，而未婚男人对身材的过度保持，或多或少存在自恋和吸引异性的潜意识。

马雪松想到自己以前就读警校时体能成绩优异，也同周继平一样自律、规范作息，但他并非自恋，而是要强，不想在体能成绩上输给别人。

或许周继平也同他一样，是个不喜欢输的人。

孟雯小跑过来的时候，已经出了满头汗，用毛巾擦干后，没有立刻将大衣披上。她在马雪松身旁做拉伸运动，两个人的衣着像是身处在不同季节。

"叫你来是盯人的，还真以为是来锻炼的？"

"就算没任务，我每天早上也会跑步，得感谢你之前安排我在档案室工作，朝九晚五，不用跟你一样加班熬夜。"

"我那是怕你熬夜辛苦。"马雪松总能找到为自己解围的理由。

孟雯盯着仍在慢跑的目标，轻声问道：

"陈嘉文为什么不把真相告诉我们？"

"他肯定有所隐瞒，但别在陈嘉文那浪费工夫。"

"胡宇强是程小雨遇害最大的犯罪嫌疑人，现在咱们有证据链的支持，周继平近一周都在外地，会不会是他专门挑了一个自己不在西平的时间，让胡宇强行凶杀人？"

"可周继平为什么要这么做呢？动机不明。"

"之前讯问的时候，陈嘉文说凶手是周继平，语气很肯定。"

"可是他拿不出证据，要是有证据，早就告诉咱们了，我之前教过你什么？"

孟雯需要回想，她将外套披好，随即在马雪松身旁坐下。

"不要把猜测出的拼图当作你破案的逻辑。"孟雯说，"你的意思是，陈嘉文有一个他自己拼凑出来的真相？"

"而他想让我们按照那个真相去做调查。如果这么做了，那咱们调查的方向可能就偏了。"

"可我们正在调查周继平。"

"因为他的身上有疑点，但不能假设他就是犯人。"

"在我看来，没什么区别。"孟雯赌气道。

"你如果先入为主，调查时就会过于主观，做不到客观评判。"

孟雯不答话，两个人便不再交谈。

马雪松四十岁，孟雯二十五岁，他们的年龄差距不算大也不算小。在旁人看来，这样的两个人坐在体校操场角落里多少有些暧昧，像极了正在约会却又赌气毫无交流的不良关系。

孟雯能够察觉到一些下意识瞥过来的视线，她有些不自在，但马雪松毫不在意。

"人类跟其他生物的区别是什么？"马雪松突然问道。

"这是小学生的题目吧？人会思考。"

"动物也会，只不过人类的思考模式更高级，但我问的不是那种比上比下的区别。"

马雪松的表情很认真，不像随口说的玩笑话。孟雯突然语塞，人类比其他生物拥有更高层次的思考能力与共情能力，但按照自己师父的话来考虑这个问题，好像人类与其他生物又并无区别。

"我认输。"孟雯将双手摊开，"这个问题有正确答案吗？"

"鲨鱼跟大象的区别呢？"

"一眼就能看出来啊。"孟雯很快答道。

"但是人不一样，我们披着同样的皮囊，可在这皮囊之下，却是截然不同的物种，有些人是斗鱼，有些人是斑马，还有一些是金钱豹。"

马雪松做深呼吸，长叹一口气，那气体形成白雾。

"在我看来，这就是人跟其他生物的不同，我们无法通过一个人的样子来判断他的习性与好恶，所以我们才要学会观察。"

孟雯思考着，自然界中无论是灵长类动物还是爬行动物，正如马雪松所言，会有特性，而且能够通过它们的样子来判断其所属的界与门。

这样看来，在动物世界里生活，远比人类生活的方式简单，你能瞬间明白对方是敌是友。

"他要走了。"马雪松说。

孟雯回神，这才瞧见周继平刚刚做完拉伸动作，向远处走去。

"要跟上他吗？"

孟雯就连今天为什么要来这里都不清楚。

"饿了，先找地方吃早饭吧。"

马雪松起身，自顾自地离开，毫不顾及孟雯是否跟上。

他原本就是这样的性格吗？

孟雯信星座，之前她暗中查过马雪松的生辰，马雪松是双子座，风向，跟孟雯的金牛座不合。他偶尔会呈现出一副玩世不恭的样子，但有时却又显得生熟勿近。

或许是刑警当久了，马雪松在那样的状态下，看谁都像犯人。

这么早跑来这里，却什么都不做，孟雯实在想不到缘由。

真是个怪人。

从体校操场离开，马雪松开车载着孟雯来到附近的一家羊汤馆。辣椒跟胡椒粉放入羊汤，马雪松用勺搅开，一口喝下去，整个胃里萌生暖意。他吃得狼吞虎咽，最后直接将碗端起来把羊汤连带油全部倒进胃里。

怪不得胃病会那么严重。

孟雯不喜欢喝泛油的羊汤，于是只点了一碗小米粥。

"这家羊汤馆味儿不错，鲜而不膻，你就喝碗小米粥，没口福了。"

"我这叫健康饮食。"孟雯擦了擦嘴，"师父……"

马雪松用手比画了一下，示意她周围都是食客。

"有什么想问的，等回车上再说。"

从羊汤馆出来，马雪松打了个饱嗝，他身体里玩世不恭的人格重新占领高地，或许跟刚才的羊汤有关。

马雪松身子暖和的同时，就连说话的语气也不像之前那么生硬了。

"盯着周继平跑了一早上，不是无用功吧？"孟雯说。

"我是警察，想问你几个问题。"马雪松突然严肃起来，"这样介绍，换谁都会提防咱们吧？"

"所以你想在问话前，先观察一下对方的生活状态？"

"你知道为什么跑步的时候那些人都不讲话吗？"马雪松解释起来，"这是难得独处的机会，你觉得他们是在跑步，其实他们是在思考。"

"思考什么？"

"你呢？"马雪松盯着孟雯瞧，"跑步的时候会想什么？"

这个问题孟雯不好回答。

她之前跑步更像是在宣泄怨气，不知道在心里咒骂过马雪松多少次，一想到去刑警队上班只能待在档案室里，就会让孟雯加快跑步的速度。

"每个人跑步时的状态，会反映出他的真实情绪。"

马雪松已经猜到孟雯的答案，怪不得这几天他右眼皮跳得厉害，"你回想一下，刚才周继平跑步时的样子。"

那个毫不知晓已被警方盯上的晨跑者，他跑出的每一步落地时都很重，戴的耳机会帮他屏蔽掉外界的一切声音。

周继平呼吸的节奏很乱，这是孟雯最大的印象。

"跑步时呼吸的节奏完全是乱的。"孟雯喃喃说道。

"周继平的资料里有写，他之前参加过马拉松长跑比赛，还拿过名次，如果不能控制好跑步时的节奏，很难完成。"

"那呼吸乱了……"

"证明在他的生活中，发生了无法预料结果的坏事情。"

8

谢小琴的设计公司附近有一家咖啡厅，是去年刚开张营业的。店主是八〇后，装潢风格极其简约，围着原木长桌摆放的是绿色皮质的座椅。

马雪松跟孟雯进门时，门上挂着的风铃发出响声。

谢小琴今天的穿衣风格很朴素，之前马雪松在电话里已经告知来意，所以她对骆雪遇害一事已经知情。

"确定吗？"谢小琴仍抱有一丝希望。

"嗯。"马雪松回答。

"我以为她还活着，只是不想回家……"谢小琴克制着要哭的情绪，"怎么会发生这样的事？"

谢小琴的问句并不需要马雪松回答。他看向身旁的孟雯，孟雯拿出从特殊教育学校找到的那张合影。

"这张照片是什么时候拍的？"

"小雪失踪前……当时力声基金会联合了一些民营企业，在特殊教育学校进行了一次残招会，照片就是那时候拍的。"

"骆雪为什么会出现在照片里？"

"嘉文因为故意伤人被判入狱服刑，小雪和他一起开的那家餐饮店也干不下去了，就又回我公司帮忙。因为程小雨的关系，小雪在公司主要负责基金会活动海报的设计工作。"

"她们两个人的关系怎么样？"

"很好。"谢小琴寻找着合适的表述，"比起朋友，更像是家人。"

"骆和平跟骆雪的父女关系呢？"

"他们因为嘉文的事情没少吵架，后来闹得小雪离家出走，小雪失踪前，她一直住在程小雨家。"谢小琴继续说，"但是骆和平对女儿很在乎。"

"能跟你确认件事情吗？"马雪松身体向前倾去，"你去过程小雨家吗？"

"小雪失踪前去过一次，还在那儿吃过饭，当时我还好奇地问过小雨，房子位置为什么要买得这么偏。"

"程小雨是怎么回答的？"

"说那里安静，她一直想有个带院子的房子。"

"也就是说，你去的时候，后院的门并未被封死？"

"封死？怎么会？当时她在后院还种了草莓。"

"能回想起你去她家的确切时间吗？"

谢小琴努力回忆着："当时我给她们两个还拍了照片，没记错的话，照片上应该有准确的时间。"

"照片在哪儿？"

"洗出来以后，我在公司直接交给小雪了，办公室的电脑里不知道还有没有那张照片。"

"你之前有程小雨的联系方式吗？"

"有，但那是以前的电话。"

谢小琴翻出手机，给马雪松看程小雨之前的电话号码。

"现在这个号码已经停机了，小雪的失踪对她打击挺大的，手机好像就是从那时起不用的。"

封死的院子、停用的手机，这一切都发生在骆雪失踪后。

马雪松思索着，程小雨住在那么偏的地方，似乎是打算避开道路监控的探头，家里每扇窗户外面都安了防盗窗，证明居住者对安全性的要求很高，如果是这样，为什么不在大门口跟后院装一个监控呢？

郭莫山房子里的疑点实在太多了。

"而且她家也没有网络。"孟雯在车上说出自己的疑虑，"但并非一直如此。之前核实过，程小雨家在骆雪失踪前，是装了宽带网络的。骆雪失踪后，宽带网络才停用的。"

"是程小雨自己取消的吗？"马雪松问。

"这个就不清楚了。"孟雯迟疑了几秒继续问道，"谁取消的重要吗？"

"你渴吗？"马雪松突然发问。

"嗯？还行。"

"动机。"

"什么？"

"人渴了会喝水，饿了会吃饭，听起来像是废话，但这是天性。"马雪松仍然是一副玩世不恭的样子，"这些事看上去很小，但再小的事，在它背后都有一个动机。程小雨为什么要停用宽带网络，和有人不想让程小雨上网，性质完全不同。"

"主动性和被动性。"孟雯开始理解马雪松的话，"说到底，要想知道答案，就得找到失踪的胡宇强。"

"李颜的专案组已经在查了，他们天天盯着交通监控，只要是能住人、能藏人的地方，全部翻了一遍。"马雪松皱起眉头，"现在能确认的是，他最后出现过的地点，就是程小雨家。"

"总不会像变魔术一样消失了吧？"

"不光是胡宇强，还有何武，他们都人间蒸发了。"

"现在知道周继平过往史的人都不见了。"孟雯无奈说道。

"还有一个。"

马雪松同孟雯对视一眼，对方很快了解到他的意图。

孟雯拿出手机拨通了看守所的电话号码。

讯问并没有提及之前在桥岭镇住房里的发现。

马雪松将九菇湖的打捞结果告知陈嘉文，能从对方的表情中读出悲伤与失落。

"你跟骆雪是怎么认识的？"

陈嘉文对这个问题毫不抵触，脱口说出他与骆雪相识的全部过程。

当年在西平特殊教育学校举办过一场篮球赛，男女混打，场上球员的听力情况不同，所以战术部署、协作配合全部依赖特殊手势，如同摩斯密码般让对手摸不透路数。

程小雨体格偏瘦，但个子高臂展长，中投和远距离投篮的水准不错。骆雪个子小，但精瘦好斗，常能钻入禁区上篮得分或利用抢断反攻。考虑到男女力量上的差异，混打时男队只能单防，而女队可以选择包夹，这一场比赛下来，男队得分并不比女队轻松。

骆雪的防守者是陈嘉文。下半场，骆雪持球突入内线，上篮时被陈嘉文撞倒，台下围观学生似乎因为他不绅士的举动起哄，骆雪被程小雨从地板上拉了起来。之后的比赛，骆雪持球得分更加频繁，陈嘉文的防守不像之前，甚至尽可能减少跟骆雪发生身体接触，在赛场上，他有些过于礼貌了。

六十六分比四十五分，最终女队获胜。

"比赛结束后，骆雪来找我。"陈嘉文回想起骆雪的样子，"她问我为什么不防她，我们就是这样认识的。"

"程小雨的死，还有什么想跟我们聊的吗？"马雪松单刀直入。

"能想到的我全都说过了。"

"你真的不知道胡宇强的下落吗？"

陈嘉文摇了摇头，马雪松注意到他的身体语言第一次呈现出向后倚靠的姿态。这是对刚才问题的戒备。

"这次来，想跟你再多了解一些关于周继平的信息。"马雪松岔开话题。

陈嘉文抬起眼来看向他："你们找他聊过了？"

"只是侧面了解，还没做正式讯问，对他的了解越多，等到谈话的时候，我们就越有利。"

"想了解什么？"陈嘉文防备的姿势不见。

"他同何武的关系。"马雪松同陈嘉文对视着，"还有，你们以前在杨红雨手下做过的生意。"

第六章
嘲笑鸟

1

骆雪自从上次夜里徒步被父亲寻回后，变得懂事不少。

母亲王晓娟突然坠楼身亡，又在殡仪馆得知自己与骆和平并无血缘关系，这些事，不管是谁第一时间都会难以接受。

骆雪好像回到了这件事发生前的状态，与骆和平重归于好，只不过她闲在家里的时间也变多了。

骆和平有生意要忙，西平大学对街的饭店临近开业，骆雪闲来无事，发短信约程小雨在市里碰面。

二〇〇八年的某天，西平市的上空原本晴朗，不想一顿饭的工夫，陡然阴沉起来。她们原本打算乘公交前往谢小琴的设计公司，但公交车迟迟不来。

程小雨在路边招手，很快一辆出租车在通往大学城的公交站牌处停下，没等骆雪反应过来，她便被程小雨拉着坐到了后排座位上。

"电视台的人今天会来。"

程小雨在出租车后排用手语比画着。

"来做什么？"骆雪比画手语问。

"采访。"程小雨用手语答。

出租车司机偷偷瞥向后排，能看出他对程小雨和骆雪异样的眼神。骆雪对周遭环境观察敏锐，她侧过头，向车窗外瞧去。

云层丝毫没有好转，仍然愠怒着。司机将车里的空调暖风开得很大，但也让一股烟油跟廉价皮革味从没来由处散发出来。

骆雪悄悄将车窗摇下一点儿缝隙，钻进来的风让她想到谢小琴办公室里的鱼缸，自己就像鱼缸里的鱼，通过这道窄窄的缝隙充氧。

等到骆雪她们抵达时，采访已经开始了。

骆雪平时很少看到谢小琴化妆。谢小琴今天的妆容很精致，并不浓艳，素淡得恰到好处。

"今天的采访，我们有幸请到了西平市特殊教育学校的副校长谢小琴女士。"

骆雪听不到主持人说话，程小雨在旁边用手语帮忙翻译，谢小琴瞥见，她并不着急回答主持人的提问。

"我可以让特殊教育学校的学生在旁边做手语翻译吗？"

谢小琴提出要求，电视台事先没做准备，这时也意识到他们考虑不周。

"当然可以。"主持人有些歉疚道，"是我们疏忽了，重新开始吧。"

摄像机重新启动，主持人仍是之前相同的开场白，骆雪虽然听不到声音，但通过程小雨的手语翻译，很快知晓了这次采访的目的。

"……有很多工作，有听力障碍者也能很好地完成，而且在某些领域，他们更有天赋，通过特殊教育学校，我认识了很多本身有听力或言语障碍的志愿者，但他们的善意，无法解决特殊教育学校运营经费不足的难题。"

谢小琴看向摄像机的镜头继续呼吁道：

169

"很多听力障碍者生病就医，需要家人或朋友陪同，帮助他们跟医生进行沟通，但这只是一个方面。在现实生活中，对于身处无声世界的他们，还存在很多困扰……我希望能够普及手语教育，不光是针对有需要的人群，而是作为一门课程，让更多健听人士能够掌握一些同听力障碍者沟通的常用手语，我知道我的提议或许有些天方夜谭……但是，我真的希望大家，能够重视无声群体发出的声音，更好地听懂、接纳并支持听力障碍者融入社会，我在这里，拜托大家了。"

谢小琴起身，在摄像机前深深鞠躬。

此刻在场的人，并不清楚这次的采访会给她们的人生带来什么样的变化。

采访结束，骆雪和程小雨一起从设计公司出来，刚才电视台的主持人记下了程小雨的电话号码，说是后面的节目还要请她去台里做手语翻译。

"以后在电视里就能看到你了。"

骆雪笑着比画。

"以后的事情，等以后再说。"

程小雨用手语回应。

"接下来去哪儿？"

程小雨问。

骆雪没想好，换作以前，她或许会提议去城茂大街。但现在不会去了，因为母亲已经过世，不在那里了。

西平市那条遍布俄罗斯商品的城茂大街，开了一排俄罗斯餐厅，王晓娟之前工作的歌舞厅就在这条街上。

王晓娟同骆和平离婚后就辞掉了国营歌舞厅的工作，来到这里唱歌，不同于以前的风格，邓丽君的歌听不到了，王晓娟改唱俄语歌曲，变成节奏轻快活泼的曲子，配有俄罗斯籍的金发姑娘跳大腿舞。

程小雨跟骆雪只去过一次。那个地方过于喧嚣，喧嚣在骆雪看来，是一张张面目狰狞的脸。

她甚至为此在厕所里呕吐过，舞厅灯光旋转得太快了，让人产生酒醉感。

程小雨安抚着骆雪，带她去旁边快餐店喝热牛奶，同时感慨骆雪母亲多才多艺，竟然连俄语都会说。

骆雪用手语比画，她告诉程小雨，自己的外婆有一半俄罗斯血统，她小时候见过，记得外婆高高的鼻梁，完全就是名外国老太太。

程小雨听完，盯着骆雪看，这才注意到骆雪鼻梁高挺，眼窝也深，如果染成金发，也像外国人。

骆雪有漂亮到会让程小雨嫉妒的五官与轮廓。

城茂大街附近布满教堂，有向上帝祷告的中心广场，在这里常能听到敲钟声响，能见到人工饲养的白鸽。

仿佛人们将心事向那些白鸽诉说后，它们扑棱扑棱飞走，会代为转告天上的神灵。

现在骆雪无处可去，与陈嘉文也已多日不曾联系。

"你知道嘉文最近在忙什么吗？"

骆雪问。

"说是要多挣点钱，继平说等忙完这一阵就好了。陈嘉文没给你发信息吗？"

程小雨答。

"信息每天都发，就是见不到人。"

"有事业心，是好事情。"

但愿吧。

但愿陈嘉文没有遇到麻烦。

但愿。

但事不遂人愿，陈嘉文没遇到麻烦，他已经被麻烦卷入其中。

2

陈嘉文跟着周继平来到游戏厅，穿着保安服的二东本来正跟游戏厅看场的赵强说话，见来了生人，蹭了一根烟就从后门溜走了。

"强哥。"周继平打招呼道。

"怎么把这个哑巴领到我这儿来了？"赵强对陈嘉文的第一印象并不算好。

"强哥，你也知道红雨哥那边的意思，我这边得找个接手人，你认识嘉文也不是一两天了，他天天在工地上能赚多少，肥水不流外人田，我想让我兄弟多赚点儿。"

"他能行吗？"

"我心里有数，谁也不敢在这种事上犯迷糊。"

"那就先跑一单试试。"赵强拉开抽屉，从里面拿出一个手牌递给陈嘉文，"去老地方取货，送去老三那儿，钱带回宏宇旅店。"

"取什么东西？"

陈嘉文用手语比画道。

"他比画什么呢？"赵强来了气。

"问我老地方在哪儿，我跟他说。"周继平将陈嘉文拉到一旁，"镇平街甲三号的天池洗浴，到那儿以后不用说话，拿这个开柜门，把里面的东西取出来，我在马路对面等你。"

陈嘉文虽然不知道要取的东西是什么，但隐约感觉到，这件事肯

172

定越过了某条红线。

他如偷渡越境者，遵照指令行事，很快从天池洗浴的柜子里取出一个手提包。他想看一眼里面的东西，但手刚放在拉链上，便很快放弃了。

陈嘉文不需要知道自己在做什么，也不用去考虑这件事的结果。只需要按照周继平说的，将事情完成就好。

从天池洗浴离开，陈嘉文没有直奔轿车，而是先往路东走，刻意绕上一段小路，观察是否有人尾随。等陈嘉文回到车里，才发现周继平正一脸戏谑地看着自己。

"你是不是认为自己挺机灵的？"周继平笑了笑，"取完东西，发现没人跟着就快点儿上车，还转一圈。盯着咱们的不光有警察，还有同行，货要是被抢了怎么办？报警吗？"

陈嘉文无法回答。

"没打开看吧？"周继平确认道。

陈嘉文摇了摇头，周继平却长出一口气。

"手提包的拉链改造过，拉开了就拉不回去了，这是强哥安排的考试，恭喜你，通过了。"周继平从脚下拿出另一个款式相同的手提包，"真正的货在这里。"

周继平笑了笑，他将汽车发动，前往下一个目的地。

桥城区汽配城，这一条街上有几十家店铺，集齐了经营微型车、货车、大型客车等重型车配件的营生。三金汽修放在这几十家店铺里，一点儿也不显眼。

周继平带着陈嘉文来到这里，叩开了张三金的店门。

3

马雪松将陈嘉文的照片推过去，张三金入狱服刑已经三年，按照判刑结果，他还有四年才能出狱。

"所以这算不算是有重大立功表现？"张三金嬉皮笑脸说道，这送上门的礼物，自己可得好好把握住。

"算不算立功，得看你提供的信息对我们有没有帮助。"马雪松指了指照片，"认识吗？"

"哑小子。"张三金交代得很痛快，"以前帮赵强送货的，孩子不错，口风紧。"

"送货的就他一个吗？"

"对，做了有一年吧，后来就没再见过了。"

马雪松随即拿出周继平的照片推过去。

"他呢？"

"不认识。"张三金的回答很快，为了让自己的回答显得有点诚意，他把照片拿起来又开始仔细端详，"没印象。"

"陈嘉文可不是这么说的。"

"他会说话吗？"张三金诧笑道。

"再仔细看看，真不认识？"

张三金很坚定地摇摇头："能立功减刑，我要真认识这小子，早就招了。"

马雪松看出来了，从张三金嘴里，是听不到实话了。

讯问前，蒋为民已经将张三金的信息给收集全了，无论是张三金、何武还是二东，这些人当年都帮杨红雨做过事。

西平市但凡有点排面的人物，都不会忘了桥城区的天池洗浴，那里是现在金色河畔洗浴中心的前身。

杨红雨当年拜把子的兄弟四个，他和老二赵强伙在一起做生意，何武躲在后头，充当幕后军师。

天池洗浴的老板叫吴天池，是老小，被通缉抓捕的时候掏了枪被警方击毙，他跟前一阵被刑警队抓回来的吴达超是堂兄弟。

这最后一个，就是张三金，在四兄弟里排老三。

他买卖做得最小，所以当年扫黑除恶判刑的时候，只判了七年。但这个张老三嘴严，除了将自己干的走私营生和盘托出，关于另外三个人的事，他只字未提。

"他们这帮老家伙跟现在的小年轻不一样，认自己的那套歪理跟规矩，什么江湖兄弟、两肋插刀的。"马雪松叹了口气，"小蒋查过了，这个张老三没结过婚，有没有私生子不知道，这个事李颜那边人手多，让他们去查了，但他有个八十多岁的老母亲，住在三河道那边的养老院。"

"三河道？"

孟雯对这个名字有印象，应该是在整理力声基金会信息时看到的。

"那里的收费不便宜吧？"

"几万块的床位也有，但张三金的母亲住的是湖心区，一年十几万。"马雪松很轻松地将这些数字说出，像是早已做过了解。

"你刚才说的，李组长给到的信息里没有。"孟雯没在资料里翻到。

"我有一个朋友的奶奶住在那儿。"马雪松若有所思，"张老三虽然是捞偏门的，但当时非法所得该没收的都给没收了，这几年被关在监狱里，也没什么收入，养老院的钱对他来说不是个小数。"

"李组长那边查到的缴费人是一家公司。"孟雯看着资料，露出恍然大悟的表情，"是周继平的宏宇装饰。"

"所以啊，张三金在说谎。"马雪松说。

"那刚才为什么不揭穿他？"

"有用吗？"马雪松苦笑了两声，"那张嘴跟焊死了一样，问了他也只会说不知道。"

"你觉得哪里不对吗？"马雪松好奇道。

"张三金拜过把子的另外三个兄弟，杨红雨跟吴天池都死了，赵强被捕入狱，可是还有何武呢，再怎么说，他母亲的住院费也不应该由周继平的公司出吧？"孟雯分析道，"他们之间曾经发生过什么，不是当事人谁也说不清。"

"记住这件事，询问周继平的时候用得上。"

张三金跟陈嘉文都有可能说谎，如果说谎的人是陈嘉文，那么目的是什么？

只是想让马雪松将过去的事给翻出来吗？

还是他认为骆雪的死跟这些前尘往事存在着某种联系？

"在想什么？"

孟雯的话将马雪松从思考中拽出来。

"陈嘉文来到公安局，说要提供同程小雨被害一案有关的线索，又通过短信内容让咱们对九菇湖进行打捞，等从湖里打捞上两具无名女尸后，他又主动告知，说骆雪和程小雨的死都跟周继平有关。"马雪松挠了挠头，"可是他说的话，没有证人，也没有证据。"

"可是我们在九菇湖里确实找到了骆雪……"

"但是我们没有找到胡宇强，犯罪嫌疑最大的那个人。"

"他有可能已经离开西平市了。"孟雯猜测道。

"也可能死了。"

马雪松说出他的结论：

"专案组在找的，有可能是逃犯，也可能是个死人。"

4

马雪松看着陈嘉文提供给专案组的那份名单，那是当年宏宇旅店中打手和小姐的外号。

宏宇旅店被查封时，管事的人已经不是杨红雨了，所以要了解周继平是否如陈嘉文所说，就需要能够证明的时间证人。

而这个证人，现在必须与周继平毫无关联，又曾与他的过去有过交集。

"要不然我们只会被陈嘉文的话带着跑。"马雪松说。

"你想找一个参照，可是我们只有这几个名字，还都是外号。"孟雯看着那张纸，上面的外号都很常见，就像是开玩笑时随口说出来的。

"顺着别人的线挖不出来吗？"孟雯问。

"怎么挖？"马雪松无奈道，"有几名杨红雨案的涉案人，还在监狱服刑，我之前就让小蒋问过了。杨红雨很坏，但他不傻。他把自己下面的生意分成了几块独立的部分，这些人互相没交集也不认识，但都归杨红雨管。"

"互相不认识？这有可能吗？"

"知道何武是做什么起家的吗？"

孟雯翻看何武的资料，很快看到相关信息。

"传销？"

"何武是杨红雨的幕后军师，所以他们的犯罪组织跟传销组织的

177

结构很像，下线发展下线，但彼此间没有业务上的往来，就是为了能够及时切断，所以杨红雨一死，很多他下面的人我们都查不到了，这些人在杨红雨死后都去了何武那儿。"

"但是何武现在失踪了。"

"胡宇强也是。"马雪松摇了摇头，"所以我们只能根据陈嘉文提供的这份名单来找参照。"

"有方向了吗？"

"陪我出趟门。"

马雪松说话时已经拿起了外套。

5

桥城区老纱厂街北段，开了不少乐器行，是西平市乐器及配件的集散地。孟雯记得她曾在其中一家乐器行里学过小提琴，具体是哪家她记不大清了，总之自己的音乐天赋实在不能让老师满意，她又缺乏学习乐器的兴趣，母亲当年只好作罢。

"咱们来这里干吗？"孟雯跟着马雪松，他们朝一处老建筑走去。

"我有个朋友在这里。"

从四层楼的老建筑门口进入，这里的采光一层不如一层，三楼跟四楼基本上作为商户堆放货物的仓库使用。

其中一个库房就是陈海涛租的。

他手里还有工作，两个人约在后门小巷一家朝鲜族饭店碰头。

饭店位置偏僻，装修有些过于简陋，这让马雪松不禁担心食物的安全问题。陈海涛十分热情，张罗说要请客，孟雯点了一瓶可乐，马雪松犹豫再三，要了碗冷面，特意嘱咐店家不用放肉。

"小马哥，我跟你保证！那天在洗浴中心我把眼睛瞪得溜圆，绝对看漏不了，你要说何武跑了，那也不是从员工通道跑的。"

陈海涛以为马雪松来找他兴师问罪。

"来找你有别的事。"马雪松用筷子搅拌了两下冷面，似乎是在确认里面是否藏有异物，"宏宇旅店，听过吗？"

"听说过，二〇〇八年的时候，那里火得不得了。"

"去过？"马雪松不留情面地说。

陈海涛促狭一笑不做否认，小声说道：

"人不风流枉少年嘛！"

马雪松用力拍了下陈海涛的头：

"说正事。"

马雪松将陈嘉文写的名单递给陈海涛："这几个人我只知道外号，他们三年前都在杨红雨的宏宇旅店工作过，有没有你认识的？"

"我陪朋友去过几次，但那都是以前的事了。"陈海涛急忙辩解道，"你看啊，宏宇旅店小姐的称呼都是'小'开头，什么小绿、小蓝、小红，打手外号都是'阿'开头，阿保、阿猫、阿狗，你以为人跟外号是绑定的，其实不是，这个外号就像前台跟保安的工号，比如说小白兔不干了，再来个人补上，她还叫小白兔。"

陈海涛聊到这个话题时，多少有些兴奋，他没注意到孟雯的表情变化。

"哎哎，说话注意点儿态度。"马雪松提醒道。

陈海涛也注意到孟雯看他的眼神有些不悦，尴尬地笑了两声，"你最好让写单子的兄弟再回忆回忆，看看这些人都有什么特征，越详细越好，我才好帮忙找。"

马雪松看向身旁一直没有开口的孟雯。

"给他说说吧。"

"这两个人负责看守旅店门口，都是短头发，一个高一个矮，高的那个高鼻梁，烟瘾很大，牙特别黄。"孟雯复述着陈嘉文讲过的内容，"旅店里看场子的还有五个人，叫保安队，别的女人平时都化浓妆，长相身高都差不多，没什么特点，这个小桥不一样，身高一米六五左右，眼睛很大，左边嘴角有颗痣。"

"小桥！"

陈海涛突然喊出声来。

"你认识？"

"我老乡，都是临河市的，以前住一个小区，她真名叫洪姗姗，很早就出来打工了，我们中间有很长一段时间没联系，后来又遇到了。"

"在哪儿遇到的？"

"还能是哪儿？"陈海涛不好意思起来，"宏宇旅店，事都做完了，才认出对方来，她嘴角的那颗痣比较明显。"

"知道她现在住哪儿吗？"孟雯问。

"宏宇旅店被查后，就没她的消息了，以前的电话也不用了，听说是回老家结婚生孩子去了。"

临河市。

洪姗姗。

嘴角有痣。

6

李颜和几名专案组的警员正在桥城分局刑警大队梳理案件材料，

他们来主要是为了跟蒋为民同步现在调查的进展情况。

马雪松跟孟雯走进来的时候，李颜将头抬了起来，略带讽刺道：

"每次来都见不到你，一号死者的身份查得怎么样了？"

"我是组长，应该我问你，胡宇强同何武找得怎么样了？"

马雪松不甘示弱，他看向蒋为民下令道：

"小蒋，打电话到临河市，让那边协助一下，跟当地市妇幼医院询问一下，找一个叫洪姗姗的人。"

"一号死者？"

"没死，活着呢。"马雪松解释道，"这个洪姗姗是我们调查线上的重要证人。"

蒋为民按照马雪松的指令，去拨打电话核实信息。

"你这些是什么？"马雪松看着桌上乱糟糟堆放着的资料，"道路监控？"

"你直接过来看视频吧。"

李颜把硬盘插到电脑上，马雪松凑上前来。

那是程小雨遇害当天九菇湖的道路监控，之前确认陈嘉文去过九菇湖，就是通过这段监控视频。

"这段视频不是看过了吗？"

"这个是陈嘉文抵达九菇湖的时间，但在一个小时前，还有辆越野车途经这里。"李颜喝了口水，"是胡宇强的车。"

"之前不是讨论过了吗？"马雪松问。

"之前的讨论确实是一个方向，但我在想有没有另一种可能。"

李颜直接走到白板前，他指着陈嘉文讲的那条时间线，逐一跟马雪松分析。

"陈嘉文说，有人在晚上九点钟的时候给他发短信，让他十点钟到程小雨家，郭莫山只在山脚下有一个治安监控，监控拍到陈嘉文的面包车下午四点钟曾到访过郭莫山，四点四十六分，面包车驶离。"

"陈嘉文的证词是，那天下午他去找过程小雨。"孟雯说明道，"但没有见到她。"

"证词是，按门铃后，屋内无人回应。"李颜已经将陈嘉文的证词背了下来，"但他说的事情，根本就没人能够证明，更关键的是，这段视频怎么解释？"

李颜继续调整治安监控的时间轴，很快调到晚上九点十分的位置。

马雪松先是看到胡宇强的越野车从郭莫山上开下来驶向主路，之后视频快进，过了四十分钟，陈嘉文的面包车出现在治安监控画面里，从主路向郭莫山上开。

"有什么问题吗？"

"面包车是谁的？"李颜问。

"骆和平的。"马雪松皱了下眉，他意识到李颜要说什么。

"这是胡宇强名下的越野车。"李颜一针见血道，"但谁能证明车里的驾驶员就是胡宇强？"

"总不会是陈嘉文吧？"孟雯觉得李颜的怀疑十分牵强。

"为什么不能？"

"他也不能同时开着两辆车在路上跑吧？"

孟雯有些意气用事，但马雪松已经听懂了李颜的意思。

"要是按照你的想法，那这件事可就绕了。"

"但不是没有可能。"

"顺着你的思路往下查吧，但是这次的案子不可以先入为主……"

"我会找到证据的。"

李颜说完话，拔掉移动硬盘，大步向外走去，专案组外调来的几名刑警也拿起包，几个人很快就消失在拐角处了。

"什么意思啊？"孟雯还没想明白。

"李颜的意思是，胡宇强的越野车如果不是胡宇强在开，那陈嘉文的面包车也可能不是陈嘉文在开，毕竟监控画面只拍到了车，没拍到驾驶员的脸。"

"也就是说，陈嘉文还有共犯？"孟雯担忧道，"按照这个方向查，不会绕弯路吗？"

"因为之前的方向，路被堵死了，李颜不换个思路查，就只能在路上停着。"马雪松笑了笑，"羊肠小道也是路，不走走看，谁也不知道通不通。"

孟雯瞥了眼李颜离开的方向，有件事她早就想问了。

"李组长不是从咱们队调去刑警支队的吗？跟你关系不和啊？"

"他的性格本来就是这样，雷厉风行。"马雪松干笑了两声，很快将话题转移回了案子上。

"你怎么看陈嘉文这个人？"

"虽然我不认为陈嘉文跟程小雨的死有关，但你也看出来了，他有所隐瞒。"

"可是他为什么要隐瞒呢？"马雪松百思不得其解，"如果他跟程小雨的死无关，完全可以把全部实情告诉我们，包括他为什么会怀疑周继平，可是他并没有这么做。"

"你觉得是他杀了程小雨？"孟雯惊讶道。

"我觉得他至少知情。"

"他认定周继平跟这几起命案有关，为什么会这么笃定？"孟雯问。

"为了让我们去挖周继平的底，帮助他把猜测坐实。"

"去跟周继平聊一下？"

"顺序。"马雪松脱口而出，这个词已经快要成了他的口头禅了。"教过你的忘了？"

孟雯摇了摇头，这几天的调查，马雪松教过她太多东西，她还没来得及消化上一个知识点，下一个就来了。

谁知道他现在说的是哪一点。

"咱们之所以会调查周继平，是因为陈嘉文说周继平是杀害骆雪的凶手，但他拿不出人证跟物证，这叫什么？这叫只管挖坑不管埋。"马雪松振振有词，"你现在去找周继平能问出来什么？没有人证物证，不管你问什么，他都可以说自己毫不知情，咱们的问询呢？就成了白费工夫。"

"那现在怎么办？"

"等啊，已经查到洪姗姗了，至少先证实陈嘉文说的话吧？"马雪松转头看向刚将电话挂断的蒋为民。

"怎么样？"马雪松问。

"那边刚回话，查过了，户口上孩子的名字叫洪宇。"

洪宇？

马雪松皱了皱眉，孩子的名字跟杨红雨同音，如果是洪姗姗故意为之，那么是不是证明这个孩子跟杨红雨有关系？

"不过她们母子不在临河市。"蒋为民说。

"那在什么地方？"

"就在西平，已经查到地址了。"蒋为民的情绪有些古怪，"还有一件事，你们去之前最好能知道。"

7

找到洪姗姗居住的小区不难，麻烦的是楼栋号，这个老小区以前是工厂的宿舍楼，以工厂为中心，在东南西北四个角都建有居民楼，后来因城镇改建，工厂被全部推翻，盖起了利民市场。

这里交通拥堵，马雪松跟孟雯只好将车停远一些，按照蒋为民给的地址一路打听，到中午前才找到洪姗姗家。

他们走楼梯来到三〇一室，房门叩了半天，无人应答。两人只好下楼，在附近长椅上小坐。

"给她打电话？"孟雯提议道。

"怎么说？"马雪松笑了笑，"说自己是警察？会把她给吓跑的。"

"那她什么时候回来？"孟雯问。

"我怎么知道，现在只能等了。"马雪松揉着腿，缓解刚才步行造成的肌肉紧张。

"证明周继平跟杨红雨认识，然后呢？"孟雯看向马雪松，"对咱们的案子根本没有帮助。"

"但可以让咱们了解嫌疑人。"

"你之前不是一直教我，要靠证据说话吗？"孟雯打趣道。

"但是我们现在找不到证据。"马雪松并未被徒弟激怒，"证明周继平和杨红雨认识，是为了证实陈嘉文的证词。在这种情况下，对嫌疑人了解得越多，越能分析出他的动机。"

"假设你知道了动机，但就是找不到证据，怎么办？"

"所以我一直和你讲，查案要有先后顺序，否则就算你猜到结果也没用，就像数学考试中的最后一道大题，你要写对过程，还要用对公式。"

不远处一个骑电动车的女人戴着头盔，把车停在目标人物的单元楼门口。

孟雯的视线瞬间移过去，等女人把头盔摘下，她注意到女人嘴角上的痣，立刻起身走了过去。

"洪姗姗吗？"

女人扭头，有些不明所以。

马雪松出示证件，他观察到女人眼神里的躲闪，立刻表明这次到访只是了解一些信息，洪姗姗半信半疑，但也只好让他们上楼说话。

洪姗姗家是标准的两居室，家里完全看不出有小孩生活的迹象，但马雪松同孟雯早已知道内情。

"这半年，日子应该不好过吧？"孟雯说。

这件事马雪松在楼下嘱咐过，孟雯作为女性，更容易取得洪姗姗的信任，所以这次讯问由孟雯主导。

"你们都知道了？"

"在找你居住地址时，听说了。"

"慢性肉芽肿，他那么小的身子，反复化脓感染，医生说这是一种基因遗传病，是基因缺陷。"

看到洪姗姗哭泣，孟雯很难立刻开始。

"虽然很冒昧，但我能知道你为什么要给孩子起名叫洪宇吗？"马雪松开口道。

"小宇他是……是杨红雨的儿子。"洪姗姗小声说道，"我的事情你们应该已经了解过了，我虽然不接客了，但跟红雨哥一直没有断过，我怀孕的时候，正好赶上他被你们通缉，我当时犹豫过，要不要把孩子生下来……小宇的病，是我们的报应……报应我们做了太多的错事，其实我到现在也不知道，这对小宇来说算不算是一件好事，如果他长大后知道自己父母是那种人，应该也会活得很痛苦吧……"

"至少你选择了让那个孩子生下来，之后在尽你所能地抚养他长大。"孟雯出言安慰，"在我看来，你是一名尽职的母亲。"

虽然孟雯的安慰于事无补，但至少让洪姗姗止住了哭，等她简单擦了擦泪水，开口说道："我有什么能帮到你们的？"

马雪松拿出周继平跟陈嘉文的照片放到洪姗姗面前。

"认识他们吗？"

"嗯。"洪姗姗并未否认，或许跟孟雯刚才的劝慰有关，她很快说出答案。

"我记得陈嘉文第一次去宏宇旅店，是周继平带他去的。"

陈嘉文的口供，终于有了人证的支持。

"他们关系怎么样？"

"很近，有时保安队的人会拿陈嘉文不会说话的事开玩笑，周继平敲掉了他们的牙，之后这些人就不敢乱说了。"

马雪松随即拿出胡宇强的照片，是在力声基金会的活动现场被人拍到的，没有用作官方照片，当初蒋为民查的时候颇费了些工夫。

"他呢？"

"胡宇强，最开始当保安队长，后来红雨哥将旅店的生意交给他管，但我听说，三年前市里扫黄打非，他也被抓了。"

此时听到钥匙开锁声，从门外步入一名中年男人，他手上拎着活鱼，正在袋子里来回扑腾，弄得塑料袋噼啪作响。

"有客人啊？"

中年男人看到马雪松跟孟雯不禁愣了一下。

"前两天咱们家楼下不是有打架的吗，他们是派出所的，过来了解一下情况。"洪姗姗急忙解释道。

"咋没给人家倒水喝啊？"男人从兜里掏出烟来，"抽一根。"

"不用了，感谢你的配合。"

两人从居民楼走出，并没有立刻离开，马雪松让辖区派出所联系一下小区的居委会，关于洪姗姗，他还有事要侧面了解一下。

"小洪人不错，就是嫁的男人有些不像话。"居委会阿姨语重心长地说，"派出所之前也接到过几次报案，我们居委会上门协调过，但作用不大。"

"报案？"孟雯一时没反应过来。

"你没注意到她手腕上的瘀青吗？"马雪松略有责怪，"谈话的时候她一直用手挡着。"

说实话，孟雯确实没注意到，这几天查案的节奏太快，跟在档案室整理资料完全不同，上蹿下跳，一点章法跟逻辑都没有，往往新线索一出现就将之前调查的方向给彻底打乱了。

"我能了解一下原因吗？"马雪松问。

"其实两个人刚结婚的时候还好，就是后来有些风言风语，说小洪以前做过那种工作……有些人就拿这件事跟她老公开玩笑，时间久了，她老公就……不管怎么说，两口子过日子，有点磕磕绊绊很正常，但动手确实就有些过分了。我劝过小洪，还给过她区里妇联的电话，可她每次都嘴上说知道了，日子还是照常过。我们也没办法。"

离开居委会，孟雯有些歉疚，她跟马雪松走了十分钟，一路上谁都没说话，回到车里，孟雯才脱口而出：

"对不起，是我大意了。"

"不容易吧？"马雪松从兜里掏出一根棒棒糖叼在嘴里，"有时刑警查案，就像被扔到沙漠里，没有指南针，你只能像无头苍蝇一样乱飞乱撞。"

"那咱们这两只无头苍蝇，现在往哪儿飞？"

"去找周继平聊聊。"

"时机到了？"孟雯顿了顿才说，"但洪姗姗说了，她不会帮忙做证。"

"证据分为两种，一种叫呈堂证供，另一种叫心证。周继平不知道咱们掌握了多少，做贼心虚，会让他之后的行动更容易露出马脚。"

"现在就去？"孟雯说。

"不着急，先找地方吃点儿东西。"

马雪松可不想饿着肚子去打仗，尤其是一场恶仗。

第七章
桥城往事

1

程小雨遇害时，周继平远在他乡，航班机票和所在地公安机关提供的监控视频，都证明他没有作案时间。

但像周继平这样的人，真要行凶杀人，不用亲自动手，他完全可以远程指挥胡宇强去做。

马雪松的猜测并非捕风捉影。

给陈嘉文发送短信的虽然是不记名手机号码，但通话记录显示，这个号码在程小雨遇害当天，曾经与另一个不记名手机号码有过多次通话。

但这只是一个疑点，让马雪松不解的是，一个有前科的人，出狱后直接改名换姓，不但在海外进行了价格昂贵的眼角膜手术，回国后还在程小雨那儿找到一份助理工作。

这可能吗？

马雪松查过程小雨银行卡里的流水，除了每月进账的工资，没有其他收入，郭莫山房子的购买、装修以及家电购置，全部由周继平出钱。

这是很快就被查证的事实，也是马雪松接下来讯问的切入口。

只是老猎犬现在还猜不到狡黠狐狸的答复。

"周继平出来了。"孟雯将轿车重新发动起来。

周继平从宏宇装饰公司走出，他径直走向门口停放的那辆奔驰轿车。孟雯快速拍照，捕捉到驾驶员的样子，之前的调查资料，没有这方面的信息。

等奔驰轿车开走后，马雪松才不紧不慢地拿出手机，找到周继平的联系方式拨打过去。

马雪松在电话里表明要见面的意图，对方很快答应，地点由周继平指定，约在一处距市中心不近的咖啡厅里。在开车去往咖啡厅的路上，马雪松心里多少有些打鼓，他对周继平的了解还远远不够。

"看你这副面色凝重的样子！"孟雯观察到师父的心事，"不用这么严阵以待吧？"

"通过这几天对周继平的侧面了解，你能发现他身上的一些特质：谨慎、善于伪装自己的真实情绪。"马雪松试图进行解释，"如果你是周继平，警方通知你协助调查，你会表现出什么样的态度？"

"配合？"

"那代表你已经知道，发生这起命案，警方一定会找你。"

"疑问？"

"双方还没开始博弈，你就先露怯了，最好的办法就是惊讶。"马雪松撇了撇嘴，"他刚才连说了两句一模一样的话。"

"他说了什么？"

"怎么可能。"马雪松答。

"这不是很正常吗？"

"放在周继平身上，不正常。"

"会不会是你把他想得太复杂了？"孟雯觉得师父有些小题大做。

"是你把他想得太简单了。"

马雪松敢打赌，周继平选的咖啡厅，会在一个人迹罕至的地方。又或者，那里完全不会对外开放。

事实证明，那里根本不是一家咖啡厅，而是一家会员制的私人会所。

"他为什么选在这里见面？"孟雯往会所咖啡厅里走的时候，好奇问道，"不会太醒目吗？"

"来这里的都是什么人？"马雪松将问题抛了回去。

"达官显贵。"

"是提醒，提醒咱们对于他的调查要小心谨慎。"

马雪松笑了笑，这样的做法换成别人，或许会有用处，但是对于马雪松而言，在西平市他只管查案，不会给任何人面子。

2

二人被工作人员带到周继平所在的包间。比起咖啡馆，这里更像夜总会。

天花板有球形吊灯亮着，四面墙壁都装有隔音板，很难在外面听到里面谈话的声音，周继平选择这里作为配合调查的场地，证明他十分谨慎。

他的身份敏感，在公共场所或是公司接受两名刑警的讯问，会有负面影响。

周继平让会所的工作人员煮好了咖啡，示意他们离开。等工作人员离开，他们的对话才正式开始。

"桥城分局刑警大队大队长马雪松，这是我的联系卡。"

"刚开始的时候，我还以为是诈骗电话。"周继平弓着身，他毫不紧张，"有什么我能帮到你们的吗？"

"程小雨。"

"事情我听说了，很遗憾。"周继平露出伤感的表情，"没想到会发生这样的事情。"

"郭莫山的房子虽然在程小雨名下，但我们查到是你出资购买的。"

马雪松故意停顿了一下，周继平刚要回答，马雪松立刻打了个手势，继续讲道，"那里位置偏僻，但是你买下那套房子我多少猜到些原因，程小雨很喜欢那个院子吧？"

"她觉得市里太吵了，郭莫山虽然偏，但是景色不错。"

"听说院子里之前种过果蔬，天气好的时候还可以在院子里晒晒太阳。"马雪松又将话题扯回程小雨家的院子，"但是为什么那扇门被封上了？"

这个问题应该不好回答，但马雪松觉得，周继平早已准备好了答案。

"关于程小雨，有些事我觉得你们在调查时应该知道。"

周继平有些难以启齿，沉默了一会儿，才慢慢说道：

"小雪失踪后，她常常将自己锁在房间里，门也不出，基金会那边的工作也停了一阵子，我安抚过她，但没什么用……有一天，她不知道从哪里找来了玻璃胶，将通往院子的门给封死了。"

"你是说，是程小雨自己把门封上的？"

"她那段时间经常胡思乱想，甚至跟我提到过有人站在院子里，好像在盯着她。"

"你是说有人在跟踪程小雨？"马雪松问。

"我提议过在室外安装监控，但是小雨不同意。"周继平有些感叹，"她的情绪开始让人捉摸不透，甚至发生过自残的事情。"

"没带她去医院看医生？"

"去了，为了避免引起外界不必要的声音，我开车带她去了北京，医生的诊断是创伤后应激障碍。"

马雪松对这个名字再熟悉不过，他曾因此接受过心理治疗。

之前给小五父亲的那张名片，就是马雪松的治疗医生的。

"如果方便的话，希望你能提供程小雨当时的就诊记录。"

"记录应该放在她家里吧，不在我这里。"周继平喝了口咖啡，"虽然这么说像是在推卸责任，但是程小雨的举动，消磨掉了我的耐心。"

"所以你们就分手了？"

"但在分手前，我帮程小雨找过助理，被她拒绝了。"

"原因呢？"

"在我之前，程小雨还在特殊教育学校念书的时候，谈过一个男朋友，后来好像是那个人做了她的助理。"

程小雨跟助理可能存在亲密关系的事情，虽然力声基金会里一直在传，但这件事没人能给出实证，凭陈嘉文对程小雨的了解，如果她真的跟胡宇强谈过恋爱，那么在之前讯问时陈嘉文一定会说出来。

但是陈嘉文没讲，这件事是周继平杜撰的也未可知。

毕竟死无对证。

"助理的名字你知道吗？"马雪松问。

"记不大清了，我们当时已经分手了，而且我公司里的生意太忙，根本没精力去关心她的事情。"周继平的回答有些不以为然。

看来他是下定决心要撇开自己跟程小雨的关联。

"你的公司叫宏宇装饰……为什么给公司起这个名字？"

"名字不是我起的。"周继平并不隐瞒,"这家公司是我买的。"

"这个名字在西平市的名声可不好,没想过改个名字?"

"我找人算过,宏,幽深而有回响,宇,四方上下、神覆、能蒙天地庇佑。"

他说话有些文绉绉的,马雪松很难将眼前这个人跟陈嘉文口中的周继平关联起来。

马雪松笑了笑:"我以为周先生不信鬼神。"

"说实话,我不信。但在西平市做生意,绕不开香烛跟寺庙,一座城有一座城的生意经,大家喜欢跟有信仰的人合作,安心。"

"宏,幽深而有回响,现在算命的也挺有文化的。"马雪松开玩笑道。

"翻书本而已,靠嘴吃饭,总要学会说几句漂亮话。"

"宏宇装饰公司之前的法人是杨红雨,你跟他熟吗?"

"现在的西平市治安好了,但以前不是这样,马警官,这件事你应该比我更清楚。三年前的西平市,只要你开门营业,多少要交些江湖朋友。"

"看来他的事情,你很了解。"

"知道一些,但只是听说。"周继平眯起眼,"认识归认识,偶尔吃吃饭、喝喝酒,但仅限于此,我没有找他帮过忙。"

两个人你来我往,谁也不落下风。

"跟程小雨分手后没再联系过?"

周继平摇了摇头:"没有,你们要是想知道程小雨的事情,可以去找她的助理问问。"

马雪松皱了下眉,周继平的说法有两种解释:

一种是他已经知道胡宇强失踪,另一种是借由这种方式在向马雪松打探胡宇强的线索。

马雪松没有直接回答，他继续询问道：

"宏宇装饰公司之前是德利集团旗下餐饮品牌力声的承装公司，但一年前主动退出了，我可以知道原因吗？"

"一是公司有了新业务，精力上也不允许；二是我不喜欢跟着大船走。你会发现船越大越难驾驭。宏宇装饰是小公司，但再小也是我自己的船，我可以决定它的航线，而不是受人指挥……马警官，你知道这个世界上最可怕的事情是什么吗？"

"好人被诬告陷害，坏人却逃之夭夭。"

"每个人都是庞大机器里的小齿轮，马警官，是每一个人……在我看来，道德与法律，只是让齿轮能够如常运作的润滑剂，可怕的是，很多人都没有意识到这一点。"

"不好意思，我文化水平有限，听不大懂你在讲什么。但个人观点啊，法律不代表正义，它代表的是平等，人的善恶，是道德评判，无论你是善是恶，只要触犯法律，就要接受惩罚。"

"那是当然。"

"对了，你认识张三金吗？"马雪松突然开口。

周继平没有否认："虽然没见过他，但我认识他的母亲李奶奶。李奶奶之前摆路边摊卖小馄饨，三块钱一碗，每次我去，她都会给我多放一些海虾米。"

"就因为这件事，你每年就掏十几万供她住养老院？"马雪松追问道。

"看上去是件小事，却是别人对我的善意，我不知道马警官能不能理解，人在落魄时接受到的善意，是很值钱的。"周继平的样子不像是在说谎，"马警官，还有其他要问的吗？"

"我知道你的联系方式，也希望周先生存好我的电话号码，最近我可能会经常打扰你。"

"随时欢迎。"

马雪松一点儿都不觉得刚才的咖啡好喝，虽然服务员介绍说是手冲咖啡，但他更喜欢超市成袋售卖的二合一速溶咖啡。

"说话阴阳怪气的，一看就不像什么好人。"

孟雯说话时向身后回望，确认对方没有跟出来，这才继续说道：

"如果不是之前做过调查，他说的其实比陈嘉文更像真话。"

"男人的嘴，骗人的鬼。"马雪松自嘲起来，"周继平表面看是在配合调查，但话里话外的意思，都在说咱们没证据，没证人……总比装无辜要好，让你猜来猜去的，那样的嫌疑人最麻烦。"

马雪松攥了攥拳头，他掏出一根棒棒糖放进嘴里。

"他现在的社会关系，小蒋那边在查了吧？"

"需要一些时间，而且宏宇公司的人也要调查，工作量不小。"孟雯耸了耸肩，"怎么没问他陈嘉文的事？"

"周继平会如实交代吗？"

"不会。"

"所以问了也是白问，咱们已经知道在周继平的事情上，陈嘉文没有隐瞒，从陈嘉文那儿了解，会更直接点儿吧？"

"老狐狸。"

"狐狸偷奸耍滑，我不当狐狸。"

"老狗。"孟雯脱口而出，说完就笑了起来，瞧师父黑沉的脸色，她才意识到玩笑开得有些过了。

她不去瞧马雪松的脸，径直朝停车处走去，马雪松突然偷笑起来。

老狗。

这个形容倒是挺有趣的。

马雪松跟孟雯回到车内，孟雯准备发动汽车驶离，突然被师父拦了下来。透过前挡风玻璃，马雪松看到会所门口一个身材高挑的女人，她穿着一条牛仔裤，勾勒出腿部紧实的线条。

"师父，我之前还以为你不近女色呢。"孟雯半开玩笑说。

"在车里等我。"

没等孟雯反应，马雪松下车站定。女人很明显也注意到他了，他站在汽车旁跟那名女人对视着。

3

会所咖啡厅后有一片草坪，是新修建的高尔夫球场，最近这种运动在西平市富人阶层中风靡，但马雪松不解其中乐趣，他唯一的乐趣，就是能躺在床上踏踏实实睡个好觉。

马雪松跟楼雨芸在球场旁边的小路上散步。

"咱们有多久没见了？"楼雨芸回忆着，"马叔叔葬礼后，好像就没见过。"

"没见过吗？"马雪松有些愕然，毕竟父亲去世已经是很多年前的事了。

"约你吃饭你也不出来，知道你忙，哪里还敢打扰你。"

"你爸身体怎么样？"

"好着呢，又飞外地出差考察去了。"楼雨芸有些无奈，"真不知道挣那么多钱有什么用。"

"你这叫饱汉不知饿汉饥。"

"这件事，你好像没资格说我吧？"楼雨芸笑了起来，她打探道，"叔叔留给你的那几套房子，听说你都卖了？"

"有个睡觉的地方就行了，留那么多房子也没什么用。"马雪松随口说道，"那些钱都放在银行存定期，日常生活开销，花工资就够了。"

马雪松并不回避这个话题，他跟楼雨芸的关系可以用青梅竹马形容，没当刑警前，两个人初中是同班同学，高中时同校，就连周末补习班报的也是同一名老师。

他们对彼此的情况太过了解，说是半个家人也并不为过，更何况两人之前还有更为亲密的关系。

"刑警队的工作还是那么忙？"

"人手不足，没办法。"

"来这里是为了查案吗？"楼雨芸问道，"跟最近闹得沸沸扬扬的那起湖边女尸案有关？"

"为什么会这么想？"马雪松没有否认。

"九菇湖在桥城分局的管辖范围里，你又是分局刑警大队的大队长。"

"我升职的事情，好像没跟你说过。"马雪松笑了起来，"你是怎么知道的？"

"我这里每天进进出出这么多人，消息还是灵通的，尤其是湖边女尸案，最近是会所里的热门话题。"

看来这起命案的影响力确实不小，怪不得市局那么重视。

"如果有需要我帮忙的，雪松，可以告诉我。"

"周继平是你们这的会员，我想知道他跟谁来往得比较频繁。"

"宏宇装饰公司的周继平？"楼雨芸皱了下眉，"他跟案子有关？"

马雪松不答话，楼雨芸没再好奇下去，她想了想说："德利集团你知道吧？西平市的上市公司，现在的总经理叫徐武明。"

"力声基金会的负责人？"

"对，这里是会员制，准入门槛很高，为的就是搭建一个合作平台，最早一批的会员都是我爸的朋友，王德利也是，这里的规定是老会员带新会员，徐武明是王伯伯带来会所的。"

"让周继平成为会员的人，是徐武明？"

"徐武明这个人虽然不够聪明，但至少不让人讨厌，但周继平不一样，他有些精明过头了。"

"什么意思？"马雪松听出楼雨芸语气里的警觉。

"他从来不说大话，很多复杂的事情，尤其是人际关系上的，他不但处理得游刃有余，而且能把事做得非常漂亮。"楼雨芸情绪复杂地说着，"雪松，如果你这次的对手是他，可要小心点儿了。"

"我一个人民警察，小心什么？"

"小心他下黑手。"楼雨芸担忧道，"我不想看到你出事，你当了这么多年刑警，好像越来越不把自己的性命当回事儿了。"

她还在关心自己。

马雪松突然有种冲动，想将身旁的楼雨芸一把抱住，就像从前那样。

但他不能这样做，他不能再让这个女人对他抱有期望，那样只会毁了她的生活。

"怎么去了这么久？"

等到马雪松回到车里，孟雯立刻八卦起来："朋友？"

"前女友。"马雪松直接回答。

"看上去人不错，为什么分手？"

"因为她想让我辞掉刑警这份工作。"马雪松笑叹道，"真不知道这份工作有什么好的，可我就是辞不掉，你要不要考虑换一份工作？"

"你这是转移话题。"

"别八卦了。"马雪松严肃起来，"徐武明，好好查一下他。"

看来师父跟前女友不光是在叙旧。

等马雪松跟孟雯回到刑警大队，蒋为民已经对周继平现在的社会关系进行了详细梳理。

"周继平的宏宇装饰公司业务量很大，光在职员工就有三十五名，这还不算外包合作的施工队。除此之外，他还是南景路东小街上几家门市的房东，宏宇装饰公司之前参与过东小街返迁房的建筑工程，按照开发商的说法，周继平当时要了门市房用来抵账工程款。"

"要是陈嘉文说的情况属实，之前一贫如洗住在铁路里家属楼的穷小子，不到三年时间就成了西平市的大人物。"马雪松托着下巴喃喃自语道。

"太顺风顺水了。"孟雯说。

"我看不是顺风顺水，是有贵人帮忙。"马雪松抬起头来，"他身边的合作伙伴，身份都查过了吗？"

"都是宸璟会所的会员。"蒋为民拿出马雪松带回来的会员名单，"这些人身份特殊，朱局的意思是，让咱们先从别的方向寻找突破口。"

马雪松沉默起来，

"李组长最近在查什么？"

"郑宇亮。"蒋为民把资料翻出来，"陈嘉文之前的证词里提到过，是胡宇强的表哥。"

提起胡宇强，蒋为民突然想到另一件事。

"对了，上次你让我查的信息，我核实过了，胡宇强的视力障碍是角膜疾病，他出狱后去国外做了角膜移植手术。"

"也就是说，他的眼睛已经好了。"

孟雯猜测道：

"师父，你说会不会是周继平出的钱？"

"国外做的手术，谁出的钱咱们查不到，但为什么是胡宇强？"

"嗯？"

"为什么要让胡宇强当程小雨的助理，助理的人选应该有很多吧？"

"如果这个助理是负责看管程小雨的，那么没有人比胡宇强更适合。"孟雯试图寻找一个合适的比喻，"就像阳光下的影子。"

"你说的这些，在没有证据的情况下，只能算是怀疑。"马雪松叹了口气，"徐武明案发时在哪儿？"

"国外，徐武明的父母三年前搬去了泰国，他每个月会飞过去一次。"

"什么时候走的？"

"这是徐武明的机票信息，从出入境那儿调到的相关资料。"

"也就是说，程小雨遇害的时候，徐武明跟周继平一样，不在本地。"

蒋为民点了点头。

"先查程小雨生前跟徐武明在时间地点上的交集，这个量如果足够大，至少可以证明两个人存在不正当关系。"马雪松继续说道，"但证明程小雨是不是自愿的，就有难度了。"

"肯定不是自愿的，身子被弄成了那样……"

"证据呢？"

"没有证据，我们就束手无策吗？"

"先查地点上的交集吧。"马雪松思考着，"既然徐武明短时间内回不来，那就只能找别人了解一下力声基金会跟程小雨之间的关系。"

马雪松点了点从特殊教育学校带回来的合照。

"谢小琴？"

4

一名工作人员端了两杯咖啡放到马雪松和孟雯面前。

"谢谢。"

马雪松用手语比画道，能看出他的动作有些笨拙，工作人员以微笑回应，很快便从办公室退出去。

"马警官会手语？"

"为调查这次的案子，简单学了点儿。"

"有心了……这次来，还想了解点儿什么？"

"我们想问一下，你知不知道力声基金会跟程小雨的关系。"

"小雨虽然是负责人，但她负责的只是力声基金会下面的一部分活动，主要是面对小学跟社区，负责手语教授，平时也会去外地参加一些手语的普及教育活动……但她加入基金会是经过考核的，你们也知道，力声基金会是德利集团的下属部门，当时他们来特殊教育学校，想选一名形象好的学生，程小雨各方面条件都符合，当然，还有另一个原因。"

"什么原因？"

"小雨只有言语障碍，但听力没问题……力声基金会认为，这样更有利于后续沟通工作的开展。"

"据你所知，力声基金会的负责人徐武明，跟程小雨认识吗？"

"徐总虽然是总负责人，但他不参与基金会的日常运营，除了在基金会成立前期负责过一部分工作，后面的事情主要是交给运营部门在管。"

"据我所知，他是德利集团老板王德利的女婿。"

"我跟文颖很熟，文颖是王总的独生女，她现在负责力声基金会下面沉默森林的项目，而默作美术馆则是刘雯静在管，也就是照片里的这个人，她跟文颖从小认识，彼此的父亲间好像还有生意往来。"

"她跟程小雨熟吗？"

"了解不多，不过小雨在默作美术馆学过一段时间画画。"

"麻烦你了。"

"不客气，希望能帮上忙。"谢小琴犹豫了一下，似乎在辨识马雪松的样子。

"我们之前见过吗？"

"嗯？"

"之前您侦办过一起入室盗窃案吧？"谢小琴补充道，"应该是三年前，跟一个叫邓语欣的警官。"

"那起案子啊。"马雪松想起来了。

"当时是邓警官讯问我，她还安慰我，说一定会抓到犯人。"

"她没有食言。"马雪松并不打算继续这个话题，"那我们就先离开了。"

孟雯能感觉到师父是在有意回避。

邓语欣的名字，孟雯之前看到过。

是那名跟杨红雨一起从烂尾楼高层坠下去的女警员。

档案室里的资料按年份归类，孟雯很快便找出当年谢小琴家失窃案的信息。

资料显示，当时负责侦办案件的是马雪松跟曾铁钢。

卷宗里虽然没有提到邓语欣的名字，但孟雯熟悉马雪松跟老曾的字迹，笔录上的娟秀文字一定不是他们写的。

也就是说，邓语欣只是参与过这起案件的侦破。

要想了解实情，询问当事人最为直接，但马雪松肯定不会告诉孟雯真相，想到这里，她拨通了老曾的电话。

5

曾铁钢已经回家休养了，儿子为了照顾起来方便，把他接到新房。担心影响到父亲与孟雯的谈话，老曾的儿子带着怀孕的妻子借口出门，给他们留出空间。

"这起案子啊，事不大，但影响不小。"

曾铁钢炒菜出锅，孟雯已经在旁边盛好米饭，他边解围裙边和孟雯一起往餐桌边走。

"偷东西的犯人叫刘晨光，桥城火车站没拆的时候就在那片扒钱包，人被逮着的时候，在他家找到几十本武侠小说，每本书里都有他写的笔记。"

"笔记？"孟雯不免感到好奇，"写了什么？"

"什么都写，主要是一些人生感悟，什么生活的意义啊、江湖义气之类的，当时把我都给看蒙了。"

孟雯全无吃饭的兴致，她有些紧张，毕竟头一回跟老曾这样相处，她就像高考答题时反复检查答案的年轻考生。

"跑题了。"老曾将一块红烧肉夹到孟雯碗里，"继续聊案子，边吃边说。"

曾铁钢盯着孟雯看，似乎孟雯不吃东西，他就不打算继续讲下去了，孟雯只好将红烧肉塞入口中，曾铁钢露出满意的表情，这才继续说道，"我们抓到刘晨光后，他供词里说入室盗窃的只有他一个，没有共犯，但我觉得不太可信。"

"为什么？"

"当时我们调查现场提取到几枚鞋印，经过分析，作案人应该有两个，身高都在一米七五到一米八之间。"曾铁钢笑了笑，"武侠小说里出卖朋友的，通常都没有好下场。"

"你是说他在故意包庇？"

"入室盗窃，有时候多一个人就多一份风险，但有些被盗的小区，物业保安不定时巡逻，监控探头恨不得隔几米就装一个，没有内应，凭他一个人直捣黄龙，可能吗？"曾铁钢越说越快，"当时我顺着这条线索往下查，就把二东给拎出来了。当时抓人的时候，是在老水库边上的平房里。"

"然后呢？"孟雯问。

"一窝端了呗，人赃俱获，有抗拒从严的，也有坦白从宽的。"曾铁钢说起劲了，"讯问完，把入室盗窃的案子破了，但引出了一个更大的案子，走私销赃案。"

"走私案？"

"我的腰就是那时候给摔伤了。"曾铁钢怅然若失，"走私案破获后，西平市就展开了扫黑除恶的专项行动。杨红雨当时的外号是'杨书记'，一直有人传，他跟当时西平市的市委书记杨国明有亲戚关系。"

"事实呢？"

"有个屁。"曾铁钢语气干脆地说，"纪检因为这个传闻，专门请杨国明书记去单位喝茶，事无巨细地查了个遍，啥问题都没查出来，等杨书记官复原职，下的第一道命令，就是在西平市开展扫黑除恶专项行动。说白了，杨红雨的黄赌生意全是靠他自己一张嘴给吹出来的。"

"老曾，"孟雯决定说出自己此行的真正目的，"我想再了解一下当年邓语欣的案子。"

"我看你不是想了解当年的桥城旧案，是想了解你师父吧？"

"嗯。"

孟雯点了点头。

"那我就给你讲讲。"老曾寻找到适合的起点，"先从那几起入室盗窃案开始吧。"

6

骆和平急匆匆地赶到西平医院，他在走廊里小跑，寻找谢小琴电话里告知的病房和床号。

二〇〇九年一月，临近过年，西平市的治安就像批发商场的人流一样，突然变得混乱起来。从一月八日到十五日，在桥城区发生了多起独居女性遭遇入室抢劫的案件，谢小琴也是被害人之一。

骆和平推门进入，最先瞧见的是一名穿着警服的男民警，另一名女孩子穿便衣，他们是来找谢小琴了解情况的。

"没事吧？伤到哪里了？"骆和平最先关心起谢小琴的伤势。

"是您爱人吗？"民警邱志红问道。

"不是……我朋友。"

谢小琴回答得有些尴尬，但女警察通过观察两个人接触时的表情，已经清楚他们的关系。

"谢女士家今晚有人入室盗窃，被谢女士发现了，虽然没丢什么东西，但犯人逃离前跟她有过一番打斗。医生已经检查过了，只是有些磕碰伤，您放心。"邓语欣说道。

"犯人呢？有没有抓到？"骆和平担心道。

"还没有。"邱志红试图让骆和平先冷静下来，"我们怀疑这次的案子，跟最近发生的几起入室盗窃案是同一个作案团伙，先生，如果不介意的话，能让我们再问谢女士几个问题吗？"

"不好意思。"

骆和平找了个板凳，拿到病床旁坐好。

"对方的样子，您看清楚了吗？"邓语欣继续讯问。

"当时家里关着灯，而且他脸上戴了东西，就是骑自行车时用的那种……"

"骑行面巾？"邓语欣在小本子上记录着。

"对。"

"衣服也是骑自行车会穿的那种紧身衣吗？"

"你怎么知道的？"谢小琴好奇道。

"谢女士，感谢您的配合。"邓语欣很快嘱咐道，"我同事去您家检查过，现在初步判断，对方是撬锁进入您家的。老小区的入户门，标配的门锁通常质量不太好，对方可以用鹰嘴钳取下门把手跟锁盖，很容易就能进入室内。我们建议您最好更换一下门锁，在我们没有抓到犯人前，如果方便的话，可以暂时住到朋友家里。"

邓语欣讲话时，下意识地看了眼骆和平。

谢小琴明白对方的潜台词，如果能有朋友在旁保护，就再好不过了。

"警官，谢谢您。"骆和平起身道谢，他很少见到警察会把事情交代得这么详细。

"当时一定很害怕吧？"邓语欣安抚着谢小琴，"放心，我们一定会抓到犯人的。"

骆和平对这个女警官的印象不错，看上去，年纪也跟自己的女儿差不多。

谢小琴伤势不重，主要是受到惊吓。警察离开不久，骆和平就帮谢小琴收拾好东西，从医院离开了。骆和平没有将谢小琴送回家，而是带她回到了自己的住所。

"门窗都要修，没准还要换新的，你这几天怎么住？"

骆和平的询问，其实是一种命令跟强制，但谢小琴对此并不反感，她跟骆和平回了家，小雪也在，父女将主卧室的床单跟被罩都换成了新的。

他们三个晚上坐在餐厅吃饭，就像一家人。

"给你们添麻烦了。"

谢小琴用手语说道。

"你在家里，正好有人可以陪我说说话。"

骆雪反而开心起来。

"你家的钥匙给我，一会儿我去你那儿住，顺便帮你收拾一下，再换把锁。"骆和平脱口而出，并未意识到有什么不妥，反倒是谢小琴，她看向小雪，耐心用手语解释道：

"你爸说，让我把家里的钥匙给他，他要帮我换锁。"

骆和平开车前往谢小琴家的路上，脑海中挥之不去的，是刚才三个人吃饭的画面，如果能一直这样下去……他不敢再想了，没有人比他更清楚自己身体的情况，不去考虑家境跟文化水平这些客观条件，他连一个男人最基本的能力都没有。

想到这里，骆和平不自觉地深踩油门，加快了车速。

谢小琴现在住的房子是楼梯房，在楼梯拐角还有被包上的排污管道，西平市以前的老房子在楼梯转角处都设计有垃圾通道，二〇〇三年非典时，出于卫生和健康考虑，通道被全部封死。

骆和平正踩着凳子给楼道里更换新灯泡，换锁师傅在更换门锁。

"师傅，你说这防盗门是不是有些单薄啊？"骆和平担心起来。

"你这根本就不叫防盗门，你看，就是铁皮门。"

"你能换门吗？"

"能啊，便宜的贵的都有。"

"外观不重要，质量好就行。"骆和平观察着，"多长时间能换好？"

"你家这个大小是标准尺寸，不用定制，明天就能安，但是灌好浆后，最好先放一天。"

"那这锁你今天就别换了，明天我在家等着，你直接来换门吧。"骆和平将凳子放回去，又看了眼客厅的窗户，"防盗窗也能装吗？"

"窗户得量尺，这样，明天我来换门的时候，把做防盗窗的师傅一起叫上，但是你得先给我个订金。"换锁师傅比画了一个三的手势。

骆和平从钱包里翻出两张百元钞，另外一百要靠零钱凑齐。

等换锁师傅离开后，骆和平便开始了对谢小琴家的扫除工作。

有些墙漆已经剥落，这套房子上年头了。书房里掉落在地的相框，那是谢小琴大学时的照片，照片里的谢小琴青春阳光。

骆和平将照片摆好，继续拖起地来。

7

刑警大队的灯还亮着，马雪松正伏案研究连环入室盗窃案的笔录，他比对着几起案件的相同之处。邓语欣泡好了方便面。她爱吃辣，又从自己的办公位上拿来了一瓶老干妈。

"师父，吃饭。"

"讯问得怎么样？"

马雪松伸了个懒腰，站起身来活动腰肢。

"跟你之前判断得一样。"邓语欣笑了起来，"不过师父，你怎么判断这几起案子相关啊？"

"你看啊，第一起盗窃案是在果岭小区，第二起在东湾花园，第三起又跑到了东二庄小区，刚发生的这起在泉水街。"马雪松在地图上指指点点，"犯人作案的地点虽然很分散，但选择的都是老小区，楼梯房，没监控……最重要的是这两点：门锁都是被鹰嘴钳弄开的，附近的道路监控还拍下了这些画面。"

马雪松将监控截取下来的照片递给邓语欣，那是装备齐全、骑自行车的人，身后背着黑色书包。

"自行车。"马雪松指了指照片上的骑行者，"他在用这种方式伪装身份，看到他背的包了吗？这是案发前，监控画面拍到的包明显是空的，你再看这张。"

"跟之前不一样，包里装了东西。"

"我已经让老曾去查了，以人找人的办法虽然累点儿，但应该很快会有结果。"

"师父，那我这次能参与抓捕吗？"

马雪松犹豫着，邓语欣加入刑警队后还没有参与过抓捕，马雪松总担心她这么瘦，万一与犯罪嫌疑人对峙，容易出问题，但这次情况不同，抓的鱼不大，危险性也没那么高，只要让她一直跟着自己，应该不会有事。

"好，这次就让你参加，练练手。"

没等邓语欣高兴完，老曾风风火火地从外面快步走入。

"找到那家伙了！"

桥城大街分为两部分，一部分走车，双向六车道，另一部分是华侨城，是桥城区著名的步行街和小商品批发市场。

新中国成立前这里就很热闹，在没有修路前，这里叫蒸笼道，小吃街、裁缝铺、钟表行、百货商场都一窝蜂挤在这条几百米长的路上，满眼望去便是人生海海。后来改革开放修了马路，这些商贩和手艺人便被塞进了钢筋混凝土的批发市场里，为确保室内采光，当时商场的天花板特意采用了钢化巨幅玻璃，除了清洁不便和雨季打雷声偶尔恼人，采光却好得让人恍惚中仍感觉在街道上谋生。

没记错的话，应该是二十世纪九十年代的某个十二月，元旦将至，繁华一时的红桥批发商场却被一场大火烧毁。

自那以后，桥城百货就成了西平市人气最旺的小商品城。

不光西平市与周边各县，陕东省内大部分地区从事小商品生意的从业者也都会来这里进货。

公司管理者认为"桥城百货"不够响亮，又不愿做太大改动，有人出主意将"桥"改作"侨"，同音不同字，再在前面多加一个"华"字。

至此，桥城百货就变成了华侨城。

无论这座城市盖了多少新楼，建好几条新路，这里一直风光。

无论建筑外墙多么破旧，风格多么不顺应时代潮流，这里毫不破败。

　　如果不是执行任务，马雪松更希望在这里走走逛逛，但现在的他刚将汽车在小商品批发市场的出口处停下，副驾驶上坐着的曾铁钢已经摩拳擦掌，将鞋带死死系牢。

　　"大门口安排了两个、侧门两个、安全通道两个，咱俩确认好嫌疑人位置后就给他们发信号，别在商场里面抓，容易出乱子，把他逼到安全通道去。"受曾铁钢影响，马雪松也下意识将鞋带用力系了两下。

　　"人会往楼上跑呢？"

　　"货梯跟扶梯那儿有辖区派出所的便衣民警，楼梯挨着安全通道，几个口都堵死了，他跑不了。"

　　"这么多人抓一个，再让他给跑了那脸可就丢大了。"曾铁钢攥了攥拳头，他打开车门走下，等马雪松把车都锁好，只瞧见老曾蹲着身子低着头。

　　"怎么了？"马雪松来到老曾身旁，弯曲膝盖试图看清老曾在瞧的东西，那是地上的小小一摊水，结成了薄薄一层冰。

　　"没事儿，结冰了……这老天爷的脸变得真够快的，昨天还没这么冷。"

　　三人步行远去，地上结冰的一小摊水，如镜子般映照出华侨城的样子。

　　按照之前的部署，华侨城人流量大，要等到盗窃嫌疑人陈海涛离开时再进行抓捕。马雪松跟曾铁钢使了个眼色，两人分头行动，邓语欣跟在马雪松身后。

　　"为什么要选在这里抓人？"

　　"你以为就抓他一个啊？偷了的东西得变现，来了十几号人，可不只是抓小毛贼，你跟紧我。"

213

陈海涛左右看着，钻入一家二手电器店。

店铺老板给了陈海涛一个手提皮包，作为交换，陈海涛给了店老板一把钥匙。等陈海涛从店里离开，马雪松跟邓语欣急忙跟了过去。

另一边，店里走出一名外号叫"锁头"的小混混，手里拿着那把钥匙要去取货。曾铁钢与蒋为民尾随上去。

一队人马，兵分两路。

等陈海涛从后门走出，他掏出撬锁用的工具，看周围无人，三两下便打开了一辆自行车的锁，正要推车离开，却发现马雪松跟邓语欣站到了自己身前。

陈海涛掉转车头，快速蹬上自行车，准备从另外一个出口逃离。

李颜跟另外两名刑警出现，拦住他的去路。陈海涛判断形势，李颜这边三个男人，另一边则是一男一女，胜算更大。他把自行车用力甩向李颜，掉头朝马雪松站立方向跑。马雪松出手拦阻，被陈海涛手里拎的车锁砸中手臂，他忍痛回击，将陈海涛抱摔在地，李颜正带人冲过来，陈海涛不愿就范，使劲蹬着腿试图逃离。

突然一双手将陈海涛的手臂掰到身后。

"疼！"

陈海涛抬眼，瞧见邓语欣那张冷静的脸，她并不畏惧恶徒，李颜带着民警上前，将陈海涛控制住。

陈海涛被另外三名刑警带离，留下了邓语欣、李颜、马雪松三个人。

"丫头，表现不错，比你师父强。"

"什么就比我强，你让那锁头砸一下试试，可疼了。"

"装！"李颜转向邓语欣，"我告诉你，你师父可会装了，他挨枪子都挨过好几回了，这点儿小伤，对他来说就是毛毛雨。"

"枪伤？"邓语欣瞪大眼珠，眼睛比平时更大了。

"他年轻的时候，抓过毒贩，还当过卧底……厉害着呢。"

"夸得我都有些不好意思了。"马雪松故作娇羞状，"老曾那边怎么样了？"

"他那边又要蹲点又要布防的，没那么快，咱们先去吃点儿东西吧，一会儿审这帮家伙又得熬通宵。"

"吃东西谁请啊？"马雪松问。

"语欣，看到了吗？"李颜用手指了指马雪松，"都说人越富越抠，哥，你这可有点儿抠过头了。"

"开玩笑，我请，得给我徒弟好好庆祝庆祝！"

"师父，吃什么好吃的？"

"分局门口的炸酱面，我再点盘土豆丝。"

"说你抠你还不认？"

三人笑着向远处走去。

谁也没想到，这炸酱面刚吃到一半，马雪松就接到了朱伟萍的电话，老曾的抓捕行动是成功了，人却被救护车拉去了医院。

8

讯问不能耽误，这一耽搁就容易放走大鱼，连夜审讯，等马雪松和李颜前往曾铁钢病房时，已经是第二天上午了。

"一把年纪了，真够拼的。"李颜感叹道。

"苹果洗好了，你来一个。"马雪松递给李颜一个苹果。

"你俩是过来看我热闹的？"

"不是啊，过来关心关心你。"

"关心我？"曾铁钢咬牙说道，"关心我不知道给我削一个？"

"逗你的，我这不给你削呢嘛。"李颜说话时已经将苹果外皮削去，切成片状喂入老曾口中。

"这还差不多。"曾铁钢嚼着苹果问道，"讯问结束了？"

"结束了，大部分是外来人员，你找到的那个仓库，里面东西真不少，是个大窝点。"

"谁的买卖？"

"管库的人叫赵强，已经被我们抓了，买卖是杨红雨的，市局盯他很久了，过两天的扫黑行动，目标就是杨红雨。"

"过两天？那我参加不了了？"

"休息一阵吧，你现在这样别说抓人了，我看就连审讯问话都费劲。"李颜笑道，"医生说了，就你这腰伤，一个月后才能下地走路。想跑的话，至少三个月之后。"

"咱们队有我跟李颜，你还有啥不放心的。"马雪松看了眼输液瓶，消炎药剩余不多，李颜也注意到了，他走出病房去叫护士换液体。

"咱们队本来人手就不足。"老曾眉头紧皱着。

"我不是还有个徒弟嘛。"

"语欣？"老曾想起那个瘦小的女孩，"她经验少，又那么瘦，能行吗？"

"心细，年轻，熬得了夜，短时间内问题不大，而且既然选择做刑警，也该跟着出任务了，所以你这腰啊，抓紧治，治好了就能回来帮我了。"

当时的马雪松并不知道，这个决定，会成为折磨他多年的梦魇。

连环入室盗窃案的专案组，一天时间，就化身为扫黑除恶专项斗争工作组。

马雪松上午刚从市局开完会回来，看着厚厚一沓举报材料，他不禁感到头疼。邓语欣对这件事十分积极，或许是之前抓捕行动的成功让她对工作很有信心，她很快将涉黑团伙的资料梳理出来了。

虽然早有耳闻，但这是马雪松第一次真正了解杨红雨。

杨红雨最早是大车司机，因为跟雇主产生矛盾，大打出手，被判入狱服刑一年，出狱后他纠集了一些社会闲散人员，成立了自己的犯罪团伙。

他在西平市闯出名声，是二〇〇四年的一场斗殴事件。

当时杨红雨手下的一名社会闲散人员李东跟有夫之妇保持着不正当关系。后来东窗事发，李东被男方找人教训了一顿，咽不下这口气的李东将事情告诉杨红雨。杨红雨带人直接找到对方在西平大酒店的聚点。

"根据当事人陈述，杨红雨携带了一把双管猎枪，当场将枪口伸进了当事人口中。之后杨红雨的名声就响了起来，有了声望以后，来找他拜大哥的两劳人员跟社会闲散人员就更多了。"邓语欣继续说道，"寻衅滋事对于杨红雨而言，已经是很小的指控了。"

按照桥城分局掌握的情报，二〇〇五年七月，当时桥城区的亮化工程刚刚竣工，原先的铁道市场被改造成了餐饮街，之后又在旁边改建了铁道博物馆和以火车为元素的主题酒店。

宏宇商贸公司就是在那时开业的，表面上经营的是钢管加工业务，实际上办公楼里设有推牌九的非法赌场。

之后杨红雨在西平市成立混凝土搅拌公司，采取围堵、撞车、喷漆的手段迫使竞争对手退出混凝土供应市场，又以非法手段逼迫建筑商提前支付货款，肆意增加利息来攫取非法利益。

"其在二〇〇七年时，涉嫌在宏宇旅店组织失足女卖淫，故意伤人的恶性案件更是数不胜数，但每次杨红雨都能让别人背锅，所以才一直没被抓。"

邓语欣说完，马雪松将话接了过来。

"这次咱们大队破获的走私案，顺藤摸瓜，抓获了一名犯罪嫌疑人赵强。他跟杨红雨是在服刑期间认识的，承包乐丰旅社、开办宏宇饭店、垄断西平市混凝土市场，这些事赵强或多或少都参与过，现在他愿意作为咱们的证人，证明杨红雨就是这些恶性案件的幕后主谋。"马雪松环视着工作组在场的每一个人，"抓捕行动将由省公安厅直接指挥，任何人不得对外透露行动细节。"

这是一场雷霆般的行动，没给任何人喘息的时间，宏宇旅店、宏宇商贸、宏宇夜总会……这些昔日在夜晚灯火通明的场所，几乎在一夜之间覆灭，整个桥城区变得寂静无比。

谁也不会在这个时候惹麻烦。

那些喜欢狂吠的恶犬像野狗般躲入阴影中，不再冒头。

虽然扫黑行动成果颇丰，但是杨红雨却不知所踪。

马雪松之前已料到会发生这样的情况，毕竟杨红雨在西平市违法乱纪这么久，多少有些关系，这件事往深了查，绝不是简单的涉黑案件，或许还会牵扯到西平市政府里的某些大人物。

西平警方发布通缉令，全城通缉杨红雨，扫黑小组调集警力，对犯罪嫌疑人展开全城地毯式搜捕。

"这要是古代的城门楼子，东南西北四扇大门一关，杨红雨保准逃不出去。"

李颜疲惫不堪，他感觉浑身酸疼，尤其是脚上的鞋，这几天东奔西跑都给跑开胶了，只能就近找家小店买双新的。

"没准人已经跑出西平市了。"李颜抱怨道。

马雪松认为这种可能性不大，为了防止犯罪嫌疑人乘车出城，西平市几个主要路口，包括国道跟收费站都安排了检查警员，狡兔三窟，像杨红雨这种人，肯定给自己准备了藏身之处。

但全城搜捕至今已经过了一周，关于杨红雨的消息却一点儿都没有。

没有方向的工作组就在这时接到了举报电话。

按照接警中心提供的信息，举报人并未提供真实姓名，电话是从一个公共电话亭里拨出的，附近道路监控虽然拍到了他，但对方穿着帽衫，很难看清长相。

按照举报内容，杨红雨躲在一栋烂尾楼里。

但仅凭这一通电话，并不能确认信息的真实性，为了不漏掉线索，马雪松带着桥城分局刑警大队的队员，在辖区派出所的协助下，准备对杨红雨可能藏匿的烂尾楼进行搜查。

在搜查行动放在白天还是夜里的问题上，马雪松跟李颜有了分歧。

"烂尾楼的内部构造咱们不了解，如果杨红雨真的躲在里面，他住了一周，比咱们更有优势。"马雪松说出自己的判断，"我觉得搜查行动要放在白天。"

"那样太明显了，咱们这么多人跑去那儿，谁知道会不会被杨红雨注意到。我建议放在晚上。"

李颜的说法并非毫无根据，如果要在白天行动，就要尽可能精简搜查人员的数量，以免打草惊蛇。

"问一下气象局明天日出的准确时间，咱们在日出前半个小时行动。"马雪松直接给出结论。

这个时间，一般人还在睡觉，就算杨红雨警觉，熬了一宿，清晨也是他注意力最松散的时候。

这样就能解决李颜担心的被犯罪嫌疑人发现的担忧。

烂尾楼的现场情况十分复杂，从外围直接进入很容易被嫌疑人察觉。马雪松在跟承建公司了解后，打算从已经挖好的地下车库进入，从安全通道抵达地面，这样能够直接进入大楼。

众人不清楚杨红雨是否躲藏在这里，除了承重墙作为掩体，烂尾楼大部分区域空旷，没有能够掩藏行踪的物品。搜捕人员分成两队，一队由马雪松带领，另一队由李颜负责。

他们小心前行，这个地方很容易产生回音，脚步必须迈得很轻，这也让搜捕速度变得很慢。

李颜双手持枪前进，杨红雨是从他身后突然冒出来的，用一根钢筋使劲敲向了李颜的头，手枪也掉落到了地上。蒋为民持枪向杨红雨射击，杨红雨捡起李颜掉落的枪，急促逃离。

李颜双眼视线模糊，只能眼睁睁看着杨红雨把枪捡走。

另一边，马雪松跟邓语欣听到枪声，很快捕捉到了杨红雨向上逃窜的身影。两人追击过去，现场密布着未施工完的大窟窿，他们必须小心行走。及至楼上位置，马雪松很快瞧见杨红雨。

"杨红雨！"

杨红雨面前已经没有了前行道路，他持枪朝马雪松所在位置射击。马雪松利用水泥柱作为掩体，同邓语欣使眼色，邓语欣准备绕去杨红雨身后偷袭。

"杨红雨！你再开枪，就是罪加一等！"

"加！"杨红雨歇斯底里喊道，"老子知道自己的罪有多重！"

杨红雨朝马雪松说话的位置开枪射去，马雪松成功吸引了杨红雨的注意力。杨红雨终于将枪里的子弹打光了，邓语欣瞅准时机向杨红雨开枪射击。

第一枪没有射中，杨红雨红了眼，朝邓语欣冲去。

"小心！"

邓语欣慌了神，第二枪也打偏了，杨红雨一把将邓语欣抱住，拳头硬生生抡了上去。

邓语欣挣扎着，她用脚将杨红雨踹开，马雪松持枪向杨红雨射击，击中腿部。杨红雨抽出一把军刀，架在了邓语欣脖子上，把她当成了人质。

此刻李颜、蒋为民等人也已赶来，他们将杨红雨团团围住。

"杨红雨！"

杨红雨露出的笑容让马雪松瞬间坠入永夜。

"我死也得拽上一个。"

杨红雨抱着邓语欣突然从烂尾楼的顶部栽了下去。

第八章
西平夜雾

1

"当年杨红雨的案子还揪出了一名市法院副院长和几名副处级干部，他们都收过杨红雨的好处。因为这起涉黑案，光查处违法违纪的警员就有好几个，给杨红雨通风报信的，是当时专案组里的一名刑警。"

曾铁钢将这一切讲述完毕，长出了一口气。

"语欣当时是刑警大队的宝贝疙瘩，李颜和雪松之间的矛盾，没有谁对谁错，就是恨这个师父没能保护好徒弟。"

和朱伟萍之前讲给孟雯的大体一致，不过细节更多，孟雯也开始理解为什么师父对此闭口不谈。

这道口子太大，过了这么多年还没愈合，一碰就疼。

孟雯回到刑警大队时，马雪松还在休息室睡觉。

她找出当年杨红雨案的卷宗，重新梳理当时调查的细节内容，与陈嘉文提供的证词进行比对。

内容大致吻合，想起老曾提到的匿名电话，孟雯没在卷宗里找到有关资料，她直接来到接警中心，报过警号跟任职单位后，她想确认当初的举报电话是否还有录音留存。

"我们去年开始进行电子归档，只要有准确的时间，录音文件很容易找到。"接警中心的民警用鼠标在电脑上点击着。

"会保存多久？"

"声像信息储存的时间一般不少于半个月，像你要查的这种重大案件，因为涉案人数比较多，我们会长期保留。"

民警滑动鼠标滚轮，很快找到音频文件。

"就是这个，如果需要拷贝，一会儿填个表格就行。"

孟雯将耳机戴在头上，她双击文件，耳机里很快传出声音：

"可以告诉我您的姓名跟事由吗？"

"你们在找杨红雨吧？老桥城公园旁的那栋烂尾楼，你们要找的人就藏在那儿。"

电话挂断。

举报电话的内容只有这么一小段，来电人的声音干瘪且沙哑，但孟雯总觉得这个声音她在哪里听过。

她重新播放电话录音，反复听了好几遍，表情突然发生变化。

这是陈嘉文的声音。

将举报电话的录音复制带回刑警大队，马雪松正站在资料墙前，他排布线索的样子像是在下五子棋。

"去哪儿了？"马雪松问。

"接警中心。"孟雯说话间已经坐回工位，按下电脑主机的开关键。

孟雯不会做多余的事，马雪松对她这点儿了解还是有的。

"发现什么了？"他凑了过来，跟孟雯一起看向电脑屏幕。

"之前你们去烂尾楼搜捕杨红雨的时候，接到过一个举报电话，对吧？"

马雪松愣了一下，他没想到孟雯去查这件事了。

"对，一个匿名电话。"

"你再听听举报人的声音。"

孟雯点开文件，声音通过电脑自带的音响播放：

"你们在找杨红雨吧？老桥城公园旁的那栋烂尾楼，你们要找的人就藏在那儿。"

"听出来了吗？"孟雯问。

"听出来什么了？"马雪松听不懂徒弟的意思。

"再听一遍。"

孟雯点开音频再次播放，就像之前九菇湖的回声，马雪松的眼睛一下子亮了起来。

他也猜到了这名匿名举报人的身份——

陈嘉文。

2

陈嘉文被带到讯问室的时候，刚过正午，马雪松的胃这几天翻腾得越发厉害了，他强忍着，尽量不让别人察觉。

"跟我们再聊聊周继平吧。"

他盯着眼前头发乱糟糟的陈嘉文，没有立刻提及举报电话的事情。

"你们两个之前的关系不错，你应该很了解他。"

"周继平足够聪明，足够沉默，他认为人太能说会道，反而会给自己招来祸端。"陈嘉文努力回忆着。

"杨红雨让周继平负责正当生意。按照周继平的话，他就是杨红雨留的一条退路。他接手宏宇装饰公司后，虽然不再过手那些非法生意，可他会为杨红雨出谋划策。"

"也就是说，他跟何武一样，是杨红雨的幕后军师。"

"其实周继平跟何武的关系更近。"陈嘉文解释道，"他们就像师徒，周继平从何武那儿学了不少东西。"

"还有什么？"

"他从来不指望谁，也不会小看谁。"

"你说他不指望谁，可周继平的生意，是杨红雨跟徐武明给他铺的路。"马雪松想纠正陈嘉文的说法。

"那不是指望，是利用。"陈嘉文抬起了头，"周继平不会像狗一样去向别人讨饭吃，他会让别人先看到他的价值。"

看来周继平很会做人，八面玲珑的本事看上去简单，却不是谁都能做到的。

"何武帮他我知道是利益关联，但是徐武明为什么帮他？就算周继平有价值，对徐武明来说，帮到这个地步，也多少有些奇怪吧？"马雪松问。

"那是你还没有看清真相。"

"什么意思？"

"我之前只知道周继平帮徐武明做过事，但不清楚他究竟做了什么，可是你们从九菇湖下面捞上来两具尸体，我多少猜到些原因。"陈嘉文双眼放着光，"马警官，这三起案子，肯定都跟周继平有关。"

陈嘉文执拗的推测又来了，马雪松没接话，他按照自己讯问的节奏继续问道，"你刚才说的后半句，是什么意思？"

"嗯？"

"你说他不会小看任何一个人。"

"周继平知道世界很大，每个人都不是一个独立的个体，围绕对方的是错综复杂的人脉关系。所以周继平喜欢做顺水人情，恩威并施，他不小看任何一个人，因为没人能够预知未来可能发生的变化。"

"一句话总结，就是社会关系复杂。"

"嗯。"

"你说话的方式有些怪，会用很多生活里不常用的书面语。"

"嗯。"陈嘉文将视线避开，显得有些难为情，"可能跟我平时说话不多有关，习惯了。"

"为什么打那通举报电话？"马雪松突然开口，这让陈嘉文有些猝不及防。

"举报杨红雨的那通电话，是你打的吧？"马雪松不给陈嘉文插话的机会，"为什么要这么做？"

陈嘉文没有反驳，这件事对于现在的他来讲，没有隐瞒的意义。

"因为钱。"陈嘉文答，"杨红雨被你们通缉后，他的下落只有周继平知道。"

"就像你刚才说的，周继平是他的退路。"

"嗯，所以杨红雨让周继平准备了一笔钱，他准备逃去国外，而我就是那个要去给杨红雨送钱的人。"陈嘉文喃喃讲道，"我知道自己当时走的路是没有未来的，我想给小雪一个家，跟她过我们两个人的日子，开个小店，过平凡人的生活。"

"所以你举报杨红雨，是为了吞下那笔钱？"

陈嘉文点了点头。

3

"你相信他的话吗？"

孟雯和马雪松坐在那张二手沙发上。

"你呢？"

"男人的嘴，骗人的鬼。"孟雯说，"男人一旦说谎，仅从口供上看，很难分辨出真假。"

"你对男性是不是有什么误会？"

"这句话不是你说的吗？见周继平的时候。"孟雯笑了笑，随即又叹了口气，"满墙都是线索，可就是找不到一点儿证据，一名犯罪嫌疑人来刑警队自首，另一名嫌疑人胡宇强到现在还下落不明。"

"程小雨家的勘查报告怎么样了？"

"我去问一下。"

马雪松手机铃声响起，看到来电名字，马雪松将孟雯叫住。

"不用了。"

"嗯？"

马雪松接通电话："喂，老郭。"

从桥城分局出来，马雪松跟孟雯并没有驶往市局，刚才郭建旗来电，约他们直接去郭莫山程小雨家见面。路上两个人没有交谈，他们只希望能够快些抵达目的地，但拥堵车流让他们只能苦等。马雪松想过鸣警笛，但就算如此，前面的车流也给不出他钻入的余地。

应急车道被私家车辆堵得水泄不通。

等马雪松终于行进到路口，才发现有两辆汽车相碰造成了事故。

"怎么到得这么晚？"郭建旗一边埋怨一边将鞋套递给二人。

"不是做过现场勘验了吗？"马雪松先把手套戴好。

"谨慎点儿好。"

郭建旗说话的语气有些沉重，能难倒他的现场看来并不简单。

"很复杂吗？"马雪松问。

"不只是复杂，而且奇怪，要不然也不至于把你拽这儿来听报告……咱们一个一个来？"

两人跟在郭建旗身后进入程小雨家。

"咱们按照顺序，先从正门口开始。"

"大门门把手上提取到了几组成年人的指纹，比对过，有胡宇强的，也有陈嘉文的……但奇怪的是，外面的门把手上没有程小雨的指纹。"

郭建旗走到一楼楼梯口的位置，指出一条肉眼无法看出的痕迹。他拿出一张一百一十厘米万向六轮牛津布行李箱的照片。

"玄关和客厅的地板被人为清理过，从这个位置到玄关，有轮子划过的痕迹，根据六个轮子的间距与花纹，可以确定是这种万向六轮的行李箱。"

"有多高？"

"一米一，程小雨那么瘦的身子，装下她绰绰有余。"

郭建旗戴手套用毛巾捂着鼻子，来到一楼厕所，马雪松跟孟雯站在门外。

"根据对一楼厕所的检查，这里有化学用品残留的酸味，猜测是清理血迹使用的双氧水。"

"也就是说，现场没有血迹，但发现了处理血迹用的化学品？"

"没错……去二楼吧。"

三人来到二楼楼梯口，郭建旗指着旁边墙壁的破损处说道：

"楼梯跟扶手上没留下线索，但是墙面这边的缺口，之前尸检的时候，我们在程小雨的指甲缝里发现了墙灰，所以这个缺口应该是程小雨留下的。"

他们很快抵达二楼主卧。

"你上次跟我说过，让我查一下主卧门上螺丝孔的成因，应该是加了一把只能从外面打开的锁……还有，这张床的床头，看见了吗？这些划痕，应该是某种链条上下移动形成的，结合程小雨脖颈处的勒痕……你们应该猜到了吧？"

马雪松已经听明白郭建旗的意思，仿佛眼前就能看到被链子拴住的程小雨，无助地窝在角落里。

孟雯此时按捺着愤怒。

马雪松同孟雯跟着郭建旗来到程小雨家后院，三人都蹲下身子看着地里长出的荒草。

"后院的这个位置，我们发现了一组鞋印，跟我们在九菇湖松树林里找到的一组完全吻合，防盗窗这里也提取到了几组指纹，比对过了，应该是陈嘉文在抓握时留下的。"

"陈嘉文的证词里说过，他去九菇湖前来过程小雨家，发现家里没亮灯，就翻墙来到后院，想知道里面的情况，这时他收到信息，说见面地点改到了九菇湖。"

"老郭，你疑问的不是这点，而是后院的门吧？"

"如果我退休了，家里有这么个院子，要不拿来种花，要不就拿来种菜，程小雨的后院现在荒着，但能看出来，这里以前是种过花草的，为什么后来不种了？而且从家进入后院的门，为什么要用玻璃胶给封死？"

"为了不让程小雨有机会离开。"马雪松答。

"和你推测的情况一致，这座房子就是个关人的笼子。"

郭建旗还有别的工作要做，马雪松想留在现场再观察一下，毕竟身临其境的感觉更有助于他梳理案情。

"根据从基金会那里了解到的情况，程小雨上周六参加完外地的活动，乘坐胡宇强驾驶的商务车返回西平市，到案发前一直在家休假。除了胡宇强以外，没人知道程小雨这几天都做过什么。"马雪松喃喃讲道。

"郭老不是说了吗？结果吻合，现在所有嫌疑都指向了胡宇强。他有案底，而且只有胡宇强能够接近程小雨，程小雨身上的烟疤与烫痕极有可能是他一手造成的。"

"我总觉得哪里不对劲……"

"哪里？"

"说不上来……我们已经调查过胡宇强出狱后的情况了，除了程小雨，他跟别人没什么接触……可胡宇强一年前才出狱，在他出狱前呢？程小雨的工作是谁在安排？"

"不是力声基金会的工作人员吗？"

"力声基金会那边委派的助理，在骆雪失踪后就没再帮程小雨工作了。"马雪松梳理着时间线，"但胡宇强这个时候才刚出狱。"

"时间不是正好对上了吗？"

"胡宇强出狱后做过眼角膜移植手术，这种手术想完全康复至少需要三个月。"

按照马雪松掌握的信息，骆雪失踪后，程小雨暂停了力声基金会的工作，她请了一个月的假，之后回来她已经有了新的助理。

"会不会是临时工？"孟雯皱眉道。

"可能性不大，就算是临时工，这个人身上也要有同胡宇强一样的特质，既与周继平的过去存在交集，又能限制程小雨的人身自由。"

"郑宇亮……"孟雯惊呼出声，"郑宇亮就是那个临时工！"

"这才是李颜选择盯紧郑宇亮的原因。"马雪松说出答案，"胡宇强跟郑宇亮虽然是表兄弟，但根据派出所走访得到的信息，胡宇强父母过世得早，他从小就寄养在郑宇亮家，他们的关系跟亲兄弟没什么差别。"

"这个郑宇亮肯定知道些内情。"

"可他不会讲出来。"

"但这是我们能找到的唯一线索。"

"李颜之所以一直盯着他，就是认定对方不会吐口，之前你说郑宇亮每天无所事事，但钱却感觉花不完。"马雪松已经有了判断，"给他钱的人，就是想让他闭嘴的人。"

"用不用告诉李组长一声？"

"他每天不眠不休地盯着郑宇亮，除了有胡宇强可能会联系嫌疑人的考量，也希望能查出是谁想让郑宇亮闭嘴。"

"你很了解李组长，而且信任他的办案能力。"孟雯说。

"毕竟一起共事过好几年。"马雪松继续说道，"让骆和平来趟桥城分局吧，有些事要跟他仔细聊聊了。"

等两人回到刑警大队，骆和平已经在询问室里等候了。

"不好意思，这么晚还麻烦您跑一趟。"

"没关系……反正我也睡不着。"

"我们希望跟您再多了解一些骆雪跟程小雨的事情，包括她们两个人之间的关系。"

"您说。"

"您去过程小雨家吗？"

"山上的房子？"

"对。"

"去过，当时小雪失踪，我去小雨那儿收拾过小雪的东西，也问了一些关于小雪的情况……但程小雨知道得不多，按她的说法，基金会在外地有公益活动，等她从外地回来，小雪就不在家了，电话也打不通。"

"当时程小雨有手机吗？"

"嗯？"

"她有手机吗？"

"有啊，小雪住在她家的时候，我还会给小雨发信息，希望她帮忙开导一下小雪。"骆和平声调变高了一些，"为什么这么问？是有什么发现吗？"

"按照规定，我们无法向您透露，希望您能理解。"

马雪松继续说道：

"再跟我们详细说说您女儿离家出走的原因吧。"

4

骆雪的失踪要从两年前说起。

当时陈嘉文加盟了德利集团帮扶聋人创业的品牌"力声"，刚开业的时候，受益于报社跟电视台的宣传，这里迎来不少爱心人士的光顾，常常人满为患。

到了晚上，等最后一桌客人离开后，店门口挂上了休店的牌子，通常在厨房两人洗好碗筷后，就该回家休息了，但今天店里来了一个特别的客人。

骆和平跟骆雪对坐着，陈嘉文在后厨忙碌，给父女二人留出空间。一阵沉默后，骆和平最先用手语比画道：

"他哪儿来的钱？"

"说是跟朋友借的。"

"之前说要开店的时候，你还帮他跟我借钱，现在不但有钱开店，还给房子付了首付款，大几十万，哪个朋友能借他这么多钱？"

"你就是对他有成见。"

"我怀疑他这钱不是正路上来的。"

骆雪不再回应，骆和平叹了口气，继续比画道：

"我只是担心你以后的日子会吃苦。陈嘉文现在还不成熟，或许还会犯很多错，如果你已经做出决定，我尊重你的选择，但你要给他正确的指引，不要让他走错路。"

有了父亲对这段关系的肯定，骆雪原本沉重的心瞬间放松不少。

每天从租住的小区来往店里，两个人之前是坐公交车，后来为了出行方便，陈嘉文买了辆二手摩托。

按现在的情况经营下去，一年时间，投进去的成本就能收回，更重要的是，在这里工作骆雪感觉十分自在。

陈嘉文跟骆雪也动了结婚的念头，那是他们最好的日子。

可好景不长，事实证明骆和平的担忧并非空穴来风。

店里有了麻烦。

起初那几个人还算本分，每天来吃麻辣烫，吃多少付多少，就跟普通客人一样。但陈嘉文知道，这伙人是冲着他来的，都是以前宏宇旅店保安队的人。

郑宇亮也在这些人里面。

晚上是麻辣烫店最忙的时候，骆雪却找不见陈嘉文了。

店后面老小区的花园里，陈嘉文跟郑宇亮在石凳上坐着，郑宇亮抽出一支烟递给他，他摆了摆手没有接。

他跟骆雪已经商量好了，半年后结婚，等婚结了就准备要孩子。

烟必须戒。

"现在外头有人传，红雨哥藏身的位置，是被人捅给警察的。"郑宇亮不急不躁道，"你开店的钱从哪里来的？"

"周继平给的。"

"你不用跟我比画，比画了我也看不懂。"郑宇亮摆了摆手，"我弟进去了，武哥那边让我们查，我们不能不听，但在这个节骨眼上，谁也不想惹事儿。"

陈嘉文听明白了，郑宇亮带过来的人都不想惹事，但为了何武的话，他们多少得做出点儿样子。

但有些事，人受本性驱使，理性难以压制。

尤其是在他们喝了几瓶啤酒的情况下，那天郑宇亮不在，其中有个小流氓在店员小姑娘的屁股上摸了一把。

骆雪看不过眼，她用手机按下"110"三个数字，原本是想警告那几个流氓，做事不要太胆大妄为。

没想到有人直接将巴掌扇在骆雪脸上，之后毫无顾忌地去拉扯骆雪的上衣，整个身子完全压到她身上。陈嘉文从后厨拎着铁锅出来，将压在骆雪身上的流氓打走了。

之后那些流氓围上来，对陈嘉文拳打脚踢，他只能默默承受。

要是能就此结束，或许之后的事情就不会发生。

5

陈嘉文骨折需要住院治疗，力声麻辣烫暂时停业。辖区派出所来过两回，第一回调取了店里的监控录像，第二回来让骆雪协助辨认了几张犯罪嫌疑人的照片。

但骆雪在这之前就被骆和平告知，就算认出来对方，也要否认。

那些人关不了多久就会被放出来，按照骆和平多年做生意的经验，这件事闹大了，对谁都没有好处。

医院病房里，陈嘉文的身体稍微好些了，至少能下地走路了。骆和平趁女儿回家做饭的空隙，跟陈嘉文促膝长谈。

"做生意，这些事情在所难免，忍忍吧！"

"他们这么做是违法的！"

陈嘉文比画道。

"你没违过法吗？"骆和平的话让陈嘉文安静下来。

"这群人跟你之前做过的烂事有没有关系，你心里应该清楚吧？陈嘉文，你现在跟以前不一样了，你马上要成家了，如果还想让我把女儿嫁给你，就把这口气给我吞进肚子里。"

骆和平看到陈嘉文低下了头，他知道自己的话起了作用。

"为了你自己，也为了小雪，别去惹麻烦。"

虽然陈嘉文暂时听从了骆和平的话，可人的本性，有时候是改不掉的。

野狗被咬了，会想办法咬回去。

陈嘉文出院后的第二天，开始暗中打听那伙人平时聚集的地方。

禾丰雅苑老小区里，有一栋老式居民楼。陈嘉文走到楼下就看到装在二楼的探头，照这个情况看，二楼是个观察点，那伙人赌博的棋牌室应该还要往上。陈嘉文找到背阴处，开始观察每户的窗户，这么好的天气，五楼朝东的房间却紧闭着窗帘。

应该就是那儿了。

陈嘉文不用躲避监控，像他这种独来独往的过客，观察点的人根本不在乎。他顺着楼梯一直走到五楼，之前藏在怀里的甩棍被他紧握在手里。屏息过后，陈嘉文叩响房门。

"谁啊？"

明显有人在通过猫眼确认门外人身份，陈嘉文将另一只手拎着的塑料袋举高，里面装着罐装啤酒跟香烟。

几秒钟后，五〇一的房门被人打开，没等对方反应过来，陈嘉文突然跨入，用甩棍不分对象地朝屋里人身上砸去。

等辖区派出所的治安民警赶到现场时，聚赌人群早已散去，五〇一室房门敞开，就算屋里窗户已经打开，仍然能够闻到呛鼻的烟味。

陈嘉文紧攥着甩棍，他浑身是血，有的是自己的，有的是别人的。

看到出现在门口的民警，陈嘉文高举起自己的手臂。

甩棍随之掉落地上，发出清脆的撞击声。

6

骆雪从特殊教育学校毕业后一直在外租房，和陈嘉文正式同居。

他们最开始与程小雨合租一套两室的住宅，后来程小雨从合租房搬去郭莫山，次卧转租给了一对年轻男女。

陈嘉文出事后，房间只剩骆雪一个，每到夜里她的屋门都要反锁两下，即使如此也无法安睡。

房间主卧与次卧一墙之隔，偶尔会感觉到墙面震动，又或是会乱想一个男人的耳朵正紧贴墙面，窃听骆雪熟睡时的呼吸声。骆雪因为天生残疾，一向敏感，常会胡思乱想一些根本不存在的事情。她准备改租一居，在找到合适房源前，决定回家暂住。

骆和平给女儿炖了鸡汤，用两块抹布握住锅边端到桌上，拿碗盛给女儿喝。但她一点儿食欲都没有，一张脸耷拉着，希望父亲骆和平能够帮忙。

"那边要二十万和解费。"

骆雪比画道。

"这笔钱我没有，就算和解他也得蹲监狱，虽然伤势都不算重，但毕竟是故意伤人。他不是以你的名义买了套房子吗？把房子卖了赔给他们，剩下的钱你还给陈嘉文。"

骆和平回应。

"那是我们的婚房。"

"你们结婚的事，我不同意。"

"你有什么权利不同意？"

骆雪的情绪激动起来。

"陈嘉文是烂泥扶不上墙，跟这样的人结婚，以后的日子还过不过？"

"过日子是我跟他的事，你没权利管我！"

"我是你爸！"

"又不是亲的！"

骆和平恼怒至极，他将面前盛着鸡汤的碗一下拂到地上。骆雪听不到瓷碗的碎裂声，起身向家门外快步走去，门被她用力摔上。

屋里只剩下骆和平一人。对于女儿的反抗，他毫无办法，只能颓坐在餐桌旁。

"明明是为了她好，为什么她就是不听呢……"坐在讯问室沙发上的骆和平叹了口气，"做错事的明明是陈嘉文。"

"你女儿从家离开后，去了哪里？"马雪松问。

"去了谢老师家。谢老师给我打了电话，说小雪会在她那儿住一段时间。"骆和平继续说道，"我约谢老师第二天在她公司见面。"

"你们聊了些什么？"

"谢老师说，小雪跟她借二十万，但她手里没有这么多，当时就提议，让小雪去找程小雨帮忙。"

"程小雨？"马雪松看向骆和平，"借钱吗？"

"当时周继平的生意已经做大了，加上他跟陈嘉文的关系，我们原本以为他会帮忙。"

"周继平拒绝了。"马雪松猜到了答案，"原因呢？"

"他说忙之前已经帮过了，是陈嘉文不懂事，把事情给闹大了。"

"怎么帮的？"

"那些人认为警方之所以能找到杨红雨，是因为有人泄露了消息，虽然没有证据证明是陈嘉文做的，但他想抽身而退，也要走一个流程，本来教训他一下事情就算结束了。"骆和平叹了口气，"马警官，人的本性，是改不掉的。"

"后来呢？"

"他们那家店因为破坏了合约规定，被集团委托给他人经营……陈嘉文入狱服刑，我希望小雪能跟他断绝关系，可小雪不愿意，因为这件事没少跟我闹情绪。但马警官，你知道为人父母，最担心的就是自己的女儿嫁错人，把这辈子都给毁了。"

骆和平沉默不语，马雪松感觉骆和平有所隐瞒。

"发生什么事了？"

"我知道当时我不该这么做，可是我想不到别的办法……我把她关在家里，不让她出门。"

马雪松与孟雯不禁愣住。

"限制人身自由，这么做是犯法的。"孟雯说。

"我当时也是一时冲动……"

马雪松瞧到了一个不同于之前形象的骆和平。

"所以她离家出走，不是因为你不赞成她跟陈嘉文在一起，而是因为你把她给关起来了。"

"对不起。"

骆和平用手将脸捂住，泣声道：

"如果不是我阻止她见陈嘉文……或许小雪现在还活着。"

7

马雪松跟孟雯送骆和平走出分局。

两人看着骆和平走远，马雪松之前的热情洋溢不见了，变为深深的疑惑。

"师父，你学过变脸啊？"

"你不觉得，程小雨的事情，骆和平了解得有些过于详尽了吗？"

"骆雪跟程小雨本身就是好友，了解得比较多也很正常吧？"

"可骆和平提到的情况，有很多都发生在骆雪失踪后。"

"嗯？"

"陈嘉文说他出狱后并没有放弃寻找骆雪，他想到的第一件事是什么？"

"去跟程小雨了解情况。"

"骆雪离家出走后暂住在程小雨家，这件事骆和平是知情的。你刚才也看到了，骆雪在程小雨家借住时，程小雨还会跟骆和平发短信说明骆雪的近况……也就是说，程小雨当时并未被限制人身自由。"

"他刚才不是说，小雪失踪后还去程小雨家问过吗？"

"可这之后骆和平就再也没跟程小雨联系过。"

"你不会怀疑骆和平跟程小雨的死有关吧？程小雨遇害当天，骆和平有不在场的证明，他当时跟谢小琴在一起，咱们核实过。"

"你别忘了，李颜找到的那段监控，他的出发点看上去有点蠢，但并非毫无道理，我们并不知道程小雨遇害跟胡宇强失踪的准确时间。不管是骆雪的失踪还是程小雨的死，骆和平一直都有嫌疑，只不过陈嘉文把我们的调查方向诱导到了周继平身上。"

"我觉得关于骆雪的事，骆和平确实有做得出格的地方，但从现在掌握的线索上看，骆雪在失踪前就已经搬到程小雨家住了，那段时间骆和平也一直在向谢小琴咨询，想找到跟女儿和解的办法，最后甚至松口愿意接受陈嘉文……我觉得，现在调查的重点，还是应该放在胡宇强身上。"

"咱们现在连他的人影都没摸着，而且还有个问题，胡宇强有杀害程小雨的动机，程小雨家的环境勘查结果，也间接证明了胡宇强就是杀害她的凶手，可他为什么要把程小雨的尸体弄到九菇湖？又为什么要给陈嘉文发那些信息？"

"栽赃嫁祸啊！"孟雯情绪激动起来，"把杀害程小雨的责任推到陈嘉文身上。"

"可这么做不是很傻吗？"

马雪松并不认同徒弟的想法。

"我们反证一下，如果有人或者说就是胡宇强本人想杀掉程小雨，为了封口，最好的方式一种是程小雨意外身亡，一种是失踪。"

"如果是意外身亡，她身上的旧伤很可能会引起警方怀疑。"

孟雯也开始思索起来，掩盖真相的方式，失踪才是更好的选择。

"所以最好的方式，是让程小雨跟骆雪一样，失踪……所以我现在怀疑，程小雨的死是胡宇强所为，咱们之所以到现在还没找到胡宇强，极有可能是他已经被'第三人'给杀害了。"

"这个'第三人'，就是给陈嘉文发信息的人。"

"也不排除，这个人就是陈嘉文。"

手机响了，马雪松将电话接通：

"喂？好，我知道了。"

"谁打来的？"

"朱局，徐武明回国了。"

"去找他问话？"

"人家是上市公司的高层，身份敏感，调查的时候要考虑周全一点儿，这是朱局刚才特意嘱咐的。"

"那就从他身边的人开始查，先找王文颖聊聊？"

马雪松点头，但等孟雯按照资料上的联系方式拨过去，却显示对方手机已关机。

"关机了。"孟雯核对拨出去的数字，"是不是换号码了？"

"让小蒋确认一下。"

命令下达完成，马雪松就不再说话了。

孟雯不想打断师父思考，没有证据对她这样的年轻警员而言更容易发挥想象力，并产生多种可能性，但马雪松已经不年轻了，他吃过太多亏，明白案件调查不是科学家在搞发明创造。

方向找准了，才能离真相更近，不然只会越走越远，最终让自己置身于迷宫中，不见出路。

"知道为什么局里把没破的案子叫冷案吗？"马雪松突然开口道，"破案得趁它还热乎的时候，顺着味道找到一根绳，趁热打铁，把绳那头拴着的真相给找出来。"

"可现在这两起命案的味道不见了。"孟雯试图解读马雪松的话中含意，她知道师父又在给她灌输新的知识。

马雪松走到资料墙前，看向那张基金会活动合照。

"刘雯静跟王文颖是朋友吧？"

"嗯。"孟雯将资料找出来，"彼此的父亲认识，两个人关系很近。"

"去趟默作美术馆吧，虽然蒋为民之前走访过，但咱们跟刘雯静还没正式见过面。"

"正式？"孟雯好奇起来，"之前见过吗？"

"嗯，在特殊教育学校的时候。"

轿车驶入梁山县旧村，很多人以为旧村是说村子老旧，但旧村其实是村子的名字。沿土路按照指示牌往里开，很快瞧见一幢石灰白色建筑，这个建筑同周围村庄有些格格不入，但这种反差，又构成了一种不真实的梦幻感。

摄影作品在工作人员的指示下被挂到展览的墙面上。刘雯静踩着半高的高跟鞋，朝那幅摄影作品走去，工作人员主动打招呼。

"馆长。"

"明天展览的流程通知大家午饭后最后再确定一下，还有位次是谁排的？"

工作人员将负责排位次的女孩叫过来。

"为什么要把村委会的陈主任放到第二排？"

"第一排留给区里的领导，还有总公司也会派人来。"

"把陈主任的位置挪到第一排，跟区领导挨着。"

"这样不合适吧？"女孩有所顾虑。

"默作美术馆的场地，是陈主任跑前跑后建起来的，按我说的安排。"

工作人员按照要求继续工作，刘雯静察觉到展览馆里还有外人，她步行过去。

"不好意思，我们的场馆今天不对外开放。"

马雪松出示证件。

"有时间吗？聊聊。"

8

去过沉默森林几次，王文颖很快融入新团体。

谢小琴之前筹备策划公益活动大部分在工作室里，偶尔会借用特殊教育学校的小型画室，那里堆满颜料，王文颖第一次来的时候，整个人完全傻掉了，这里让她想起刘雯静。

王文颖少女时期曾短暂被父亲安排去国外参加夏令营，在美国密苏里州的堪萨斯城有过一段生活经历，当时寄宿在父亲友人家里。

她初到美国时，刘雯静跟刘父一起来机场接她，王文颖惊讶自己对刘雯静仍有碎片化的模糊记忆。

"以前咱们两家就住在一个院里，你跟雯静同岁，常在一起玩，还在大院里抓蛐蛐。"刘父回想从前，不免发出一阵感慨，"现在都长成大姑娘了。"

听着父亲讲述，刘雯静也有印象，她记得王文颖在院子里逮到过一只蛐蛐，自己索要未果，曾用力在王文颖胳膊上咬过一口，被母亲责骂说是狗牙，手心挨了打，被咬的王文颖当时被吓到，急忙去为刘雯静求情。

那时的她们也就五岁多，王文颖哭得比刘雯静还伤心。

王德利与刘父早年都在桥梁厂食堂颠大勺，二十世纪八十年代末除去下海经商外，另一股热潮便是出海淘金。

二人分道扬镳，一个在国内创业，一个拖家带口远赴美国。

之后两家偶有书信往来，但两个女孩却再未有过交集。

王文颖在国外多半时间与刘雯静混在一起，两名十几岁的少女最常逛的就是街道和美术馆，纳尔逊博物馆周一到周四人流量不大，午饭后钻进去可以逛到四点闭馆时再走。

这段时期，对王文颖而言太过难忘。

之后刘雯静参加夏令营，要去纽约看画展、听讲座，家里只剩王文颖一个，便像霜打的茄子，再难提起精神，加之她怕生，不敢大声练习英语口语，只觉得这里无论是风土还是人情都同自己格格不入。

刘叔叔说她这点儿随她爸，于是越洋电话打过去，王德利也挂念女儿，次日便订好机票赶过来帮忙收拾行李，遗憾的是没能同刘雯静告别。

幸好后来随着科技的进步，联系方式不只局限于电话和书信往来，视频通话开始流行起来，她们隔三岔五就会聊天，麻烦的是要在时差中寻找彼此的空闲时间。

多年后，刘雯静受邀参加王文颖同徐武明的婚礼。

刘雯静打算这次回国就此定居，但生活目标与创作方向渺茫。

"还记得以前咱们在纳尔逊博物馆看佛像和壁画，我想画壁画，但国内情况不同，总不能随便找面墙涂鸦。"

"武明应该能帮上忙。"王文颖笑道。

王文颖跟徐武明提及这件事，徐武明想到在西平市梁山县有朋友正同村委会协商旧村改造的事，试图对无人居住的空院进行整合，引入乡村旅游与文化市集项目，为之后其准备开发的地产楼盘服务。

于是刘雯静在梁山县旧村住下，作为画室与生活的起居地。

她在德利集团的帮助下，逐渐有了名气，之后大部分时间在外地办艺术展览，很少再回旧村了。

这两年她往外跑的次数少了，按刘雯静的话讲，人到了一定岁数便开始羡慕家庭生活，只可惜不像王文颖那样幸运，能入眼缘的人太少，有心仪对象，但碍于种种原因难以修成正果。

王文颖的思绪从回忆里走出来，重新回到老桥城特殊教育学校的画室。

离策划会约定好的时间还有一个钟头。

她主动提出要帮谢小琴收拾会议场所，谢小琴带了两名学生过来帮忙，这是骆雪跟陈嘉文在篮球比赛后的第二次碰面。

"有听力障碍的学生毕业后能做的工作不多，我有家设计工作室，现在雇用的员工都是从这里毕业的学生，有画画基础，工作起来会方便些。"

其实谢小琴与王文颖年龄相差不过半轮，可谢小琴满脸疲态，失去家庭支持，自己扛起生活重担，压力多少使她的皮肤呈现老态。

"我有个画家朋友，也是策展人，下一次的活动内容还没确定，不是吗？"

"你有什么想法？"

"或许可以找她来出主意，后面的公益活动她也能够帮忙。"

王文颖跟谢小琴交谈时，陈嘉文看着骆雪那幅画。

近看是鱼缸，但刚才他站的位置稍远，也不是正视，却看到了一张抽象而扭曲的脸，近看之所以没被发现，因为脸上少了耳朵跟嘴，头发像珊瑚，眼睛与睫毛成为两条长尾鱼，鼻子需借助光线变化区分，油彩明显加重。

骆雪听不到王文颖她们的谈话内容，只知道那个女人一直向自己站立的地方瞥来好奇目光。

"她们刚才在聊什么？"

骆雪用手语向陈嘉文询问。

"她们打算办一个画展，那个人说你画得好。"

"乱画的。"

"不像，虽然我看不懂，但一定不是乱画的。"

骆雪对陈嘉文的好感，应该就是在这一刻产生的吧。

9

骆雪的画仍然挂在刘雯静的默作美术馆，那两条长尾鱼有专门的侧光打在上面，让人一眼瞧见画家精心隐藏的机关，但画中细节并非只这一处，用心观察，能看出两条鱼在嘴部有着不同，一条嘴闭着，另一条嘴张着。

马雪松虽然不懂艺术，但他认为这并非无心之举。

"后来骆雪时常来找我，问一些绘画上的问题，但我那个时候还不懂手语，她让我口述，录音，有朋友帮她将录音内容整理成文字，再做阅读。"

"知道这个朋友是谁吗？"

"程小雨。"刘雯静回想着，"还有一个男生，我不知道名字，但谢老师应该知道。"

那个男生应该就是陈嘉文。

"孟警官，如果你见过骆雪，应该会很喜欢她。"

"为什么？"

"她跟你很像，虽然脸上没什么表情，但内心丰富。"

"你还会算命？"马雪松打趣道，他对墙上挂的画作似乎也有兴趣。

"我们学的其实叫面相学，通过人的面部特征来分析他的性格。"

"我不知道画画还要学心理学，有什么作用吗？"马雪松继续试探，他向来不喜欢知识分子，尤其是对心理学有研究的受访者，他必须甄别对方证词的真实性。

"可以增加画笔下人物表情的可读性，给出某种潜意识上的解读。"刘雯静不想将这一话题继续下去，"马警官，我刚才的话不是在卖弄什么，只想告诉你，我之后的回答都建立在这一基础上。"

"徐武明。"

马雪松单刀直入，艺术家在意别人认可，像刘雯静这样的受访者，用讯问技巧拐弯抹角无疑是在浪费时间。

"我对徐武明的了解不多，相信你们也查到了，他只是力声基金会的挂名负责人。虽然文颖跟我讲过一些，但她从小被家人保护，容易放大情绪，这也就代表着，她描述的徐武明有夸大和变形的成分，从你们调查的角度来讲，这或许不够客观。"

"那么你呢？对他怎么看？"

"我希望接下来警方可以为我保密，我不希望这些事情影响到我跟文颖的关系。"

"我们保证。"

"不能录音，也不能做笔录。"

马雪松看向孟雯，孟雯合上本子，同时按下了录音笔的暂停键。

"我以前家境没有文颖好，但也不太差，可是发生了些变故，我在海外没能念到毕业。我父亲投资失败，在美国的房子也卖了，家里一下没了经济来源，但这些事文颖不知道，我参加她婚礼的时候，正在西平市一家美术培训学校做兼职老师。"

刘雯静说出自己的秘密。

"力声基金会成立后，建起了默作美术馆，让我来当馆长。"

"这些好像跟徐武明没什么关系。"孟雯说。

"他知道。"刘雯静自嘲道，"我家里的情况他一清二楚，但是他答应替我隐瞒。"

"徐武明是怎么知道的？"

刘雯静摇了摇头，但肯定不是通过官方途径调查的。

"徐武明送给我一个人情，是要还的。"

"他提了什么要求？"

孟雯没有直接说出自己的想法，但刘雯静从她的语气里听到了那方面的意思。

"可能要让你失望了。"刘雯静半开玩笑地说，"他想让我帮他卖一幅画，以默作美术馆的名义。"

"画？"马雪松皱起眉头。

"一个叫邱实的画家，徐武明说邱实在国外办过画展，还拿了不少奖项。"刘雯静摇了摇头，"那些奖项懂行的人一看就知道是花钱买来的，这件事我帮不上忙。"

"那幅画徐武明要卖多少？"

"两百万。"

"这么多？"孟雯惊讶道。

"价格太高，又名不副实，但徐武明让我不用担心买家，交易结束，他会拿出五十万当作美术馆代卖的佣金。"

"你觉得这里面的事不简单？"

"嗯，虽然我没干过，但在这个行业里，多少听说过一些事情，有人会拿艺术品来洗钱。"刘雯静不好断言这件事的性质，"这是我的看法。"

"什么时候的事？"

"二〇〇九年年初。"刘雯静回忆道，"虽然我是默作美术馆的馆长，但集团对美术馆有很严苛的监管体系。论人情世故，徐武明帮过我，总要有个台阶下，不能闹得太难看，我给他介绍了一名在本地做画廊的朋友，之后的事情我就不太清楚了。"

"你那位朋友叫什么？"

刘雯静找出自己的名片夹，从里面翻出一张名片，递给马雪松。

晨阳画廊，孙晨阳。

"在你们去找文颖了解情况前，还有一件事我希望你知道。这个地方不方便谈，而且美术馆这边还有工作。"刘雯静露出歉意的表情，"如果马警官不介意，等明天展览结束后，我找个地方，咱们慢慢谈。"

"您先忙。"

两人看着刘雯静离开。

"没想到她这么配合。"孟雯咂了咂嘴，"我还以为她会帮徐武明隐瞒。"

"她不是在配合咱们，而是在保护自己的朋友。"

"嗯？"

"如果我肉里扎着一根刺，你会怎么做？"

"拔掉它啊。"

"在刘雯静眼里，徐武明就是扎在王文颖肉里的那根刺。"马雪松把名片递给孟雯，"查查这家晨阳画廊。"

邱实的照片被孟雯贴到白板上，这是一块空白板。

不同于湖边女尸案，这里调查的主要是德利集团的公司结构跟徐武明的社会关系。按照李颜一组人查到的信息，力声基金会是专款专用，默作美术馆并不隶属于力声基金会，而是直属于德利集团名下的文投基金。

巧合的是，德利集团的文投基金和力声基金会的专项资金，负责人都是王德利的女婿徐武明。

根据刘雯静提供的线索，专案组已经调查过晨阳画廊跟画家邱实的信息。

"邱实，毕业于西平美院，这是一所专科学校。"孟雯讲解道，"画作的交易信息上写着，邱实在二〇〇七年去法国做文化交流，学习抽象画创作，但我们核实过，他参加的只是一个短期培训班，而且是线上授课。"

"也就是交了学费就能拿到外文证书的那种。"

马雪松笑了笑，这股崇洋媚外的假留学风，在几年前的西平市确实风靡过一阵。

"还有，资料上说邱实长年旅居海外，但根据我们调查到的结果，他一直住在西平市。"

"晨阳画廊的情况呢？"马雪松用手指轻轻敲击桌面。

"世界各地都有拍卖行，有些总部在国外，但会在国内设立分支机构或者是代理商。就拿这个花瓶举例，这是我在超市花二十块钱买的，流水线上下来的瓷器，但是你把这个花瓶拿到国外，给它编一个故事，最终再拿回国内拍卖，价格就从二十块变成了二十万，甚至是两百万。"蒋为民绘声绘色讲述着。

"买家又不傻，找人一鉴定不就发现问题了？"孟雯困惑不解。

"老王卖瓜，自卖自夸。"马雪松答道，"如果你有一笔灰色收入，那么找做艺术品洗钱的人来运作，花几万块去买一幅画，买完之后，画廊会把这些艺术品的价格炒高几十倍甚至上百倍，到时再通过拍卖公司出手，买画的钱还是你自己的，但这么操作一番，就把脏钱给洗干净了。"

"也就是说晨阳画廊在帮徐武明洗钱。"

孟雯终于得出结论。

"让李颜那边派人注意着点儿晨阳画廊。咱们先把那位大画家给带回来。"

10

昌顺路北是西平市的人才市场，这里进进出出的都是来找工作的人，从短工到合同工，应有尽有，不管是谁，在这里都能找到吃下顿饭的营生。

但邱实是个例外。

他又一次空手而归，力气活儿太苦、太累，他不愿意做，剩下的一些岗位需要求职者有相应的技术证明，他又做不了。

路边一排用来停放非机动车的位置，邱实找了半天，才从里面找到自己那辆二八大杠。他蹬着自行车骑往租住的房子，已经欠了房东一个月的租金，幸亏他会画画，以辅导房东儿子美术艺考为条件，换来暂时居留的权利。

但这么下去，不是长久之计。

骑着自行车的邱实，衣着邋遢，配上许久不剪的长发，艺术气息显得过于浓郁了。他把自行车在住处楼下锁好，正要上楼，却发现被一名中年男人堵住了去路。

那个男人眼睛很冷，正上下打量着他，最后用带厚重鼻音的烟嗓问道：

"你是邱实？"

怎么找到这里来的？

邱实下意识地后退两步，转身拔腿就跑。

原本在他身后埋伏的孟雯伸手去抓邱实，却抓了个空，她拔腿朝邱实逃离的方向追去。

马雪松原本以为只是普通问讯，并未安排足够抓捕的人手，看来是自己疏忽大意了。他观察现场环境后迅速作出判断，从一条小路绕过去。

他这次的决策是正确的，很快在纺织街跟孟雯一前一后将邱实围住，没等马雪松讲话，旁边住宅楼防盗铁门突然被人打开，从里面拎着菜篮子走出的老太还没弄明情况，邱实直接将她推开，嗖地一下钻进了楼里，孟雯去察看老太的伤势，马雪松先追进去。

这栋居民楼是二十世纪五十年代竣工的专家楼。纺织厂拆迁后，这几栋专家楼却留了下来，仿苏式的建筑，原本是四层尖顶的红砖房，八十年代纺织厂工人变多，就在原有专家楼的基础上加盖了两层，尖顶大屋檐成了平顶，偶尔有住户会拿床单、被褥去平顶天台上晾晒。

这种大开间的苏式建筑，一条走廊里有四户，虽然有独立卫生间，但厨房设在走廊里，因为通风不好，所以到做午饭时，楼里经常弥漫着油烟味儿。

楼里的木质楼梯用力踩踏时会发出吱吱呀呀的响声，似乎哪块木板会突然塌下去。

马雪松一口气跑到五楼，他有些气喘吁吁，但追捕并未到此结

252

束。去往天台的门此刻敞开着，他顺着顶层生锈的铁门追出去，为了防止邱实又从这里溜走，马雪松轻轻关上了铁门，他向前走去，很快被晾晒的床单遮挡住视线。

这个时候要格外谨慎，不清楚邱实逃跑的动机，他很可能会从某个床单后面突然绕出来，或许手里还持有凶器。

马雪松整个人高度紧张，他不光在看，还在听，对方一定会避免发出声响，马雪松把身子又弯下来一些。

砰!

随后赶到天台的孟雯，推门时发出巨大声响。

在花床单背后躲藏的邱实被惊吓到，马雪松立刻跑了过去，他将床单拽下来，瞧见邱实已经跑到了天台边沿，正摆出一副视死如归的架势。

"别过来! 再过来我就跳下去!"

"你先冷静点，先下来!"马雪松喊。

"欺人太甚了! 都说了钱我会慢慢还，为什么不给我一条活路!"

马雪松这回听懂了，合着邱实把他们当成讨债的了。

他从口袋里翻出自己的警官证，上面的警徽明晃晃的。

"兄弟，误会了，我们不是追债的，我们是警察。"

马雪松的话并未让邱实感到安心。

"警察追我干什么? 我又没犯法。"

邱实的样子，明显有所顾虑，直接说出来访理由，或许才能打破僵局。

"你欠债的那伙人，昨天被我们给抓了。"马雪松扯谎道，"来找你，就是为了核实一下情况，核实完，你的债就一笔勾销了。"

"真的?"邱实问。

"你先下来，我给你看证据。"马雪松将手伸进外兜，假装那里有能佐证的物品。

邱实半信半疑，但他还是决定往下走，没想到脚被电线一绊，身子无法保持平衡，突然从天台上栽下去。

马雪松没能抓住邱实掉下去的身子，以为大事不妙，可扒着台檐向下瞅，邱实被电线缠住了脚，整个人倒悬在四楼的位置。

"别乱动！"马雪松喊。

他双手将电线攥住，用力将邱实往上拉，绳子开始磨损，幸亏在断裂前，孟雯跟马雪松已经握紧了邱实的双脚，两人合力将邱实拽了上来。

"谢谢啊。"

这是邱实劫后余生讲出的第一句话。

邱实被随后赶来的专案组刑警带去桥城分局，马雪松并不着急对嫌疑人进行提审，他想再多了解一些关于邱实的信息。

马雪松开车带着孟雯来到辖区派出所，刚进大门，好久不见的邱志红右手臂打着石膏迎了出来。

"你这胳膊怎么了？"马雪松关心道。

"抓赌，那场面，多少年没碰到了，就这么一扇小门，进去以后里面有足球场那么大，坐满了人，赌客的眼睛跟兔子一样，全输红了。"邱志红兴奋地讲述着抓捕时的壮举。

梁山派出所昨夜接到举报电话，对方声称世成大厦有人聚众赌博。虽然举报人身份信息不明，但关于世成大厦开有地下赌场的情况，邱志红近日多有耳闻，便跟值班民警一起前往查看。

世成大厦附近被划为拆迁区，用蓝色铁皮墙围住，但邱志红发现在角落位置，有个能让人通行的小小缺口。

邱志红清楚，这种地方没有熟客介绍，就算从围栏缺口钻进去，等被暗哨发现，反而会打草惊蛇，一无所获。幸好所里有了回复，举报人身份已经确认，是一名在赌场欠下高额债务的赌客。

在了解到这里并非移动赌场后，邱志红就开始部署抓捕计划了。首先要了解世成大厦的内部情况跟赌场的安保部署，他需要举报者作为线人，帮他进入赌场。

他将偷拍设备藏好，经过乔装打扮的邱志红像暴发户，他给自己设定的身份是做吊装生意的小老板，是举报人从外地来西平玩的远方堂哥。

他们没有选择从围栏缺口直接钻入，而是按照正常的流程，先在对方指定的地点等候，等邱志红跟线人上了车，司机一言不发，副驾驶的打手却像个话匣子，一直跟邱志红聊天，打听他是做什么生意的。

邱志红知道，这叫身份识别，面对生客必须慎重。汽车绕到世成大厦后身，原本用路障拦住的地下车库，在见到赌场车辆后，有专人负责将障碍物挪开，汽车很快驶入其中。

电梯已经停用，他们走安全通道上楼，这代表赌场所在的楼层不高，走到九层时，他们来到等待改建的大厦内部。

邱志红最先闻到烟味，越往逼仄的过道里面走，这种烟味越重，跟廉价香水味混合，让他下意识地掩住口鼻。

真他娘的呛人。

从一道有打手看管的严实暗门进入，邱志红最先瞧见两张六米多长的赌桌，几名荷官穿着低胸衣洗牌，她们用手摁住扑克，轻轻一拨，纸牌就变成了扇形。

在赌场走动的女孩裙子再短一点儿，就能看到屁股了。赌客休息用的沙发旁边就挨着码房，这里是给客人兑换筹码的地方。

短裙女孩在码房跟赌桌间穿行，吸引着赌客们色欲熏心的注意力。

一把牌的输赢就是上万块，所有赌客都杀红了眼。

在邱志红看来，这里已经不能算是人间了。

他抓赌经验丰富，清楚那些赢钱看似胜利者的赌客都是托儿，他们发挥演技，让那些已经输光家产的人去借高利贷，相信他们还有回本的机会。

但这不过是一场骗局。

就算真有赌客运气好，赢了大钱，庄家也并不吃亏。

不过是拿赌客的钱输给赌客，赌场一分不赔。

这个地方，可不是几个民警就能端掉的。

邱志红不能立刻离开，会引起赌场的警觉。他平时没有打牌的习惯，但赌场知道他是新客，前几把故意让他赢钱，带来的一万赌资很快翻了两倍。

最后一把，邱志红"梭哈"，把钱全部输掉了。

邱志红回到派出所时，天已经快亮了。

根据偷拍的视频，能够明确地下赌场的犯罪事实，在跟桥城分局汇报过具体情况后，几个派出所调度警力，配合邱志红完成了突袭抓捕行动。

"当时那场面，马队，我能吹一辈子。"

"看来你这次要受到市局嘉奖了。"马雪松笑道，"没准梁山派出所还能评个集体二等功。"

"这两天可把我们给累坏了。"邱志红叹了口气，他一直忘不掉那些赌客的脸，"多少人好好的家，就这么被赌博给毁了，穷途末路的人，最容易犯下恶性案件。"

穷途末路。

256

邱志红的话，让马雪松再次思考起陈嘉文来刑警队的原因。

因为在马雪松眼里，陈嘉文也是一名赌徒。

在拿他后半生的自由与专案组对赌。

第九章
人鱼公主

1

桥城分局刑警大队讯问室，马雪松和孟雯坐一边，与邱实面对面而坐。

"你说你跑之前也不问清楚，你见过谁追债带个姑娘来的？"

邱实仍有些惊魂未定，他想起这几年浑浑噩噩的日子，多少有些鼻酸："我被打怕了……那帮人手太黑了。"

"怎么欠的债？"马雪松语气并不强硬。

"在赌场里欠的。"

"认一下。"马雪松拿出从邱志红那儿带回来的嫌疑人照片，"是他吗？"

"对，赌场就是他的。"邱实情绪激动起来。

"那谁管你要债？"

"都叫他二黑哥，寸头，三十岁出头。"

提到二黑的名字，邱实的身子不禁打了个寒战，马雪松用眼神示意，孟雯用保温壶给邱实倒了杯热水。

"先喝点儿水，小心烫。"孟雯说。

邱实点点头，他喝过水，露出一副感恩戴德的表情。

"谢谢政府，为民除害。"

"之前在天台上，我说人被我们抓了，是骗你的。"马雪松并未因为说谎而感到愧疚，毕竟当时情况凶险，一不小心，邱实或许真会跳下去。

"警察同志，你咋能骗人呢……"邱实着急起来。

"你先听我把话说完。"马雪松伸手打断邱实，"我后来跟辖区派出所了解情况，才知道这伙人已经被警方给抓了。"

"真抓了？"

马雪松点了点头，"大黑、二黑，一个开赌场，一个放高利贷，人证物证都有，全在拘留所关着呢，等法院那边判了，就该转去监狱了。"

"那我欠的钱，还用还吗？"

"合法债务，欠多少还多少，非法的，就不用还了。"

邱实突然哭出声来。

"感谢政府啊！这帮人丧尽天良！无恶不作！终于遭到报应了！老天有眼啊！"

马雪松跟孟雯对视了一下，他们都觉得邱实的表现有些夸张，其实他本质上是个非常简单的人，如果不是沾赌，日子也不会过成这样。

"你先别感谢政府，我们找你来，是想问你一些信息……"

"你们问！知无不言！言无不尽！"

"别整成语了，你看看这些画，是不是你画的？"

邱实看向马雪松展示的照片。

"是我画的……但我没画这么多张……我就画了一幅，整整画了两年，这群孙……端正态度，端正态度……他们怎么给我裁了？"

邱实闷闷不乐起来，毕竟画了这么久，创作者跟作品间的情感很难说清，虽然他的艺术家身份是包装出来的，但马雪松跟孟雯都认为这幅作品其实画得还不错。

"什么意思？"马雪松问。

"一幅画，裁成了你手上这几幅图。"

"画你卖给谁了？"

"我也不知道卖谁了，人家拿的是现金。"

"卖了多少钱？"

"两万。"邱实想起往事，"虽然有教美术室课的兼职工资，但我总想挣一笔大钱，好把兼职工作辞了，专心创作……刚开始赌的时候，翻倍地赢，可后来不但本金输没了，还欠了一屁股的债。"

孟雯拿出周继平跟徐武明的照片。

"这两个人，见过吗？"

邱实努力辨认，摇了摇脑袋。

"没见过。"

"能肯定吗？"孟雯确认道。

"再问我点儿别的！我肯定能为你们破案提供线索！"邱实目光诚恳，马雪松当刑警十几年，第一次碰到这么配合调查的证人，但邱实确实帮不到什么忙。

2

"他倒是挺配合。"孟雯给马雪松的保温杯里倒满热水。

"配合也没用啊，一问三不知。"

马雪松吹着杯口，蒸腾的水汽被他吹散，像是孟雯此刻哈出的热气。

这是孟雯在桥城分局刑警大队度过的第一个冬天，比以前工作过的派出所要冷得多。

"那放了他？"孟雯抱紧胶皮材质的热水袋。

"根据《治安管理处罚条例》第三十二条，参与赌博，应该进行劳教，让他户籍所在地的辖区派出所过来把人领走。"

孟雯正准备梳理情况，朱伟萍突然抵达。

"朱局，你怎么来了？"孟雯问。

"你师父叫我来的。"多日不见，朱伟萍的黑眼圈更重了，看来最近睡眠质量堪忧，"有进展？"

"专案组是查凶杀案的，如果涉及洗钱，要交给经侦支队查了。"

"你应该知道这个指控的严重性。"

"不严重也就不用折腾你专门来一趟了。"马雪松扭头看向孟雯，"简单说一下吧。"

"我们调查过晨阳画廊名下的银行账户，确认在二〇〇九年的时候，晨阳画廊向徐武明转过两百万，用于购买《无界》这幅画作，但是购买人是一家香港的离岸公司，具体信息不详……但在画廊的实际经营中，这幅《无界》被改裁成八幅相同大小的画作。"

"一幅作品变成了一组，不但售价不菲，更重要的是，所有画作又被这家离岸公司转手销到了海外，购买者不详，无证可查。"

"邱实对这件事并不知情，甚至不知道自己被人包装成了知名艺术家。"

"一点儿都不知情？"

马雪松摇了摇头。

"周继平的宏宇装饰公司，徐武明的艺术品出售，都同杨红雨有

261

关……领导，你往市局上报一下，看看经侦支队能不能查到资金往来的账目，我们还要破凶杀案嘛。"

"这件事我来处理。"

朱伟萍离开不久，马雪松就收到了刘雯静的短信。

她约马雪松在老城区的英格力士街见面。

英格力士街。

这是马雪松最讨厌的一条街。

英格力士街并非这条街真正的名字，它本名叫石子街，一九八九年是这条街时间跨度上的边界线。那一年摇滚乐在西平市突然火起来，于是原来经营餐饮生意的石子街摇身一变，成了面对奇装异服群体开放的酒吧街。

有人觉得石子街的名字土气，不知是谁振臂高呼，用当时西平小有名气的乐队英格力士，来重新命名这条酒吧街。

那时这里的街头巷尾常能听到有人高声演唱：

> 我曾经问个不休
> 你何时跟我走
> 可你却总是笑我
> 一无所有

摇滚不死。

年轻人四处叫嚷着爱与自由，于是这里成了西平市夜里最喧嚣的街道。

所有来西平市出差或旅游的外国人，第一晚都会在英格力士街度过，有的被漂亮姑娘骗了酒，有的被漂亮姑娘骗了钱，还有的被酒吧留长发唱摇滚乐的歌手迷了眼。

那是一个混乱的年代。

直接后果就是这里的人群暴躁，容易滋生打架斗殴的恶性案件，偏偏英格力士街就在桥城区的管辖范围里。当时刚刚加入刑警队的马雪松，几乎每天晚上都要跟辖区派出所的便衣一起，在这条酒吧街上巡逻。

这里不但滋生暴力案件，在二十世纪九十年代末期也曾是毒品泛滥区。那群摇晃身体、动荡不安的少女，涂抹着厚厚的妆，烫着卷卷的头发，穿着标新立异的露脐背心，在那个充满荷尔蒙的年代里疯狂着。

幸好情况现在有所改善，但英格力士街的热闹也随之一去不返。

马雪松跟孟雯将车停在路边停车位上，这里的建筑老了，也没了十几年前的躁动不安，一些酒吧关了门，变成咖啡厅跟写真影楼。

英格力士街的称呼也变了，现在这里叫复古路。

在这里，你能见到二十世纪九十年代装扮的年轻男女，在这里四处闲逛走动。

无疑，这些人是来拍外景婚纱照的。

刘雯静约马雪松见面的地点，在这条街新开不久的美容院里。

从正门进入，可以看到水泥材质的桌面上方，用几根长线吊着的圆形灯泡，前台的背景墙上贴有美容院的名字——温莹生活美学馆。

一楼除了休息区跟茶水间，还有一间两百多平方米的瑜伽教室，教练正指导学员练习。孟雯扫视了一眼，除了二十岁出头的教练，学员大多是三四十岁的女人，有些身材窈窕，靠锻炼获得紧实挺拔的体态，却依然难掩眼角的细纹。

孟雯晃了晃脑袋，试图将年龄焦虑甩掉，她跟着马雪松从楼梯向二楼走去。

与一楼简约的装修风格不同，二楼完全按照泰式风格设计装潢，就连员工也都身着泰式风情的棉麻制服。

这里只对女性开放，所以员工不需要靠穿暴露服装来招揽男性顾客。

从一个店面的装修设计风格，到这里的全部细节，能让人了解到经营者的性格，这家生活美学馆处处充斥着矛盾的地方，让马雪松多少有些好奇。

工作人员带着他们直接来到走廊尽头的私人包间，推门进入，这里四处可见鹅卵石，那些小石子被装在各式各样的盘子里，摆放在房间里的每一个角落。

包间并不像马雪松想的那样小，空间很大，套房结构，按摩室与客厅用绿色纱制窗幔隔着，客厅足够摆放一张两米多长的石质茶台。

刘雯静让人沏好了红茶，她早已恭候多时。

"这个地方是文颖开的，隐私性好，就是进进出出的都是女客人，看到马警官这样的男士，多少有些戒备，希望你不会介意。"

"一楼呢？"马雪松直接问道，"也是王文颖的吗？"

"对，这栋楼是文颖买下来的，之前一楼做美发，她参加公益活动后，把这里的一楼改建成了美学会所，除了瑜伽，偶尔还会举办插花课。"

"课程是针对听力障碍者群体的吗？"

"马警官，在文颖眼中，听力障碍者跟正常人没有区别，所以在生活美学馆我们不做这样的区分。"

这样就能理解一楼跟二楼装修风格的矛盾与反差了。

因为经营者的性格与心境发生了变化。

在专案组对王文颖的侧面了解中，她这一生似乎都顺风顺水。但是这种心境上的变化通常伴随着某种巨大的人生变故。

会是什么呢？

或许这就是刘雯静约他们来这里碰面的原因，为了揭示一个知晓人数不多的秘密。

"白天没说完的事情，现在可以聊聊了吗？"马雪松问。

刘雯静已经做好了准备，她低声说道："文颖曾经怀过一个孩子。"

"曾经？"孟雯脱口而出。

刘雯静没有立刻回答，她需要一个缓冲。马雪松不做催促，他等待着对方再次开口。

"她原本打算三十岁生育头胎，怀孕顺利，不成想在做检查时发现问题，王叔叔从外地的三甲医院请了专家来西平市问诊，检查结果并不乐观，需要文颖做出选择。"

生下来，面对有可能生理残疾的孩子。

又或是，打掉有可能身体健康的后代。

这件事确实不容易选择。

"文颖不愿遗弃腹中的孩子，但她从小到大不曾遭遇坎坷，无法承受当时的心理压力，每天晚上失眠，伴随严重脱发与眼睛红肿，再做检查时发现胎动与胎心消失。王叔叔当时还感慨过，是孩子不愿让母亲为难，于是自行离开了。"

刘雯静不免唏嘘。

"但是这么说，王文颖会更难受吧？"孟雯说。

"那段时间，几乎都是我在陪着她。徐武明提过再要一个孩子的想法，但文颖不想再经历一次打击。"刘雯静沉默了几秒，"文颖跟我私下说过，如果徐武明介意这件事的话，她可以选择离婚。"

看来这件事，确实带给王文颖很大压力。

"我们联系过王文颖，但是联系不上，你知道她现在在哪儿吗？"马雪松问。

"她在沉默森林，手机是二十四小时关机的，那边办公室有一台公用电话，有急事可以打那部电话联系她。"

"听上去，这个沉默森林好像不是谁都可以进的。"

"那里虽然是封闭式管理，但不是你想象的那种宗教团体。"刘雯静笑了笑，"那里平时会组织一些活动，主要参与者是一些公益基金跟大企业的负责人，他们有帮助宣传手语教育跟为听力障碍者提供就业机会的能力。"

"如果我们去的话，需要提前预约吗？"

"你们是警察，不会有人拦你们。"刘雯静给茶叶加了水，"不过我希望可以告知文颖一声。"

"她现在的情绪，还是不够稳定吗？"马雪松皱眉道。

"嗯，你们不会介意吧？"

马雪松摇了摇头。

"谢谢。"

3

谢小琴家，自从骆和平最近偶尔来过夜后，家里原本破损的地方都被逐一修补，原先的抽油烟机早已老化，有些不够好用，骆和平逛商场买了新的抽油烟机跟灶具，连带着客厅里的电视跟空调也被换成了新的。

"怎么一下子花这么多钱？"谢小琴心疼起来，"电视平时都不怎么看，空调也是，夏天用风扇就好了。"

"你不舍得对自己好一些，至少我要对你好一点儿。"

"那也太浪费了……"

"我能为你做的事情不多，别纠结了。"骆和平笑起来，"我买了排骨跟玉米，炖汤是来不及了，红烧怎么样？"

谢小琴点了点头。

接到孟雯电话时，谢小琴跟骆和平已经吃完晚饭，骆和平正在客厅调试着电视机。

谢小琴跟孟雯简单聊了几句，挂断电话，骆和平开口问道：

"谁打来的电话？"

"刑警队的小孟警官，说是要去沉默森林跟文颖了解些情况，想让我也过去。"

"几点出发？"

"约的是上午十点在那边集合。"

"三个小时的路程，开车去的话，你七点就得走。"骆和平用毛巾擦了擦手，"用不用我陪你一起去？"

"不用，我一个人能行，正好明天可以处理一下那边的工作，可能要多住两晚。"

"那你早点儿睡吧，我今晚回家住。"

"其实你可以搬过来跟我一起住的。"

"刚找到小雪，还不知道是谁做的，我需要点儿时间……"

谢小琴将骆和平的手牵住，他难得感受到一种踏实感，但两个人明显都有心事，只是谁都没有捅破那层窗户纸。

骆和平没有留下来住，谢小琴嘱咐他夜里开车要注意安全，瞧着那辆圣达菲越野车向远处驶去，她莫名感到担忧，总觉得要发生什么不好的事情。

卷帘门被骆和平拉开，这个地方像是一间仓库，面积只有四十多平方米，屋里没有窗，全靠排风扇与外界交换气流。

没人知道骆和平来这里要做什么。

次日天亮，马雪松接上孟雯，他从早餐铺买了包子跟豆浆，准备路上饱腹。

西平隧道如同一只闭着的眼。

马雪松在隧道出口打开车灯暖黄的光，驾驶轿车由隧道驶出。驶向云雾萦绕的远山，驶向沉默森林所在的韩岭。

考虑到沉默森林的特殊情况，孟雯原本打算借调两名擅长手语的警员一同造访，但马雪松认为让谢小琴帮忙更合适。毕竟她与王文颖相熟，又了解受害人的一些往事。这次走访，不光是向王文颖讯问案情，也是对谢小琴进行更深的了解。

"咱们这样漫无目的地调查，就像大海捞针。"

在来的路上，孟雯一直抱怨着。

但他们清楚，这起案子不得不大费周章。

如果有足够的证据，警方大可以单刀直入，申请搜查令跟拘捕证直接将周继平、徐武明拷走。但专案组现在缺少关键物证，也找不到证人。

他们只能先从嫌疑人的社会关系开始查，指望绕一条远路，在这个过程中寻找蛛丝马迹，将真凶缉捕归案。

"那边有两个人，好像一直在往这边瞅。"

孟雯直觉敏锐，她跟马雪松抵达沉默森林后，先在门口稍做休息，等待谢小琴的到来。

"在这里买房子的人，除了用作度假屋，还有一家文化公司，用作工作室。"

物业管理人员昨晚就接到电话通知，知晓今天会有两名刑警到访，她耐心介绍着这里的情况。

"您说的那两位，是工作室的作者，专门写悬疑小说的。"

"杀人犯罪的那种？"马雪松来了兴趣，"他们在这里住了多久？"

"有半年了吧，好像在忙什么项目。"

马雪松也尝试过创作小说，写江湖争斗的血雨腥风，但完全不得要领。写出来的文字像案情结束后要上交的报告，他写不出漂亮的句子，最后只能作罢。

写作并不比破案轻松多少，都是极苦的差事，当作者或当刑警，都要有极大的信念支撑。想到这里，他扭头看向孟雯，孟雯正看着远处云雾中的山岭起伏。

"这里确实是个写东西的好地方。"马雪松走到孟雯身旁，"足够安静，可以撇开全部琐事，完全沉浸在自己创作的世界里。"

"但他们的家人应该会很痛苦吧？"

"痛苦？"

"在这里写作的人忙着创造新世界，反而在现实生活中成为瞎子。"

孟雯的感慨不无道理，但从她口中说出这样的话，多少让马雪松感到好奇。

"听起来，你对写东西的人有些反感。"

对孟雯而言，这是很私人的问题，但她并不抵触对这件事做出解答。

"我之前的男友是报社的，来派出所做采访时认识的，理想是成为一名小说家。"孟雯用手挠了挠耳根，继续说道，"他白天工作，晚上又要在网上写连载小说，家务事根本不管，怎么说呢，好像完全没有生活自理的能力，给我的感觉，他要找的不是女朋友，而是保姆，能把他照顾得无微不至的那种。"

没等马雪松评价，他们瞧见谢小琴的车正从大门口驶入，那辆双开门的甲壳虫汽车径直朝他们站立处驶来。

谢小琴倒车技术不错，侧方停车，一把就停到车位上，或许也跟车小有关。

"不好意思，久等了。"谢小琴连声道歉，"我们走吧。"

沉默森林不大，谢小琴介绍说，从正门步行进入，差不多半个钟头就能在园区绕上一圈。这里有食堂，菜品种类足够丰富，还有员工自己栽种的蔬菜跟水果。

"这里就像是一个海底世界。"

"怎么说？"

"你知道，像我们现在这样交流，在这个地方是禁止的。"谢小琴解释道，"在这里，我们只用手语交流。"

"因为鱼是不讲话的。"孟雯说。

"鱼没有发声器官，但它们有互相交流的方式。"

"王文颖经常来这里吗？"

"最开始文颖只在举办活动的时候来，地产项目落成后，她在这里买了房子，之前的售楼处改建成为活动中心，雇用的员工都是听力障碍者。后来活动越来越多，文颖来这里的次数也变得频繁，从两年前开始，除了去养老院探访父亲，几乎不回市里。"

也就是说，王文颖对徐武明的近况了解不多。

"这里的员工都管文颖叫人鱼公主。"谢小琴笑了笑，"她这个人没什么架子，对人又亲切，很好说话。"

这样你一言我一语聊着，很快就走到王文颖的别墅的门口。

摁响门铃，打开房门的是一名四十岁左右的女人，她穿着围裙，双手戴胶皮手套，头发略乱，应该是在打扫房间。

"我们想找王文颖女士了解点儿情况。"孟雯边说话，边出示自己的警官证，"请问她现在方便吗？"

270

谢小琴突然开口道：

"文颖，这两位是西平市的刑警，想跟你了解些情况。"

孟雯很快意识到，眼前给自己开门的女子，就是他们要找的王文颖。

"不好意思……"

"没关系，里面请吧。"

沉默森林的房子外墙用的是红砖，挑高的客厅让马雪松有种这里不像是家的错觉，尤其是客厅那扇大得不像话的落地窗，几乎可以将整个陕东韩岭映入眼帘。

比起屋外景色的层次与丰富多彩，屋里的装修风格反而显得过于简洁了，虽然也有院子，但院子里并没种花草，只摆了一张不怕雨水淋坏的不锈钢长桌，配上四把不锈钢座椅。

谢小琴为双方做过引荐后，清楚自己继续在场不合适，便说要去办公室处理事情，很快从别墅离开了。

王文颖给马雪松和孟雯煮了花茶，不清楚他们的口味，冰糖是单独放在小盘子里端上来的。

"我现在跟以前有些不太一样吧？"

王文颖早已习惯被人当作保姆，就算是警方，能够找到的资料应该也只有她的证件照片跟婚纱照。无论妆容或是穿着，自从王文颖开始参与公益项目后，她完全像是变了一个人。

她并不避讳自己容貌上的变化，素着一张脸，根据孟雯判断，她应该连底妆都没化。还有她随意盘在头顶上的发髻，发质不见精心养护后的光泽，与那些在王文颖美容院里护理过的女人全然不同。

"不介意吧？"孟雯拿出了录音笔。

王文颖点了点头，孟雯开始录音，同时拿出笔记本记录讯问内容。

"我们来之前，跟刘雯静了解过一些情况。"

"她跟我说了，雯静希望我能做好准备，其实我现在已经放下了。"

王文颖有些紧张，她努力调整着自己的情绪。

"那段时间，对你来说应该很难熬吧？"

孟雯的宽慰，语气同开场像极了自己的师父。

"我流产的事，没跟外人说过，很多亲朋好友不知道真相，一直劝我既然结婚了就该早点儿要孩子，我当时只想换个环境，找个安静点儿的地方，正好有个合适的契机。"

4

王文颖能够看到眼前事物，似乎同平日里并无不同，只是双耳用耳塞堵住，没有风声却能清楚感觉到风从裸露在外的每寸肌肤上吹过。

山岭里的溪水流动，如音符般跳跃，却因世界无声而使一切显得如静音后的电视机，缺少身临其境的真实感，如在不同维度。

这种感觉同时伴随身体失重，王文颖走山路上行时总是摇晃，这才意识到声音的重要，平日里却从未察觉。

不平衡感险些让王文颖摔倒，她只好席地而坐，短暂休憩。

在这种无声的情境下，不知为何，她能做的只有回忆旧事，却不敢在林间前行寸步。

王文颖作息规律，尤其担心婚后少女气息不见，于是格外努力，每天早上七点准时起床。徐武明虽有片刻睁眼，但他绝不会这么早就迎接阳光。王文颖洗漱过后，会在小区附近的公园晨跑，等锻炼结束回家，时间正好八点。

徐武明手机闹钟响起几乎与王文颖打开门锁同步，两个人都不吃早餐，只喝能补充维生素的代餐补充夜间消耗掉的能量，省时省力。

熨烫衬衫、西服，这些事王文颖会亲力亲为，熨烫后的衣物短时间内会留下温度，她希望徐武明能够感受得到。帮丈夫系好领带，徐武明出门上班，房间里就只剩下王文颖一个人了。

她将晨跑时穿的运动服扔进洗衣机，紧致胴体如少女，洗澡对她而言是大工程，腋下本该自然生长的毛发早已用激光除去，耗时主要在冲洗后，身体乳与面霜要仔细涂抹，努力不让自己遗漏掉任何角落。

洗衣机完成脱水与烘干工作后，取出运动服叠好，等她换衣服要出门时，通常是在十点钟。

没人要求王文颖的上班时间，她自己做主，但又十分准时，常在十点半抵达工作场所。

大学毕业后她同父亲达成共识：不在德利集团及其名下企业任职，但由父亲提供本金交由女儿另谋生路。她第一笔钱花在购买英格力士街的店铺上，装修并加盟养美会所，靠身边亲朋好友介绍客户，又没有租金压力，收益可观。

但王文颖清楚，她仍未能证明自身的价值，这让她在很长一段时间里没有方向，家人常劝她既然结了婚便该早要孩子，却不清楚其中另有隐情。

"孩子想先忙几年事业。"王德利是这样帮女儿解释的。

父亲给的第二笔钱，王文颖花在跟大学室友合开的化妆品公司上。

起初产品在包装上下功夫，生产交由南方工厂代工，以缩减成本。

后来王文颖在韩国设立了研发中心，又在西平市郊区建立工厂，徐武明帮她制定宣传方案，同时工厂也会和其他品牌合作，代工完成从产品配方、包装设计到后期维护的全套服务。

经营步入正轨后，室友全权负责公司事务，她家境普通，向上欲同投入精力远比王文颖要多。

王文颖不擅长公关，在公司只负责产品营销与年度分红，冒险精神很快不见，产品营销就算有问题不懂，只要询问徐武明便能得到解答。

她原本想让徐武明来自己公司上班，想法没和枕边人说，而是先去咨询父亲，她的富庶生活来源于家庭，即使想成为独立女性，潜意识里在有重大决议时仍习惯依赖父亲。

"两个人最好不要在一家公司上班，把工作跟家庭混淆在一起，这个做法不明智。生意场不适合你们两个人的性格，到时候为了话语权，吵个不可开交，得不偿失。"

王德利能够看出，这些话对女儿来讲并不中听。

"武明做事情踏实，你让他在我下面干活儿，他能学到很多东西。"

"我的公司现在做得也不错。"王文颖嘴上逞强，不愿接受否定，"虽然不像你的上市公司，但一年下来营业额也有不少。"

"那是阿英会做事，以前你上学的时候把她带回家，我一眼就看出来这是个安分不下来的好苗子。你的公司是她在管，你只负责市场营销，方案主要由下面员工负责提报，你不用绞尽脑汁构思新意，别以为我老了不知道，武明平时在家也帮你看方案吧？"

王文颖不好意思地笑着。

"你每个月有不少进账，工作悠闲，才能把日子过成现在这样，一点也不慌乱。"

父亲话意直接，但语气中的慈爱并不招惹女儿反感。

"你投资的不是公司，是阿英这个人，她会做事，也少不了你慧眼识人的本事。"

王德利说话句句宽慰，可王文颖现在需要一个方向，诚如父亲所言，金钱数字的增长于她而言并无意义，她从小生活在富庶家庭，对已经拥有的生活十分知足也无心炫耀，但她仍无法感受到快乐。

"我身上发生过那样的事情，想过放下，可是爸，我忘不了。"王文颖说话时声音轻起来，"爸，我该怎么办？"

"想给自己的生活找个新方向，有件事你可以参加一下。"

"什么事？"

"一个公益活动，德利集团是赞助公司，具体情况武明也知道。"

"他也去吗？"王文颖婚后几乎不曾同徐武明分开过。

"看他的想法，如果不愿意也别逼他，就当给你们两个人都放个假。"王德利紧紧攥住女儿的手，"这两年，他为了你日子也不好过。"

"我知道。"

王文颖在心里默念道，徐武明夹在自己与父母之间，自己的伤口慢慢愈合，他却一直被现实撕裂着。

有人在触碰自己的肩膀，硬生生将她从对往事的回忆里拽出来。

王文颖扭头瞧见身后半蹲着的谢小琴，她帮王文颖取出耳塞，声音一瞬间涌过来：

"结束了，该回去了。"

跟在谢小琴身后往度假村的方向走，王文颖感觉自己的听力比之前敏锐，能捕捉到脚步声和手臂摆动时的摩擦声，一切突然不真实起来。

夜里，按照活动流程，是沉默森林的篝火晚会。谢小琴组织特殊教育学校的学生排练舞蹈，动作并不复杂，但练习时对一些学生却存在难度，因为听不到音乐旋律，起初要靠地板震动来感受节拍。

几分钟的舞蹈，舞者却要用几个月的时间来学习排练。

"你们听不见声音的时间，只有八个小时，可他们却在这样的世界里生活了很久。"

谢小琴在沉默森林的篝火晚会上讲道：

"他们中的有些人曾经听到过声音，有些人从来没有。你们出生时无论贫穷还是富庶，已经拥有了一份幸运，能够看见光，吐字清楚，能听见雨打芭蕉的声音，但很多人不以为然。"

谢小琴的言语仿佛布道，只是她发心慈悲，不为私利，聆听者皆如信徒，王文颖此刻也成为其中一个。

宣讲结束，众人各自叙述来此缘由，有因家人失聪或是失语辛苦将其抚养长大的中年人，也有因父母过世、人生失意寻求福报的迷途人士。

等轮到王文颖讲述时，她突然哑口，不愿说出她是这次公益活动赞助者的女儿，亦不愿在此时此地随意编造谎言蒙混过关。

"也有人还不知道他们参加活动的原因，他们来这里的目的，是要弄清楚自己为何而来。"

谢小琴似乎看穿了王文颖的为难，用话帮她解围。篝火熄灭，人们各自返回房间，有人难以入眠，有人很快沉睡。

"我们要怎么做才能帮到他们？"王文颖说话的声音怯怯的。

"首先你要学会尊重，他们与我们并无不同，他们有自己的声音，不靠声带振动，而是靠自己的双手。"

谢小琴伸出双手，篝火将谢小琴的手影映在地面上。

你好。

谢谢。

对不起。

这是手语里很简单的三句话。

王文颖感觉自己身体里的某个开关被人突然按下，如潮水袭来，填补沙滩无数微小的洞。她伸出双手跟随谢小琴学习起另一种语言，从未像现在一样平静。

5

"来的时候，听说有人在这里写小说。"

马雪松说出自己的疑问。

"很多听力障碍者不能说话，但通过文字跟绘画的方式可以让他们与外界交流。沉默森林从去年开始，办了一个写作训练营，会找一些作家来这里授课。"王文颖苦笑了两声，"有些写作者也会来这里租房子，就像你们看到的那些人。"

"刚才管理人员说，他们在写犯罪小说。"

"是家暴题材的电影剧本。"王文颖下意识地揉搓起自己的手臂，"说实话，我不太喜欢他们写的东西。"

"为什么？"

"表面上看，他们创作的故事是在为女性发声，但我受邀参加过他们的讨论会，导演跟编剧都是男人，问他们对家暴了解多少，也只能说出一些在网上查到的信息资料。"王文颖有些不屑一顾，"虽然是以女性视角在讲故事，但完全是用男性思维写的伪女性主题。"

马雪松虽然喜欢读书，但王文颖说的他仍然一知半解。

王文颖看出马雪松的困惑，解释道：

"女性被害人更容易获得观众同情，在这些伪女性主题的电影里，女人不过是附属品……或者说，是道具。按照他们的话说，孩子跟女人更能激发起观众的同情心。"

"等同于将女人和孩子当成社会上的弱势群体。"

孟雯突然开口，她对王文颖的看法感同身受。

她当初加入刑警队时，也曾出现过反对的声音。有些人认为女性在抓捕中不具备优势，甚至有公开研究表明，女性警员在对犯罪嫌疑人进行讯问时，不容易掌控话语权。

孟雯虽然不接受女性是弱势群体的说法，但她无法否认研究结果。

因为那些真正穷凶极恶的犯罪嫌疑人，是会戴有色眼镜看人的。

马雪松一直沉默不语，他在王文颖讲述过程中，捕捉到了一些细小动作。

"他们会表现故事里的女人被欺负得有多惨，想尽各种办法去折磨她，导演跟编剧越说越激动。如果你目睹，会发现原来人竟然这么可怕……他们并非想通过创作为女性指出寻求帮助的途径，而是在寻找能够刺激观众的噱头。最初我办写作训练营，是希望听力障碍者能够学会写作，在未来拥有一技之长，但我现在不这么想了。"王文颖笑了笑，"我想结束这门课程。"

"画画也不错。"

"是啊，画画也不错，至少他们能够表达自己。"

"唯一美中不足的是，画画虽然是一技之长，但很难养活自己。"借着这个话题，马雪松顺势拿出邱实被拍卖掉的画作。

"这些画，你有印象吗？"

王文颖摇了摇头，马雪松又拿出邱实的照片。

"那么这个人呢？"

王文颖辨识着，再一次摇头。

"你不愿意回家，跟徐武明有关吧？"马雪松说出自己的猜测。

"为什么这么讲？"王文颖愣了下神。

"刚才你说那些人根本不了解家暴，只是写在网上查到的信息资料。"马雪松继续说道，"徐武明也有过这样的行为吗？"

王文颖没有否认。

"多长时间了？"

"从两年前开始的。"

"这件事情还有谁知道？"

"雯静。"王文颖抬起头，"除了她，我没告诉过别人。"

马雪松很难将徐武明那张斯斯文文的面孔同家暴关联起来。

"他很克制，换种说法，应该是压抑，怕自己一不小心说错话做错事，活得小心翼翼……我平时有晨跑的习惯，每天六点闹钟一响就会起床，以前他经常抱怨，说被我的闹钟声吵得睡不好觉。但从两年前开始，这种情况变了，我起床的时候，就会瞧见他已经坐在了客厅，有时我甚至怀疑他根本就没睡觉。屋里也开始出现很重的烟味，挥之不去的那种，我最讨厌他抽烟，之前准备要孩子的时候，他明明已经把烟戒了……那天，他书房里的电脑忘记关，我本来是想帮他关上的，结果我发现他在看一个网站。"

王文颖不再讲下去，后面的话看来有些难以启齿。

"如果觉得不好开口，你可以对她说。"

马雪松识趣地离开，去小院角落，给自己倒柠檬水喝。

孟雯将笔录本翻页，道：

"可以说了。"

"那是个网络论坛,里面会有人发布一些照片,像女孩子被绑起来之类,你知道我在说什么吧?"

孟雯当然清楚。

"这件事被他发现了?"

"准确来说,是我主动告诉他的,我想知道他为什么要看那样的网站。"

看来谈话的结果并不好,孟雯心想。

"那是武明第一次打我,他说自己平时工作压力很大,需要找到一个发泄口。"王文颖的语速快了起来,"孟警官,我不知道你能不能理解,但我感觉那是离他最近的一次,我觉得我们以后的生活可以开诚布公。当然,我也尝试过去满足他的需求,但我一直有心理障碍,他会安慰我说没关系……之后很长一段时间里,我们都相安无事,可是一年前,他的行为越来越怪异,动不动就发脾气,好像是在逼着我走……"

马雪松端着柠檬水回到座位,他示意孟雯拿出照片。孟雯从包里将周继平、何武跟杨红雨的照片全都拿了出来。

"这三张照片,里面有你见过的人吗?"

王文颖努力辨认着,她似乎想起了什么,拿起周继平的照片看着。

"我记得这个人。"

"在哪里见过他?"

"虽然我不在集团任职,但以前会跟武明一起参加力声基金会的活动,这个人的装修公司是我们的合作方。"

"就这些吗?"马雪松确认道。

"别的事情,尤其是他工作上的事情,我不太了解。"

王文颖欲言又止。

"你是想到什么事情了吗？"马雪松问。

"他在外面有女人。"

"知道叫什么名字吗？"

王文颖摇了摇头："我只知道她在德利食品厂工作过，而且这个女人给徐武明生了个孩子。"

"孩子的事，你是怎么知道的？"孟雯问。

"徐武明说我公公身体不好，想让他跟我婆婆多去外面逛逛。后来他又说泰国适合养老，武明父母用存款在那儿买了房子，武明偶尔会去看他们。但每次都不带我，有一次我借口出差，自己飞过去了……当时那个孩子已经一岁多了。"

"徐武明知道这件事吗？"

"我问过他，他说是亲戚家的孩子，我不信，他就……"

王文颖没再讲下去，她整个身子抖起来，马雪松跟孟雯都知道发生了什么。

"做过亲子鉴定吗？"马雪松问。

"没这个必要吧？"王文颖抬起头来，"只有这样才解释得通，他为什么要瞒着我，为什么去国外从来不带我，而且我看过武明小时候的照片，那个孩子跟他小时候就像是同一个人。"

"那你父亲呢？这件事跟他说过吗？"孟雯问。

"他那时身体情况不好，中风前做过脑血管的支架手术，体力跟精力已经不像以前了，我不想让他担心。"

大树底下好乘凉，但人的身体跟树比不了，里面各种乱七八糟的器官太多，指不定哪里就会出问题。

这么想着，马雪松的胃又开始抽搐起来。

6

从王文颖的别墅离开，两人向谢小琴所在的活动中心走去。

这里空气清新，马雪松不禁将脚步放慢了一些，比起之前的大步流星，孟雯更喜欢师父现在的状态。

"还没查明身份的那具女尸有过生产经历……会不会跟徐武明有关？"孟雯思考道。

"徐武明不说，咱们就证实不了。"

"有没有别的办法问到？"

"总不能为了求证飞去泰国吧？"马雪松摇了摇头，"从长计议吧。"

孟雯始终忘不掉王文颖刚才讲述时的状态，她莫名想到了洪姗姗。

"你说，王文颖是不是因为害怕徐武明才躲到这里来的？"

"不然呢？"马雪松的手一直捂在胃上，"家本来是避风港，结果成了暴风眼，换谁都会躲出来吧？"

孟雯回忆着王文颖的证词，"她刚才说，徐武明父母在泰国购置的房产，是两位老人的积蓄……你怎么想？"

"反正我不信，但这件事对于咱们现阶段的命案调查，没有意义。"

"为什么？"

"还记得程小雨身上的伤吗？"

"徐武明看过的那个论坛……"孟雯很快抓住重点。

"我现在怀疑，程小雨的伤是徐武明造成的，关键是我们如何证明这一点。"

两人说话间已经走到沉默森林活动中心门口，默契般地不再交谈，推门进入。马雪松的第一感觉是温暖，不光源于室内温度，还包括装修选用的墙漆颜色跟软装物品，墙面的挂画应该出自默作美术馆。

前台工作人员领他们来到谢小琴办公用的房间，她给马雪松和孟雯倒了花茶，在谢小琴的示意下，退了出去。

"这里装修得不错。"

"是文颖跟刘雯静一起设计的，花了不少心思。"谢小琴微笑道，"跟文颖聊完，对你们的案件调查有帮助吗？"

"帮助很大。"马雪松把手里的茶杯放回桌上，冰糖加得有些太多了，"谢老师，今天让您陪我们过来，其实是有几个问题想跟您再了解一下，不知道方不方便？"

马雪松语气礼貌，不见平常讯问时的棱角，他敬重谢小琴跟王文颖在做的事情，不是每个人都能将公益活动做到这个程度。

"我知道之前做笔录的警员已经跟您确认过很多次了，但能再讲一遍吗？霜降节气前一天，也就是程小雨遇害的那晚，骆和平的不在场证明。"

"嗯？"

"按照之前的证词，骆和平是在晚上六点给您发的信息，说要一起吃饭，然后您就去了菜市场。根据我们调取的监控录像得知，他是晚上七点在菜市场南路口接上您的，你们一起回了您家，当天晚上，他是住在您家里的，对吗？"

"对。"

"那你们现在的关系是？"

"同居，但我出差的时候，他还是在自己家里住。"

"这段关系是从什么时候开始的？"

"小雪失踪后……这件事对他影响很大。"

"之前骆和平来刑警队协助调查时，透露过一个信息，他曾经把骆雪关在家里，我想知道这件事您是否知情。"

"我知道……我小雪从家里跑出来后没地方住，当时来找过我。"谢小琴如实相告，"她之所以会跟和平吵架，是觉得自己对于父亲来说是个累赘。"

"她为什么会这么想？"

"和平不是小雪的亲生父亲，这件事你们已经知道了，小雪认为，他们明明一点儿血缘关系都没有，和平却为了照顾她完全牺牲了自己的生活。"谢小琴说到这里时有些哽咽，"小雪觉得自己长大了，能够照顾好自己，可和平总是不放心，小雪不想让父亲这么一直管着。"

看来之前马雪松误以为的父女矛盾，只是在乎的另一种方式，但这种方式骆雪并不接受。

仅此而已。

孟雯驾驶轿车驶回西平市，马雪松思绪复杂，她担心他不能专心开车。

不同于来时，马雪松的思路越发清晰，很快在脑海中勾勒出一个框架，这次走访收获颇丰，他开始考虑接下来的调查方向。

沉默森林渐远，他又将回到喧嚣的市区，这时的马雪松突然有种不愿归家的想法。

如果能留在那里，过不被外界打扰的日子，或许会减少很多烦忧。

但现在他必须打起精神，因为案件还没有结束。

回到刑警大队，孟雯将查到的资料交给马雪松。

"根据王文颖提供的网址，我让网警支队的同事查了一下，运营这个论坛的服务器在海外，加入会员的门槛比较高……但这些和咱们在查的命案无关，论坛的事，网警支队会继续调查。"

"李颜那边呢？"马雪松揉着眼，"郑宇亮盯得怎么样了？"

"问过了，没什么动静，每天打打台球，跟一些朋友吃饭喝酒，也没发现郑宇亮有什么正经工作，但好像一直都不缺钱。"

"查查他的银行流水，虽然不一定有用。"

"为什么没用？"

"都不是生瓜蛋子，天生属蜂窝煤的，心眼多，肯定是现金交易，李颜的方向没错，让他们继续盯着吧。"

马雪松跟孟雯看向资料墙上徐武明父母的照片。

"能不能把一号被害人的DNA跟徐武明的孩子做一下比对？"

"人在海外，跨国取样，整个陕东省都没有这样的先例。"

"可这是确认一号被害人身份的重要线索。"

"你现在是假设一号被害人，就是徐武明孩子的生母。"

"程小雨身上的伤，王文颖说徐武明家暴的证词，还有杨红雨跟徐武明之间的关系……这些难道还不能证明我的怀疑吗？"

"能啊，我也是这么想的，但是没有物证也没有人证。"马雪松有些无奈，"咱们怎么证明这件事？"

"你是我师父，能别总是问我问题吗？"

"那我回答你，让徐武明帮咱们证明。"

"他会说吗？"

"这个案子咱们为什么要东奔西跑，先从侧面了解这么多的信息？"

"为什么？"

"心证。"马雪松噌地一下眼睛发亮，"让徐武明以为咱们手上有证据，才会找他问话。"

孟雯以前对师父的调查方式有所困惑，现在经师父答疑解惑，知道这起案子同其他命案不同，不能顺着现有物证的绳摸索源头。

"你是兵，他是贼，要学会利用徐武明自己的做贼心虚，让他知道，就算他不说，咱们也会找到线索。"

孟雯恍然大悟，老猎犬十几年的查案经验，她有的学了。

7

桥城分局朱伟萍的办公室里，马雪松刚汇报完调查结果。现在所有线索都指向了徐武明，周继平反倒变得无足轻重起来。

"知道你在顾虑什么，上市公司的高管，德利集团的来头确实不小，但市人大代表和优秀企业家都是人王德利的，跟他徐武明没关系。"马雪松不以为然地说。

"王德利中风后，很久没在公开场合露过面了，现在徐武明才是德利集团的门面。"这件事朱伟萍确实不好抉择，"德利集团是上市公司，如果有负面新闻，会影响到他们公司的股价，他们是西平市的纳税大户，市领导也会有意见。如果没有确凿证据，我建议你还是谨慎一点儿。"

"我都替领导们想好了，找个合适的理由，安排一个不会被人非议的场所，就是个例行讯问。"

"有主意了？"

"这件事王文颖愿意帮忙，她会约徐武明见面，建设路上有家西餐厅，那里有包间，但王文颖不会出现。"

"搞突然袭击，徐武明会不高兴吧？"

"让他措手不及，才能问出答案，出任何问题，我来负责。"

"吃西餐，徐武明不买单的话，餐费局里可不给报销。"

"配合咱们工作，哪能让徐总买单啊。"马雪松笑道，"我自己掏。"

马雪松提到的那家建设路上的西餐厅，全名叫马克思西餐厅，在西平市已经开了二十多年，但消费标准并非工薪阶层能够负担得起的。

传闻老板是俄罗斯哲学与东正教的研究专家，喜欢研究马克思主义，二十世纪八十年代末期回国后在西平大学教授马克思主义哲学，当时西平市没有口味纯正的俄式西餐，他索性自己开了一家。

地点选在离西平大学不远的建设路，两层的独栋建筑有自己的停车场，要凭预约信息进入。

孟雯以前跟父亲来过一次，这里的红汤面包里面会放西米丹，那时孟雯还在读高中。

从贴满暗花壁纸的长廊往里走，很快找到王文颖预约的包间，马雪松毫不客气，直接推门进入，倒是把屋里坐着的徐武明吓了一跳。

"徐总，您好，桥城分局刑警大队大队长马雪松。"

马雪松伸出手去，但对方并没回握。

"有什么事情吗？"徐武明警惕起来，"我约了我爱人吃饭。"

"但她今天不会来了。"马雪松跟孟雯顺势坐了下来，"单我买过了，有些事情想跟您了解一下。"

"我想我应该帮不上什么忙。"徐武明并不打算继续谈话，他正要起身，马雪松突然开口。

"如果不愿意在这里接受问话，那明天我们只能去您公司拜访了。"马雪松盯着徐武明的眼睛，"我们是为您考虑，不想这件事闹太大动静。这也是上面的意思，低调处理。"

徐武明跟马雪松对视着，沉默片刻后，放下刚拿起的羊绒大衣，重新在椅子上坐好。

"问吧。"他语气明显不悦。

孟雯拿出程小雨跟骆雪的照片。

"这两个人，徐总认识吗？"

"程小雨是我们基金会其中一个下属项目的负责人……另外这个，眼熟，但没什么印象了。"

"平时您跟程小雨的交集多吗？"

"偶尔会在活动现场碰到。"

"仅此而已？"

"不然呢？"徐武明有些怨气。马雪松没再说话，他同徐武明对视着，谁也不肯先将视线移开。在孟雯看来，这是属于男人的幼稚角力。

但马雪松并不这样认为，他不是在比拼输赢，也不是在怄气，他在观察。

观察眼前这个男人会如何解决问题。

就像学校里的摸底考试。

徐武明很快意识到这一点，他先是叹气，之后摆出一副怜悯被害人的样子，轻声说道："我知道你们也是为了查案，但这次讯问确实过于冒昧了，也希望你们理解。"

示弱，求和……很聪明的做法。

"虽然我是基金会的负责人，但我不懂手语，有些工作上的安排，文颖跟特殊教育学校的刘校长帮我分担了不少。"徐武明继续说道，"请问吧，我尽量配合。"

"从九菇湖打捞上来的两具女尸，我们已经证实其中一名被害人的身份，另一具我们想跟您的孩子进行DNA比对。"

"孩子？我不太明白……"

"徐先生，希望您能清楚，我们警方不会无故怀疑，也不会在没有任何准备的情况下来这里同您见面。"

"我要给我律师打电话……"徐武明慌张起来。

"徐先生，我们来找您问话，但不负责帮您普法，您最好如实陈述。"马雪松的声音没有起伏。

徐武明做贼心虚，难以掩盖此刻的局促。

马雪松故意看了下时间。

"刚才我说了，考虑到德利集团的情况，我们不想把事情闹大，这是我的诚意。徐先生，希望您能够配合。"马雪松语气平静，但多少带有一丝警告的意味，"现在可以告诉我们，孩子的生母是谁了吗？"

徐武明仍然打算负隅顽抗，但马雪松不准备耗下去了。

"既然您不肯说，那我们只好明天换个地方聊天了。"

马雪松起身要走，徐武明的防线被彻底击溃。

"林柯。"徐武明终于吐口。

"她叫林柯。"

第十章
野草疯长

1

西平大学算不上是全国排名靠前的高校，但历史悠久，没有同其他综合类大学一样增设艺术学院，靠建筑系名列前茅。

徐武明家境属中产，父母开了烤鱼店，徐武明上学花费不大，也不讲究穿着。

他愿为理想奋斗，愿意穷极一生，成为一名建筑设计师。

那时的他意气风发。

可这些都是徐武明见到王德利之前的想法。

所有这一切，都在那天晚上改变了。

王文颖带徐武明同她父亲吃饭，餐厅选在酒店高层，整整包下一层。

家庭出身、成长经历，徐武明一五一十说出，面对王德利看似软绵的询问，他和盘托出自己的价值观，王德利没有露出任何的不满。

饭局结束，对徐武明而言有惊无险，但王德利并不打算放他就此离开，让人送女儿返回住处后，王德利带着徐武明来到了九菇湖。

那时的九菇湖还不是禁渔期，徐武明的垂钓经验有限，大部分经验是以前暑期爷爷村里的池塘里实践积累的。现在他手上拿的鱼竿比之前用的竹竿沉不少，他也迎来了与王德利真正推心置腹的谈话。

"她不在你的认知范围里，虽然你们念同一所学校，但也只是因为我不想放她去国外留学。"

"我明白。"徐武明附和道。

"你不明白。"王德利没有去看徐武明，"她日常花销很大，我做公司债务债权一锅粥，业绩差的时候，就连我都很难满足她的要求，我把她的胃口塞得太大了，我原本以为她这辈子都学不会节俭。"

"我知道自己现在能力有限，如果您想说的是这件事。"

"孩子，我想说的事无关乎你，所以你才会跟我来这里钓鱼。"王德利语气中有徐武明讨厌的调子，"文颖为了迁就你的感受，已经变得节俭了许多。她第一次跟我提起你，聊到了很多，就像刚才你吃饭时说的，你的胃口很小，换一种你可以理解的方式，你跟小颖在一起的目的很简单，你喜欢她，想照顾她，从某种程度上来讲，在你们两个人的关系中，你可能认为自己是握有主动权的那一方，是包容对方错误、保护对方软弱的强者。"

"难道不是吗？"徐武明好奇道。

"那只是你的假想，孩子。"王德利笑了笑，"以后你会看到另一个她，一旦你们大学毕业，文颖会急于给自己安上一个新的称呼，那是她跟朋友相处的底气，同时她也会要求自己的另一半达到某种高度，因为只有这样，她才不会被自己生活的圈子排挤。"

"文颖说过，她不喜欢她生活圈里的那些男孩子。"

"我也不喜欢，她圈子里的那些孩子太不可控了。"王德利摇了摇头，"他们没吃过生活的苦，所以很难被喂饱，要是文颖和他们在一起，她还要考虑我跟这些孩子父母之间的关系。"

"你觉得他们会让您的女儿受委屈？"

徐武明虽然涉世未深，但他懂得分析，同王德利的对话就像在解答一道数学题。

"这也是我喜欢你的地方，你的经济基础可能一般，但是你很聪明，有投资潜力。你父母白手起家，有稳定的生存手段，从你身上能够看出来，他们对我做出的安排会非常通情达理，不会过分要求，也不会让文颖受委屈。在我看来，你是一个理想的女婿，不好高骛远，懂得平凡的好，又有一颗知足的心。"

王德利今晚要钓的不是鱼，而是坐在他身旁的徐武明。

"武明，你并不像我一样了解我的女儿，她身上的某些特质随了我前妻，有时候会太在乎表象，包括吃的、穿的、用的，你很难在她身上看到烟火气。但我更希望自己的孩子能够明白脚踏实地这个词的意义，能够接受平凡、包容平凡、帮助平凡。我会帮你找到方法，不过结婚以后，你要学会迁就她，凡事要站在她的角度考虑。这是我作为一名父亲，接纳你娶她的唯一要求。"

徐武明终于明白，王德利喜欢自己的原因只有两个：一个是自己对王文颖的感情是真金白银；第二个是徐武明一无所有，无论对自己的未来如何编写，自己的父母也不会提出反对意见。

"意见"这个词，或许有些保守，准确来讲，应该是自己跟父母都没有提反对意见的权利。

接受平凡、包容平凡、帮助平凡……

王德利对于平凡没有贬低的意思，但他说话的方式让徐武明终于意识到，中产在富裕面前，等同于贫穷。

从这天起，徐武明开始观察王文颖与自己的不同。他以前太大意了，就像王德利说的，王文颖一直在迁就自己，如果两个人真的要谈婚论嫁，他最起码要先了解，自己有没有能够迁就妻子的能力。

2

王文颖无论是饭食还是起居，从前都有徐武明毫不理解的讲究，鱼食当季，一筷子夹一口肉，细嚼慢咽。徐武明父母在小城开大饭店，做鱼只管食材新鲜，之后全靠徐父调料蒸煮，讲入味，生意兴隆。

徐武明第一次带王文颖回家，徐父亲自下厨，王文颖嘴上夸赞肉鲜，入口清爽，哄得父母很开心。夜里父母留两名年轻恋人住家，王文颖借口两人还未领结婚证，加上徐武明与父母许久不见，自己坚持回酒店住。

回去的路上，徐武明瞧出她有心事，不敢直接问，只好旁敲侧击，由父亲引以为傲的厨艺入手。

"他们开饭店，一开始不顺利，为了租金便宜，选址偏了点，后来我爸钻研能够入味的料包，自己天天在家试菜，后来开了现在的烤鱼店，已经很久没亲自下厨了。"

"叔叔的手艺很好，我爸从不下厨，天天在外面跑业务，我家的情况你知道，我妈从小富养，手没沾过油腥，家里饭菜都是外公家的何阿姨在做。"

"你好像不太开心。"徐武明将车停靠在路边。

"也没有，只是我以前不吃烤的东西，现在嗓子有点儿不舒服。"王文颖犹豫了几秒，"明天请叔叔跟阿姨出去吃吧，饭店我来订。"

"我爸妈会不高兴的。"

"我来之前查过，这边有家西餐店，环境不错，不会让叔叔跟阿姨察觉到的。"

徐武明突然觉得自己像在耍小孩子脾气，王文颖那么会说话，完全不用顾虑父母会不高兴。两人统一口径后，路上一直无言，等徐武明回到家，将王文颖的话复述一遍，大体意思是不想让两位老人辛劳下厨，又说家中长辈来之前特意嘱咐她请徐武明父母吃饭，挑一家环境好点的餐厅，算是表达对这段恋情的诚意。

"不但孩子好，家里父母也明事理，看来人家爸妈对你印象不错。"

"文颖上高中时母亲去世，我只见过她爸，父女关系不错，只是她爸爸那边做生意，跟她相处的时间不多，她平时都在姥爷家住。"

"之前听你说过，她爸生意做得挺大。"徐父边说边泡茶，"具体是做什么的，你也没跟我们讲过。"

"最早做冷库，后来跟朋友一起投资物流、酒店和房地产，在当地算是大企业。"徐武明担心父母会有偏见，"但文颖没有大小姐脾气，跟我在一起很多事都会迁就我。"

"你真是捡到宝了。"

母亲似乎认为徐武明能同王文颖在一起是某种运气，但徐武明知道，在这段感情里，他有很强的功利性。

起初一无所知时图的是王文颖的外貌，之后图她愿意迎合自己的身体，虽然从未觊觎过她父亲的人脉与财力，但徐武明对此并不拒绝。

他从来不奢求锦衣玉食的生活，但也厌恶节衣缩食的贫穷。

徐武明突然意识到，他之前的沉默，并不是因为王文颖不喜欢父亲的烹饪，而是他发现，自己竟然开始讨厌眼前生育他的父母。

名校毕业同挺拔的身材，让徐武明自恃优秀，与王文颖的才华样貌匹配并不落下风，可同她的父亲王德利相比，自己的父母此刻如同烤鱼般骨肉血液里浸入了太多料包，显得味道太重，让他想要掩鼻。

父母是拖累自己的人。

徐武明觉得自己的想法丑陋，他恐惧自己正变成一个完全陌生的怪物，他身上的阳光被厚重的乌云挡住，试图拨开却发现乌云变成了包裹他骨肉的皮肤，露出身体里那张如同外星物种的面孔。

大汗淋漓，徐武明从梦中醒来。

他手臂上起了无数小疙瘩，如同鱼鳞，看上去像是一条生病的鱼。

3

这是一门好生意，徐武明对本地餐饮行业做市场调研，几天几夜在外跑，通宵熬夜写企划方案。他太需要获得岳父的嘉奖，更希望他能将自己当作一名普通职员看待，可没办法，王文颖事事要强，不想自己的丈夫只是白领，至少要有经理、总监这样的头衔，无论正副。

这件事被王德利给言中了。

王德利白手起家，为人处世讲究公平，坚信"以人为本"事业才能经营长久，更何况德利集团上市多年，重大人事安排不能随便定夺，需要由董事会先行审核、面试。

王文颖任性惯了，这些事她都知晓，却仍对父亲软磨硬泡，这或许也消磨掉了王德利对徐武明本来就不多的好感。

"从小做起也挺好的，可以边工作边了解公司的情况。"徐武明同王文颖在逛新房楼盘时，趁机试探说道，"咱们两个人住，那么大的房子也用不上，我父母在外地，一年也就过来三五回，三室两厅已经不小了，以后有了孩子也够住。"

"咱爸也是希望咱们能住得近点儿。"

这个"希望"恰恰是徐武明想极力避免的。

"他住的是老小区，安静，周边配套适合岁数大的人住，但平时咱们常去的餐厅还有你爱逛的商场都在市中心。这个楼盘刚开，年底建过街的地下隧道，以后也有升值空间。"

"我其实不太在乎房产能不能升值，只要小区环境好，面积别太小，咱爸那边应该也不会反对。"

徐武明之前看上的，是建筑面积一百六十平方米的大三居。

售楼处的销售人员年纪不大，应该入职不久，全程不敢插话。某一瞬间，徐武明突然觉得他仿佛正在扮演销售角色，将之前蓄谋已久、演练多遍的台词说出，竟未出现半点口误。

但王文颖显然更倾心另外一套，顶层上跃，建筑面积四百多平方米。她不喜欢大平层的房子，而且从小家里就有楼梯扶手，算上之前计划好的装修预算，总价算下来与父亲居住的珑湾别墅相差无几。

"女方掏全款买房，我知道你心里会不舒服，但我爸这个人要强，咱们婚房装修好了肯定要招呼一些朋友来看，不能太寒酸。"

"是我考虑得不够周到。"

徐武明语气平和，内心却难以平复。

"寒酸……"徐武明父母现在还住在一百平方米出头的三居房里，房贷直到去年才全部还完。

他突然开始理解父母的感受，那天两家人一起吃饭时他们精心打扮，避免过多说话，开口也是夸赞王文颖优秀。

王德利待人亲和，让人感觉平易近人，毕竟打小过苦日子，白手起家的。

但王文颖不同，从小家境优渥，同骨肉一起生活难以割舍的高傲，这是徐武明最讨厌她的一点，除此之外，王文颖是近乎完美的妻子。

她不需要每天跟爱人黏在一起，更喜欢有自己的独立空间，用来阅读与浇养植物。

确实如王德利所言，跟徐武明在一起后，王文颖花钱的欲望骤减，个人开销上的大头只剩下昂贵的护肤品和出国旅游。

王文颖欣赏徐武明的才华，想为他在德利集团谋取高职，更多是为平衡父亲与丈夫的关系所做的考量。

买房一事她听从徐武明的意见，放弃珑湾区紧邻森林公园的别墅，全款买下距离市中心不远的低密度小高层文贤公馆。

工作的事情，由王文颖父亲出面，在集团总公司成立了联合企划部，徐武明担任部长，负责同广告公司沟通，拟定与审核集团每年定点投放的广告方案。

听上去权重不小，实际上联合企划部更像是德利集团广告部的门卫室，部门职员全部招录新员工，全无社会经验。

说到底，只是职位的名字好听。

这张名片没有实权，却又足够好看。

徐武明不傻，知道王德利的用意。

他恼怒的是眼前的男人，竟然还特意找到自己解释来由。王文颖同她父亲一样愚钝，和友人出门聚餐游玩时，常将徐武明现在的职务挂在嘴上，那些人表面附和，背地里不知嘲笑过多少回了。

徐武明懂人世间的痛与苦远多于生活中肉眼可见的，却不知道在王文颖二十多年的成长过程中，是否真正在这片土地上生活过。

王文颖抬脚踩下去的地面是德利集团干净的大理石地砖。

每当徐武明想到此处，便突然觉得自己的妻子可怜。

一辈子在父亲建好的围墙里游山玩水，对世间的疾苦一无所知，却还自认为眼界开阔、见多识广。

4

流水线上的工人，像机器一样重复同样的动作，如零件般转动一整天，这不是徐武明想拍摄的画面。

一周前，徐武明负责的企划部接到通知，《企业家》杂志要刊登一篇专访，同时需要提供影像素材上传网站。几番沟通后，影像素材由德利集团内部提供。徐武明的企划部全程跟进，负责审核杂志撰写的内容。

只不过是一段普通影像，但在徐武明的认知里，作为负责人，这是向王德利证明自己的难得机会。

不能搞砸，也不能平庸，但又不能太出格。

他要拿捏好这个尺度，同时还要揣摩岳父希望大家通过专访看到什么。

这些问题如麻绳般钻入自己脑中，又如蟒蛇般四处游逛，一不留神，便会留下难以治愈的毒液，最后从大脑蔓延到四肢、躯干和五脏六腑，深入骨髓后成为不治之症，要永远向岳父俯首。

又或是不告而别，给王文颖再一次选择人生的机会。

徐武明乱极了，他向秘书伸出手，秘书默契地从怀里掏出一支烟和一次性打火机给他。徐武明将它们攥在手里，绕过食品厂流水线旁边那条不长的过道，从后门走出。

厂房的消防通道外存着一个隐秘角落，每次徐武明来，这个区域都是沉默的。为了应对上级单位的临时检查，厂区一律禁烟，就连厕所也被列为吸烟禁地。

但今日不同，除了徐武明，这里早有访客。

是个二十岁左右的女孩。

她留着短发，稍微挑染，泛着咖色，脱掉的工服外套随意系在腰上，里面穿着白色长袖，袖子上卷露出手腕，阳光下可见从毛孔中生长的细微而柔软的体毛，如野草般轻贴着皮肤。

见徐武明叼着烟却不去点，女孩下意识地将手里的火柴递过去。

"这里禁止员工上班时间带打火机，但他们没规定不能带火柴。"

"谢谢。"

徐武明凑上前，将火柴接过来，意外发现女孩的睫毛格外地长。

"你是总公司的？"女孩好奇地问，"他们说今天会有人来检查。"

"不是检查，是来拍摄一些画面素材。"

"看你的表情，好像没找到你想拍的东西。"

女孩说话不见犹豫，徐武明一句说完马上得到回馈，两个人不像初次见面，这种"熟络"不是来自徐武明，而是因女孩的相貌与清脆声音似乎带有某种天然磁场，能够迅速吸引陌生人。

"你觉得呢？我在这里可以拍些什么？"徐武明将话题抛出去。

"食堂里的菜不错，师傅们的脸不像坐办公室的那帮人一样冷冰冰的，男工宿舍楼下有给野猫搭的小房子，宿管老孙会定期在那里放些水跟猫粮，工厂规定不许女工在园区跳舞，我们宿舍楼顶有天台，她们就在天台上跳，平时也会在上面种些果蔬，可冬天太冷了，偶尔会聚在一起，用卡式炉在天台上烤肉。"

"宿管不查吗？"

"她站在我们这边，烤好的肉也会拿给值班保安吃。"女孩做了个噤声的手势，"毕竟这里是食品厂，原材料很好找，不许告诉别人。"

"你都不认识我。"徐武明对女孩的坦白相告感到吃惊，"跟我讲这么多，不怕吗？"

"我平时口风很紧的，但是不知道为什么，见到你感觉很亲切，一点也不陌生。"

我也是。

没等徐武明说出这句回应，秘书便推门从消防通道走出来，女孩同徐武明挥手告别，从通道大门敞开的缝隙钻回车间，只剩下秘书同徐武明两个人。

"徐总，厂长从外面回来了，已经回办公室了。"秘书虽然有所疑惑，但他明白，自己必须保持沉默。

"走吧。"徐武明突然感到神清气爽，"我知道咱们要拍什么了。"

拍什么对于现在的徐武明并不重要。

重要的是要弄清楚刚才同自己说话女孩的名字。

刚才的火柴女孩没有要走，徐武明见火柴盒上写有饭店名称，或许她常去光顾，或许也是偶然从谁那里如自己现在这般得来的，他将火柴盒小心翼翼揣入怀里，要找地方藏好这个纪念品。

不知为何，徐武明的后背突然挺直，只不过是要藏起一个火柴盒，却让他感觉自己要藏起来的仿佛是一张房卡和住在里面的女人。

5

徐武明回想着食品厂女孩的相貌与声音，不断压抑欲望和不自觉产生的身体反应，这种压强让他在工作结束后，全部回馈到了妻子王文颖身上。

"你今天跟平时好像不太一样。"

"我怕自己把这件事搞砸。"

"又能坏到什么程度呢？"王文颖的指尖仍不安分，在他脖颈处划动着。

"还没开始做，谁知道结果会怎么样。"

"你是这件事的负责人，不要管别人的想法，你说了算。"

"那就试一试吧，我的想法。"

王文颖怂恿徐武明按照自己的想法行事，可她全然不知，今晚的对话，她自始至终不曾与徐武明同频。就像之前欢爱时，徐武明怀揣的是另一名女人，而那个火柴盒则被明目张胆地摆在卧室正燃着的香熏蜡烛旁边。

仿佛那就是它的位置，不露一丝痕迹，恰好就在那里。

想到这里，徐武明又一次翻身，将妻子压住，他抑制不住本能欲望，视线却不时偷瞥着烛光。

暖光壁灯下烛火萦绕，升起青灰色的烟，像是从工厂女孩口中吐出似的。

很多人说女孩同女人不同，她们喜欢的异性会随年龄增长而发生变化，而男人不会，他们喜欢的永远是富有朝气的少女。徐武明不认同这句话，他认为无论男女，喜欢上一个人首先不存在标准，另外因人而异。

徐武明喜欢看王文颖的脸，喜欢她大小适中的乳房、紧实的皮肤与他们生活里的一切，当然不包括她的父亲王德利。

他不知道那名工厂女孩的名字，女孩脸看上去脏兮兮的，身材也有些干瘪，为什么这样的她，却总会闯进徐武明的脑海阴魂不散呢？

声音。

那种同人世间脱节、似乎对一切都满不在乎的语调，嗓音里自带的白噪声，或许是长久抽烟形成的。

徐武明突然想抽烟，但这种行为在王文颖面前从来不被允许，他

301

突然意识到，自己喜欢的不只是那个女孩的声音。

是短暂共处的那几分钟的恍如隔世与似曾相识的感觉，是对她陌生身份的未知与好奇。

他此刻的心境如同身处凌晨海边罩满滩涂的雾中。

这浓雾不散，徐武明便永远置身山谷，听那少女的声音在空旷山谷中回响。

身旁妻子入睡，睡得很沉。

当时王文颖购买的上叠户型赠送露台，此刻栽种着易养活的多肉植物，贴墙摆放的是不用担心被雨淋到的防腐木制储物柜，打开后里面堆放着营养土与弃用后未被丢弃的花盆。

妻子只愿观赏却不愿照顾，所以徐武明成为园丁，也在柜子里藏了家里明令禁止出现的物品。

徐武明划燃工厂女孩忘记带走的火柴，点燃卷烟将心谷里的迷雾吐出。

食品厂那边已将工厂女工的资料悉数发来，他很聪明地筛除掉三十岁以上的女性，徐武明终于在那些资料里瞧见了工厂女孩的脸。

林柯。

徐武明知道了她的名字，入职证件照不像自己见到她时的样子。

照片里的林柯留着齐刘海儿，发根明显烫过，但未染色，皮肤光滑细腻。

没有紧急联系人、异地户籍、高中学历、七月末的生日、与自己相差一轮的岁数……除了表格里填写的信息，他想了解更多。

但现在，他要将烟掐灭在根植桃美人的土壤里。

用漱口水清除异味，徐武明翻身上床入睡，好让他快点迎来次日的清晨。

6

　　林柯在天台上晾晒衣服。她住食品厂员工宿舍，天台上挂的床单并不像影视剧里一样都是白色，而是藏青色、红白棋盘格纹、粉色卡通图案等多种多样。大部分床单为棉质，有些花纹已经褪色，这里来来往往的都是女工，有些她认得，有些较陌生。

　　天上的云朵分布奇特，从站立处瞧，云无论是大片还是成群的小团，都在楼东以肉眼可见的缓慢速度向西移动。楼西则是蓝蓝的一片天，不见云朵，故意安排般留出空地，准备迎接从东面飘过来的云。

　　最终不分西东，满天云彩。

　　徐武明的成片里没有林柯的单人镜头，她混在女工里，正常工作，却正因她在人群中，才显得格外醒目。

　　林柯不爱笑，她的嘴一直抿着，个子也不高，身子瘦瘦的，但后背很直，肤色不白，是小麦色。

　　镜头一晃而过。

　　徐武明回看那一晃而过的镜头，在有林柯的画面上按下暂停键，他看了许久。

　　王文颖喜欢真丝床品，但徐武明睡不惯，真丝同王文颖的肌肤一样光滑，缺少真实感，让他夜里睡得十分不安。

　　与林柯在一起时却截然相反。用着不知道洗涤晾晒过多少遍的棉质床品，皮肤略显干涩，瘦瘦的身子躺下时几乎不见乳房，晒黑的脖颈与小麦色的身子保持着界限分明的色差，但徐武明却睡得异常踏实，床下便是水泥地面，硬邦邦如他欲望膨胀而产生的生理反应。于是整个中午两人不得休息，大汗淋漓却又要忍住喷薄欲出的呐喊声。

徐武明难以想象怎么会有这么瘦的女孩子，上镜能拍出极好看的照片，可在床上他手无论抚摸何处都能摸到骨头。

林柯坐在他身上摇晃时，徐武明甚至感觉不到她的重量，只能忍受，在脑海中想象欢爱之人是自己的妻子王文颖。

这件事说出来或许会让人难以置信，但徐武明想从林柯身上得到的并不是性，想到这里，他突然用双手掐住林柯的脖子。

手上的力气越大，他心里越感到欢愉。

及至此刻，林柯的面貌开始变得清晰、真实、可爱起来。

他要从这个干瘪女孩身上获得的，是不容置疑的掌控权。

林柯从不拒绝，相反，她会迎合徐武明的特殊嗜好。

她喜欢徐武明用右手绕颈抚摸自己的后背，她双手诵经般合十，用指尖摆弄徐武明左手无名指上的婚戒，一圈又一圈转着。

"戒指很漂亮。"林柯的瞳孔里反射出对婚戒灼热滚烫的温度，"这么下去要到什么时候？"

这样的问话徐武明不知道如何应答，每次都是林柯善解人意，自圆其说。

"到你把我不多的念想彻底榨干，又或者是你哪天腻了，找到下一个小林，于是我远走他乡，可能会去南方，听说那边气候养人，女孩子都水灵灵的，西平的冬天太冷了。"

"我在广州认识些朋友，可以在那边先买套公寓，就算你以后不去住，当作投资也算是一份保障。"

"你想我走吗？"林柯眨着那双大眼睛。

"公寓写你的名，但不代表以后我不会过去住，现在我还没想好。"

"没想好什么？"她的手在被子里往下试探，"怎么跟她开口，还是跟我就此打住，重新做回别人眼中的好丈夫？"

"都不是。"徐武明挪开林柯的手，翻身下床，开始穿起堆在地板上的衣裤，"我要先弄清楚，以后能不能对你负责，如果不能，那就像你刚才说的，就此打住，这对我们两个都好。"

"或许吧。"林柯瞧向紧闭的窗帘，从中间缝隙漏进来一缕光，微薄，但至少还有希望，"武明，跟她在一起，你的腰永远都是弯的，不像你跟我。"

或许吧。

徐武明从未和林柯聊过他与妻子的生活。

事实上，比起消费习惯上的巨大差异，他们的夫妻生活却异常和谐，甚至比和林柯在一起时更为热烈。

徐武明讨厌的只是真丝床单，所以每次性生活都在浴缸里，偶尔会跑到露台上或是家里的落地窗前。不同于现在为避人耳目在漆黑一片的房间。他跟王文颖都喜欢亮晃晃的东西，他喜欢光照下的成穗麦田，王文颖喜欢有棱面的珠宝水晶。

可是这一切都被那个死在胎中的孩子给毁了。

自从这件事情发生后，王文颖开始有意避免与徐武明发生身体关系，她的灵魂还没有康复。

但这些事情，徐武明没必要跟林柯讲。

他要想明白的，是自己明明爱着妻子，却将手塞进了林柯的牛仔裤，不把这件事弄清楚，就算他下定决心离开小林，或许还会出现别人。

徐武明希望自己成为一名好丈夫，而非只在人前表演忠贞专一的那种。

"最近公司里的事情多吗？"王文颖厌恶梳妆台上的浮尘，"如果不忙，下周能陪我去趟外地吗？"

"去玩吗？"

"一个公益活动，我爸非要我代表公司过去，他之前明明说过不想让我参与公司经营。"

"什么活动？"徐武明有些好奇。

"沉默森林，听起来像是环保活动，海报和宣传文案好像是你部门负责的吧？"

"那个啊。"徐武明想起来了，"不是环保活动，是教普通人手语的公益活动。"

沉默森林。

不知道别人的看法，但徐武明喜欢这个项目的名字。

人们在不能说话的沉默森林里，要构建起新的交流方式，语言不能再魅惑众生散布谎言，叫人离经叛道误入歧途。

徐武明并不知晓，他的生活正遭遇着某种变化，当王文颖不再是自己以前认识的样子，他从林柯那里得到的棉麻感，也将在妻子身上生长。

野草疯长的速度，远比他们认知中的要快。

7

偶尔会出现这样的网站。

使用不易被人发现的域名，上传一些不知道作者是谁的软黄色小说，甚至还有大量未经作家授权便展示全文的阅读网站。

徐武明起初好奇，随手点开一本，试图寻找里面精妙的段落。虽然并未抱期待，事实上他都从那些作品奇怪的名称里得到满足。

女性被男性霸凌或是欺辱，又或是男主角妻妾成群，完全将女性当成某种工具使用，甚至偶尔会出现一些香艳文字，让徐武明看得心惊肉跳。

他想起高中时，偷瞧同桌模仿《金瓶梅》的文风写的黄色小说。

就此明白这类小说的好，读起来不用费心思，只须遵循生物本能，将每字每句全部啃光，如同吞掉书中女子的皮与骨。

游走在审查边缘的网络作品，暗藏性描写与拟声词，在网站上点击量高得吓人。

那些虐恋文字里有用绳索抽打的语句，作者单靠文字便撩开了女生们的裙摆，然后纵容书里的男人撕碎女性的外衣，将她们原本如艺术品般的身体，涂抹上胡乱的油彩或用裁纸刀随意割坏。

这样的做法，对徐武明而言是一种挑逗与勾引。

那些文字将在雨林深处蛰伏的兽欲叫醒，于是野兽饥饿般寻找猎物，毫无遮掩地做好用力撞击与撕扯的准备。

他突然想起食品加工厂里，那名如野草般靠墙抽烟的女孩。

瘦瘦身子像火柴般没有太多肉，但这是她的好处。

不起眼的好处。

那个女孩是徐武明绝佳的出轨对象。

徐武明甚至已经在梦里开始幻想，女孩的手臂被他束缚，在不见天日的狭小房间，两人如野草疯长般重叠起来。

次日醒来，徐武明满头大汗，王文颖以为他昨夜做了噩梦。

"整个人的身子都在抖，拳头握得紧紧的，好像在跟人打架。"王文颖并未察觉异常，"最近压力很大吗？"

"嗯。"

"那也要注意适当减压啊，总这么绷着，会出问题的。"王文颖换上一身轻便的运动服，"我先出门了。"

徐武明瞧见门口贴墙放好的行李箱："又要出差吗？"

"沉默森林的三期活动，这次赞助方想用这个概念做地产项目。"

"要靠公益项目来做旅游地产吗？"徐武明嗤之以鼻，"真是无所不用其极。"

"借此作为宣传点也未尝不可吧？只要能够帮到更多的人，谁也不会吃亏。"在王文颖的概念里，有利可图的事情，才会有更多的人参与进来。

慈善层面的施舍与对特殊群体的尊重不同，沉默森林更像是一次商业合作。

既能为听力障碍者提供就业机会，又能传递地产公司的正面价值。

这是一笔不错的生意。

"这次要去多久？"徐武明从王文颖身后将她抱住。

"半个月吧，如果进展顺利的话。"

半个月。

这个时间足够徐武明建立起一段新的情感关系。

出租屋离食品厂不远，这里是徐武明跟林柯在一起后特意租下的。

房间不大，一室一厅，墙面已经发黄了。

林柯并不感到羞耻，她在洗过澡后穿上一件薄纱质地的黑色睡裙，胴体隐约可见。睡裙是徐武明从家里带过来的，是妻子原本打算丢弃的。

"我从来没穿过料子这么好的睡衣。"

"喜欢吗？"

"嗯。"

林柯笑起来像孩子，她不像王文颖那样心事重重。

略微隆起的肚腩与每年都在后退的发际线，使徐武明已经不像年轻时那样招小女孩喜欢。如果脱去西服和名贵手表，他几乎只剩下肚子上的横肉与不成比例的瘦弱四肢。

真的会有女人喜欢被这样的身体压住吗？

至少林柯没有反抗，任凭徐武明的手伸入睡裙，并像被火点燃般疯狂地扭动腰肢，迎合着他野蛮的动作。在徐武明身体里潜伏着极其危险的欲念，而欲念蒸腾原本会灼伤人的热气，却被林柯当作是被困在冰山上的篝火。

徐武明跟林柯，远比他们想象中更为契合。

"为什么会喜欢我？"

徐武明搂着林柯如柴火一般的身子，他在冲撞对方身体时，嘴上反复确认着。

"为什么？"

"因为我迷路了，是你捡到了我。"

林柯的回答并不直接，她用双臂将徐武明的脖子搂紧。

一刻钟后，他们胶着的身子终于分开，徐武明仍未忘记刚才的问题。

"你还没有回答我。"徐武明点着了一根烟，"为什么会喜欢我？"

"那么你呢？"

"我？"

"为什么会喜欢我？"林柯将徐武明手里的烟抢过来，"我这么黑，皮肤也不好，还瘦，乳房发育像是一个初中生。"

徐武明终于释怀，他在乎年龄上的差距，却忽略了林柯平时生活的环境。

与那些举止粗糙、动不动就开黄腔的男人相比，他确实有着不小的优势。

"但你有时候不太讨人喜欢。"林柯笑道，"明明还不到四十，身上却有一股死气，好像土豆烂在了地里。"

确实如林柯所言，徐武明才三十六岁，他仍值壮年，却常常摆出一副老气横秋的样子。

认识林柯后，徐武明的生活有了变化。

他开始早起，每天去公园晨跑，定期去游泳馆游泳，他还在健身房报了长期课程，同时注重起皮肤状态与头发的油脂分泌。

与他相反，原本生活精致的妻子，突然开始不修边幅起来。

那些好看且价格昂贵的洋装裙全部被王文颖捐掉，衣柜里突然多出陌生颜色的衣服。

灰色无论深浅，都不曾成为王文颖的服装色调，现在却有灰色。

"我只是觉得，灰色跟山林里的雾气比较搭。"

王文颖回答徐武明时，丝毫没察觉到丈夫的变化。

她的心思一股脑扑在沉默森林项目上。

无法从妻子那里得到的关注与生理上的需求，全部如陨石般狠狠砸向林柯几乎肉眼可见的骨骼。徐武明像一团火在林柯身上点燃，他们沉沦的力量超过常人理解的范畴。如同两头野兽在荒原上打架，各自将对方身上捏出瘀青或是留下牙印与吻痕。他们丝毫不怕被人窥见狂暴后的伤口，爱在他们身上用另一种方式诠释，完全失去文明社会赋予它的罗曼蒂克，变得野蛮而原始起来。

拉紧窗帘，不开灯的逼仄房间墙面壁纸剥落，靠墙单人床上的他们，眼中灼烧着火焰。

野草疯长、群鸦聚集的盛宴。

他们跳脚、踩踏、呜咽。

压抑着发出呐喊，将全部直觉与错觉啃咬、舔食、撕裂。

最后一刻，众神点燃火炬。

烧掉了整片荒原。

8

"你出轨了。"

马雪松直视着徐武明的眼睛。

"林柯的事，我愿意如实交代，但也希望你们不要对外透露。"

"只要你能如实相告。"

"王德利喜欢我的原因，并不是认为我同文颖门当户对，而是相差甚远。他认为我不会抛下他的女儿，是因为他从我身上看到了欲望。"徐武明苦笑了两声，"我想要过人上人的生活，想得到别人的尊重，那么就要扮演好这个丈夫的角色。"

徐武明停顿了一下，他感觉喉咙有些干，将杯子里的水喝掉一大口。

"他看上去宽容、开明，实际上一直在掌控着我们的生活。而且自始至终，他眼里的我都不是一个真真正正的人，我是他用来照顾他女儿的工具，我的想法跟我的家人对他来说，是花钱就能买到的商品，跟房子车子没有半点儿区别。文颖一辈子活在她父亲建好的围墙里游山玩水，对世间生活里的苦一无所知，却自认为眼界开阔、见多识广……但林柯不同，她让我觉得真实。"

"孩子的事，简单说说吧。"

徐武明没想到警方查到了这么多信息，他一时沉默。

"你父母那边是什么看法？"马雪松追问道。

"文颖一直不生孩子，我父母那一辈人怎么可能会接受……独子独孙，他们这方面的传统观念还是蛮重的。"

"所以你跟林柯在一起，是因为孩子的事？"

"我不想为自己的出轨找借口，这件事我对不起文颖。"徐武明喝了口水，到现在为止，他已经喝光了五杯，"孩子的事，是意外，它既是礼物，也是导火线，可能会把我拥有的一切全部炸毁……但这个孩子对我来说很重要，父母那边我也问过他们的意见，比起文颖这边的物质生活条件，他们更在乎后代。"

"对于林柯突然失踪的事，你一点儿都没怀疑过？"

"说实话，我不想伤害文颖，她现在受的苦有一半是因为我，所以我和林柯聊过别的解决方式。孩子可以去国外生，也可以在当地生下来后送到福利院……我跟文颖的情况满足领养条件，可以把孩子领养到家里，而林柯那边我可以给她一笔钱。"

"一笔是多少？"

"两百万。"

"据我们了解，你在德利集团的收入，似乎满足不了你给出的条件。"

"钱我父母那边负责出，他们之前攒了一笔钱，本来打算给我结婚买房用，文颖家没要，就留下了。老家还有一套门市房，卖掉以后再加上我当时的存款……"

徐武明没有说下去，或许是担心越说越错，所以才急忙止住了话题。

"都是为了孩子。"

这样冠冕堂皇的一句话，让孟雯感到恶心。

"林柯接受了吗？"

"她接受了。"徐武明回答得很快,"或许她当初跟我在一起,本就是为了钱。"

"或许人家只是想要有个家。"马雪松脱口而出的一句话,看似不经意,却让徐武明的情绪产生了变化。

现在,该步入正题了。

"可这个家,你不愿意给她,那林柯就只能要你的钱……但是钱这种东西,你给过她一次,她就会管你要第二次、第三次……甚至有可能用这些照片威胁你,说她会去找王文颖,去找王德利,到时候你就会一贫如洗,所以有一天你彻底忍受不了了……"

马雪松的话密密麻麻,成为徐武明耳边烦躁的嗡鸣声。

"我没杀她!"徐武明终于遏制不住地辩驳道。

"你怎么知道林柯已经死了?"马雪松直直地盯着徐武明的眼睛看,"徐武明,你还没有回答我,你怎么知道林柯已经死了?"

"我猜的。"徐武明的表情僵硬起来,马警官,还有什么事吗?

讯问到这里,马雪松基本上得到了他想要的信息。只要证实林柯与徐武明之间存在不正当关系,接下来的调查就轻松多了。

"没事了,那咱们今天就到这儿,别的事,等下次见面再慢慢聊。"

徐武明从高级餐厅里走出来,司机帮他打开后排车门,临上车前,孟雯突然开口叫道:

"徐先生。"

"嗯?"

"你应该知道,就算是合法夫妻,丈夫也不能以暴力或者其他的方式,违背妻子的意志。"

"孟警官,我不知道你在说什么,如果还有需要,希望你们能提前告知我,而不是像今天这样,再见。"

徐武明坐上车,在司机关门的瞬间,马雪松窥见徐武明突然阴骘起来的一张脸。

"看来你最后的话把他惹毛了。"马雪松说。

"徐武明是怎么做到的？明明出轨跟犯错的人是他，却说得好像自己才是受害人。利用妻子流产的事情做文章，不维护自己的妻子，反而对她不生孩子的事情进行指责……我要不是警察，真想揍他一顿。"

"不是警察，也不能揍人，犯法。"

"要我看，这个徐武明就是个煤气灯。"孟雯怒气不减。

"什么意思？"

"师父，你上公安大学的时候好好读书了吗？"

"煤气灯这个词，我上学时老师没教过。"

"补补课吧，你这样还怎么带徒弟。"孟雯笑了笑，她拆开西餐厅刚才赠送的薄荷糖，整颗放进嘴里，试图用薄荷的清凉，来消解心里的火气。

"徐武明一定没想到，咱们已经查到了他洗钱的事。"孟雯说。

"话先别说死，洗钱的事只有线索，还没证据……林柯的资料，让小蒋那边抓紧查一下，想办法找到样本送去老郭那儿对比化验。"

两人正要离开，马雪松突然捂住了胃。

那种绞痛感几乎让他瞬间晕倒。

像机器一样连轴转的身体，终于还是扛不住了。

第十一章
湖水之下

1

不规律作息带来的直接后果，是马雪松因为急性胃炎被连夜送去了公安医院。医生很快检查完得出结论，至少要住院三天，先输抗生素消除体内炎症，到时再安排做胃镜检查。

"从血象检查结果看，急性胃炎的可能性比较大。"医生看上去年纪不大，"但胃疼是不是其他原因引起的，要做进一步检查。"

马雪松觉得这样的诊断多少有点儿敷衍，有时医生都不大相信从自己嘴里说出来的话。

虽然是公安医院，但西平市的情况，无论是医疗还是教育，都很难从外地请来人才，大部分单位聘用的都是西平大学毕业的学生。

这所综合类院校什么专业都有，但除了建筑设计，其他学科都不大灵光。

没记错的话，徐武明也是西平大学毕业的，学校那边还是要去走访看看。

"明天起床，早餐先不要吃，会有护士来抽血。"医生仍喋喋不休说着。

马雪松没有答话，他本来就不打算住院治疗，等今晚把液输完，他还要赶回刑警大队。调查到了现阶段，自己的身体绝对不能垮下。

等医生从病房退出，马雪松便拨通了孟雯的电话。

就这么百无聊赖地过了四个多小时，终于将今天的消炎药给输完了。护士提醒马雪松晚上不要乱跑，他嘴上允诺，脑袋里却盘算着一会儿要逃离的路线。

之前他借上卫生间之名，提前侦查过住院楼的地形，从病房出去后左转，只要不碰上护士，很快就能抵达安全通道，顺着楼梯一路向下，就是住院楼的后门。

孟雯来接他的时候，将车直接停在了后门停车场。

她并不知晓马雪松出院没有取得医生许可，对师父从医院偷溜出来的事毫不知情。

"这么快就让你出院了？"孟雯开车问道。

"过几天还要复查。"马雪松打岔说道，"有新进展吗？"

"有，而且不少，一会儿回刑警大队再说吧。"孟雯打开转向灯，在路口右拐，夜里开车不比白天，对注意力的要求更高。

孟雯的注意力明显不如从前，跟这段时间调查的辛劳撇不开关系。

直到车在十字路口停下，孟雯才开口问道："昨天讯问的时候，为什么你不问徐武明跟杨红雨的关系？"

"好让他把所有问题都推给一个死掉的人？道德问题跟法律问题是两回事，你让一个人承认他出轨，远比要他承认自己犯法容易。"马雪松继续说道，"等等朱局那边的消息，如果徐武明洗钱的罪名能够坐实，咱们接下来的工作就容易了。"

"你要的资料在后排，够得到吗？"

"嗯。"

马雪松趁着等候红灯的空隙，解开安全带，转身拿起后排的牛皮纸袋。

关于林柯的资料在调查报告里写得很详细。

林柯，二十五岁，没有准确的失踪时间，失联后无人报案。

高中学历，曾就读于鹤城临沂县三中（四）班。

家庭关系，生父林光明是鹤城林山村的一名普通农民。林柯还有个同父同母的弟弟叫林亚东，鹤城市职业技术学校毕业，现在在一家合资车企的4S店里做维修工。

"她就读过的高中找人问过了吗？"马雪松看着资料问道。

"嗯，学校里的老师对林柯印象很深，说她是个刺头。"

刺头？

这个评价以前在警校的时候，也有人形容过马雪松。

但这种逆反心理，大多与人当时的处境密切相关。

马雪松继续阅览资料，林柯高中毕业后就跑到西平市打工，可以确认的是，她二〇〇六年到二〇〇七年之间，一直在德利食品加工厂工作，职务是车间女工。

林柯离职的时间是二〇〇七年秋天。同年年底，她在广州购买了一套两居室的商业住宅，全款。

"买房的钱是哪儿来的？"

"还能是哪儿来的，徐武明给的呗。"

"那徐武明的钱是哪儿来的？"

"他没钱吗？"孟雯好奇道。

"徐武明在德利集团领月薪工资，别忘了，他是倒插门的女婿。"马雪松咋舌道，"我要是王德利，绝对不会让他手里有太

317

多钱。"

"所以他才要想办法,将自己的话语权,变成能够灵活流通的人民币。"

"资料上说,林柯最后一次购票记录是在二〇〇八年的冬天,买了张从广州到西平市的软卧车票。"

"没错,跟铁路系统核实过。"

"之后呢?"

"什么都没有了。"孟雯继续说,"广州的那套房子在二〇〇九年初也卖掉了,跟现在的住户确认过,她没见到过卖家,是代理公司处理的,说是工程抵账房。"

"有抵押记录吗?"

"系统里没查到,而且负责签约的代理公司也已经注销了。"

"代理公司的法人是谁?"

"杨红雨。"

看来杨红雨与徐武明之间的交易往来,远比他们认为的复杂。

2

等马雪松回到桥城分局刑警大队,刚将杨红雨、林柯和徐武明的照片用一个三角形给圈住,朱伟萍就气鼓鼓地走进了办公区。

"马雪松,你不要命了是吧?"朱伟萍直接发火道,"公安医院晚上查房,就你的病床空着。"

"我没事了。"马雪松岔开话题道,"你知道什么是煤气灯吗?"

"什么煤气灯？"

"公安大学课堂上教过的，你忘了？"

"谁教的？别跟我东拉西扯的。"朱伟萍气鼓鼓地说，"我找车送你回医院。"

"案子查到这一步，领导，不能功亏一篑啊。我保证，等这个案子破了，我住上一个月的院，好好检查一下身体。"

话已至此，朱伟萍也没必要再继续劝说下去。

"我刚从市局回来。徐武明父母那边的情况，不太乐观。"

"没办法拘传吗？"

"他们虽然是中国国籍，但他们不是犯罪嫌疑人，要把他们从海外带回来，我们的手续不全，而且要他们提供孩子的血液样本也存在难度。"

"可我们有徐武明的证词，如果孩子的DNA样本同一号被害人吻合，我们就可以证明一号被害人的身份了。"

"你得想其他办法了。"朱伟萍将双手一摊，"不过也有好消息，晨阳画廊的事情经侦支队已经立案调查了，老板孙晨阳已经接受过讯问。"

"交代了吗？"

"卖画洗钱的人，不是徐武明。"朱伟萍摇了摇头，"是杨红雨。"

按照晨阳画廊老板交代的情况，一幅完整的大画先被裁成八幅尺寸一样的小画，分别卖给不同买家，再由晨阳画廊代理这八幅画的交易，以一组作品两百万的价格卖给杨红雨安排好的离岸公司。

这样的合作，总共进行了四回，涉案金额在一千两百万左右。

"杨红雨被警方通缉之后，晨阳画廊再也没做过这样的生意。"

"画廊在这件事上挣了多少？"

"不少。"朱伟萍笑了笑，"我挣一辈子的工资，还得把退休金算上。"

最后线索还是回到了杨红雨身上。

朱伟萍原本打算请马雪松跟孟雯吃面，但马雪松实在担心"限期破案"的压力，出言婉拒，朱伟萍也不坚持，她也有要熬夜填写的报告。

办公区很快就剩下马雪松跟孟雯两个人。

"要是证据真那么好找，当年扫黑我们也不会放着何武不管，他们太小心了。"马雪松叹了口气。

"接下来查什么？"孟雯问。

"一号被害人的身份。"

"怎么查？"

"林柯的父亲还在鹤城，让为名那边也通知一下林柯的弟弟，约在鹤城林山村的家里，咱们简单做个笔录。"

"去鹤城？"孟雯张大了嘴。

"有问题吗？"

"两百多公里呢……让当地公安部门协助一下，把毛发样本采回来不行吗？"

孟雯做事，更执着于结果。

"要先了解被害人，不能只听徐武明一人之言，把林柯直接盖棺定论为破坏别人家庭的第三者。"

"不管怎么说，她这么做都不道德。"

"我承认，但是死者为大……而且她已经为自己的错误付出代价了。"

"你有没有想过，其实王文颖也有犯罪动机？徐武明出轨，她将丈夫的秘密情人杀害，然后徐武明帮自己的妻子处理掉自己情人的尸体……"

"你这个脑袋，不像在查案，像是在写小说，还是言情剧那种。"

"探讨一下嘛，别说你没怀疑过。"

"有嫌疑，但嫌疑不大。从现在了解到的信息来看，徐武明之所以有机会跟林柯发展出这段不道德关系，也是因为王文颖那段时间太过专注于沉默森林这个项目，忽略了对徐武明的关心。"

马雪松沉默了几秒，继续说道：

"她在用别的事情把自己缺掉的那部分补上。"

"说得好像你很理解王文颖一样。"

马雪松不再答话。

他确实理解王文颖的感受，就像邓语欣在他眼前坠楼后，他当时几乎翻遍了档案室里的所有冷案，希望其中的某起案子能够占用他全部的精力，包括睡眠跟吃饭的时间。

因为只有这样，马雪松才没时间来思考。

思考自己失去的痛楚。

3

徐武明刚刚在阳台上将烟蒂掐灭，他不会在公共场合抽烟，通常会躲起来，仿佛自己在做一件错事。

就算王文颖在沉默森林长期居住，他仍然不习惯在室内抽烟，每次还是会跑到阳台上。那些以前王文颖养的多肉植物，叶肉早已干瘪甚至枯黄，旁边生长出杂草，徐武明弄不清楚它们的名字。

但杂草已经长得比花盆里的多肉还要高了。

从这个位置，徐武明能够看到半个西平市，另外半个在这栋楼的另一面。

前两天，徐武明跟周继平通过话。被马雪松跟孟雯突然问到林柯的往事，确实让他心慌了，差点儿就说错了话。

周继平知道他们的通话时间不宜过长，只简单交代了几件事：

一是过去的事，除了已经承认的，其他毫不知情，全部推到死了的杨红雨身上；二是把现在这部电话毁了，短时间内私下不要再有联系。

"如果让警察找到了什么……"

"他们什么都找不到。"

这是周继平电话里跟徐武明说的最后一句话。

徐武明有些懊悔自己之前的表现，他没有被讯问的经验，面对马雪松这样的老刑警，自己就像是羊入狼群，只能成为猎物。过了这么多年，他原本以为往事会彻底翻篇，结果又被从九菇湖里捞了上来。

他有过短暂的惊慌失措，之后内心滋生出的，却是另一种乐趣。

徐武明开始上网查找有关马雪松的资料，甚至动用了周边人的关系，试图找到对方的弱点。

如果是钱能解决的问题，那么每个人都有一个价码，但结果并不如徐武明所愿。

根据徐武明了解到的情况，马雪松一九九五年西平警校毕业，之后便入职桥城分局担任刑警，职业生涯履历直到一九九八年前还没出现太大波澜，但后来情况发生变化，他参与侦破一起跨境贩毒的大案，荣获全国英模称号，之后听说又以潜伏卧底的身份，参与破获了另一起特大制造贩卖枪支案。

二〇〇五年马雪松再次回到桥城分局，担任刑警大队副队长。

市局领导原本打算把他提拔到市局刑警支队，但二〇〇六年的时候发生过一件事，马雪松涉嫌在执法过程中使用暴力，停职停薪反省三个月，有了这个不光彩的经历，提拔的事情也就暂时搁置了。

最麻烦的是这条老猎犬的出身。

马雪松的家族在西平市属于名门望族，他父亲马华钟以前经营马场和度假酒店，父亲的堂兄弟里还有在公安部跟省公安厅就职的大人物。

二〇〇六年，马华钟过世。按照对公务人员的管理规定，马雪松不得以任何方式参与企业经营，于是他卖掉了父亲生前持有的全部股份，具体金额虽然不清楚，但绝对是一笔巨款。

这样的警察最要命。

马雪松对金钱跟权力没有任何追求，执着于破案，咬死了就不会轻易撒口。

徐武明虽然在西平市有一些人脉，但和马雪松的家境比起来，他的那些人脉竟然显得有些微不足道了。

除非是王德利出手，让更高一层的资源介入进来。

但是就算王德利没有中风瘫痪，这个窟窿他也绝不会帮徐武明补。

既然没有周旋余地，徐武明只能做好准备，他对着浴室里的镜子练习，不断用语言催眠自己，在心里一句又一句重复着谎言。

总要给自己留一条后路吧？

这么想着，家里的门铃突然被人按响。

4

鹤城林山村，距离西平城区两百多公里，要开近三小时的车。

鹤城是西平下属的县级市，林山村是鹤城市的玉米地。这里的村民世代靠种玉米为生，以前就是甩开膀子，靠着一身蛮力种地。林山村的西北汉子个个皮肤黝黑、膀大腰圆。林柯的父亲虽然已经六十多岁了，但身材壮硕得像头铁牛。

　　"没找过吗？"马雪松问。

　　"她都跟我断绝父女关系了，都不认我这个爹，咋的，我还得认她这个闺女啊？"

　　林父坐在院子里的小板凳上，抽着老旱烟，慢悠悠讲道。

　　林柯跟别的女孩不同，似乎是为了彰显自己的不一样，上高中的时候把头发剪得很短，虽然不染色，但这样的短发加上瘦高的身材，多少有些扎眼。

　　而这种格格不入，不光发生在学校，也出现在林柯生活的村子里。

　　从学校回到村里，村民们见到她会指指点点，好像她的寸头会惹来某种大祸一样。她如同远古部落里终将被火烧死的祭女，在暑假穿薄料的长裙，上身完全不穿内衣，就这么在麦田旁的野地里晒上一整天。

　　村子里的男孩子都喜欢偷偷瞧她，村子里的大人也喜欢，但他们常被林父赶走。

　　女儿出挑的举动在他们生活的村庄，是一件让林父很没面子的事情。

　　"在城市里念书，最后念成这个鬼样子。"林父恨恨地说，"跟她说她也不听，等到高中毕业了，人又跑掉了，没良心的。"

　　按照林父的说法，林柯的离家出走毫无征兆，就是突然间发生的。

　　那天，林柯用剪刀将林父在院子里种的花枝全部剪断，又将林父

324

房间里的柜子翻了一遍，很明显，剪断花枝是出于泄愤心理，而翻箱倒柜则是为了找钱。当林父从地里回来，瞧见院子里的残花还有屋里地上的红布，脑袋突然嗡的一声，瘫坐在地上。

那块红布原本是包钱用的，是给林柯弟弟林亚东攒的老婆本，一共两万多，现在全都不见了。

从那天开始，林父再没有过女儿的半点儿消息。

"说白了，血缘关系算个屁！"林父啐骂道。

马雪松听到不远处传来的摩托车声，林山村派出所的民警骑着摩托，身后坐着一个二十岁出头的男生，男生身上还穿着汽修厂维修工人的制服。

男生应该就是之前让派出所联系过的林亚东。

"回来了？"林父说话柔和了些，"吃饭了吗？"

"没有。"

"我去下些饺子，警察同志大老远来，应该也饿着肚子吧？"

"没关系，我们不饿。"孟雯客气地说。

"反正我们也要吃的，多做一点儿也不费事。"林父径直走进屋，这样正好给马雪松讯问林亚东腾出一些空间。

派出所民警看上去年纪不大，但头脑灵活，马雪松一个眼神递过去，他立刻明白意思。民警将制服外套脱下来，搭在院子里的木椅背上，挽起衬衫袖子也往屋里走去。

"林叔，我帮你下饺子。"

至少一时半会儿，林父不会来干扰他们的谈话。

"方便问你几个问题吗？"马雪松给林亚东搬了把凳子坐，"你姐的事。"

"我姐怎么了？"林亚东有些担忧。

"先跟我讲讲，你姐离家出走的事吧。"马雪松说。

"我姐是被我爸气走的，他打人，一喝酒就打我姐，说她是赔钱货，天天跟个假小子一样，不干正经事，不做正经人。"

"那你呢？"马雪松试探道，"你觉得你姐为什么会变成这样？"

"她觉得，自己最大的错误就是，她是女孩子。"

"这都什么年代了。还有这么陈旧的想法？"孟雯忍不住在一旁嘟囔道。

"村子里靠男人种地，像我爸这辈人，从不往外走，你说的新思想他们理解不了。"林亚东不想多做解释，"我姐到底出什么事了？"

"我们怀疑，她可能遇害了。"

马雪松话刚说完，就听到暖水瓶摔到地上的炸裂声，原本打算给他们倒些热水的林父，突然间呆住了。

"谁害的？"

这个问题马雪松现在回答不上来。

此行的关键，在于确认一号死者的真实身份。

"我们需要你们提供一份毛发样本。"

5

林山村的玉米地，原本要等到十一月初收割，但陕东省骤降的气温，让村民在几天前就开着收割机来到地里了。

林亚东在玉米地旁边坐着发呆。

孟雯将车停在不远处的土路上，跟马雪松一起走了过来。

马雪松无法劝慰林亚东，说一些诸如"节哀"这样的客套话，对这时的被害人家属而言，显得不痛不痒。

"你跟她关系很好吧？"马雪松问。

"我姐改过名。"林亚东轻声说，"她以前的名字叫林亚男。听村里人讲，取这样的名字，是希望家里的女娃能像男娃一样。我还听村里长辈说，当初医生说我妈头胎是男孩，我爸要是知道后来生下来的是女孩，当初肯定会让我妈打掉。"

马雪松没有插话，林亚东的倾诉不是在寻找能够共鸣的对象，只是将他们当作情绪的出口。

"我姐对我很好，在学校挨了欺负，每次都是她帮我打抱不平。"林亚东的声音抖了起来，"我爸你们也看到了，没啥本事，又好面子，我其实挺希望我姐跟这个家彻底断了联系的，所以后来家里联系不上她，我还为她高兴过一阵子，她终于可以过她想要的生活了，没想到……"

林亚东不再讲下去，他需要一段时间才能消化突来的噩耗。

但马雪松不能等，这时他也不得不开口问道：

"关于你姐，还能想到什么别的事情吗？"马雪松问，"我们掌握的信息越多，对侦破这起案件就越有帮助。"

"我姐怀孕后，她约我去广州见过一面。"林亚东整理着自己的情绪，"她帮我订了机票，那是我第一次坐飞机，落地后她让我直接打车去约定地点。"

按照林亚东的讲述，当时他们约定见面的地方是广州市的一家咖啡厅。林柯晚到了半个钟头，说是身体突然有些不舒服，林亚东也是在那时才发现自己姐姐怀孕的。

"她想要我帮她拍一些照片。"林亚东说。

"谁的？"

"我姐的。"林亚东用手抠着一旁的地，"她跟我说孩子的父亲是有妇之夫，她不想让孩子生下来就没有父亲，所以希望她跟那个男人在一起时，让我把照片偷偷拍下来。"

"你拍到了吗？"马雪松急忙问道。

"嗯。"

广州不像西平市，那里认识徐武明的人不多，所以徐武明才敢在公开场合露面，在不知情的人眼里，这只是很普通的一家三口。

"那些照片，你还能找到吗？"

"我姐说，让我多留几个备份。"林亚东回忆着，"家里我没敢放，怕爸瞧见，之前都放在宿舍里，后来毕业了，我在鹤城租了间房子，照片一直藏在那儿。"

"带我们去取一趟吧。"

马雪松跟孟雯从林亚东在鹤城的出租房里拿到了照片，数码相机的好处是照片便于储存，不用担心像胶片一样过度曝光。

照片拍摄的角度不佳，可能是为了不被对方发现，拍到的多数是男人的侧脸，但为数不多的两张正面照，却能清晰看出徐武明抚摸林柯肚子的模样。

"马警官，我姐的死，是不是跟这个男人有关？"

林亚东的语气里透露出一丝危险的味道。

"现在还不清楚，我们会调查的。"马雪松向他保证道，"我答应你，我们会抓到凶手，查出真相。"

从鹤城离开，马雪松跟孟雯直接将车开到郭建旗所在的市局刑科所。

将两个装有头发的证物袋一齐交到郭建旗的手里。

"一个是林柯父亲的，一个是林柯弟弟的。"

"怎么拿了两个样本回来？"

"样本多还不好，我怕再出现跟骆雪一样的情况。"

"那种情况原本就不多见，尤其是像骆和平这样的，完全没有血缘关系的孩子，却当成亲生孩子一样养。"郭建旗将样本全部收好，"换成是你，做得到吗？"

"我哪知道，我连家还没成呢。"

郭建旗笑了笑。

马雪松跟孟雯从刑科所走出，正好接到朱伟萍的电话，说陈局找。

"我刚从老郭那儿出来，正好在市局，停车场等你。"

挂断电话，马雪松跟孟雯先在附近吃了点儿东西，虽然不清楚陈局接下来的部署，但先填饱肚子总没有错。等朱伟萍抵达市局停车场，马雪松正在那里剔牙。

"走吧。"朱伟萍说。

朱伟萍和马雪松一前一后走入市局大楼。

现在已是深夜，但陈局还在批阅文件。几天不见，他头上白发多了不少。

"最近忙得，都没时间去染头发。"陈局笑了笑，"等我一下啊。"

陈局批复好面前的文件，终于将老花眼镜摘掉。

"徐武明涉嫌洗钱案的事情，很难查实，毕竟当事人杨红雨已经身亡，但刑侦支队查到了一些别的线索，之前林柯名下的房子售卖后，房款打到了代理公司的卡里，又从代理公司汇到了海外，已经核实，海外收款账户户主是徐武明的父亲徐文博。"

"挪用公款？"

"徐武明做亏心事，他肯定会小心翼翼，但徐文博不同，他以为儿子打给他的都是干净钱，一点儿也没意识到，徐武明虚开发票，这几年从德利集团下属的广告公司挪用了不少公款。"

329

"这些都是德利集团的内部资料。"马雪松检阅着陈局递过来的文件，"你本事够大的。"

"不是我本事大，是你们工作做得好。"

"我们？"

"这些都是王文颖主动提交给公安部门的。"

这确实有些出人意料，但考虑到徐武明做过的事情，王文颖会做出这样的选择也不难理解。

"虽然不知道你们找她聊过什么，但是对于咱们来说，结果是好的。"陈局吃了片降压药，"不过王文颖有个条件，她希望不要在公司抓人，尽量低调处理。"

陈局将一张盖过章的逮捕令递到了马雪松手里。

从市局出来，马雪松快速部署，但首先要确认目标人物是否在家，辖区派出所民警跟小区物业确认过电梯间的监控录像，徐武明晚上九点钟乘电梯上的楼，而且经巡逻保安确认，其居住的顶层公寓现在还亮着灯。

徐武明确实在家。

只不过当马雪松带警员抵达时，徐武明的体温已经消失，人完全冷了。

徐武明死了。

6

根据刑科所的尸检报告，徐武明是被钢丝绳活活勒死的。

死亡时间就在徐武明到家后的半小时到一小时之间。马雪松查看过小区电梯间的监控录像，没有发现可疑人士，那凶手上楼和下楼的路径，就只能是通过安全通道。

徐武明的家位于顶层，为了确认从安全通道上下楼的时间，马雪松和孟雯从一楼开始向上走，长年抽烟造成的体能下降，加之胃病疼痛仍未痊愈，到二十四层的时候，马雪松已经气喘吁吁。

"我先继续往上走。"孟雯说。

马雪松知道，这个徒弟在给自己留面子。

等马雪松抵达顶层时，孟雯已经掐算过了时间。

"我上楼用了二十五分钟，上下楼凶手至少需要五十分钟。"孟雯并不清楚做这件事对调查能起什么样的作用。

"这个信息有用吗？"

"至少证明凶手的体力比我要好。"马雪松半开玩笑道。

"说真的，为什么要这么大费周折？"如果只是这样，他们完全没必要在这件事上浪费时间，孟雯现在已经摸清了马雪松的路数，他一定有更深层次的考量。

马雪松拿出放在证物袋里的几个烟头。

"上楼时捡到的，虽然不清楚会不会有凶手的，至少没白爬一趟。"

"那下楼呢？还走楼梯？"

"你顺着安全通道往下走，看看有没有被我遗漏掉的线索，我坐电梯。"

马雪松说话间，已经按亮电梯向下的按钮。

桥城分局刑警大队，所有人的眉头都紧皱着。

在徐武明遇害时，周继平正在饭店包厢和人谈生意，他有充分的不在场证明。而关于他的社会关系，刑警大队已经查了好几轮，所有生意正当合法，就连税务也没有过偷缴漏缴过。

"怎么会这么干净？"蒋为民的脑袋大了起来，"入股灯具店，做设计装潢，接德利集团的工程项目，所有账目没有一点儿问题。"

这恰恰说明了周继平的谨慎，他之所以有接手宏宇装饰的机会，就是因为身家清白。

"周继平会调动何武下面的人吗？"孟雯提出假设。

"应该不会。"马雪松摆弄着曾铁钢工位上的动物模型，"何武当初没被警方查到，就是因为他把自己和杨红雨下游的产业链完全隔开了，周继平这么谨慎，肯定不会用知道他过去事情的人。"

"但我们查过周继平的社会关系，就算是雇凶杀人，也要有一个雇人的渠道吧？"蒋为民提出疑问。

"那就继续挖，把和周继平有关的人全部挖出来，小学、初中、高中同学，一个都不能漏了。"

除了大海捞针，马雪松现在没有更好的办法，或许从安全通道里捡到的烟头会有作用，但这种希望太过渺茫。

"真把自己当小分队了？"

李颜的声音突然在马雪松身后响了起来。

不光是李颜，还有跟在李颜身后的十几名专案组刑警。

"同步一下信息吧。"李颜笑道。

7

"我们调查周继平公司职工名单的时候，发现这个宋真的薪酬很高，但据走访摸排到的信息，这个人并不在周继平的公司任职。"

李颜在桥城分局会议室的投影屏幕上展示着调查成果。

"资料查到了吗？"马雪松问道。

"查到了，是周继平在东港四中就读时的同班同学。"

"东港四中？"蒋为民有所耳闻，"不是已经停办了吗？好像连教学楼都拆了。"

"教学楼是拆了，但以前东港四中的老师还在，只不过是去了别的学校。"李颜切换幻灯片，屏幕上出现一张在运动会上拍下的班级合照。

"温老师是周继平以前的高中班主任。照片是从温老师那里要到的，周继平在高二那年的运动会中，是五千米长跑比赛的第一名。"

"他旁边站着的，就是宋真吧？"

孟雯脱口而出，她观察到宋真与周继平的身体语言亲近。

"没错。"

"但这个信息，对我们现在的调查有帮助吗？"蒋为民问。

"你们调查过宋真在徐武明被杀时的行动轨迹了吧？"马雪松直接说出重点，"他没有不在场证明，对吗？"

"老师傅就是老师傅。"李颜切换到另一张照片，照片里是宋真在西平市的居所，明显被精心清理过。

"我们在宋真家没有找到重要物品，他的手机也联系不上了。顺着这条线索，我们调取了宋真家附近的治安监控，同时与徐武明公寓楼下的道路监控录像进行了比对。"

款式相同的一辆越野车，出现在两个监控画面里，使用了不一样的车牌。

"结果很明显了吧？"李颜的语气有些得意，"我们有理由怀疑，徐武明的死，与宋真有关。"

"查到他在哪儿了？"

马雪松开口问道，但李颜并没有立即给出答案。

那个地方，李颜比任何人都清楚，是马雪松至今仍未走出的迷宫。

"是语欣牺牲的那栋烂尾楼。"

如同多年前的桥城往事，只是邓语欣的位置上坐着孟雯，所有人都沉默寡言，被这栋烂尾楼勾起了旧日的故事。

会议室灯光关闭，投影屏幕上出现杨红雨之前躲藏的那栋烂尾楼，李颜对现在的情况进行讲述。

"犯罪嫌疑人宋真躲藏的地点，大家对内部情况已经有了解了，现在特警大队和市刑警支队，已经对烂尾楼的所有出入口和附近的主要干道实施了封锁……也就是说，宋真对咱们的进入是有预期的，这加大了咱们抓捕的难度。"

"对方持有武器吗？"马雪松问。

"不能确定。"

"那我们就按照最坏的情况来做准备，假设对方手里持有枪械，以此为前提，部署抓捕方案。"马雪松话毕，看向李颜，"这次的抓捕行动，由李组长负责部署。"

"马雪松，你才是组长，而且也有在这里抓捕的经验……"

"可我上次失败了。"

马雪松并不打算回避这段往事。

"这次的抓捕行动，由你负责。"

马雪松的语气不容李颜反驳，就在李颜要部署任务时，一个电话打乱了众人的计划。

宋真坠楼了。

在没有任何预兆的情况下，他从楼顶，直直坠下。

像是流星划过西平落雪的夜空。

8

周继平刚刚换上一身丝绸质地的睡衣，就听到了门铃声。

虽然不知道谁会在深夜造访，但他已猜到几分。

果不其然，门打开时，站在门外的，是身着棉袄的马雪松。

"马警官，这么晚还要工作啊，辛苦了。"周继平并不惊讶。

"没办法，干我们这行，加班熬夜是经常的事，习惯了。"

"是有什么事情要了解吗？进来说吧。"

"我们就不进去了，还是您跟我们走一趟吧。"马雪松笑了笑，"我让同事把夜宵都买好了，省得咱们晚上饿。"

"那您等我一下，我去换身衣服。"

周继平转身步入主卧室，他精心挑选起要上战场的铠甲，黑色西服太像去参加葬礼了，卡其色这身是棉麻质地的，保暖性不佳。他最后选取了一件高领毛衣，一条藏青色的羊毛西裤，搭配山羊皮中长款的男士风衣。

孟雯正跟马雪松交谈，侧目瞧见周继平从主卧室出来。

这个家伙，至于这么大张旗鼓吗？

在孟雯看来，周继平的穿着有些过于隆重了。

他不像是要前往警局，反而像是即将登台演出的巨星。

周继平在讯问室的椅子上坐着。

他并未流露出不安的表情，抬头看表，已将至凌晨。隔着单面玻璃看着周继平的马雪松也不慌不忙。

反而是孟雯有些耐不住性子，"师父，还不进去吗？"

"你有没有觉得他有什么不一样？"

"嗯？"孟雯仔细观察着周继平，"是有点儿，但又说不出来哪里不一样。"

"他很放松。"马雪松用下牙顶着自己的上嘴唇，"过于放松了。"

马雪松没说错，周继平此时向后倚靠着椅子，脸上没有局促不安，只有对陌生环境的好奇。

"走吧，去跟他聊聊天。"

墙上挂表指针走动，发出嘀嗒嘀嗒的声音，这是室内唯一能够听见的声响。

马雪松的一只大手轻轻将讯问室的屋门推开，周继平扭头向他看去，没有任何对视，马雪松和孟雯走到周继平对面坐下。马雪松翻看着手里的资料，老把戏，开场要让孟雯这样的年轻警员先做热场。

孟雯拿出宋真的证件照。

"这个人，你认识吗？"

"宋真，我高中的同班同学。"周继平语气平静。

"我们调查到，他在你公司每月领取一笔不菲的工资，却没有担任任何职务。"孟雯并没有直接说出宋真死亡的消息，"能了解一下情况吗？"

"宋真他爸也在铁路公司上班，从小和我在一个家属院里长大，他那个时候不太爱说话，他妈身体不好，一直是他爸在照顾这个家，又要工作，还要照顾家人，这样的生活并不容易。"

周继平叹了口气，假扮作留恋往事的样子，回忆道：

"当时铁路公司的孩子都在铁路里念书，小学和初中虽然我和宋真同校，但并不同班，只是偶尔会在家属院里一起打篮球。到了高中，宋真的母亲病逝，他爸因长年酗酒抽烟，把身体搞垮了。我记得是高二吧，当时宋真是体育生，专业成绩很好，但是因为家庭原因，只能辍学打工。"

周继平的证言和专案组调查到的情况基本吻合，但马雪松感觉，对于宋真个人信息的介绍，周继平说得有些过于详尽了。

"朋友一场，我现在经济条件好了，能帮就多帮帮吧。"

"宋真愿意接受这样的帮助？"

"他这个人好面子，也要强，但毕竟结婚了，为了孩子，有时候面子也就不那么重要了。"

马雪松不打算让周继平一直占据主导地位，他已经明白周继平如此阐述的目的。那些无关案情的事，周继平讲得越多，越能帮他适应讯问室的环境。

这对接下来的讯问没有帮助。

"宋真死了。"马雪松说。

周继平的表情发生变化，与马雪松之前的预期不同，这件事似乎超出了周继平的认知，并不在他原有的计划里。

"怎么会？"

周继平的声音有些发抖。

"你应该猜到原因了吧？你雇宋真杀害徐武明，他为了彻底掩盖真相，也为了能给妻女一个好的生活，选择了自杀。"

马雪松将程小雨身上的尸检照片展示给周继平看，语气严肃道：

"这就是你和徐武明对一名二十多岁女孩做的事。"

"徐武明做过什么，我毫不知情，更没必要杀人灭口。我和杨红雨的关系，上次讯问时都已经讲过了，只是认识，仅此而已。"

就算看到程小雨的那张照片，周继平也并未流露出愧疚的神情。

337

在马雪松看来，眼前的犯人已经没有了人性。

"周继平，你知道人跟动物最大的不同是什么吗？"孟雯突然开口。

周继平看向这个一直不被他重视的女警员。

"有人说过，人是神性与动物性的总和，所以才会存在法律，规范一个人更靠近文明，懂得克制动物性本能。因为只有文明，才能让这个社会上生活的大多数人获得公正，没有恃强凌弱，没有强取豪夺，法律保护的，是每个人合理的欲望与期许。"

"我对你说的这些不感兴趣。"

"你还没有回答我的问题，人和动物最大的不同是什么？"

周继平开始思考这个问题的答案。

"弱肉强食，人和动物根本就没有不同。"

"在我看来，人和动物最大的不同，是人有慈悲心，懂得克制伤害别人的凶念，自愿遵守道德与法律的要求。"

"但被这些东西束缚，一辈子脚踏实地，你永远没机会出头。"

"所以人才有卑劣与伟大之分，而动物没有，有些人恪尽职守，他们有底线，有原则……而像你这样的人，不配得到救赎。"

"孟雯。"

马雪松意识到孟雯的失态，他不能放任徒弟继续说下去了。

"周继平，你知道不配合警方调查会有什么后果吗？"

这是马雪松最后的尝试。

"我没隐瞒，全都告诉你们了。"

审讯没有再继续下去的必要，周继平早就做好了准备，马雪松这头猎犬的嗅觉很灵，眼睛看人又准又狠。

但只要警方找不到证据，周继平需要做的，就只是扮演无辜。

9

"哎哟，不容易，都几天没见着你人了……"

原本半开玩笑的孟广生，很快意识到女儿情绪的失落。

"出什么事了？"

"爸，我现在不想说话。"

"那先吃点儿东西吧，这案子查得，人都瘦了。"

"我不饿。"孟雯难掩疲惫，"先去睡了。"

孟广生眼看着女儿走进卧室，他躲去厨房拨通了马雪松的电话。

"怎么回事啊？"孟广生压低声音，"这一回来就闷闷不乐的，谁惹她了？"

"老孟，我是班主任吗？还是说，刑警大队是幼儿园？"马雪松说话有些怨气。

"嗯？"

"我这里是刑警队！刑警队是查案破案的，不是给你带孩子的托儿所！"

"这么总给你打电话，是不太好。"孟广生道歉，他极力压低声音，"但为人父母，你也理解理解我。"

"放心吧，你闺女没事，挂了。"

马雪松挂断电话，他现在也是愁眉不展。

要查到周继平与这几起案件的关联，徐武明是唯一的突破口，但现在徐武明也死了。

除了现在下落不明的何武还有胡宇强，专案组没有其他突破口。

郭建旗那边的检测已经有了结果，一号死者的DNA与林亚东父子吻合。

现在能够证实，那具女尸的真实身份就是林柯。

根据专案组目前调查到的情况来看，很有可能是徐武明为了吞下这笔钱而选择将林柯杀害的。

徐武明跟周继平话里的细节很多，马雪松相信如果进一步核实，也不会查到更多线索。

就像他之前讲给徒弟孟雯的话，要是从以前的案子开始查，怕是找不到什么证据，只能等待嫌疑人良心发现，但这种可能微乎其微。

可顺着程小雨的案子查，专案组找不到失踪了的关键证人胡宇强，别的都于事无补。

但马雪松很快意识到，正如没有证据表明徐武明在撒谎，陈嘉文在讯问时所说的也不一定是真相。

既然已经走到了死胡同，不如将程小雨案推翻重来。

与马雪松一样难以入睡的，还有没吃晚饭的孟雯。

心理上的不想吃饭跟生理上的需要吃饭撕扯着，所以就算孟雯现在躺到床上，胃的不适也让她难以入眠，孟雯翻了个身，侧了过来，瞧着床边的墙壁发呆。

她的食指下意识地在墙壁上画着，但这种无意义的行为并不能帮助她找到答案。

不同于辗转难眠的孟雯，马雪松已经有了新的推论。

他犹豫再三，最终还是拨通了孟雯的电话。

"还没睡的话，就回刑警队一趟。"

孟雯从家离开时，孟广生一脸担忧，之前跟马雪松通电话时被对方责备，不敢再拨，只好将煮好的饺子装进不锈钢餐盒，让女儿带去刑警队。

"光带饺子没带蒜啊？"马雪松抱怨道。

要求真多，明明胃病还没好。

"趁热吃吧。"

将饺子吃完，孟雯问师父半夜将自己叫回队里，是否有新发现。马雪松并不着急解释，他将消炎药像嚼蒜一样咽进肚里，这才开口。

"在陈嘉文的面包车上，我们没找到跟程小雨有关的物品或毛发样本。当时我们也是基于这个事实，暂时排除了陈嘉文是抛尸人的嫌疑。"

孟雯安静听着，她眯起眼睛，等待着马雪松的推论。

"他们从程小雨家离开时，应该只开走了一辆车，根据案发当天在桥岭镇拍到的监控录像，画面里只出现了陈嘉文的那辆面包车。"马雪松说着整理好的信息，"当天晚上，胡宇强的车早于陈嘉文的车驶过文体桥，那在这段时间里，胡宇强的车停在什么地方？"

"不管他停在哪儿，李组长那边调查道路监控的时候都没查到。"

"郭莫山上是没有监控的。"马雪松将信息补充完整，"也就是说，胡宇强是被面包车带回桥岭镇的。"

"技术队检查过了吗？"孟雯的心被提了起来。

"还在核实。"

马雪松擦了擦嘴，缓缓说出自己的推论。

"山脚杂货店老板的证词说，胡宇强在下午两点的时候，去他那儿买过两包烟，根据郭莫山下监控录像拍到的画面，陈嘉文的面包车是四点上的山，五点下的山，这一个小时发生过什么，除他以外没人知道真相。"

"从郭莫山现场的情况来看，程小雨死后，有人不完全清理过现场，陈嘉文的可能性不大，毕竟一个小时要做这么多事，太仓促

341

了。"孟雯也思考过这种可能。

"如果杀害程小雨的人是胡宇强呢？"

"嗯？"

"那这件事就说得通了。"

"可是胡宇强去哪儿了？"

"陈嘉文从郭莫山上带走的人，根本不是程小雨，而是胡宇强。"马雪松拿出郭建旗连夜赶出来的报告，"面包车的后备箱里，找到了胡宇强的发丝。"

"你是说，陈嘉文杀了胡宇强？"孟雯惊讶道。

"不一定是陈嘉文。"马雪松用手摩挲着下巴，"结果如果跟李颜推测的一样，确实有'第三人'存在，那么驾驶胡宇强的车前往九菇湖抛尸的就另有其人，这证明陈嘉文还有共犯。"

"你觉得这个共犯是谁？"

除了骆和平，马雪松想不到其他可能。

10

昨天夜里，专案组布置警力，几乎去遍了骆和平可能出现的所有场所，不管是他的家还是谢小琴那儿，都没有发现骆和平的踪迹。

可以确认，骆和平已经畏罪潜逃。

但马雪松并不认为这件事会到此结束，做了这么多准备，骆和平绝对不会让骆雪的死潦草结案。

会议室的投影屏幕上播放着马雪松梳理过的调查线。

按照时间顺序，基本上可以还原出这三起案件的关联。

第一条调查线是林柯案，林柯同徐武明存在不正当关系，这一点专案组已经证实过了。两个人的孩子在海外同徐武明父母一起生活，王文颖在孩子一岁前对这件事毫不知情。根据广州警方协助调查到的线索，林柯在广州城区曾全款购买过一套两居室的房子，追查购房款来源时，关系到杨红雨名下的一家空壳公司。在林柯失踪前，她银行卡最后的消费记录是一张从广州到西平市的火车票。

"虽然还没找到足够的证据，但林柯的死必然与徐武明有关，而帮徐武明处理掉尸体的，应该就是杨红雨。"

马雪松随即按下鼠标，切换到了第二条调查线。

骆雪的失踪案从骆和平报案当天算起，但马雪松认为要捋清骆雪失踪的线索，要调查她失踪前的轨迹。

"陈嘉文因打架斗殴被捕入狱后，骆雪回到谢小琴的设计公司，继续从事海报设计工作，客户主要是力声基金会。根据从骆和平那里了解到的证词，骆雪失踪前两个月，因父女矛盾，离家出走去了程小雨在郭莫山的房子暂住。"

马雪松的意思说得很清楚，骆雪的死，与发生在程小雨身上的遭遇有关。

之后就是第三条调查线，程小雨的湖边女尸案。

孟雯点击鼠标，幻灯片显示出一组交叉对比图。

"左边是徐武明的出差记录，右边是程小雨在外地参加活动的记录。"马雪松解释道，"这两年程小雨参加过的公益活动总共一百四十起，其中有九十六起都在外地，而徐武明每周都会出一次差，这两年出差的次数一共是九十六次，跟程小雨在同一时间、同一地点。"

专案组里众人议论纷纷。

一直旁听的陈局干咳了两声，大家这才安静下来。

"继续说。"陈局指示道。

"孟雯。"

马雪松并未讲下去,他让孟雯继续进行案情陈述,孟雯将幻灯片切换到了下一组。

"这是我们收集到的活动照片,从两年前一直到骆雪失踪后,之前程小雨会穿裸露手臂跟脖颈的服装,但是在骆雪失踪后,程小雨参加活动时穿的都是长袖,脖颈处始终戴着丝巾。"

"她在遮掩疤痕跟瘀青。"李颜很快捕捉到关键信息。

"没错。"孟雯点了点头,她将幻灯片关闭,会议室灯光重新亮起,但所有人都沉默着不再说话。

"看来大家都清楚,我们虽然猜到了真相,但没有人证跟物证能够支持我们的观点。"马雪松眉头紧锁,"胡宇强,专案组找了半个月,还是下落不明,我个人认为不排除他已经遇害的可能。何武,当年杨红雨黑恶势力的幕后军师,那么多双眼睛盯着,可人就是从洗浴中心消失了。"

"还没找到?"

陈局神情十分严肃,眼看就要发火,马雪松连忙插话道:"现在咱们有两个选择,一个是找到从人间蒸发的胡宇强,二是让周继平主动坦白罪行。"

"拿不出物证,他会招吗?"李颜问。

"所以接下来的任务,李组长,你继续带人搜寻胡宇强跟何武,我带一组人找能让周继平开口的物证。"

等会议结束,马雪松刚从屋里出来,就瞧见门卫室的老张在屋外头等着。

"怎么了?"

马雪松注意到老张手里的快递。

344

"有你的快递。"老张面色沉重，"寄件人是骆和平。"

根据老张的叙述，快递是正常放到门卫室的，收件人跟寄件人的信息都有，联系方式也都填写了。

原本老张并未在意，但是在整理这些快递的时候，突然瞧见马雪松的名字，这才多看了两眼寄件人信息。

"平时局里都没有马队的快递。"

"我不在网上买东西，而且也没开通什么网上银行跟信用卡。"马雪松解释道，他跟孟雯正等技术队采集快递外包装上的指纹。

"外包装指纹采集完了。"技术队警员汇报道。

"那就拆开吧，看看里面是什么。"马雪松说。

技术队警员担心污染证物，换了副新手套，这才用壁纸刀划开胶带，很快露出里面的礼盒。他小心翼翼采集完礼盒表面残留的指纹，这才在马雪松的示意下打开纸盖。

里面只有一张照片，其余地方都被棉絮塞满。

马雪松看着照片里的荒草地，像这样的地方西平市并不罕见。等他将照片翻过来，后面写着具体的坐标，像是从导航软件上直接抄下来的一个坐标轴。

"叫人去这个地方看看。"

"我去吧。"李颜直接领命，"通知郭老，让他也带人过去。"

位于兰沟山的郊外荒地，被害人的尸体已经被技术队的人运走。

郭建旗将装着驾驶证跟身份证的证物袋递给李颜，初步确认就是失踪的胡宇强。

"我们还找到了这个。"

郭建旗将一个密封袋递给李颜，密封袋里有一盘老式磁带，是流行歌手的音乐专辑。

直接听磁带里的内容，有可能会对证物造成污染，按照规章流程，磁带由技术队先带回市局刑科所进行检查。

李颜拨通马雪松的电话，将兰沟山现场的情况悉数告知。

"到了照片上的地方，警犬在现场闻到了很重的异味，我们刚才从地下挖出了一具男性尸体，体征同胡宇强相符。"

也就是说，胡宇强真的死了，被人埋在了地里。

检查完毕，这份证物被第一时间送回桥城分局专案组，专案组警员早已准备好了录音机。

李颜将磁带放入机器，扭头同马雪松对视了一眼。

按下，播放。

几秒钟的沉默后，录音机里突然响起胡宇强颤抖无力的声音：

"九菇湖，程小雨的尸体按照计划，是要被扔到九菇湖的。"

第十二章
作茧自缚

1

这样的日子继续过下去，自己一定会彻底疯掉。

不，应该说自己已经疯掉了。

不分昼夜折磨她的病症，被关在像笼子一样的房子里，像狗一样戴着项圈睡在冷冰冰的地板上，程小雨逐渐感觉到身体麻木，她甚至无法控制自己的泌尿系统，她像一条被人为破坏掉的生产线。

无论是外壳还是马达，都被徐武明彻底搅乱了。

接下来还会发生什么?

最糟的情况又会是什么样子?

程小雨从小到大过于无助，以至于不得不寻找某种倚靠，寻找某种可见的、能够用双手触摸到的真实。最初是周继平，那个不管在哪里都会让人觉得亮眼的大男孩，一个让程小雨有安全感的男人。

之后是徐武明，他用物质上的保障，来交换粗暴对待她身体的特权。

只要自己被人需要，其他的事情，程小雨一点儿也不在乎。

这个交易原本控制在一个合理范围内，虽然粗暴，但徐武明那时至少还将她当人看待。

可骆雪介入这起事件后，程小雨就变成徐武明被压抑欲望发泄的出口。

她成为某种玩具。

刚搬到这个家的时候，她的身体还不像现在这样伤痕累累，手臂上没有烟疤，身上也没有疤痕。现在她变旧了，像是被顽皮男孩随意扭曲关节的变形金刚。

玩具是死的，无论采用多么粗暴的方式对待它，都不会产生任何感觉。

直到它彻底坏掉。

程小雨彻底坏掉了，她这个玩具应该会被换掉吧？

她没有亲人，最好的朋友因为自己死去，就算她突然消失也不会被人察觉。那个人只要找一个看似合理的借口，就能彻底抹去她存在过的痕迹。

到底是从哪一步开始错了？

或许她不该赞成骆雪录音的要求，小雪相信那是能解救小雨的唯一办法。

程小雨也这样认为，毕竟谁也不喜欢自己的身体像玩具一样被人摆来摆去，她当时有所恐惧，但骆雪将这种恐惧放大了。

问题真的出在那个时候吗？

还是她就不该让骆雪来郭莫山家里借住？

又或是，这个错误从她认识周继平那天就已经开始了。

程小雨不知道问题的答案，她已经有很多天不曾出过门了，自从上次被粗暴对待后，身体就开始变得奇怪起来。不光是身体，就连脑子也变得模糊不清，偶尔还会出现记忆中断的情况。

她坐在地上，视线瞧向屋外的院子，那里遍布杂草，可现在自己就连出去都没有可能。

真可怜啊，在家穿着厚实睡衣的程小雨，整个人看起来臃肿不堪，她讨厌自己的样子。从地上艰难地站起来，面向着通往院子的那扇玻璃门，她脱去了身上的全部衣物。

　　胡宇强进入家里的时候，程小雨仍赤裸着身子，对方没有露出鄙视的眼神，他从衣柜里找出一条黑色睡裙给程小雨披上。之后他将被拉开的窗帘重新拉上。

　　"你不该拉开窗帘的。"

　　是啊，不管白天还是黑夜，窗帘只能拉上，她只是想看看太阳。

　　"想抽烟吗？"胡宇强说话时，已经从外套口袋里掏出烟跟打火机。他把烟叼在嘴里，点燃，吸了一小口后，将烟嘴轻轻放进程小雨口中。

　　房间开始变得烟雾缭绕起来。

　　"你不能再这样下去了。"

　　这个男人是在跟她说话吗？

　　不然呢？这个屋里也没有别人了。

　　"至少要去参加基金会的活动，病假请得太长，会出问题的。"

　　原来这个男人担忧的不是她，是怕有人找上门，给周继平和徐武明带来麻烦。

　　"他已经放过你了，以后你可以过自己的生活，但至少现在要装装样子，把基金会的活动撑下去。"

　　胡宇强在程小雨面前蹲下来，用手摆弄着程小雨瘦削的下巴。

　　"之后我会和基金会那边说，你因为身体原因，无法继续参加公益活动，等这些烂事结束，你可以去别的地方生活，想去国外也可以，到时你就真的自由了。"

　　这个男人难道不知道吗？这样的话只会让她感到恼怒。

　　玩坏的玩具就这样随手丢掉，说得却像是他们在湖边放生了一条鱼。

她不想再听胡宇强讲这些无用的话，身上永远冲刷不干净的污垢，她要去找能让自己安静下来的庇护所。

或许，要将他们对自己做下的一切公之于众，小雪之前录音的文件还在，只要自己有独处的机会，就可以把这些证据找出来，只要找机会从这个房子里面逃出去……

逃出去？

这么想着，刚刚爬上二楼的程小雨感到有人在身后跟着自己，她回头看去，那是高自己一头的胡宇强。

奇怪的是，刚才他就戴着手套吗？

还是……

没等程小雨反应过来，胡宇强突然抓住她的肩头，将她从二楼用力推了下去。

程小雨没有立刻失去意识，她能感觉到自己后背的脊椎摔断了，就连轻轻动一下手指都觉得十分费力。唯一能够转动的眼珠，瞥见从楼梯上慢慢走下来的男人。

他手里拿着扳手，看来那些人并不打算将她放生。

程小雨必须被处理掉，她知道太多事情，又变得难以控制。

他们要放回湖里的鱼，必须是死的。

胡宇强的扳手刚刚高举过头顶，他突然发现程小雨的眼珠不动了，她之前略有抽搐的身子也静止下来，像在岸边扑腾的鱼，终于停止呼吸。

程小雨像鱼一样死掉了，也跟鱼死去时一样，瞪大着一双眼睛。

杀人对于胡宇强来说，并不困难，打扫案发现场才是最让他头疼的事，这件事不能让任何人知道，等他按照周继平交代的方式处理掉程小雨的尸体后，就要离开西平市了。

想到以后有可能会一直留在国外，之前杀人的罪恶感很快消失。

他只要把血迹处理干净，销毁这里同徐武明有关的所有证据，尤其是那间影音室，里面的光碟周继平特意嘱咐过不能留下来。

行李箱已经准备好了，只需要从车里取出来。

要不要放火直接把房子烧掉？

这件事胡宇强自己拿不定主意，一场火灾，或许会让原本简单的事情变得复杂起来，但这是毁掉一切痕迹的最好方式。

他掏出口袋里的另一部手机，拨通周继平应急联系的不记名号码。

"先处理掉尸体，再回来把房子烧掉。"

看来周继平同他有着一样的想法。

"最好是伪装成电器短路造成的火灾，像这种木结构的房子，本来就很容易着火。"周继平最后嘱咐道。

要伪装成电器短路造成的火灾，这件事很难做到吧？如何让电器短路起火？

至少胡宇强觉得这件事并不可行。

他打算把程小雨的尸体抛入九菇湖，用汽油直接将房子烧掉。

木门、木墙板、木楼梯……根本不需要再加入助燃剂，很快房子的火势就会大起来。这个房子身后还有一片小树林，或许树林也会被火灾波及。

又或者伪装成煤气泄漏，远比电器短路具有可操作性。

这么想着，胡宇强已经将六轮行李箱从洋房里拖出来。

他打开汽车后备箱，想把行李箱塞进去，但因为太重，只能用抱人的方式，才能将整个行李箱搬起来。

一切准备就绪，接下来只须等到天色完全暗下来，把车开去九菇湖就可以了。

胡宇强点燃一根烟，从明天起，他就不用再过伺候人的日子，被限制人身自由的不光是程小雨，他也一样。他每天像监控器一样，二十四小时盯着程小雨的一举一动。

这一切终于结束了。

但事情并不像胡宇强预期的那般顺利，一根铁棍突然朝他后脑勺处击来。

握着铁棍的人正是骆和平，胡宇强没立刻倒下，骆和平很快又在他的头上用力砸了一下。

陈嘉文快步走上前来，打开六轮行李箱，确认里面装着程小雨的尸体。

尸体蜷缩着，程小雨因为瘦与多日不曾进食而过于干瘪，反而显得行李箱很大，还有不少空余。

"报警吧。"陈嘉文慌张起来。

"然后呢？你要怎么解释现在的情况？"

骆和平用力抓住陈嘉文的双肩，试图让他冷静下来。

"警察如果问我们为什么出现在这里，你打算怎么回答？难道要说出实情吗？"

"咱们只是想跟程小雨见一面，跟她再了解一些情况……"

"结果现在人死了？"这时骆和平的声音冷冰冰的。

"那该怎么办？"陈嘉文急迫问道。

"先把面包车开过来，把他和行李箱塞到咱们车里，你开车先回桥岭镇的老房子，我把这辆车开远点儿。"骆和平看出陈嘉文的犹豫，"别想了，这个男人杀了程小雨。小雪失踪的事，你认为他会不知情吗？"

这样真的就万无一失了吗？

陈嘉文在脑海中快速设想着所有的可能性。

但他的脑袋里一片混乱，同样犹豫不定的还有骆和平。

骆和平将钥匙插入胡宇强汽车锁孔的瞬间，一个新的想法突然蹦出来：

"把六轮行李箱抬到这辆越野车上。"

陈嘉文没有时间反应，只是按照骆和平的指示去做。等搬运完成，骆和平让陈嘉文开车带着胡宇强先从郭莫山离开。

"那你怎么办？"

"你先带他回桥岭镇，他的手机呢？"

陈嘉文在胡宇强身上翻找，很快找出两部手机，骆和平将手机揣好。

"等我消息。"

2

陈嘉文在讯问室听过专案组找到的录音后，没有选择继续沉默，他将前因后果全部交代清楚了。

后面的事，与马雪松之前的推论相差无几。

"我们只知道程小雨的尸体要被抛到九菇湖。"陈嘉文直截了当地说，"我们不知道小雪在不在九菇湖，胡宇强也不清楚。"

"你是说，胡宇强对骆雪的事毫不知情？"孟雯确认道。

"应该不知情吧。"陈嘉文已经做过判断，"毕竟小雪失踪的时候，他和我一样，还在监狱里服刑。"

"所以你伪造了和胡宇强通讯的短信，又选择主动投案自首，让我们将注意力放到周继平身上。你所做的一切，都是为了让我们忽略掉你是共犯的事实。"马雪松将话题拉了回来。

"嗯。"陈嘉文继续说道，"骆叔用胡宇强的手机，伪造了我给你们看过的那些对话，又利用谢老师伪造了不在场证明，等到晚上，他开着胡宇强的越野车去了九菇湖，骆叔穿着胡宇强的鞋，把程小雨的尸体抛到了湖边。"

"你们到底知不知道自己在做什么？"

"当时也没想太多，马警官，我们只是过于害怕，担心会被警方当成是谋杀程小雨的凶手……结果越做越错。"陈嘉文叹了口气，"胡宇强死了，只要他的尸体不被你们找到，我的口供也就不会出现任何纰漏。"

"可现在为什么决定说出实情？"马雪松继续问道，"是你意识到了错误，还是计划出现了偏差？"

"从你们找到胡宇强的尸体时，整件事就开始不对了。"陈嘉文头疼起来，"这和我们之前商量过的不一样。"

"你们之前的计划是什么？"

"我来警局自首，让你们知道程小雨的死与胡宇强和周继平有关……在我被你们拘留时，骆叔会将胡宇强的尸体藏好，假装成这件事他从来不曾参与过……"

"简直是胡闹！"马雪松恼怒道。

"我们没办法证明小雪的死和周继平有关。"陈嘉文回应着，"但我知道，小雪一定是被他害死的，我当时只想让周继平偿命……对不起。"

马雪松说不出自己现在的感受，这种情绪很复杂，他不能把骆和平跟陈嘉文当成恶徒看待，但他们犯下的，却是法律明令禁止的最大恶行。

听过审讯陈嘉文的录音，李颜用力拍打着桌面，嘴里说着同马雪

354

松在讯问室里相同的话。

"这不是胡闹嘛!"

"没有人证,没有物证,换作是你打算怎么查?"马雪松将心里话说出。

"那也不能这么做啊!杀人、绑架……骆和平这么做,不就是把自己从受害人家属变成加害人了吗?"

就算李颜这么叫嚷也于事无补。

至少马雪松是这么想的。

马雪松盘算着骆和平接下来的轨迹。

骆和平要查的是骆雪死亡的真相,从陈嘉文咬死周继平不放这一点来看,在这件事上,骆和平与陈嘉文应该达成了共识。

既然周继平知道真相,那么骆和平接下来的举动,会不会与周继平有关?

"给负责盯守周继平的警员打电话,确认一下周继平的位置。"

按照孟雯电话询问到的信息,周继平昨天晚上被司机送回家,直到现在都没下过楼。

"几点了?"马雪松问道。

"差十分钟十一点。"孟雯看了眼挂表,"看来周继平有些慌神了。"

"嗯?"

"之前每天雷打不动地去西平体校晨跑,现在都这个点儿了,却连家门都没出。"

马雪松突然意识到大事不妙。

"让物业把电梯里的监控调出来!"

"啊?"孟雯没能反应过来。

"马上!"

3

警方赶到周继平住处时，这里凌乱不堪，明显有过打斗，周继平已经不在家里了。

马雪松来到骆和平家里调查，在骆雪居住过的次卧书桌上，摆着一封没开启的信。

收件人写着骆雪。

信封纸张老旧，应该不是最近写的，它没有启封，证明骆雪从来不知道它的存在。

这封信被骆和平故意隐瞒了。

马雪松将信封打开，看到骆和平不算好看的字迹：

> 小雪，很抱歉，在你的人生中，我没能陪伴你太多，没能完成为人父母的责任，因此让你受到了很多的伤害。虽然我想弥补过失，但我已经没有这个机会了吧？我很抱歉，对你关心得不够，没能让你幸福。
>
> 可是我的女儿啊，你出生那天，是我人生中最幸福的时刻。
>
> 只是这份幸福被生活慢慢磨没了。
>
> 对不起。

遗书里没有认罪的证词，只是一名父亲不知何时写给女儿的信。

但是信里写的内容让马雪松感到不解。

那些只言片语，无不透露着骆和平写下这封信时的自责，但他自责的，又是什么呢？

刑警大队此时一片忙碌。

"让交警队查道路监控录像，找到周继平失踪前的位置，对所有可能用来藏匿的烂尾楼和废弃建筑进行全面排查。"马雪松部署搜查任务。

"你在里面问话的时候，这些事我已经让兄弟们去做了。"李颜直言道，"我没时间在这儿看你发呆，有这工夫，还不如帮兄弟们去做下摸排……小孟，跟你师父好好学学怎么查案子！希望你学有所成，别像他一样，把事情弄得一塌糊涂！"

李颜说完，气鼓鼓地向大队外走去。孟雯有些搞不清状况，也从未见过师父像现在这样。

师父如同被一团巨大雾气裹住，陈嘉文明明已经讲出实情，马雪松却仍是一副深陷迷宫的样子。

"师父。"孟雯试探道，"你没事儿吧？"

按照现在的情况，骆和平绑走周继平应该是为了讯问实情，骆和平虽然不是警察，但他因为女儿失踪跟派出所打了这么久交道，再加上从他家里翻到的那些书，对于警方如何查案，他一定了解过。

疑罪从无。

就算警方能够证实程小雨的死与周继平有关，可骆雪遇害的事，时间过去这么久，周继平一定会找借口将责任推卸干净。

所以骆和平才会选择私刑绑架，用最原始的方式，来惩罚最原始的恶。

孟雯的手机响了，看来电显示，她不禁一怔。

"是谢小琴打来的。"

4

按照之前的约定，谢小琴晚上跟骆和平定在西餐厅吃饭，等她抵达后，却收到骆和平发来的短信，信息很短，只有三个字：

对不起。

谢小琴萌生不好的念头，将电话拨过去，响了几声，很快就被挂断，再拨，就传来手机关机的提示音。

她隐约猜到了骆和平要做什么，朝夕相处，谢小琴清楚骆和平的危险性。虽然生理需要对于谢小琴而言并非必需的，她更在乎精神上的理解与陪伴，却能感受到骆和平对于自身无能的不满。

这种东西，不会突然间给人的生活造成灾难，却会在潜移默化间，影响他正常生活的能力，包括改变他看待世界的思维逻辑。

以前骆雪在的时候，骆和平将精力全部放在女儿身上，又要养家糊口，身体上的过度劳累，让他无暇他顾。可骆雪失踪后，他的生活被彻底改变了。尤其是在得知女儿去世、身体在湖水之下被损毁得不成样子，骆和平心里恶的那扇门突然打开，里面伸出无数双手将他拽进另一个世界。

那是谢小琴无法进入的领域，她不想眼睁睁看着骆和平被那个世界生吞。

迫不得已，她拨通孟雯的电话。

马雪松与孟雯很快赶到西餐厅，谢小琴有些局促不安，但马雪松已经猜到了大概。

"程小雨案发当天，骆和平没跟你在一起，对吗？"马雪松问。

"他那天是凌晨十二点回的家，我不知道他之前去哪儿了。"

"就算知道程小雨是那天晚上遇害的，也打算继续帮他隐瞒？"

马雪松的语气有些严厉。

"和平不会伤害小雨，他不是那样的人。"

"那现在的情况你怎么解释？"

谢小琴沉默起来。

谢小琴对骆和平与陈嘉文的事毫不知情，马雪松相信她的证词，但马雪松现在需要谢小琴回忆一些可能会帮助骆和平，或者是被骆和平利用的信息。

"他之前有没有跟你借过车？"马雪松提醒道。

"之前和平的面包车借给嘉文后，我公司名下有辆皮卡车一直借给他开。"

"还有没有别的事情？"

"钥匙。"谢小琴脱口而出。

那是一周前才发生的事，在力声基金会成立前，谢小琴有个长租的仓库在西港区，平时用来存放一些公益活动要用的东西，现在闲置着。

"明年一月份租约到期，本来打算提前退掉，但和平说他想用来放些东西。"

"放什么东西？"

"他说找到一条卖炮的渠道，打算进些烟花爆竹。"

"西平市禁止燃放烟花爆竹……"孟雯插话道。

"这件事现在还重要吗？"马雪松继续问道，"仓库位置在哪儿？"

"在一个物流中心，虽然价格便宜，但地点有些偏僻，所以租户不多。"

"把名称跟地址写给我。"

从西餐厅出来，马雪松第一时间拨通了李颜的电话，把仓库地

359

址发了过去，由李颜联系特警队跟西港分局刑警大队，尽快掌握仓库情况。

"仓库里可能有火药，让弟兄们都压着点火，别回头再整出个爆炸案。"马雪松语重心长道，"我们马上过去。"

马雪松坐上汽车副驾驶，没等孟雯发动，一个陌生号码打来，马雪松下意识地接通来电，这才察觉到另一边的沉默有些不大对劲。

"骆和平？"

这是马雪松的猜测，但猜测很快成真。

"九菇湖，我等你。"

骆和平说完话挂断电话。

"现在怎么办？"孟雯问。

"去九菇湖。"马雪松没有任何犹豫，"仓库那边交给李颜，通知邱志红，让他带人到九菇湖增援。"

汽车在马路上快速调头，朝文体桥疾驰而去。

马雪松不知道在九菇湖等待自己的究竟是什么。

是那个失去女儿的父亲，还是手上沾了血的凶手？

也可能在他身上，天使与恶魔共存。

5

谢小琴租用的仓库在法合寺附近的物流园，紧挨着西平公墓，虽然现代社会强调相信科学，但经商者依旧讲究看风水，所以就算租金低廉，也吸引不到大企业入驻。

进入园区后，右手边就是二十米高的仓库楼，因为年久失修，所以部分红砖跟水泥裸露在外，不少地方长满了杂草，虽然仍有安保人员看守大门，却早已没有管理人员清理园区了。

就连正门口和仓库的监控，也完全成了摆设。

仓库大楼正门口，一张沾满锈迹的告知单，是由西平市棚户区改造征收指挥部张贴的，物流园被划归到拆迁征收的范围内，想必这也是此处疏于管理的原因。

李颜穿着防弹衣，带领刑警跟特警队进入大楼。这里的照明装置已经不再使用，只剩应急照明灯。

李颜示意众人分头行动，一队人分成三组，两组检查其他几间闲置仓库，李颜带着最后一组直奔谢小琴租下的库房，那里的卷帘门紧闭着，靠铜锁将门与地面焊死的圆孔锁紧着。

这样的锁很容易撬开，但李颜要考虑马雪松之前电话里提供的情报，如果这里真的存放有大量烟花爆竹，那自己接下来的行动就必须谨慎。

他让辖区派出所的警员提前准备好灭火器，这才下令破门而入。

等到卷帘门拉上去后，手电筒照射进仓库里，完全没有存放烟花的痕迹，只有被绑在椅子上的周继平，赤裸着。

因为失血过多，周继平已经失去了生命体征。

另一边，夜晚的九菇湖漆黑着。这里虽然不是命案现场，但毕竟发现过尸体，加之风随冬至渐凉，没人会闲到凌晨跑来这里。

马雪松走的是松树林的小径，他很快瞧见湖边那个孤零零站着的人影。

在马雪松抵达这里前，九菇湖有辖区派出所的民警偶尔过来巡逻，但骆和平掐算过时间，到了夜里十点，巡逻就停止了，所以他之前一直待在货车里。

骆和平选择约马雪松在这里见面，早就做好了同妻女一家团聚的打算。

他记忆中最好的时光，是小雪刚出生的那段日子。王晓娟的月子是在家里坐的，当时骆和平会去市场挑鱼，桥岭镇的老人常说，鲫鱼汤有助于产妇下奶。那段时间王晓娟虽然知道女儿的与众不同，但在孩子两岁前，外人完全瞧不出听力障碍者与健全人的差别。

后来女儿的情况才开始恶化起来，尤其是到了上小学的年纪。

当时西平市没有特殊教育学校，骆和平做过挣扎，但最终没有选择将小雪送去外地。

王晓娟是否赞同这个决定，骆和平不清楚，但她从那时候起，回家的时间就变得越来越晚，在家的时间也变得越来越少。

骆雪的人生分为两个阶段，十二岁前，她被父亲照顾、教导学习，同外界的所有接触都有父亲保护。

十二岁那年，父母离婚，西平市有了自己的特殊教育学校，小雪被送去读书，生活突然发生变化。

父亲的保护不见了。

意味着从这一刻起，骆雪必须学会照顾自己，学会在无人帮助的情况下，掌握同这个世界交谈的方式。

父女关系真正出现裂痕，应该就是在那个时候吧！

骆和平不用再承担为人父母教导与照顾的责任，将女儿全权交给了特殊教育学校。

这或许才是错误的开始吧？

骆和平抽了根烟，他将身前烟花的引线点燃。

后撤两步，正好瞧见花火从圆形纸筒里蹿到空中，随着爆破声，火星分散成了无数的流光与碎片。

湖边的脚步声让骆和平感知到了不远处的来客，他转过身去，同马雪松打了个照面。

"看见了吗？"骆和平语气平静。

"好久没在九菇湖看过烟花了。"马雪松并不急于追问答案。

"小时候没人管，后来逢年过节还有人偷着放，但都不来九菇湖了，这里管得太严了。"

"你知道自己都做了什么吗？"马雪松更多的是在惋惜。

"不问我周继平在哪儿吗？"

"我们已经找到他了，在谢小琴租的那间旧仓库里。"马雪松试图走近骆和平，"跟我们回去吧。"

骆和平摇了摇头，他将手里拎着的包用力扔向马雪松站立处。但他的力度并不精准，包落在离马雪松还有两米多的位置。

"包里有一部手机，是胡宇强跟周继平联系用的不记名电话，还有一张内存卡，是我弄死周继平前，给他录的视频。"骆和平继续说道，"视频里，周继平交代了很多事情，你们警方正在查的案子，都跟他脱不开关系。"

"现在这些事情不重要……"

"那什么事情重要？"骆和平嘶吼着，"在这个世界上，我什么都没有了，我知道我录的视频不能成为证据，但等你看完视频，我相信你能帮我查明真相。"

"骆和平，你难道不想看到这一切水落石出吗？"马雪松叫嚷道，"看到真相大白，看到所有跟这件事有关的人得到应得的惩罚！"

"可我失去的，再也找不回来了……马警官，我累了。"

没给马雪松继续纠缠的机会，骆和平抱起用绳子同脚绑在一起的石头，向九菇湖走去。

他眼里只有结着冰的湖面和为了打捞凿开的冰窟。他向冰湖中走去，双脚在冰面上行走，根本无视马雪松的呼喊。

马雪松冲了过去，骆和平将拴在脚边的石头扔入冰窟，连带着也将他整个人拉了湖里。

马雪松跟着跳进去，湖水冰凉，他努力在水下睁开双眼。骆和平不见挣扎，脚上绑着的石块使身体加速下沉。

他快速向骆和平游去。

水下的阻力与凉意，使体内的氧气越来越稀薄，马雪松感觉呼吸越发困难，他差一点儿摸到骆和平的手，却又突然错失。

马雪松感觉手脚发麻，浑身的力气像被突然抽走一般，不断下沉。他看见邓语欣，正游向自己，穿着绿色军大衣，留着齐刘海儿的短发，那张脸一如从前般青涩、明媚。

马雪松的眼睛发沉，终于彻底闭了起来。

于这漆黑一片的世界里，他久违地感受到一丝平静，睁开双眼，自己躺在父亲马场里的草垛上，马雪松听见父亲在喊他的名字。

"雪松。"

马雪松坐起身，定睛看去，父亲就站在不远处，面貌因逆光而显得模糊，而跟父亲一起牵着白马的，是一身西部装扮的邓语欣：

"师父。"

是错觉吗？

这不是噩梦，噩梦从来狰狞，着急将马雪松卷入旋涡。但这里不同，时间是慢下来的，周围景物都有各自的颜色，邓语欣仍在唤他：

"师父！"

马雪松想向邓语欣走去，他刚移动脚步，时空却突然翻转。

"师父！"

九菇湖边的马雪松终于吐出一口水，气鼓鼓的身子突然瘪掉，捡回一条命。孟雯浑身湿漉，她刚才用力按压马雪松的胸口，几乎耗尽全身力气。

　　湖边逐渐被民警、医护人员挤满，打捞队员也从马雪松身旁跑过去。蒋为民拿着毛毯将马雪松的身子裹住，另一名女警员也将毛毯披到了孟雯身上。他们被送上警车，准备前往医院做进一步检查。

　　透过车窗，马雪松看向九菇湖，在湖边手电筒的灯光中，无数人忙碌着。

　　他瞧见骆和平的尸体已被打捞队员带回了岸上。救护人员正在对骆和平进行抢救，但明显已经迟了。

　　他不忍再看，扭头看向身旁座位上的包。

　　里面装着马雪松需要知道的全部答案。

6

　　周继平的死亡，使马雪松无法得到他想要的答案。

　　唯一能够获悉真相的方式，只有骆和平临死前交给马雪松的内存卡。

　　内存卡里保存有周继平坦白的视频影像，视频里的周继平上身赤裸，多处可见瘀青同电击枪造成的瘀痕。

　　在这种情况下逼问到的答案，无法作为呈堂证供。

　　周继平以前不带任何情感的眼神，此时在视频里却充满了恐惧。

　　专案组的人聚到会议室，他们用一种特殊的方式"参与"这场审讯，所有人心里都有股说不出的滋味。

　　即使他们推论出了事实，但找不到任何证据能够证明周继平与命案有关。

直到骆和平用了这种极端的方式。

"从头开始吧，从被你们杀害的第一个女孩开始讲。"

虽然骆和平没有出现在视频里，但能清楚听到他的声音。

关于林柯死亡的真相，周继平交代得很详细，遇到模糊不清的地方，骆和平会用特殊方式帮他去回想细节。

按照周继平交代的内容，杀害林柯的人不是杨红雨，而是徐武明。周继平同何武只负责处理林柯的尸体，在这起案件中，他们是弃尸者。在骆和平的逼问下，周继平还交代了有一份被杨红雨藏起来的录音，能够证明人是徐武明杀的，不过录音在何武手上。

接下来才是正题。

"骆雪不是我杀的，她的死跟小雨也没有关系，是意外。"

按照周继平的说法，骆雪是自己从楼梯上滚下去的，当时他们发生过一些争执，但周继平只想毁掉骆雪手上的录音，并不打算杀人灭口。弃尸的事情是何武帮着周继平完成的。这件事他们曾经做过一次，只要重复相同的步骤，将骆雪尸体装入渔网，再绑上一块大石头，尸体就会沉入湖底。

唯一要解决的是目睹全过程的程小雨，她无法讲话，可一旦她打算将事情公之于众或是透露给身边人知晓，总会找到办法，那样会给周继平带来麻烦。

不光是周继平，何武跟徐武明也难辞其咎。

"主意是武哥出的，他让我把所有的窗户都安上防盗窗，而且短时间内最好不要让小雨参加基金会的活动，手机跟家里的网络就是那时停掉的。"

视频里周继平说话开始无力起来。

"最开始是郑宇亮帮小雨跟力声基金会那边对接。胡宇强出狱后，我让他去国外做了眼角膜手术，回国后武哥让胡宇强改了名字，做了小雨的助理。"

骆雪的死是意外，但是周继平无法证明。

同样，骆和平也无法证实他在撒谎。

影像里的周继平为了活命，还向骆和平交代了何武藏匿的地点。

"你女儿不该多管闲事的。"影像中的周继平懊悔道，"如果她没搬去小雨家住，没有录下那些该死的谈话，这一切就都不会发生。"

视频到此结束。

不难想象周继平之后的遭遇，会议室里一片安静，虽然知道了何武的藏身处，但没人能高兴起来。

不光是在感慨周继平的恶，也在为骆和平的结局感到悲哀。

骆和平明明是受害者，最终却成了加害人。

马雪松莫名回想起金色河畔洗浴中心，搓澡老者说过的话：

"死有啥难的，一下子的事，人活着，怎么活着，才是人生大事。"

如果能将何武抓捕归案，便有了徐武明唆使他人处理尸体的人证与物证。

可就算找到证据，当事人徐武明也已经死了。

马雪松不能再等了。

7

金色河畔自从被警方查封后里面一直黑着灯。

涉案员工都关在拘留所，没涉案的也早就换了工作，就连值守洗浴中心的保安都不见一个，全靠员工通道跟大门处的铁锁来拦阻不速之客。

正门跟员工通道都上了锁，很难想象何武是如何重新躲入洗浴中心的，但是按照视频里周继平的说法，这件事就合理了。

何武从来没离开过洗浴中心。

河畔洗浴中心从设计到装修由宏宇装饰全权负责。

当时周继平按照何武的要求，在洗浴中心设计了一条不在审核图纸上的安全通道，河畔洗浴中心紧挨着宏宇装饰公司，洗浴中心装修时，刻意抬高了地台。原本大堂九米多高，地台增高后还剩七米，地台下方留有一个不到两米的走动空间。

暗道能够直通宏宇装饰公司。

现在宏宇装饰公司停业整顿，同河畔洗浴中心的境遇相同。没有人给何武运送生活用品，他亦无法离开宏宇装饰公司和洗浴中心求生，却给了马雪松一个封锁抓捕的最佳场所。

"这应该就叫作茧自缚吧？"孟雯跟马雪松并排站着。

"一会儿抓捕的时候，注意观察周围环境。"马雪松多少有些紧张，原本这次行动不想让孟雯参加，但她坚持，朱伟萍也认为马雪松有些草木皆兵了。

"不给她锻炼的机会，圈起来，以后怎么成长？"

这是朱伟萍的原话，在她看来，马雪松的所作所为不像师父，更像是一名担忧孩子的父亲。

这让他不禁想起了骆和平。

金色河畔洗浴中心藏匿的暗门被警方找到。

同地下室焊为一体的爬梯，用的是钢架，手电筒打下去在钢架表面反光。马雪松顺着爬梯下去，如同进入窝藏鼠群的下水道，一对耳朵竖起来，警觉地观察着周围情况。这个空间同九菇湖边相同，是一个能够产生回音的声场。

抓捕警员都将脚步放缓，距离不长的暗道却让每个人都感觉格外地远。

清查过这个暗道跟地下室，却没有找到何武的踪迹，所有人提着的心突然松了一口气。

"这里真的有人住吗？"孟雯瞧着狼藉不堪的房间，"住在这里还不如关进监狱，至少卫生条件比这里要好得多。"

"他们恐惧的不是潮虫，而是阳光，怕光会照亮他们犯下的罪过。"

"前面就是出口了，要从那里出去吗？"

马雪松不答话，直接走到出口位置，用手移动厚重铁门。随即露出宏宇装饰公司的办公区，隐约有窸窣的声响从玻璃隔间后、周继平原先的办公室里传出。

马雪松用手势告知几名民警看守通道，将原本与他并肩的孟雯拉到身后，持枪慢慢向隔间逼近。只见磨砂玻璃后面的人影做出抬手举枪的动作，马雪松这才意识到对方手里也持有枪械。

砰！

马雪松将孟雯推到一旁，让她用办公桌作为掩体，他则不管不顾向目标冲了过去。

"为什么不肯放过我！"

何武沙哑的声音从办公用的长桌后面发出，他慢慢站起身，整个人胡须多日未剃，身上散发出一股难闻的味道。何武手里的枪已经没了子弹，只能弃置在地，但他并不打算放弃。

何武从腰间拿出弹簧刀，用刀尖指向持枪的马雪松，这种对峙显而易见不会有赢的机会。

但何武并不清楚，马雪松的枪里也已经没有子弹了。

"把刀放下。"

何武并不打算持刀靠近马雪松，他侧身缓步靠近屋窗处。

马雪松这才注意到，原先安在窗外的防护栏，早已经被何武锯开一个小口。

"何武！"

原本以为会被枪射中的何武，扭头看时，却只瞧见一个突然向他扑来的黑影。何武下意识地挥舞弹簧刀，能明显感到刀刃划破什么的阻隔感。

没等何武确认，马雪松的拳头已经重重向他脸上砸去。

几拳下去，何武已经没有了反抗的能力，马雪松掏出手铐将他铐在旁边的栏杆上。

孟雯担心马雪松受伤，却瞧见被划破的棉服，正往外钻出如雪的棉絮。

"带回去。"

马雪松下达指令，长年熬夜与吸烟让他四十岁不到的身体开始呈现颓势，激烈打斗过后，会有片刻的筋疲力尽与呼吸不匀，需要就地休息才能恢复。

"你没事吧？"孟雯关心道。

马雪松连回答的力气都没了，明明还有呼吸，却像死去般躺在地上。

这件案子到此应该就算结束了吧。

冷风从敞开的窗户外面吹入，他没听电台广播对今夜天气的预报，却清晰瞧见随风灌入屋内的白色雪花。

8

徐武明并未在婚姻中感到倦怠，无论是生活还是夫妻间的床事，在林柯出现前，他与王文颖无话不谈。

所有的变化都发生在孩子流产之后，王文颖尝试从情绪低谷中走出，试图借由帮助他人获得慰藉，于是她的居家时间骤减，甚至连露台上的植物也不再欣赏。

他欣喜妻子从苦难中找到出口，也悲伤妻子成了另一个人。

除了样貌，内里完全蜕变成了陌生人。

这一天，原本已经离开徐武明生活的林柯，从广州回到了西平。

林柯的衣着样貌早已与当年不同，她妆容精致，尤其是口红的颜色，很重。

"之前说好的，你拿了钱，孩子以后就跟你没关系了。"徐武明恼怒道。

林柯点燃一根香烟，她不再用火柴，而是用精致的打火机。

"你给的钱我花完了……现在只想要回我的孩子。"

"多少？"

"什么意思？"

"你回来不就是想要钱吗？林柯，我真没想到你会变成这样……"

"什么样？这样？"林柯露出自己手臂上的烟疤烫伤，徐武明避开视线。

"两百万。"

"好。"

"涨价了，三百万。"

林柯一点点激怒和触碰徐武明的底线，原本因欲望纠缠在一起的两个人，此刻变得陌生起来。

"五百万，买我们的孩子……如果你不给，我就去找王文颖，把真相全部告诉她，包括你对我做过什么，我身上的伤是怎么来的，别跟我说你不怕……没有王文颖，徐武明，你什么都不是，你就是个穷小子，凭你自己的本事，根本爬不到今天这个位置，你现在的一切都是王文颖给的，你和我一样都是寄生虫，所以你想让自己的日子好过，最好也让我过得舒服点儿……"

林柯的话，渐变成为巨大而聒噪的轰鸣声，此刻徐武明并没身处在现实时空里，而产生了幻觉，在他身旁除了林柯，还站着别人，那些声音混乱、疯狂。

徐武明突然用力掐住林柯的脖子，将她死死按在床上。

此时林柯不再是鲜活的人，她成为盛放愤怒的容器，濒临碎裂的边缘。

徐武明不理会林柯的拍打与她将要窒息的呼救，加重了双手的力气，直到身下的女人不再呼吸，胸口再无起伏，炙热的躯体渐渐失去了温度。

徐武明这才意识到，自己犯了大错。

他第一时间想到的当然不是报警，而是该如何处理掉尸体，并撇清与林柯的所有关系。

杨红雨与何武将林柯的尸体塞入带来的六轮行李箱里。

"你杀的？"杨红雨问。

"我当时感觉有好多人围着我说话，到处都是，太吵了……帮我把这件事处理好，你之前说的工程项目，我都会给你。"

何武将一顶鸭舌帽递给徐武明，还有他们带来的新衣服。

"去厕所把新衣服换上，出门时记住，把帽子压低点。"

等徐武明换好衣服离开后，何武这才开口道：

"尸体埋去哪儿？"

"九菇湖的水深，夜里又没人，小路那边没监控，西平很快就要降温了，多往行李箱装点石头，到时湖水冻冰，谁都发现不了。"

"知道了。"

"等等。"杨红雨将何武叫住，"让周继平跟你一起去，抛尸让他做，你用摄像机录下来……刚才徐武明的话，录下来了吗？"

何武拿出录音笔，他按下了播放键：

"你杀的？"

"我当时感觉有好多人围着我说话，到处都是，太吵了……"

何武被捕后，很快交代了真相，警方从他穿的外套里，也找到了徐武明的录音，还有周继平抛尸时的录像。何武将郑宇亮也给供了出来。

因为马雪松受伤，对郑宇亮的抓捕工作由李颜全权负责，这次行动孟雯也参与了。

郑宇亮曾在郭莫山的房子里短暂居住过，孟雯记起马雪松在病房里的嘱咐，关于影音室被抽走的影碟，现在只有郑宇亮能给出答案。

"周继平让我们偷录视频，用的就是那种针孔摄像头，提前装在徐武明跟程小雨密会的房间。"郑宇亮有些不屑，"说是手上要握些筹码，谁知道他拿那些偷拍的录像都干过什么。"

有了郑宇亮与何武的证词，加上当年杨红雨为防万一留存的录音，很快证实，徐武明就是杀害林柯的真凶。

审讯结束，但没有人能高兴起来。

最该接受法律审判的徐武明和周继平都已经死了。

还有跳入九菇湖没能生还的骆和平。

孟雯的手机响起铃声，是王文颖打来的，电话里说徐武明的父母回国了。

他们带回来一个小男孩，是徐武明和林柯的儿子——

徐小航。

9

飞机落地上海。徐父跟徐母都已年过六十，但孩子只有四岁大，虽然能够记事，但对这个世界仍处于一种懵懂无知的状态。王文颖派车去接，等他们抵达西平市，已经是夜里十点了。

小男孩困坏了，倒在酒店的床上睡着了，就算有人在他旁边高声讲话，也没把他吵醒。但王文颖要跟徐武明父母聊的事情太过敏感，她更倾向于去孩子不在身旁的场合。

徐母留在房间里照顾男孩，徐父跟在王文颖身后，来到酒店一层还在营业的饭店包间，马雪松跟孟雯已经恭候多时。

"这件事，是我们对不起文颖。"徐父歉疚道，"阿明做了这么多错事，我和他妈之前并不知情，但孩子是无辜的。"

马雪松不认为徐父的说法是在道歉，这是一种推脱，先将他们撇清，好为之后的请求铺路。

徐父徐母搬去泰国居住后，烤鱼店的生意就完全不做了，全靠徐武明每月打生活费。虽然银行卡里还有不少存款，但随着徐武明被警方调查，徐母突然诊断出早期乳腺癌，徐父认为在异国他乡继续待下去，终究不是办法。

"虽然他之前特意嘱咐过，让我们不要回国，但事情成了现在这个样子，必须去面对去解决。现在孩子还小，等他长大以后，很多事是瞒不住的。"

徐父已经将利弊分析得很清楚。

"我们需要孩子的毛发样本。"马雪松提出诉求。

"我带过来了。"徐父从外套内兜口袋里掏出装有男孩毛发样本的密封袋，"是趁他睡觉时拔下来的。"

之前徐父咨询过剪掉的发丝是否可以做鉴定，王文颖和孟雯确认过后，知道必须有发根的样本才能测出结果。

"感谢您的配合，有需要我们会再联系您。"

马雪松跟孟雯从包间离开，他们达成了此行的目的，之后的谈话就是徐家跟王文颖的家务事了。

"之后有什么打算？"王文颖问。

"文颖，你能不能收养这个孩子？"

这个要求，不但过分，而且完全没有考虑王文颖的感受。

收养自己老公婚内出轨诞下的子嗣。

从徐武明父母的角度来看，这件事虽然难以开口，却是解决现有问题的最好方式。

他们潜意识里认为，如果不是王文颖坚持不生孩子，事情也不会闹成现在的样子。

如果王德利身体无恙，他们或许也不会提出这样的要求。但现在强权者不再掌权，王文颖的性格他们早已琢磨透了，是个不谙世事、品性善良的孩子。

王文颖不懂得如何拒绝。

"这个事情我琢磨很久了，我知道，这个决定并不容易做，但是你能不能考虑一下，或者说先跟孩子接触接触？"

不出徐父所料，王文颖没有拒绝。

第二天一早，徐武明父母带小男孩在餐厅吃过早饭，王文颖自己开车来接他们。

按照行程安排，上午会先去游乐场，等王文颖跟小男孩熟悉一些后，下午徐父会带徐母去医院做检查，将男孩留给王文颖一个人照顾。

小男孩对游乐场里的植物园很感兴趣，这里有不需要泥土的空气凤梨，有大花葱跟夕雾草。但男孩儿最喜欢的是那棵十几米高的鸽子树。

"这棵树好高。"小男孩道。

"珙桐。"王文颖讲解道，"也叫鸽子树。"

"为什么要把它围起来？"

"因为它很罕见。"

王文颖不知道小男孩能否听懂她的话，至少两个人有了交流。

从植物园出来，徐武明父母在游乐场餐吧休息，小男孩想去坐旋转木马，但徐父徐母体力不支，王文颖提出单独带他出去，小男孩没有应允也没有拒绝。

他有些拘谨，应该是跟生人相处的缘故。王文颖并不擅长照顾孩子，只能先从石头剪刀布开始，慢慢取得小男孩的信任。

孩子出招的规律很容易被大人掌握，他们习惯因循固定逻辑，先出剪刀，再出布，然后再出剪刀，石头出得最少。王文颖出剪刀赢的概率更大，但她故意出布，小男孩赢了，发出咯咯的笑声，两个人的关系慢慢亲近起来。

他们一起坐游乐场里的旋转木马，之后又去坐摩天轮。

冬天游乐场原本人就不多，更何况今天是工作日，游玩项目几乎不用排队。小男孩想吃冰激凌，王文颖给他买了巧克力跟奶油味的甜筒，小男孩边吃边说，阿姨对我真好。

她突然心软起来。

到了下午，徐父跟徐母去做检查，王文颖带小男孩来到默作美术馆。刘雯静当着孩子的面什么都没说，她耐心教他认识颜色，又让美术馆的工作人员给他讲绘本，男孩很快睡着了。

刘雯静把王文颖叫到室外，她点燃一根女士烟，沉默了一阵，终于说道：

"别告诉我，你打算收养这个孩子。"

"他很可怜。"

"你不可怜吗？"刘雯静忍不住发火，"什么样的人会提出这样的请求？"

"他们也是没办法了。"王文颖知道这样的解释很牵强，但她不想怪罪已经年迈的公婆。

"律师那边怎么说？"

昨晚徐父提出请求后，王文颖就拨通了刘雯静的电话，当时她并没有收养这个孩子的打算，但因孩子与徐武明之间的血缘关系，加之她与徐武明虽然分居但仍是合法夫妻，关于小男孩的抚养权，刘雯静建议她咨询律师。

按照集团法务部律师的意见，王文颖并没有抚养孩子的义务。相反，徐武明婚内出轨，虽然对方已经身亡，但集团仍然可以起草文件，起诉徐武明的父母，追缴被徐武明挪用的公司款项。

但是这么做，等于把徐武明父母逼上绝路，还有那个小男孩，以后的人生或许会被彻底毁掉。

"孩子是无辜的，他母亲被杀害，案件还和徐武明有关。"王文颖不知如何讲下去，"就这么完全不管，我迈不过自己心里那道坎。"

虽然刘雯静苦口婆心地劝说过了，但她清楚，王文颖最后一定会做出那个错误的选择。

养育那个同她不存在血缘关系的孩子，伪装成一个不是母亲的母亲。

以后的事谁都说不准。

在刘雯静看来，这是王文颖除去婚姻以外最大的赌局。

后续要解决的事情还有不少，王文颖不具备领养孩子的条件，所以小男孩的监护人仍是徐武明父母。王文颖收养小男孩，等同于以另一种方式答应照顾徐武明父母的晚年生活。

"等他们岁数大了，我可以找一家环境适中的养老院。"王文颖已经开始计划以后的生活，"麻烦的是孩子，他亲生父母的事我根本没办法开口，但又不能一直瞒着不说。"

王文颖叹了口气，工作人员从美术馆领着小男孩出来，他眼睛哭红了，见到王文颖直接一头钻进她怀里。

"一醒就哭着要找你。"工作人员不清楚个中缘由，开口笑道。

"为什么要找我啊？"

王文颖抚摸着小男孩的头。

小男孩不说话，只是把王文颖抱得更紧了。

刘雯静观察着男孩的表情，她猜测徐武明父母特意嘱咐过，让男孩要紧跟着王文颖。她不想将这个四岁男孩想得太过功利，但是徐武明父母就说不准了。

如果真的是他们刻意教导，就是给王文颖挖一个巨大的陷阱。

可问题是，就算王文颖知道是陷阱，也会心甘情愿跳下去。

人活得过于善良，就会成为像王文颖一样的人。

明明是别人犯下的错误，她也是受害者。

却不得不去收拾这些烂摊子。

10

这件事原本可以掩盖下去，但德利集团内部似乎另有考虑，所以并未对大众隐瞒徐武明私吞力声基金会公款和收受贿赂的实情。

附件是王文颖的致歉信。

与这封致歉信同时发布的，是一则任用公示：

> 由德利集团董事会成员王文颖接任力声基金会管委会会长职，即日生效。

很快事情开始发酵，关于力声基金会同德利集团的负面新闻层出不穷。面对社会的巨大压力，集团网站的流量显然不足以表达反省的诚意。在公关部门运作下，西平市电视台对王文颖进行了一次专访。采访视频不仅在电视台播放，还同步上传到了网络。

视频里的王文颖略显憔悴，虽已年过四十，但她自幼被长辈呵护，缺乏应对复杂情况的经验，更何况深居简出多年，可她相信言必由衷，便不会出太大纰漏。

之前公关部曾有人建议删除负面评论，但王文颖认为应该承担起责任，德利集团的冰湖上已有了淹死过人的窟窿，她不想窟窿越来越多。

"如果基金会的账目不透明，我们如何知道捐款被有效用在公益事业上呢？"主持人言辞犀利，这是她一贯的主持风格。

"力声之前的资金用途确实存在账目不透明的情况，但在以后基金会的管理工作中，我们会尽量做到公正公开，让社会参与监督。"

"根据本台掌握的信息，您之前并未参与过力声基金的运营工作。"主持人刻意留出气口，她试图通过掌控对话节奏来获得更多信息，"您本人也并未在德利集团任职，这次是主动请缨还是被人安排？"

"力声基金之前由我前夫负责管理，而德利集团是我父亲白手起家创立的事业。不管怎么说，我这个时候都不该置之不理吧？"王文颖仍然将笑容挂在脸上，"我觉得比起经验，最重要的应该是初衷，为什么要做，要怎么做。基金会接下来会邀请专业人士参与管理，让运营机制更为有效。"

"请问您本人会从基金会里支薪吗？"

"你想问的，是我会不会利用基金会来逃避税务吧？"

王文颖一连串的直言直语，反而让坐在她对面的主持人有些窘迫。

"首先力声基金会不是公募基金，所有运营与支出的款项全部来自德利集团，这是我父亲的善意，不想被人误会成中饱私囊。我知道，在这个互联网十分发达的年代，大家可以各抒己见，但我认为不应该对一个人的善意进行无端的指责和诬陷，其实不只是力声基金会，很多基金会都出现过许多负面新闻，但很多正面和积极的人也在努力消除偏见。为众人抱薪者，不可使其扼于风雪，力声基金会不会停办，但欢迎各部门监督，这也是我父亲的愿景。"

孟雯在家吃饭时跟父亲看到电视转播。

她出于好奇，将洗碗工作丢给父亲后便直奔自己的房间。

台式电脑使用多年，运行速度并不比单位设备快多少，搜索相关信息，跳出来的除了官方新闻还有社交网站上的评论：

"她把人当傻子吗？还善意，一副玻尿酸打多了的脸。"

"为众人抱薪者，你为谁抱薪了？员工累死累活都是在帮你们这群人挣钱。吸血鬼！"

"按她这么说，那整件事就是自己前夫贪污自己生父的钱，哈哈哈。"

"干活儿的人少，说话的人多，胡说八道付出的代价太小。"

"身正不怕影子斜！顶你！"

"楼上你想怎么顶？虽然人家四十了，但保养得不错。"

"跟她爸长得一点都不像，脸肯定动过。"

网上讨论的内容出格，让孟雯感到反胃。

她不明白人为何只愿相信负面的东西，仿佛所有做好事的人都另有企图。

在网络世界所有人都裸露真心，不再遮掩虚情假意的面孔，各抒己见，反而将人性中的恶意彻底暴露，现实生活在这些恶意衬托下，反而成为一方净土。

孟雯关闭网页。她将头后仰，抵住座椅靠背的上部，瞧着斜上方墙角处的蛛网。太久没有回来了，她今天没有大扫除的心情。

那些不敢用嘴说出来的话，被手指敲击成文字，成了污浊言语。

饭后不能运动，但孟雯找不到能够疏解的其他方式。

她换鞋下楼，顺手带走父亲放到门口的垃圾袋。

天色已经完全黑下来了。

孟雯像受训般围着公园操场快跑，跑到她将之前吃的食物全部干呕出来，才终于觉得呼吸畅快。

即使王文颖道歉态度诚恳，仍无法让网民相信道歉的目的只是道歉。在网民眼中，这段采访更像是德利集团用来挽回名誉的公关手段。

看着从嘴里呼出的白气，孟雯想不通原因。

争议、批评、人肉搜索、花边新闻……接踵而至的恶言恶语大有落井下石的意味。

这让孟雯明白了一个道理：

冬夜能够让湖面冻冰的寒冷只能刺骨，而同类毫无同理心的恶意诋毁，却能刺进人心。

西平市天寒地冻，孟雯满头大汗，试图用自身散发出的热气去融化整个冬天。

但她的力量过于渺小，就算在网上留言为王文颖发声，也只会招来他人更为肆无忌惮的讥讽。

孟雯站起身，再次迈出双脚，在跑道上疾驰起来。

11

马雪松和孟雯去看守所探访陈嘉文，骆和平的死不在原有计划里，却是一个会必然发生的结果。

许久不见，陈嘉文的脸颊已经完全凹了进去。

"我们对程小雨家进行了搜查。"马雪松说。

"之前不是检查过一次吗？"陈嘉文疑惑道。

"但是有一个地方我们还没来得及找。"马雪松拿出一张照片，照片里程小雨家后院，花坛里的土被完全翻了出来。

"找到了什么？"陈嘉文感到自己心跳加速。

"录音笔，应该是程小雨住在郭莫山时偷录的，我们听过了，里面有周继平的声音。"马雪松有些低落，"他告诉程小雨，对徐武明做的事要尽量配合……还有他将骆雪推下楼梯后，警告程小雨的话。"

"你们找到证据了……"陈嘉文有些难以置信，他默默低下头，"可是已经晚了。"

"如果换一种方式，会不会更好？"马雪松问出他一直以来的疑问。

"我们当初也想过，先搜集证据，再向警方举报整件事情发生的过程，但事情没有我们想得那么简单。"陈嘉文抬起头来，"马警官，我想知道，在你眼里，我们究竟是好人还是坏人？"

这个问题马雪松没办法回答，他跟陈嘉文的脸都映在隔着他们的钢化玻璃上，重影般叠到一起。

"不管是谁，都没有随意评价一个人的权利。"马雪松掂酌着自己的用词，"我的个人观点，骆和平为人父母，为了孩子去触犯他从不敢逾越的法律，这是一名父亲的勇气，但你们做的事情，并不是法律的正义。"

"法律的正义，有时也会因为无证之罪而缺席。"

"那就想办法找到它，找到证据。"

"可是迟来的正义有什么用！"

陈嘉文的情绪有些激动，在一旁值守的狱警出声提醒，才让他重新安静下来。

"有用。"马雪松语气坚定道，"它会警示每一个人，在犯罪前要先清楚后果，也会让那些侥幸逃脱的犯人彻夜难眠，因为他们知道，我们会追查到底。"

眼前的马雪松虽然没有穿警服，可从他口中说出的话却让人格外安心。陈嘉文把头低下来，哀叹道：

"如果能够早一点儿认识你们，该有多好。"

从监狱离开，马雪松拉开主驾驶车门，可孟雯并没有要上车的意思。孟雯弄不懂自己现在的心绪，但马雪松了解。

长跑煎熬的一路，终于抵达终点，如释重负后，肌肉的酸疼与灵魂拉扯稍微晚到，这是孟雯作为刑警跑完的第一场马拉松比赛。

马雪松从车后排取出黑色耳罩跟毛织手套，递给孟雯。如果步行，她穿的棉服外套太过单薄，又从后备箱取出当年邓语欣送的军大衣。

"不嫌难看的话，就穿上，总比冻着强。"

孟雯只是点头，接过军大衣穿上，转身离开，逐渐与这座城市融为一体，变为行人中的一员。

西平市有山脉，有历经多年风吹雨打的古城楼，这里鲜少见到亮色，马雪松以前跟孟雯提到过，他遇到想不通的事情，就会一头挤进古城楼拥挤的人群中。

那里的美食街永远有着鲜活而旺盛的生命力，比起枯燥干冷的刑警大队，美食街就像一个大暖炉。

走在这里，能让马雪松意识到他在保护什么。

邓语欣以前常带马雪松来美食街，她想让师父多一点儿人情味。邓语欣最常带马雪松来的就是羊杂碎店。要是换成孟雯，别说是吃，看到这一碗羊杂就要反胃，她从不吃动物内脏，更不喝肉汤。

实际上，以前的马雪松也是这样。

但今天孟雯破例，一个人钻进之前跟马雪松来过的店里，就着蒜将整碗羊杂汤喝光。

孟雯能够感觉到，她心里正滋生着某种变化。

像初学冬泳一头扎进冰湖里的勇士，挥动双臂试图游得更远，却因难以适应湖水的温度从而开始下沉。

刑警如冬泳运动员般，如果不能战胜凛冬，便要做好在冰湖中溺亡的准备。

可现在的她，真的准备好了吗？

冬天将要过去，但四季从不缺席的严寒，很快还会再次到来。

12

孟雯铁了心要待在刑警大队，曾铁钢用他自己当例子，同孟雯聊到风湿腰伤、熬夜脱发、皮肤蜡黄与胃炎反复。

可这丫头一句话就把他给怼了回来。

"就算日子过得苦，你做了这么久刑警，却从来没有想过要走。"孟雯男孩气般地把胳膊搭在老曾肩上，"老曾，你的班以后我接了，放心，不给咱桥城分局丢人。"

曾铁钢下周便要被调去市局宣传科了，这是他在刑警队执行的最后一项任务，以失败告终。但他心里并没有挫败感，反而有些侥幸。侥幸这丫头没有走，要不然换个人给马雪松做搭档，曾铁钢还真走得不踏实。

马雪松是个除了破案，完全不考虑自身的男人，至今曾铁钢也想不通他执念的起因。

之后一周，刑警大队好多未破冷案的卷宗都被曾铁钢翻出来，他一个案子一个案子地讲给孟雯听。

西平市桥城分局刑警队有个不成文的规矩，没破的案子要有专人一直盯着，曾铁钢一走，他身上扛着的那些冷案就全堆给了孟雯。

马雪松在曾铁钢的离队宴上，因为这件事还跟他大吵了一架。

他原本想让曾铁钢这个老江湖出马，把孟雯从刑警队给吓唬走，现在倒好，在队里扎上根了，晚上连家也不回了。

七月暑伏，西平市九菇湖过了禁渔期，人们终于能来这里钓鱼了，但比起往年，垂钓客明显少了许多。毕竟这里出过命案，加之又从湖里打捞出被害人残缺不全的遗骸，有人胡乱臆想，那些钓上来的鱼，或曾作为帮凶毁灭证据，并将这番言论扩散到大街小巷，于是人心惶惶。

以前大家去市场买鱼，只问几斤几两跟今日价格，现在却要多问一句：

"是从什么地方捞上来的？九菇湖的不要。"

多少有些忌讳。

"她想留在刑警队我能理解，也尊重她的选择，但现在查那些陈年旧案，查得连家都不回，你这个当师父的，得给我这个当爹的一个交代吧？"孟广生唉声叹气道。

马雪松调整着自己的坐姿，他和孟广生并肩挨着，各自坐着一把折叠小板凳，身旁放着一会儿要用的渔具。

"小狼崽儿，都得经历这个阶段。"

"什么阶段？"

"你以前也是刑警，应该知道这种感受，大案刚破，就跟谈恋爱分手了一样，一时半会儿走不出来，能理解。"马雪松边说话，边用窝料跟岸边泥土搅拌着，水广鱼稀，如何打窝算是野钓客的讲究，"想把这个案子放下，就得找别的案子查，刑警队也不是天天有新案子查，就只能拿队里没破的冷案找平衡。"

"谈个男朋友找平衡不行吗？"孟广生没好气地说，"眼瞅着就快三十了，天天跟个假小子一样，我着急啊，总不能干瞅着吧？"

马雪松膝下无儿无女，原本理解不了孟广生的焦虑，但骆和平的案子，多少让他明白一些为人父母的心事与担忧。

管太多——

像这样的话，现在的马雪松已经说不出口了。

"为人父母，你能做的只有引导，没办法帮她做决定。"马雪松安抚地说，"很多刑警有了孩子后，都会考虑转岗，男女都一样。年纪大了，体力和精力根本比不过那帮警校刚毕业的新兵蛋子，毕竟抓捕犯人是个体力活儿，可孟雯现在还年轻，你想让她现在撒手，不太可能。"

在马雪松的理解中，刑警是吃青春饭的，就算经验跟得上，但毕竟抓捕犯人是一项体力活儿。

孟广生咀嚼着马雪松刚才说的话，他们都了解孟雯的性子，一旦定好目标，便不会半途而废。

现在看来，也只能顺其自然了。

"明年你也四十了，没想过转岗？"

"刑警队里要都是年轻人，压得住外面那帮牛鬼蛇神吗？还得有几个老家伙坐镇。先钉桩子后系驴，先撒窝子后钓鱼，慢慢来吧。"

这些话是马雪松刚进刑警队的时候师父宋永军教的，这么多年过去了，等他做了师父，才明白这话里的意思。

"我没孩子，有些事情想不通。"沉默一阵后，马雪松开口说话，"人在有了孩子后，应该会想要成为更好的人吧？为了能够成为孩子的榜样。"

"你想说什么？"

"我想知道你当年离开警队的原因。"马雪松看向孟广生，"你以前在刑警队，是出了名的不怕死。可有了孩子以后，就变得畏首畏尾，最后选择辞职。你应该知道，师父最器重的徒弟不是我，是你。"

"雯雯出生后，我想做一名能够守护女儿长大的父亲。"孟广生叹了口气，"只想守护自己幸福的人，配不上那一身警服。"

他们不再交谈，一直说话便不会有鱼上钩，就像在执行潜伏盯梢的任务。

鱼线动了，马雪松拉住鱼竿，慢慢将鱼线摇上来。

立春之后，西平市湖水解冻，马雪松在这里钓到了一条鲤鱼，鱼身内弯，红尾白鳞。马雪松又将鲤鱼放生回了湖里。

扑通一声，鱼张开了腮，张合着嘴，像是在低语着什么。

谢谢？

当然，也可能是骂人的话，在训斥马雪松抓了又放的调皮。冰湖上有如树干的纹理，逆光下的孟广生仿佛变成了骆和平，他瞧着马雪松在笑。

真他娘的见鬼——

马雪松揉了揉眼睛，孟广生又开始了抱怨：为什么鱼不上钩？那张嘴像老曾一样停不下来。

尾声

（一）

二○一二年，春节刚过。

马雪松整理好经办完的案件资料送去检察院。刚从检察院出来，朱伟萍便打来了电话。

"语欣奶奶走了，丧事咱们桥城分局来办，你主持。"

"老太太生前说过，一切从简，还是照她的意思来吧。"

马雪松去养老院收拾邓语欣奶奶的遗物，看到了那张老照片。

那是有一年冬至，马雪松去邓语欣家吃饺子时拍的。

邓奶奶和馅儿除了肉末还会放桂花蜜跟白芝麻，用笼蒸，蘸料不用陈醋，倒酱油跟花椒粉，用很细的蒜泥，再配上一把香菜，那是马雪松吃过的最香的一顿饭。

邓语欣没告诉奶奶她调去了刑警队，奶奶以为自己的孙女还在派出所。马雪松不揭穿，是因为邓语欣请他来家吃饭前特意嘱咐过。于是整顿饭，马雪松都在聊户籍办理和寻猫找狗的琐碎小事。

马雪松羡慕派出所的民警，因为他们每天都能穿着整洁的警服。

邓语欣牺牲后，奶奶住进了养老院。那次马雪松去看她，语欣奶奶握着他的手，跟他交代起了后事。

"活着的时候麻烦你们了，以后走了，不想再给你们添麻烦。"

语欣奶奶同邓语欣一样，个子小小的，声音不大，怕麻烦别人，所以总是委屈自己。

马雪松到现在也没弄清楚，这样的性格算不算好。

以后再也吃不到桂花肉的蒸饺了。

葬礼没有风光大办，一切从简。

马雪松帮语欣奶奶办完丧事，收拾养老院里邓语欣奶奶的遗物时，瞧见邓语欣以前的照片。

他突然间意识到，照片里的两个人已经在另一个世界中重逢了。

那个短发自来卷的姑娘，有一双大眼睛，说话时声音跟她的体重一样轻，生怕打搅到谁，有些怯懦。可没人会想到，她小小的身子里，却有着那么大的能量，让她敢直面歹徒。

这应该就是孟广生说的勇气吧！

在孟广生眼中，只有这样的人才配得上浅青蓝的衬衫和有盾牌标志的警察徽章。

但马雪松对这位大师哥的想法并不赞同。

人民警察要怀揣这份勇气与信仰，却也不能剥夺他们制服下平凡人的本质。

尾声

（二）

　　如看杂志般阅览着新入刑警大队的警员档案，马雪松却怎么也高兴不起来。

　　朱伟萍没骗他，今年公安大学毕业的好苗子都被她拉来了桥城分局，可孟雯却被调职到网警支队协助工作。

　　当然，这也是马雪松的意思，换个环境或许能帮孟雯从骆雪的案子里走出来。

　　新来的这些孩子都没有孟雯心细，也不像邓语欣那样安静，在一起总是吵闹得厉害。除抓捕行动时比马雪松脚力要快，别的地方就像缺了机油润滑的齿轮。

　　尤其是那名叫冯家楠的年轻人，长得机灵，但脑袋总比马雪松慢半拍。

　　"马队，九菇湖的案子是你破的？"

　　这是冯家楠入职后问马雪松的第一个问题。马雪松一时语塞。

　　这个问题其实困扰了他许久。

　　在饭店后厨，等你进场，早有人帮你洗好了菜，切好了块。备菜的人或许也能把菜炒好，可他们不是厨师，没有添油加醋、起火翻炒的资格。

　　九菇湖的案子，马雪松是用证据解罪，他和孟雯是完成犯罪事实拼图的人。

　　可将那些拼图碎片准备好的，却是陈嘉文与骆和平。

那位头发有些稀疏、没大马雪松几岁的骆和平，义无反顾地跳入冰湖，而瘦瘦高高的陈嘉文刚被法院宣判定罪，将在狱中度过七个春秋寒暑。

各有归宿。

二〇一二年的九月，公安大学新生入校，选修课多了一门手语课程，报名参加的在校生不多，但在职来学校旁听的警员却不少，马雪松与孟雯都在其中。桥城分局也与特殊教育学校合作，在辖区内的一些派出所设立了"无声警务"，由懂手语的民警专门负责有听力障碍群众的接访工作。

马雪松想做那个帮助迷途候鸟找到回家方向的人。

有些人的生活被按下了静音键，但在这个世界上，还有些人在为他们发声。让无声者倾诉，为无声者申冤。

【全文终】

后记

　　我家楼下，在西北角有给孩子们玩的沙坑与滑梯，我偶尔会带女儿去那儿玩。带着从超市买的塑料桶和铲子，女儿玩得不亦乐乎。

　　那个小男孩是突然出现的，五六岁大的样子，起初只在沙坑旁边看，后来试探性地进入沙坑，用手玩起沙子。塑料桶里有多余的工具，我拿起工具向他招手，邀请他加入我们的游戏。男孩走近，接过工具开始玩，整个人看上去放松不少。但当我询问他年龄和是否住在这个小区时，男孩都不做回应，我夸赞他警惕性强，但当时的我全然不知，男孩根本听不到我说话。

　　意识到这一点，是因为男孩的奶奶从远处找来，她应该在小区里寻了半天，见到男孩后不出声训斥，而是直接将他从沙坑里拽起来，连拍几下屁股，男孩张嘴哭，发出沙砾般的声音。

　　那一刻，我像是被什么东西用力凿中。

　　两个人之后的沟通，全靠手势比画完成。现在想起来，那应该不算是手语，但能通过他们的比画清楚大概意思。

　　我女儿年纪小，咯咯笑，也学着他们的样子比画，我觉得歉疚，却又不知如何道歉。男孩奶奶笑了笑，把男孩手里的工具递还给我，说了声谢谢，便领着男孩离开了。

　　这么看来，不能讲话的，应该是那个与我女儿看上去同岁的男孩。

　　我一直无法忘记这件事，之后开始在网上搜索与了解听力障碍者群体，了解他们日常生活里的故事。

至此勾勒出《无声的回响》这个故事的前期框架，写下了这句话：

无法说话的被害人，将由谁来替她发声。

"孤独是绝对的，最深切的爱也无法改变人类最终极的孤独。绝望的孤独与其说是原罪，不如说是原罪的原罪。"

我相信卡森·麦卡勒斯的这句话，有对她自身的映射。

麦卡勒斯创作过的小说《伤心咖啡馆之歌》，在作者的故事世界里，充满了陷入困境或肢体残疾的角色，她对他们投入巨大的关注和同情，而那些畸形的身躯往往揭示了他们孤独境况的原因所在——缺乏能力去得到、去保护、去接受爱。

《无声的回响》故事有麦卡勒斯式的主题，人物的孤独感突显，无论是在交流中存在隔阂的骆和平与骆雪父女，还是共同查案、却对彼此生活中的隐秘一无所知的马雪松师徒。

故事里的马雪松斯文，他说话不强硬，如雪花落下般软绵绵的，没有苛求自己换来的壮硕体格，也没有抓捕犯人时像猴子扑上去就挠的那种轻盈感。

不同于往常影视剧中常出现的刑警形象，却与我在现实生活中接触的刑警相近：外表波澜不惊，内心坚如磐石。

我觉得这样的主人公更加真实，也更有血肉。

我希望能够通过马雪松这名刑警的眼睛与感受，让他在调查案件的同时，又能敏锐捕获并安慰那些深陷孤独、却无法从矛盾困境中解脱的人。

就像小说里写到的，他想做那个帮助迷途候鸟找到回家方向的人。

我在最初构建《无声的回响》小说框架时，逐渐出现心理性失语的症状，变得不爱讲话，这引起我爱人的不满。

我找不到与这个世界沟通的方式，像是与世界隔着一座断桥。

因此在创作《无声的回响》时，取名"桥城"，连接案件与真相的桥梁，人步行过桥，路要一步步地走下去。

不久后，我被摄影指导力哥拽去北京开会，妻子认为与外界接触，而不是闷在屋里写作，或许会对我的心理性失语有所帮助。

开会、提报、试写剧本，之后带着不愿同人交流的态度，开始了影视剧《消失的孩子》的剧本创作，遇到里面与我当时境遇相似的角色袁午。

创作袁午故事线的同时，也是对我心理治愈的过程。

由此花费掉二〇二一年下半年的全部时间。

与人打交道，是我不太擅长去做的事。

我想做纯粹的写作者，但纯粹这件事其实并不容易做到。之前消耗掉的精力太多，住在我身体里掌管写作灵感的神灵也想放假。

神灵累了，我也累了。

等到离组回家，已经是二〇二二年的一月，我因长期睡眠不足开始报复性补觉，几乎每天要睡十二个小时，不再进行写作。

这个假期比我想象中要长，我不想与外界联络的情况并未得到缓解，反而加剧。为免妻子担心，勉强自己说话和强颜欢笑，但每次都会被她看穿，说我言不由衷与笑容敷衍。

二〇二二年五月，外婆去世，灵堂守夜两晚。

外婆出殡后，我在家听《人世间》，连续哭了几夜，但怕哭声打搅到妻女熟睡，不敢发出半点声响。之后重新打开电脑，将压抑许久的情绪通过文字宣泄出来，再次开启这部小说的创作。

此时距离我上次动笔，已经间隔了整整半年。

我是没有天赋的写作者，也没有师承，只能凭借蛮力学习摸索，是出身草莽的野路子，写作不靠公式，全凭直觉，让大家见笑了。

我相信人物的情感变化和他们的动机，会把我带到终点，完成这场故事创作的马拉松长跑。

我不是一个擅长写作的天才，文笔与才华平庸并有限，但我愿意当一名痴迷于写作的疯子。

感谢读者，感谢太白文艺出版社的总编辑戴笑诺女士，感谢《无声的回响》的责任编辑蔡晶晶女士，感谢在我创作过程中愿意抽出时间阅览拙作并提出建议的前辈与好友。

你们能够阅读至此，便是对我写作的小小认可，不足还有很多，请给我时间慢慢进步。

附录

小说创作的剧情与人物，也是这个故事影视化改编的剧本初稿。

到完成《无声的回响》剧本终稿时，推翻重来、数易其稿，算下来，已有一百二十多万字。

在剧本创作中，我得到很多工作人员与演员老师的建议与帮助，感谢罗晋老师与张国强老师对人物的揣摩，感谢陈雨锶老师高烧时仍坚持完成拍摄。不想将集体创作的功劳据为己有，所以小说出版，保持个人独立思考创作时的故事原貌。也希望借此，让读者看到这个故事从小说创作到影视改编的变化与成长。

感谢王苑女士同李亚东导演的引荐，感谢制片人赵君女士对这个故事的喜爱，并为这个项目忙前忙后、尽心尽力，感谢优酷平台的谢颖女士、朱珍珍女士，最后要感谢牛超导演在小说和初稿剧本基础上提出修改的方向与想法，并为故事能够不留遗憾，一直添砖加瓦、不厌其烦。

如果观众喜爱上映后的成片，希望您知道，完稿剧本呈现的背后，有总制片人君姐、导演牛超、导演李亚东、制片人璇哥、统筹邹浩军、美术指导宋晓杰、摄影指导司元甲和一众工作人员的辛劳。

感谢所有剧组里的工作人员和演员老师，在二〇二三年的冬天，给予我的理解与温暖。

江湖再见。

二〇二四年二月二十二日

汉语手指字母图

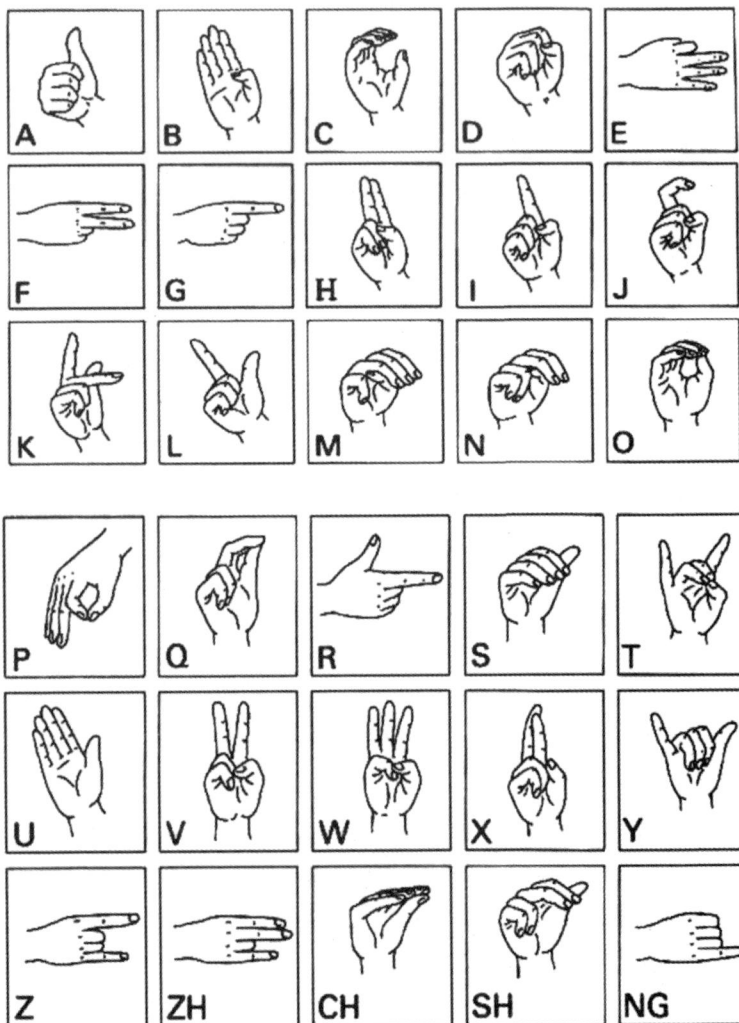